Schaafspelz

Edgar Schaafs zwölfter Fall

Pit Ferman

Einmal ist da Kriminaloberkommissarin Rita Böhringer, die mit dem Fall eines junges Mannes beauftragt ist, der in einer nebligen Oktobernacht tot auf einer Landstraße aufgefunden wurde. War es Unfall oder Mord?

In der gleichen Nacht geschieht ein Raub, der nicht ganz nach Plan verläuft und über dessen ungewöhnliche Beute und fragwürdigen Sinn es zwischen den Initiatoren Zerwürfnisse gibt.

Und dann ist da noch Kriminalhauptkommissar a. D. Edgar Schaaf, der gleich in vier *Cold Cases*, dreimal Mord und ein Vermisstenfall, in eine ganz andere Richtung ermittelt als Rita Böhringer. Dabei deutet anfänglich nichts darauf hin, dass alle Fälle enger miteinander verknüpft sind, als es den Anschein haben mag.

für die allerbeste
Chris

Impressum

Bibliografische Information der Deutschen Nationalbibliothek: Die Deutsche Nationalbibliothek ver-
zeichnet diese Publikation in der Deutschen Natio-
nalbibliografie; detaillierte bibliografische Daten
sind im Internet über dnb.dnb.de abrufbar.

Die automatisierte Analyse des Werkes, um daraus
Informationen insbesondere über Muster, Trends und
Korrelationen gemäß §44b UrhG („Text und Data
Mining") zu gewinnen, ist untersagt.

Verlag:
**BoD · Books on Demand GmbH,
In de Tarpen 42, 22848 Norderstedt,
bod@bod.de**
Druck: Libri Plureos GmbH, Friedensallee 273, 22763 Hamburg
ISBN: 978-3-7693-2781-6

Teil I

Schaafspelz

1976

Er hockte im Bauwagen, die Tür und das einzige Fenster weit geöffnet. Es war ein schwülheißer Tag gewesen, und er hoffte auf eine abendliche Luftbewegung, die das stickige Provisorium, das sein Büro darstellte, erträglicher werden ließ. Aber die Luft stand hartnäckig wie zu Käse geronnene Milch in einem irdenen Topf und rührte sich nicht vom Fleck. Bewegte er sich selbst, trieb es ihm bloß den Schweiß aus den Poren.

Bremsen, satt und wohlgenährt und doch immer noch durstig nach menschlichem Blut, seinem Blut, warteten frech aber geduldig darauf, dass er sie aus den Augen ließ, um sich dann heimtückisch auf ihm niederzulassen. Es nützte nichts, dass er ein Hemd trug – die Biester steckten ihre Rüssel durch das Gewebe in seine Haut. Sie zu ignorieren schaffte er nicht. Tür und Fenster zu schließen würde den Erstickungstod bedeuten.

Er wollte alles ertragen. Zum einen die schier unzumutbaren Verhältnisse, zum anderen die unvermeidlichen Überstunden. Es war seine große Chance, und wenn er sich bewährte, würde er später, nach abgeschlossenem Studium, eine Festanstellung bekommen. Hatten die maßgeblichen Leute der Firma gesagt, die ihn hierher geschickt hatten.

Wie andere mit der Situation umgehen würden, wusste er nicht. Vielleicht würden sie die Arbeit mit nach Hause nehmen und dort zu Ende bringen. Er wollte das nicht, obwohl sein Zuhause nur wenige Fahrminuten entfernt lag. Strikte Trennung von Arbeit und Freizeit, das war sein Credo. Also würde er die Umstände, wie auch immer sie sein mochten, erdulden.

Drüben, über dem weiten Land der Rheinebene und noch weiter über dem Kamm der Vogesen, verschluckten dunkle Wolkenberge die untergehende Sonne, fielen über sie her, wie die Brandung eines Meeres über das Ufer, und begruben sie unter sich. Löschten sie aus. Vielleicht, mutmaßte er, war ein Gewitter im Anmarsch. Bis das hier sein würde, wollte er jedoch längst auf dem Heimweg sein.

Vom Hotelkomplex, dessen Bau er beaufsichtigte, war eben erst die Betonwanne fertiggestellt. Das Hotel würde später wie ein Schiff im Grundwasser stehen. Die überaus lärmintensive Zeit, in der die Spundwände in den nassen Untergrund gerammt worden waren, gehörten gottseidank der Vergangenheit an. Nun verlegten die Eisenflechter bereits dicke Armierungsmatten aus Stahl für das Fundament einer Tiefgarage. Von nun an würde es schnell gehen, Stockwerk auf Stockwerk, in immer luftigere Höhen, und er würde dabei sein. Würde die Aufsicht haben. Er rieb in freudiger Erwartung die Hände aneinander – eine aus der Kindheit gerettete Eigenart – und schwitzte sofort.

Das Hotel am Baggersee.

Noch war das Baden im See behördlich verboten. Es existierten keine geeigneten Uferbereiche, die gefahrloses Baden zuließen. Wenn das Hotel einmal in Betrieb wäre, würde man das ändern. Jetzt aber und solange gebaut wurde, hielt man am Verbot fest.

Was nicht bedeutete, dass nicht gebadet wurde. Ganz im Gegenteil. Rund um den See hatten die Leute sich ihre wilden Badestellen eingerichtet. Die Polizei sprach, wenn sie sporadisch auftauchte, lediglich allgemeine Warnungen aus und bat die Leute, ihren Müll wieder mit nach Hause zu nehmen. Ging den Leuten zum einen Ohr hinein, zum anderen Ohr hinaus. War leider so.

Eingezäunt war nur das Baustellengelände. Betreten für Unbefugte verboten. Es lag und stand immerhin geldwertes Material herum, das für private Bauherren interessant sein könnte. Stahlsprießen, Stahlmatten, Zementsäcke, Schalbretter, Betonmischer.

Auf ihn traf das Verbotsschild nicht zu. Er war befugt und konnte das Gelände durch ein abschließbares Gittertor betreten, beziehungsweise verlassen.

Die anderen Bereiche rund um den See waren frei zugänglich. Im Grunde handelte es sich um Brachland, das mit niederen Gehölzgruppen, kleine grüne Büschel auf graubrauner Erde, bis zum Wasser bewachsen war, ideal als Schattenspender und Sichtschutz für die Badenden.

Ließ die Polizei die Leute tagsüber weitestgehend gewähren, sorgte sie abends und nachts rigoros dafür, dass sich niemand am See aufhielt. Es hatte sich nämlich die Unsitte eingeschlichen, dass Saufgelage und Partys veranstaltet wurden und sich Menschen in erheblicher Anzahl zum Feiern trafen. Nicht dass der Partylärm irgendjemanden gestört hätte. Die nächsten Behausungen lagen außer Hörweite. Doch die Leute ließen ihre Abfälle liegen, und es war zu Unfällen gekommen, auch durch Randale, aber nicht nur, und im Sommer waren zwei *junge Menschen im See ertrunken. Seither galt ab zwanzig Uhr strengstes Aufenthaltsverbot, und die Polizeibeamten drückten die Maßnahme konsequent durch.*

Dreimal in der Woche war er ab Mittag bis zum Abend hier und besprach mit dem Bauleiter den Fortgang der Arbeiten. Montags, mittwochs und freitags. Die anderen Tage und Stunden verbrachte er im Büro seines Arbeitgebers, der Architekturfirma Ketterer und Co. in Murksheim im Breisgau. Es wurde nicht von ihm erwartet, dass er abends nach seinen auswärtigen Einsätzen am Hotelneubau ins Büro am Stammsitz der Firma zurückkehrte, um Bericht zu erstatten. Dafür war jeweils am Morgen danach Zeit anberaumt. Was ihm folglich die Freiheit ließ, das Tempo seiner Arbeit frei zu gestalten. Und heute war so ein Tag, an dem er, sobald die Badegäste den See verlassen haben würden, sich selber ein erfrischendes Bad im Wasser gönnen wollte. Vorausgesetzt, das vom Westen her nahende Gewitter würde ihm den Spaß nicht verderben.

Als er fand, dass die Zeit gekommen war, begann er, sich im Bauwagen auszuziehen. Gerade als er Hemd und Hose über die Stuhllehne drapierte, bemerkte er aus den Augenwinkeln, dass er nicht alleine war. Dass ihm jemand durch die offene Tür zuschaute. Er drehte sich um und sah einen jungen Mann in Badehose. Ein Teenager mit braunen Locken. Das anschwellende Gefühl von prickelnden Brausepulverbläschen im Unterleib ließ ihn an alles andere als an Schwimmen denken.

Herbst 2024

In den Monaten September und Oktober des Jahres 2024 begann sich im Türmchenhaus in *Gengenbach* eine neue Zeitrechnung abzuzeichnen. Da es keinen fixierten Termin gab, der die Vergangenheit von der neuen Gegenwart und der nahen und fernen Zukunft markierte, geschah der Übergang schleichend und ohne großes Tamtam. Und daher beinahe unbemerkt. Zumindest soweit es Edgar Schaaf, Gerti, Rita, Janna und Saida, sowie die Vierbeiner *Lydia*, *Müller* und neuerdings die Katze *Frida Dideldum* betraf.

Melanie Köninger, die Königin des Hauses, natürlich ausgenommen. Denn an ihr lag es, dass das umtriebige Leben im Haus alsbald anders getaktet werden würde.

Es gab zwei Gründe für den Wandel.

Zuallererst war da Saida, das kleine marokkanische Mädchen, das seit dem Sommer im Türmchenhaus wohnte. Melanie und Edgar waren beim Jugendamt als Erziehungsberechtigte eingetragen, und der Antrag auf Adoption, mit ihnen als Eltern, lag dem Familiengericht bereits vor. Und sofern keine Einsprüche, von wessen Seite auch immer, der Entscheidung Steine in den Weg legen sollten, wäre Saida zu Weihnachten ihre rechtlich eingetragene Tochter.

Dem entgegenfiebernd, war sich Melanie der Bedeutung und der Verantwortung bewusst. Und ebenfalls klar war für sie, dass sie für das Kind zwar die leibliche *Maman*, wie Saida ihre Mutter immer noch liebevoll nannte, nicht ersetzen konnte. Doch als ihre Mami würde Melanie alles erdenklich Mögliche tun, dass es Saida an Liebe nicht mangelte. Dafür wollte Melanie sich all die

Zeit nehmen, die sie als Geschäftsfrau nicht aufbringen könnte.

Der zweite Grund war: Am achtzehnten September war Melanie fünfundsechzig Jahre alt geworden. Ein passender Zeitpunkt, sich mit Ablauf des Oktobers als aktive und repräsentierende Geschäftsführerin des *Aquarelle und Poesie* in den Ruhestand zurückzuziehen.

Die Leitung würde sie zu gleichen Teilen an ihre bisherige Urlaubsvertretung Frau Holzer, sowie an Pit Fermans Ehefrau Eliza Wohlbrecht übergeben. Da ihr jedoch das gesamte Haus, in dem sich das *Aquarelle und Poesie* befand, inklusive der darin befindlichen Mietwohnungen gehörte, blieb Melanie weiterhin Besitzerin des Ladengeschäfts. Späterer Erwerb durch die beiden neuen Geschäftsführerinnen allerdings nicht ausgeschlossen.

Zur Besprechung der Organisation der Übergabe saßen die drei Frauen, Eliza Wohlbrecht, Frau Holzer und Melanie, im Rückraumbüro des Ladengeschäftes bei Kaffee und Kuchen zusammen. Es war Samstag, der siebte Oktober. Die Saison mit der Touristenschwemme des Sommers war vorüber. Kunden, die sich eventuell für ein Aquarellbild oder für einen limitierten handgeschriebenen Lyrikband der Künstler Walter Hardtwald und Stephen Marquart interessierten, tröpfelten um diese Jahreszeit selten über die Schwelle in den Laden. Erst zur Adventszeit würden sich die Leute die Türklinke wieder in die Hände drücken, um es leicht übertrieben auszudrücken. Melanie beherrschte sich, vor lauter Wehmut nicht zu seufzen. Im Übrigen eine ganz ähnliche Kunst, wie beim Neujahrsempfang des Bürgermeisters nicht vernehmbar zu pupsen. Beim Gedanken an diesen Vergleich stahl sich ein unergründliches Lächeln auf ihre Lippen.

Es war zweifellos ein großer Schritt für Melanie. Doch wenn er auch demnächst vollzogen sein würde, war ihr um die Zukunft nicht bange. Gab es immer noch die etwas in Vergessenheit geratene Galerie im Gewölbekeller des Hauses, der eine Renaissance gewiss nicht schaden würde, und darüber hinaus eigene Ambitionen, künstlerisch tätig zu werden. Melanie dachte ans Malen und wusste, dass sie gut darin war.

„Hach, Kinder, ist das aufregend", entfuhr es Eliza und verwies auf eine Gänsehaut an ihren Oberarmen. „Zum ersten Mal im Leben der eigene Boss zu sein – na, was sag´ ich, Rosa, findest du nicht auch?" Mit Rosa meinte sie Frau Holzer.

Rosa Holzer, sechsundfünfzig. Die Frau, der man nicht ansah, dass hinter dem zarten Gesicht und der anmutigen Figur ein resoluter Charakter wohnte. Sie war schon allein aus Loyalität zu Melanie in geschäftlichen Angelegenheiten geradezu kompromisslos korrekt. Nicht umsonst hatte Melanie sie wegen dieser Zuverlässigkeit als Vertreterin gewählt. Dennoch war Rosa weit entfernt davon, als Beißzange zu gelten. Im Gegenteil, verfügte sie doch über einen gesunden trockenen Humor, der nicht jedem auf Anhieb gefallen mochte.

Rein äußerlich könnte man Frau Holzer durchaus für Melanies Schwester halten. Was gewiss daran lag, dass sie im Laufe der Jahre Melanie tatsächlich als Stilikone wahrgenommen und sich, sowohl was die Frisur als auch die Garderobe betraf, deren Outfit angenähert hatte.

Nicht zum Nachteil, wie ihr von einigen Kunden souffliert wurde.

Rosa Holzer lächelte verständnisvoll und tätschelte Elizas Hand. „Mach´ dir mal keine Sorgen, Eliza. Die Kunden werden Schlange stehen, um die neue Geschäftsführerin kennenzulernen."

„Das ist es ja", antwortete Eliza. „Plötzlich so in der Verantwortung zu stehen."

„Daran wirst du dich gewöhnen. Aber du hast recht. Obwohl ich Melanie einige Jahre vertreten habe, ist es auch für mich neu, auf eigenes Risiko zu wirtschaften."

Melanie schaltete sich ein: „Das Risiko dürfte wohl ziemlich klein ausfallen. Immense Gelder in den Sand zu setzen, werdet ihr wahrscheinlich keine Gefahr laufen. Dafür werdet ihr auch keine Reichtümer verdienen. Du weißt ja, wie der Hase läuft, Rosa, und Eliza – für den Fall, dass du einen Künstler fördern willst – lass´ einfach deinen gesunden Verstand walten. Die Leute sind in der Mehrheit einfach froh darüber, bei euch einen Fuß in die Tür zur Öffentlichkeit zu kriegen. Und du als studierte Grafikerin bist für diesen Job doch geradezu prädestiniert."

Melanies Worte waren Balsam für Elizas Ohren. Nur zu gut erinnerte sie sich daran, dass Melanie ihr die Kellergalerie für die Ausstellung ihrer Grafiken zur Verfügung gestellt hatte, und nicht ohne Erfolg. Eine Gruppe chinesischer Kunstschülerinnen hatte vor etwas mehr als einem Jahr für annähernd siebentausend Euro gut die Hälfte ihrer Grafiken gekauft.

Melanie referierte weiter: „So viel, dass ihr permanent zu zweit anwesend sein müsst, gibt das Geschäft nicht her. Sprecht euch am besten ab. Aber wem erzähl´ ich das? Rosa, du nimmst Eliza ein wenig unter die Fittiche. Am Anfang wenigstens. Von wegen Buchführung und so, gell? Dann werdet ihr das Kind schon schaukeln." Noch während sie sprach, reflektierte Melanie ihre Worte. Siedend heiß kroch ihr die Schamesröte über die Wangen: *Ach du grüne Neune, versuche ich gerade Rosa zu erklären, wie sie ihren Job zu machen hat? Ihr, die mir die Buchführung erst beigebracht hat? Das ist in etwa so, als würde ich Albert Einstein die allgemeine Relativitätstheorie verklickern wollen.*

Um ihre Verlegenheit zu kaschieren, rutschte Melanie mit dem Stuhl vom Tisch zurück und stand auf; zufällig gleichzeitig mit dem melodischen Klingeln der Türglocke, die eintretende Kundschaft ankündigte. Melanie betrat den Verkaufsraum – und blieb überrascht stehen. In Sekundenbruchteilen mutierte sie zu einer Zeitreisenden und fühlte sich exakt um drei Jahre und drei Tage zurückversetzt. Am vierten Oktober 2021 nämlich war ihr diese Person, die heute vor ihr stand, zum ersten Mal begegnet. Dieses *Persönchen*, musste man eher sagen, um genau zu sein. Die Retterin von Melanies Hochzeit mit Edgar Schaaf.

Tamara Brassova in voller Größe, und noch immer einen Kopf kleiner als Melanie. Und wieder, wie damals, von Kopf bis Fuß in Rot gekleidet.

Melanie bemerkte, dass sie die Frau ungebührlich anstarrte und breitete die Arme aus. „Tamara", sagte sie gerührt, „ach wie ist das schön, dich zu sehen."

Wie ein Mädchen stürzte sich die Frau an Melanies Brust. „Melanie", seufzte sie und umschlang deren Oberkörper, so weit die kurzen Arme es vermochten. Derweil registrierte Melanie aus den Augenwinkeln, wie sich auf der Vortreppe zum Laden ein Hüne von Mann postierte, der Figur machte, nichts und niemanden an sich vorbeizulassen. Eine Gestalt wie ein grauer Nachtschatten.

Ein Unwetter hatte vor drei Jahren die Hochzeitsvorbereitungen zunichte gemacht. Die kleine Kapelle, vor den Toren *Gengenbachs* gelegen, in der die Trauung hätte stattfinden sollen, war von einem Blitz getroffen worden und abgebrannt. Tamara Brassova hatte, wie auch immer, von dem Unglück gehört und Melanie im *Aquarelle und Poesie* einen Besuch abgestattet. Nicht ohne ein unerwartetes Angebot zu unterbreiten: Nämlich die Hochzeit auf Schloss Ortenberg auszurichten. Schloss Ortenberg, seit ein paar Jahren im Besitz der Milliardärin aus *Nowgorod* in Russland.

Tamara Brassovas Hintergedanke war gewesen, der Öffentlichkeit ein anderes Bild von und über sich zu vermitteln als das, über das man sich landauf, landab das Maul zerriss. Von wegen russische Oligarchin von Gnaden des Kremls und so weiter. Zu jener Zeit im Jahr 2021 war man von einem Angriffskrieg Russlands gegen die benachbarte Ukraine noch viereinhalb Monate entfernt.

Heute, nach mehr als zweieinhalb Jahren Krieg, war die Stimmung gegen Russland an einem Tiefpunkt angelangt. Stimmung nicht nur gegen das Land, sondern gegen alles, was russisch war, also auch gegen die Menschen, und obwohl die allermeisten Auslandsrussen nichts mit dem politischen Handeln der heimischen Staats- und Armeeführung zu tun hatten, bekamen sie den Russenhass mit am meisten zu spüren. Tamara Brassova konnte ein Lied davon singen.

Es musste ein regelrechtes Netzwerk existieren, das sich den Kampf speziell gegen sie zur Aufgabe gemacht hatte. Gut, auch andere Leute mit russischem Pass sahen sich Anfeindungen ausgesetzt. Im Übrigen auch sogenannte Russlanddeutsche, also Menschen, deren Vorfahren vor Generationen aus Deutschland nach Russland ausgewandert waren und denen im Rahmen eines Aussiedler-Programms die Rückkehr nach Deutschland ermöglicht worden war. Die Anschläge gegen Tamara Brassova jedoch, anders konnte man die Übergriffe nicht bezeichnen, zeugten mit hohem kriminellen Potenzial von einer anderen Qualität. Tamara selbst sprach von einem Partisanenkrieg. Von unverhohlenem Terrorismus.

Auf Schloss Ortenberg hielt sie sich schon lange nicht mehr auf. Das auf einer exponierten Höhe liegende Gebäude war des Öfteren Zielscheibe von Beschuss geworden. Es gab rundum so gut wie keine intakte Fensterscheibe mehr. Das leicht gewölbte Metalldach des Hauptbaus war durch Gewehrgranaten stark beschädigt, sodass es ins Gebäude regnete. Ein sicherer Aufenthalt in den Mauern des Schlosses war nicht mehr gewährleistet. Die eingeschalteten Strafverfolgungsbehörden indes ermittelten erfolglos, da es weder irgendein Bekennerschreiben gab noch sich trotz etlicher verfügbarer Spuren ein explizites Täterbild erstellen ließ. Mutmaßungen genug waren zwar vorhanden, doch in allen Belangen zu vage.

Tamara Brassova hatte sich deswegen in ihr Zweitdomizil zurückgezogen – ein riesiges Bauwerk im einstöckigen Bungalow-Stil mit schusssicheren Panzerglasscheiben, auf einem weitläufigen Areal, geschützt durch einen hohen ellipsenförmigen Erdwall, der zusätzlich mit Natodraht bewehrten doppelten Zäunen versehen war. Die einzige Ein- und Ausfahrt war nur über ein kamerabewachtes Gittertor möglich. Zum ständig anwesenden Personal gehörten unter anderem drei Männer einer Sicherheitsfirma, untergebracht in einem Seitenflügel des Gebäudes.

Der lebenserfahrenen Melanie blieb derweil nicht verborgen, dass dem zarten Persönchen an ihrer Brust die Lebensfreude abhandengekommen zu sein schien. Da mochte sich Tamara noch so fest an sie drücken – die Sorgen umgaben sie wie eine Parfumwolke. Aber es war nicht Melanies Stil, gleich nach der ersten Wiedersehensfreude Essig in den Wein zu gießen.

„Du kommst gerade recht, meine Liebe", sagte sie, löste sich aus Tamaras Umklammerung und dirigierte die kleine Frau geschickt ins Rückraumbüro. „Wir, also meine beiden Freundinnen und ich, besprechen die Übergabe des Geschäftes. Darf ich vorstellen? Das sind Rosa Holzer und Eliza Wohlbrecht. Sie werden das *Aquarelle und Poesie* weiterführen." Und an die zwei Frauen im Büro: „Rosa, Eliza – das ist Frau Tamara Brassova, die Besitzerin und Herrin von Schloss Ortenberg. Bei ihr auf dem Schloss haben Edgar und ich vor drei Jahren geheiratet."

Rosa Holzer hatte sich erhoben. „Aber Melanie, was redest du da. Ich kenne Frau Brassova doch längst. Erinnerst du dich nicht mehr an das Weihnachtsfest in jenem Jahr? Da haben sie und ich uns kennengelernt, gell, Tamara?" Auch Rosa Holzer begrüßte Tamara wie eine alte Bekannte, und Eliza tat es ihr nicht minder herzlich gleich.

Die Neuigkeit versetzte Tamaras Unterkiefer in Bewegung. Ihr Mund stand offen. „Wie? Du hörst auf, meine Teure? Jetzt, in der Blüte deiner Jahre?"

Melanie nickte und drängte die Überraschte zu dem Stuhl, den sie bis soeben noch selbst innegehabt hatte.

„Setz´ dich bitte, Tamara. Ja, ich höre auf. Es sind Umstände eingetreten, die meine ganze Kraft erfordern. Ich bin sozusagen Mutter geworden und …"

Die Milliardärin quietschte vor Vergnügen und sprang Melanie wie eine rote Mamba an, wenn es denn ein Reptil dieses Namens mit solcher Farbprägung gäbe. **„Melanie! Mamuschka! Du!?** Aber wie … du bist … hallo, du bist … und Edgar? Eh … Papa?"

Melanie lächelte selig. „Ja, seit diesem Sommer …"

Melanie kam nicht weit, weil sie von Tamara brüsk unterbrochen wurde: „Es ist dieses Mädchen aus Marokko, nicht wahr? Stimmt´s? Saida? Hab´ ich doch in Pit Fermans Krimi gelesen. *Schaafskind*. Jetzt sag´ mir, dass ich recht habe."

„Ja, so ist es. Es ist Saida. Eliza Wohlbrecht ist übrigens Pit Fermans Ehefrau."

„Ah ja? Gell, wusst´ ich´s doch, dass mir der Name schon einmal untergekommen war. *Schaafsgold*, wenn ich mich nicht irre?"

„Oh, Sie sind ja bestens informiert", staunte Eliza. „Ja, Pit hat mich damals praktisch gerettet."

„Nenn´ mich doch bitte Tamara", intervenierte sie, „dann darf ich dich Eliza heißen, okee?" Tamara faltete die Hände und sprach Melanie an. „Tja, weshalb ich überhaupt gekommen bin: Ich möchte dich und Edgar zu mir nach Hause einladen. Zur Feier des dritten Hochzeittages. Am dreißigsten Oktober. Ich lasse euch abholen.

Mit dem *Rolls-Royce Silver Shadow*, wie damals. Und keine Widerrede. Na, was sagt ihr?"

30.10.2024

Edgar strich mit der flachen Hand über das edle Leder des Autositzes. Was hieß hier Autositz? Über den Lederbezug des Luxussessels im Fond des *Rolls-Royce Silver Shadow* Baujahr 1967. Er grunzte anerkennend. Es war das zweite Mal, dass er in solch einer Nobelkarosse saß. Das erste Mal vor drei Jahren, und wie damals war er in Begleitung seiner Melanie. Anders allerdings als bei der Fahrt zu ihrem Hochzeitstermin war, dass heute Saida zwischen ihnen hockte, in angestrengter Wachsamkeit, sodass ihr nichts von dem Besuch auf einem Schloss entgehen sollte.

„Ist sie eine Königin", fragte sie, „so mit Krone und Hermelinmantel?"

„Nun, eine Königin ist sie nicht gerade, mein Schatz", antwortete Melanie. „Aber sie ist eine großartige Frau. Du wirst sehen."

Saidas Lippen führten ein akrobatisches Eigenleben. „Also auch kein Hermelinmantel?"

„Ehrlich gesagt, weiß ich das nicht", gab Melanie lächelnd zu. „Das beste wird sein, wir fragen sie einfach."

An diesem Vorschlag kaute Saida einige Sekunden. Als Melanie bereits dachte, damit sei die Angelegenheit erledigt, schob das Kind eine Bitte nach: „Machst du das für mich?"

„Ich mach' das", erklärte Edgar mutig. „Ich bin nämlich der beste Fragensteller der Welt. Schließlich war ich mal Polizist."

Das war Saida ein gespielt genervtes Augenrollen wert. „Das weiß ich doch, Papa, aber für so eine einfache Frage muss man doch nicht bei der Polizei gewesen sein. Das kann doch jedes Kind."

„Ha! Hab' ich dich erwischt. Dann kannst du es ja auch, n'est-ce pas?"

Das Mädchen schmuste sich an Edgars Seite. „Okay, Papa, du hast gewonnen. Du bist ein guter Polizist."

„Ich war ein Polizist, Saida, ich war."

„Ich glaube, du bist es heute noch."

Edgar schmunzelte und zauste Saidas dicke Mähne, realisierte jedoch, dass Melanie ihre entspannte Sitzposition veränderte. Sie holte Luft, um etwas zu sagen, blieb aber stumm. Stattdessen drehte sie den Kopf und lugte zurück.

„Was ist?", fragte Edgar.

Melanies Zeigefinger deutete zum Rückfenster hinaus. „Zum Schloss – hätten wir nicht dort hinten abbiegen müssen?"

Auch Edgar wandte den Kopf. „Stimmt", sagte er dann. „Zum Schloss wäre es dort abgegangen." Irritiert sprach er den Chauffeur ab: „Sie, zum Schloss …"

Der Fahrer nahm über den Rückspiegel mit Edgar Augenkontakt auf. „Wir fahren nicht zum Schloss", sagte er.

„Ja, aber Frau Brassova hat uns …"

„Keine Sorge, die Herrschaften. Wir fahren zu Frau Brassovas neuem Zuhause. Sie erwartet Sie dort."

Melanie und Edgar tauschten befremdliche Blicke. „Davon hat Frau Brassova aber nichts erwähnt", sagte Melanie, die Augen weiterhin auf Edgar gerichtet.

„Schon möglich", antwortete der Chauffeur. „Frau Brassova ist sehr auf ihre Sicherheit bedacht und hält die neue Adresse weitestgehend geheim. Betrachten Sie es als Privileg, von ihr im neuen Haus empfangen zu werden."

Die Fahrt ging in die flache Rheinebene hinein, überquerte die Bahnlinie und die Autobahn A5. Gefühlt fuhr der *Rolls-Royce* kreuz und quer. Mal fiel das Sonnenlicht durch die linke, mal durch die rechte Seitenfensterscheibe, und bald kannte sich Edgar nicht mehr aus. Vertraute Orientierungsmerkmale wie die Schwarzwaldhöhen oder, auf der anderen Seite die Vogesen, waren nicht auszumachen. Der Fahrer schien Ortsdurchfahrten strikt zu vermeiden, und so bekam Edgar auch kein Ortsschild zu Gesicht. Eine Zeit lang lag auf Melanies Seite ein dichter Auwald, während Edgars Ausblick auf tristes Brachland fiel, über dem wie ein luftiger Schleier bodennaher leichter Nebel hing. Voraussetzungen also, um in dieser Jahreszeit den Reifeprozess zu einer herbstlichen Nebelsuppe in Gang zu setzen. Ein durch und durch nachvollziehbares Szenario.

Die Straße, so es denn eine war, befand sich in schlechtem Zustand, den auch die Federung des *Rolls-Royce* nicht problemlos wegsteckte. Saida vergnügte sich mit übertriebenem Hin- und Herschaukeln. Die Augen des Fahrers, stellte Edgar fest, waren zu Sehschlitzen verengt und stur nach vorne gerichtet. Dann bog der *Rolls-Royce* in den Auwald hinein.

„Um Gottes Willen, wo fahren Sie uns denn hin?", fragte Melanie mit fast unhörbarem Vibrato in der Stimme. Ein Zeichen, dass sie nervös war, wenn nicht sogar ängstlich.

Edgar streckte ihr über Saidas Kopf hinweg die rechte Hand entgegen, die sie ohne zu schauen in blindem Verständnis ergriff und drückte. Melanie wusste intuitiv, in welchen Situationen er ihr beistehen wollte.

„Wir sind gleich da", antwortete der Fahrer müde. „Minute."

Kaum ausgesprochen, tat sich vor dem *Rolls-Royce* eine weite Lichtung auf. Ein Gitter versperrte die Weiterfahrt. Beiderseits des Tores erhoben sich hohe Erdwälle, die sich in einiger Entfernung in je einem Bogen verloren. Auf ihren Kronen verliefen zusätzlich mit Stacheldraht bestückte Doppelzäune. Per Fernsteuerung, die der Fahrer am Armaturenbrett bediente, bewegte sich das Gitter auf einer im Boden eingelassenen Schiene gespenstisch zur Seite.

Verdammte Scheiße, was soll das denn?, dachte Edgar. *Sind wir hier etwa in Fort Knox?*

Der Chauffeur steuerte das Auto jetzt durch die Öffnung zwischen den Erdwällen hindurch. Ab hier war die Straße asphaltiert und führte schnurgeradeaus. Das Gelände links und rechts war mit kurzgehaltenem Gehölz bewachsen. Plötzlich sprangen, wie bestellt, kurzhaarige Hunde neben dem *Rolls-Royce* her, die aus dem niedrigen Gebüsch gekommen sein mussten. Dobermänner, wie Edgar erkannte. Mühelos hielten sie das Tempo des Autos ein, überholten es spielerisch oder ließen sich zurückfallen, ganz nach Belieben. Melanie rückte vorsichtshalber weiter vom Seitenfenster weg. „Edgar, was soll das? Wo sind wir hier gelandet?", fragte sie und nahm Saida mütterlich besorgt in die Arme.

„Sieht aus wie ein KZ", antwortete er mit zusammengebissenen Zähnen, „fehlen nur noch die Baracken. Aber aha, schau nach vorne. Da haben wir schon eine. Zwar etwas moderner, aber genauso unheimlich."

„Edgar, ich will da nicht hin", schwankte Melanies Stimme.

„Zum Umkehren ist es, glaube ich, zu spät", erwiderte er. „Wenn mich nicht alles täuscht, sehe ich unsere Gastgeberin vor dem Gebäude stehen."

Edgars scharfe Augen hatten es richtig erkannt. Das Gebäude entpuppte sich als breit angelegter Bungalow mit Flachdach. Eine kleine Frau mit tizianroten Haaren schaute dem ankommenden *Rolls-Royce* entgegen. In einiger Entfernung hinter dem Bungalow ragte der Gittermast mit Ausleger eines Baukrans in die Höhe. *Da wird noch mehr gebaut*, dachte Edgar, enthielt sich jedoch eines Kommentars.

Der Chauffeur steuerte den *Rolls-Royce* in einen perfekten Halbkreis und hielt mit wenigen Metern Abstand direkt vor der kleinen Frau. Kaum dass der Wagen stand, riss er bereits die Fondtüren an beiden Seiten auf. Melanie schwenkte die Beine hinaus und stand Augenblicke später vor Tamara.

„Melanie, endlich", stürzte Tamara auf sie zu und umarmte sie freudig wie ein Kind. Unterdessen war Saida scheu an Melanies Seite getreten. „Und das ist also euer Mädchen. Saida. Wie schön. Ich bin ganz gerührt." Tamara ging in die Knie und streckte Saida die Hand entgegen. „Hallo, Süße. Ich freue mich sehr, dich kennenzulernen. Ich habe gehört, dass du eine Künstlerin bist?"

Saida blickte zu Melanie empor, die ihr aufmunternd zulächelte. Saida beantwortete die Frage mit einem stummen Kopfnicken.

„Großartig", tönte Tamara. „Dann kannst du vielleicht ein Porträt von mir malen. Das fehlt mir nämlich noch in meiner Sammlung."

Edgar hatte das Heck des *Rolls-Royce* umrundet und trat an Melanies Seite. „Hallo, Tamara", sagte er, „bist du nach hier umgezogen, oder was ist das für ein Bunker?"

Tamara erhob sich und umschlang seine Brust. „Edgar! Mein lieber Edgar! Direkt wie immer. Herzlich willkommen in meiner bescheidenen Hütte. Ja, hier wohne ich jetzt. Aber kommt doch mit ins Haus, dann erzähle ich euch alles."

Während Saida, eine Tasse heißen Kakaos in den Händen, die vielen Ikonen an einer Wand des geräumigen Wohnzimmers bestaunte, saßen Melanie, Edgar und die Gastgeberin um einen schweren Couchtisch aus einer versteinerten Baumscheibe und tranken Espressi aus kleinen Tassen.

Tamara Brassovas neues Haus war nüchtern aber gediegen eingerichtet. Irgendeinen Firlefanz gab es so gut wie nicht zu sehen. Die Einrichtung musste sündhaft teuer gewesen sein. Die wenigen Gegenstände, die diskret und unaufdringlich auf dem Boden oder auf Konsolen standen, schienen durchaus nach der prallen Geldbörse der Hausherrin ausgesucht worden zu sein. Riesige, seidig glänzende Teppiche dämpften die Schritte der Haushälterin, die den Kaffee und Gebäck servierte. Edgar vermutete stark, dass einige der unauffälligen

Gemälde an den Wänden echt waren, einschließlich der Ikonen.

„… ja, mein lieber Edgar, liebe Melanie, deswegen bin ich hierher gezogen. Du hast es einen Bunker genannt, Edgar, und im Grunde hast du den Nagel auf den Kopf getroffen. Es ist ein Hochsicherheitshaus. Die Fensterscheiben sind aus Panzerglas, und das Flachdach ist aus Spezialbeton. Bombenfest, sozusagen."

„Du wirst doch Schloss Ortenberg nicht verkaufen wollen?", fragte Melanie.

„Nein, Melanie, das behalte ich. Aber es soll wieder für die Öffentlichkeit zugänglich werden", antwortete Tamara. „Es war ja mal eine Jugendherberge. Vielleicht gebe ich das Schloss der Jugend wieder zurück."

Melanie nickte. „Gute Idee, Tamara."

Edgar streckte den Finger wie früher in der Schule. „Darf ich in aller Bescheidenheit fragen, was es mit den Bauarbeiten hinter deinem neuen Haus auf sich hat? Dort, wo der Baukran steht? Baust du noch ein Hallenbad oder was?"

Tamara lächelte verschmitzt. „Natürlich darfst du fragen, mein lieber Edgar, aber ich werde es dir nicht sagen. Das ist gewissermaßen geheim. Soll niemand wissen."

„Also kein Hallenbad", bohrte Edgar ein bisschen tiefer.

Melanie drückte ihm diskret den Ellbogen in die Rippen. „Edgar!", mahnte sie ihn zur Räson.

Er gab sich empört: „Wieso, man wird doch noch fragen dürfen."

„Das hast du doch schon längst, und eine Antwort hast du auch bekommen. Lass´ jetzt gut sein", pflaumte sie ihn gutmütig an. Sie kannte ihren Edgar und seine unentwegte Neugier.

In dieser Sekunde erschien die Haushälterin, beugte sich über ihre Chefin und flüsterte ihr etwas ins Ohr. Da klatschte Tamara in die Hände und rief: „Das Essen ist serviert, meine Lieben. Kommt bitte zu Tisch."

Edgar hatte, wie er es gelegentlich zu tun pflegte, eine Wette mit sich abgeschlossen. Zehn Euro von der rechten in die linke Hosentasche. *Es wird Blinis geben, wie vor drei Jahren zu Weihnachten. Verfeinert mit Rote Beete. Oder Borschtsch, auch mit Rote Bete. Oder gleich beides.* Dabei war er nicht gerade ein Freund von Rote Beete.

Er durfte das Geld in der rechten Hosentasche behalten. Tamara ließ eine Flädlesuppe servieren, anschließend Rehbraten mit Kartoffelklößen und Preiselbeeren. Als Dessert Birne Helene. Die Haushälterin war eine exzellente Köchin. Edgar sprach ihr seine ehrliche Anerkennung aus, was von der Frau mit bescheidener Freude aufgenommen wurde. Auch Saida fand, dass die Suppe sehr gut geschmeckt hatte.

Da das Datum von Melanies und Edgars Hochzeitstag in die Herbstferien fiel, durfte Saida heute länger aufbleiben. Während die Erwachsenen beim Champagner angelangt waren, schlenderte das Mädchen mit einem Glas Limonade in der Hand durch die Wohnung. Sie wusste, dass indessen am Couchtisch über den Krieg in der Ukraine und seine Folgen gesprochen wurde. Saida fürchtete sich zwar nicht unmittelbar davor. Melanie hatte gesagt, die Ukraine sei über tausend Kilometer weit weg und sie müsse sich keine Sorgen machen. Aber in

Saidas Klasse gingen zwei ukrainische Mädchen, und damit schien der Krieg doch nicht so fern zu sein. Auch wenn sie weitestgehend von den Berichterstattungen im Fernsehen verschont wurde und vom hässlichen Kriegsgeschehen nichts mitbekam, fühlte ihre Kinderseele eine abstrakte Bedrohung. Sie verfügte über einen wachen Verstand und erkannte die Schrecken des Krieges an Melanies und Edgars Mienen. Dinge, die sich ein Kind nicht vorstellen konnte und nicht vorstellen durfte.

Mit ihrem fotografischen Gedächtnis prägte sie sich die Gemälde ein, die an Tamaras Wänden hingen, um daheim im Internet ihres Handys die Künstler dazu zu suchen. Sie wäre gewiss in der Lage, die Bilder zu Hause nachzumalen, doch das würde sie niemals tun. Ihr Empfinden sagte ihr, dass das Diebstahl wäre. Doch von Tamara würde sie ein Porträt anfertigen. Sie hatte sich das Aussehen der kleinen rothaarigen Frau haargenau gemerkt.

Die Zeiger der Uhr gingen bereits Richtung elf Uhr, als Melanie, Edgar und Saida sich von Tamara verabschiedeten und den *Rolls-Royce* bestiegen, der sie nach *Gengenbach* bringen würde. „Vergiss nicht, ein Bild von mir zu malen, meine Süße", wurde Saida zum Schluss von Tamara erinnert.

Saida nickte, lächelte und antwortete: „Morgen ist es fertig."

30.10./31.10.2024
Die Nacht vom dreißigsten Oktober auf den einunddreißigsten Oktober 2024 war stockdunkel. Schloss

Ortenberg wurde seit geraumer Zeit nicht mehr ange-
strahlt. Nicht, dass Tamara Brassova dem Verein gegen
Lichtverschmutzung beigetreten war, oder dass ihr die
Kosten für die elektrische Energie, die die Scheinwerfer
verbrauchten, zu teuer gewesen wären. Der Grund war,
dass sie die tagsüber weithin sichtbare Schlossanlage
nicht auch noch nachts als Zielscheibe mit Beleuchtung
präsentieren wollte.

Stockdunkel, und in der Rheinebene sowie in den Tä-
lern der Schwarzwaldvorberge hing dicker Nebel. Aus
der Höhenlage des Schlosses wirkten die Straßenlaternen der Gemeinde Ortenberg wie Leuchtdioden hinter
Milchglasscheiben. Verkehrslärm oder andere Geräusche aus dem Dorf blieben in den feuchten Schwaden
wie an einem Sprühkleber hängen. Oben am Schloss
herrschte eine ungewöhnliche Stille.

Der Platz war gut gewählt. Diametral zum offiziellen
Besucherparkplatz und dem Haupttor gelegen. Der Last-
wagen mit dem Kastenaufbau und dem leuchtend gelben
Firmenlogo stand nur wenige Meter unterhalb des
Schlosses auf einem kurzen Abzweig des landwirtschaft-
lich genutzten Weges durch die Rebhänge. Direkt über
ihm ragte das imposante Haupthaus in den Nachthim-
mel. Der Motor war abgestellt, das Licht ausgeschaltet.
Der Fahrer im Führerhaus wartete auf ein verabredetes
Zeichen, das vom versteckten Seiteneingang der
Schlossanlage gegeben werden sollte.

„Hör´ zu, Shorty", hatte Lefti ihm gesagt und ihm einen
Zettel und ein flaches, in handelsübliches Packpapier ge-
wickeltes Päckchen gegeben. „Auf dem Zettel steht, wo
du hin und was du machen musst. Kennst das ja. Du

tippst die Zahlen in das Bordsystem ein, dann folgst du den Anweisungen von GPS. Klar? In dem Paket sind die falschen Nummernschilder. Brauchst sie nur über die echten zu stecken. Aber vergiss nicht, sie nach dem Job wieder mitzunehmen."

Shorty hatte den Zettel mit den Koordinaten angeguckt. Er war an der Theke des Pub bei einem Bier gesessen, als Lefti verabredungsgemäß hereingekommen war. „Was ist das für ein Job, dass du ihn nicht selber machst?"

„Weiß ich nicht", hatte Lefti geantwortet. „Es soll eine große Sache sein, bei der keiner den anderen kennt. Du sollst nur eine Ladung übernehmen. Mehr brauchst du nicht zu wissen. Aber sei pünktlich, das ist wichtig. Und warum ich nicht selber fahre?" Leftis Lippen hatten schmunzelnd gezuckt. „Das geht dich zwar einen Mist an, aber ich sage nur: Heiße Lady, wenn du verstehst, was ich meine. Der Laster steht übrigens auf dem Hof der Klempnerfirma, für die ich arbeite. Schlüssel steckt. Und genau dort stellst du ihn nach Beendigung des Jobs wieder ab. Ich verlass' mich drauf."

Shorty hatte den Zettel eingesteckt. „Muss ich sonst noch etwas wissen? Gibt's 'ne Belohnung oder was?"

Lefti hatte den Kopf geschüttelt. „Sei pünktlich. Die Belohnung teilen wir uns dann. Vermassel' es nicht, schalt' dein Handy aus und rauch' nicht."

Das sah Lefti mal wieder ähnlich. Da hatte der alte Schwerenöter ein Date mit einer Lady, das er nicht verschieben konnte, oder nicht wollte, und schusterte ihm, Shorty, nun eine Fuhre zu mitternächtlicher Stunde zu, die gewiss nicht ganz hasenrein war.

Sie kannten sich seit der Schulzeit. Der um einen Kopf größere Lefti war einer der wenigen gewesen, die Shorty wegen seiner Größe nicht gehänselt hatten. Gut, auch er rief ihn beim Spitznamen, doch kam es aus seinem Mund nicht höhnisch oder abwertend daher, und er machte die dummen Scherze der anderen nicht mit.

Später, als Lefti neben der Lehre als Heizungstechniker seine Karriere als Kleinganove begonnen hatte, waren sie sich nur noch sporadisch begegnet. Einige Male im Irish Pub in Offenburg, oder auch mal im Tanzclub *Etage Eins*. Immer hatte Lefti ausreichend Geld gehabt, um ihn einzuladen und freizuhalten. Dabei weihte er Shorty eines Nachts in das Geheimnis ein, womit er eigentlich das Geld verdiente: Mit Einbrüchen in die Lagerhäuser diverser Großhändler. *Das tut denen nicht weh*, hatte er sich gerechtfertigt, *die setzen die Verluste von der Versicherung ab, und allen ist geholfen. Haha. Aber pschscht, Schnauze, Kumpel. Wenn du mal Lust hast oder dringend Geld brauchst – ruf' mich an, okay?*

Und Geld hatte Shorty dann gebraucht, besonders nachdem er die Lehre als Mechatroniker abgebrochen hatte. Der erste Bruch, zusammen mit Lefti, war ein voller Erfolg gewesen. Nagelneue Tablets aus dem Lager der Firma *Digitec*. Auf den Geschmack von schnellem Geld gekommen, sollte es nicht der letzte gemeinsame Coup gewesen sein.

Was Shorty allerdings nicht konnte, ganz im Gegensatz zu Lefti, waren Frauen. Wechselte Lefti die Frauen so häufig wie die Unterhosen, inklusive aller damit einhergehenden Probleme, hielt sich das weibliche Geschlecht von Shorty fern. Er wusste nicht wirklich, warum das so war, doch fühlte er sich schlichtweg übersehen.

Hat sich was! Handy aus! Rauch nicht´! Kann mich mal!, schnappte Shorty und daddelte aus purer Langeweile einige Minuten ein Ballerspiel auf dem Handy, doch er verlor und war tot, bevor er das nächste Level erreichte. *Scheiße*, dachte er und klopfte die Asche zum Seitenfenster hinaus. Der, der ihn am Rauchen hindern wollte, musste erst noch geboren werden. *Pah!*

Er guckte auf die Uhr am Armaturenbrett. Die Zeiger wanderten gerade über Mitternacht hinaus. Unlustig schaltete er das Handy wieder aus. *Schalt´ dein Handy aus.* Ja, ja, meine Güte, wegen der paar Minuten? Man kann die Vorsicht auch übertreiben.

Direkt hinter seinem Truck, Shorty hatte ihn praktischerweise gleich bei Ankunft zur schnelleren Abfahrt gewendet, versperrte ein quergestellter dunkelblauer Lieferwagen Typ Sprinter die Sicht auf den Seiteneingang. Shorty wusste weder wer dort zugange war, noch was dort gemacht wurde. Das Auto war bereits dagestanden, bevor er mit seinem LKW angekommen war. *Wie soll ich da, verdammt, ein Signal sehen?*

Vor ein paar Minuten hatte er sich die Beine vertreten und bei der Gelegenheit um den ominösen Sprinter herumgespäht. Aber den angebliche Zugang zum Schloss hatte er auch dann nicht erkennen können. Dort, wo er ihn vermutete, bildeten wuchernde Büsche eine Art Tunnel, lag alles in totaler Dunkelheit. Weiterzugehen hatte er sich nicht getraut. Es war nicht sein Job, anderen hinterher zu schnüffeln. Er war verantwortlich für den LKW.

Der richtige Name war Georg Sackmann. Aus dem Kosename Schorschi, wie ihn seine Mutter heute noch rief, war dann irgendwann im Laufe der Realschulzeit der Spitzname Shorty geworden. Wahrscheinlich sogar ab der ersten Stunde Englischunterricht. Er fand sich damit ab, klang doch Shorty besser als Zwerg, obwohl man ihn gerade wegen seiner Körpergröße von ein Meter einundsechzig so nannte. Aber erst einmal musste jemand Englisch können, um zu verstehen, wie es gemeint war.

Er rauchte die Zigarette bis zum Filter und wartete eine Weile, bis die Glut von alleine erlosch. Dann zog er den Aschenbecher aus dem Armaturenbrett. Voll bis zum Rand. Kurzerhand schnippte Shorty die Kippe zum Fenster hinaus.

In dem Moment, als er es wieder schloss, meinte er im Rückspiegel hinter dem Lenkrad des dunkelblauen Lieferwagens eine Bewegung zu erkennen. Nein, weniger. Eine Veränderung in der Scheibe. Oder hinter der Scheibe? Ein Schatten. Eher eine Schattierung vor der Schwärze des dunklen Hintergrunds. Saß da einer? Wartete der vielleicht ebenfalls auf ein Zeichen?

Shorty war unschlüssig. Wenn er jetzt hinüberginge um einen Smalltalk zu halten, konnte das gegen die Team-Philosophie des Bosses verstoßen. Falls es überhaupt eine gab. Doch irgendeinen Grund für die Geheimnistuerei musste es ja geben. *Keiner kennt den anderen*, wie Lefti angedeutet hatte, wäre gut vorstellbar. Was einer nicht wusste, konnte er auch nicht verraten. Zumindest was die Fußsoldaten und die Handlanger betraf. Also erst gar nicht an die Scheibe dort drüben klopfen?

Aber vielleicht war der Fahrer des Sprinters ebenfalls bloß ein armes bedeutungsloses Schwein, das sich langweilte und sich nach ein bisschen Unterhaltung sehnte. Wenn dem so war, wieso war er dann seinerseits nicht längst herübergekommen? Er musste ihn schließlich gesehen haben.

Shorty kletterte aus dem Truck und schlenderte, Hände in den Hosentaschen, zu dem Lieferwagen hin. Der Nebel wälzte sich wie Schaum über Fahrzeuge und Büsche hinweg. Shorty beugte sich nach vorn, um in die Fahrerkabine zu spicken. Sehen konnte er nur den eigenen schwarzen Schatten seines Kopfes. Dann klopfte er mit dem Zeigefingerknöchel gegen die Scheibe. Keine Reaktion. Er hob die Hand, um es nochmal zu probieren. Da surrte die Scheibe ein Stück nach unten. Zwei Augen, umrahmt von einer Motorradhaube, funkelten ihn böse an: „Hau´ ab, du Arsch. Verpiss´ dich!", wurde er angezischt.

„Hey, Kollege, ich wollte nur mal …"

„Du sollst dich verpissen. Wieso hast du deine Maske nicht auf?"

„Maske?"

„Deine Maske! Alle, alle arbeiten mit Maske. Hat man dir das nicht gesagt?" Die Scheibe surrte wieder nach oben.

Shorty schlich beleidigt zum Truck. *Was denn für eine scheiß Maske? Lefti hatte nichts von einer verdammten Maske gesagt.*

Da blitzte es dreimal aus dem Gebüschtunnel heraus. Das war es: das Zeichen.

Shorty wusste, was er zu tun hatte. Es hatte auf dem Zettel mit den Orts- und Zeitangaben gestanden. *Laderaum öffnen und in der Fahrerkabine warten, bis weitere Instruktionen folgen.*

Kaum hatte er die Flügeltüren aufgerissen und hinter dem Lenkrad Platz genommen, verrieten ihm diverse Erschütterungen und Schwankungen eine betriebsame Aktivität im Laderaum des Lasters. Im Rückspiegel nahm er nur hektisches Kommen und Laufen dunkler Gestalten wahr, die jeweils mit einem Bündel aus dem schwarzen Tunnel auftauchten und ohne Last wieder zurückeilten. Darüber, was hinter ihm geladen wurde oder was sich in den Bündeln befand, war Shorty nicht informiert. Er war ja nur der Fahrer. Doch dachte er im Zusammenhang mit der Örtlichkeit, nämlich dem Schloss Ortenberg, dass es sich um etwas Wertvolles handeln musste.

Es dauerte nicht länger als etwa zehn Minuten. Dann war das Gewusel schlagartig vorbei. Shorty erschrak, als neben ihm plötzlich die Beifahrertür aufgerissen wurde und ein ganz in schwarz gekleideter Kerl mit Motorradhaube auf den Sitz kletterte. Schon die Körpersprache verriet, dass es sich bei ihm nicht um einen vom Fußvolk handelte.

„Was ist das denn für ein Scheiß-Truck? Ein neutraler Laster hat es geheißen. Und was bringst du? Einen Firmenwagen. *Sanitär und Heizungstechnik Sunbörn.* Man fasst es nicht. Kann man ja gleich die Bullerei verständigen. Mann, Mann, Mann. Und hier stinkt´s nach Rauch", bemerkte er kritisch als zweites. „Hast es die paar Minuten wohl nicht ohne Glimmstängel aushalten können, was? Wo hast du die Kippe hingetan?"

Shorty wies auf den Aschenbecher. „Bin doch nicht blöd", antwortete er frech.

Zu frech, wie der Kerl der Ansicht war, denn er verabreichte Shorty so flink eine Kopfnuss mit den Fingerknöcheln, dass der die Bewegung überhaupt nicht hatte kommen sehen. „Und eine Maske hast du auch nicht auf." Zweite Kopfnuss. Er deutete auf Shortys Handy, das zwischen dessen Schenkeln steckte. „Ausgeschaltet?"

„Logisch", versuchte Shorty cool zu klingen.

„Zeig her!", verlangte der Maskenmann, der im Nu herausfand, dass Shorty vor wenigen Minuten noch online gewesen war. „Sag´ mal, willst du mich verarschen? Wer bist du eigentlich. Wo ist der abhörsichere *Braker*?"

Shorty guckte dumm aus der Wäsche. „Davon war nicht die Rede gewesen. Lefti hat davon nichts …"

„Lefti? Sagtest du Lefti?"

„Ja, klar. Lefti ist ein Kumpel von mir. Der hat mir den Job aufgeschwatzt."

Der Typ schien zu überlegen. „Okay", sagte er nach einer Weile, „du hältst ab jetzt das Maul, kapiert? Auf was wartest du noch? Schmeiß´ den Motor an und fahr los."

„Aber wohin …?"

„Das sag´ ich dir schon, du Nulpe. Los jetzt!" Dritte Kopfnuss.

Die Stimmung in der Fahrerkabine war so unterkühlt wie flüssiger Stickstoff in einem Isolierbehälter. Der Kerl navigierte Shorty mit monotoner, aber eisiger Stimme wie eine digitale GPS-Ansage den Rebberg hinunter, durch die Ortschaft *Ortenberg* hindurch und weiter durch die Nebel-Waschküche der Rheinebene. Er schien ein Blindfluggerät im Kopf eingebaut zu haben, denn obwohl die Fernsicht zwei Meter vor der Kühlerhaube des Lasters endete, wusste er auf den Meter genau, wo sie sich jeweils befanden und wann er die Fahrtrichtung anzusagen hatte. Dabei verschwendete er kein Wort.

Shorty hatte die Orientierung relativ bald verloren. Allein den Laster auf der Straße zu halten verlangte von ihm höchste Konzentration. Da konnte er sich nicht auch noch darum kümmern, wo genau sie sich gerade befanden. Hauptsache der Typ neben ihm beherrschte das Radar.

Es lechzte ihn nach einer Zigarette, und aus alter Gewohnheit griff seine Hand an die Brusttasche seiner Jacke, in der die Ziggis steckten. Doch ein Räuspern des Sitznachbarn genügte, um ihm die Sucht zu vergällen. *Hergotzack, was sind das bloß für missgünstige Ärsche*, dachte er und war froh, dass *KI* noch keine Gedanken lesen konnte.

Nach einer Weile hielt er es nicht mehr aus. „Fahren wir eigentlich im Kreis, oder was?", entwischte ihm die provozierende Frage.

„Warum so ungeduldig, mein Freund?" Die Stimme des Beifahrers klang ungewöhnlich lässig.

„Ach, ist doch wahr. So ein Herumgegurke!", maulte Shorty.

Nach einer Denkpause von knapp zehn Sekunden sagte der Sitznachbar: „Hast recht. Fahr´ doch einfach mal rechts ran. Steig aus und rauch´ gemütlich eine Zigarette. Wir sind ja nicht auf der Flucht." Mit diesen Worten zog er die Kapuze vom Kopf und zwinkerte Shorty mit einem Auge zu.

Shorty war verblüfft. „Wie? Echt jetzt?"

„Klar. Na los schon, ist doch kein Verkehr hier", war die aufmunternde Antwort. „Aber lass´ den Motor laufen und bleib im Scheinwerferlicht. Nicht, dass du dich in dieser Nebelsuppe verirrst, kapiert? Und lass´ dein Handy da."

Shorty grunzte zufrieden, stieg aus und nestelte die Zigarettenschachtel aus der Brusttasche. Während er das Feuerzeug an die Zigarette hielt, betrat er die Lichtkegel, die von den Scheinwerfern vor die Kühlerhaube des LKW geworfen wurden. Gierig inhalierte Shorty den ersten Zug und wunderte sich, wieso der Dieselmotor des Lasters aufheulen konnte, wenn er doch gar nicht am Steuer saß. Als er sich verdutzt umwandte und der linke Scheinwerfer auf ihn zugerast kam, war es zum Ausweichen bereits zu spät.

*

Stefan Übermaß, Dirigent des Männergesangsvereins *Eschholz*, war traurig. Fünfundzwanzig Jahre lang war er Dirigent des Vereins gewesen – und nun sollte Schluss sein? Auf satzungsgemäßen Beschluss der Vorstandschaft und der wenigen Vereinsmitglieder, sowohl passiv als auch aktiv: Der MGV *Eschholz* löste sich auf.

Traurig. Ja, das traf seine Gefühlslage. Traurig, enttäuscht und niedergeschlagen. So viele Jahre.

Wenn pro Stimme nicht mindestens drei Sänger zu zählen waren, musste der Verein die Konsequenzen ziehen. Zuletzt hatten sie die geforderte Anzahl nicht mehr erreicht. Erster Tenor zwei Aktive, Zweiter Tenor drei, Erster Bass vier, Zweiter Bass zwei. Und dann das Alter. Der Jüngste war sechsundsiebzig Jahre alt. Dreiundneunzig der Älteste. Damit konnten sie nicht mehr auftreten. Es machte keinen Sinn. Stolz waren die alten Krücken immer noch, daran gab es keine Zweifel. Aber

Stefan Übermaß wusste, dass man sie hinter vorgehaltener Hand belächelte. Doch, doch, er sah es ein. Ein Abgang in Würde war unabwendbar, bevor die Männer inklusive ihm das Mitleid in den Augen der Zuhörer buchstabieren konnten. So denn überhaupt noch Leute kamen, um ihnen zuzuhören.

Sie waren nach der Generalversammlung noch zusammengesessen. Der gesamte Vorstand, einige passive Mitglieder, sowie ein paar Sänger von den etwas jüngeren, und er, Stefan Übermaß. Im *Schwanen*, wo auch das Probelokal untergebracht war. Sie hatte sich in die Länge gezogen, die Generalversammlung, bis die Traktandenliste abgearbeitet war: Begrüßung durch den ersten Vorstand, Jahresbericht des Schriftführers, Bericht des Kassenwarts und der Kassenprüfer mit anschließender Entlastung. Neuwahlen waren obsolet geworden. Am längsten hatte der Tagesordnungspunkt Fragen und Anträge gedauert, denn ein jeder, inklusive Stefan Übermaß, hatte sich befleißigt gefühlt, die Auflösung des Vereins mit mehr oder weniger sentimentalen Worten zu bedauern. Manch einem der alten Recken hatte dabei die Stimme geschwankt.

Für den *Schwanenwirt* war es stets eine sichere Einnahmequelle gewesen. Jeden Dienstagabend war Chorprobe im hinteren Saal, und anschließend trank man vorne in der Wirtschaft das eine oder andere Viertele. Trinken, das konnten die alten Männer noch. Aber singen – damit war endgültig Schluss.

Übermaß hatte es bis zuletzt versucht. Weg von den Volksliedern, hin zu neuerer Gesangsliteratur. Doch die Alten hatten nicht mitgezogen. Ihnen waren die neuen Lieder zu modern. Den Rhythmus hatten sie längst nicht mehr im Blut, und in einer anderen Sprache als Deutsch zu singen, kam für sie von vornherein nicht in die Tüte. Hornochsen, die sie waren, alle, durch die Bank.

Als auch sein letztes Angebot, Fusion mit einem Frauenchor, ausgeschlagen worden war, war das Ende des MGV *Eschholz* besiegelt. Für die noblen Herren war es unter ihrer Würde gewesen, in einem gemischten Chor zu singen. Aus, Ende.

Stefan Übermaß wohnte selber nicht in *Eschholz*. Er musste fünfzehn Kilometer fahren, um zu den Proben zu gelangen. Gleiche Strecke natürlich wieder zurück. Ein Umstand, der ihn bisher davon abgehalten hatte, nach der Probe Alkohol zu trinken. Nur heute, am unwiderruflich letzten Tag seines Engagements, gönnte er sich ein Bier. Einmal in fünfundzwanzig Jahren Chorleitertätigkeit durfte er doch wohl ein Bier trinken, ohne gleich von der Polizei erwischt zu werden. Es war ohnehin nur eine finstere Landstraße in der Provinz von *Eschholz* nach *Kaltenhofen*, wo sein Haus stand. Wer hier als Polizist die Autofahrer kontrollierte, hatte sowieso den Beruf verfehlt. Also bitte.

Fast schon aus Gewohnheit und hauptsächlich wegen unliebsamen Begegnungen mit Rehen oder Wildschweinen hatte er die *Dashcam* seines Autos eingeschaltet, obwohl er die Straße wie seine Westentasche kannte. Da machte ihm keiner etwas vor. Wahrscheinlich würde er blind nach Hause finden, mit verbundenen Augen meinetwegen, aber hallo.

Aber hallo, war das ein scheißdicker Nebel an diesem Abend. Ha, Abend war gut. Es war Nacht, finsterste Nacht, weit nach ein Uhr, und Übermaß fragte sich, warum, in Teufels Namen, er so ewig lange bei den anderen sitzen geblieben war? Wo doch sowieso alles vorbei war?

Er zielte mit den Augen auf die Reflektoren der Leit-pfosten neben der Straße, die in regelmäßigen Abständen am Straßenrand aus dem Nebel auftauchten. Solange er links an ihnen vorbeifuhr, wusste er, befand er sich auf der sicheren Seite. Aber dieses permanente Nachvorne-stieren war sehr anstrengend und er erwischte sich dabei, dass sein Blick auf Dauer den Fokus verlor und anfing zu wabern. Übermaß blinzelte die lästige Streuung je-weils weg.

Es war ihm bis zu dieser Minute noch kein Verkehr entgegengekommen, als auf der Strecke vor ihm aus dem Nebel eine Lichtkuppel in die Höhe wuchs. Strahlen, eingefangen von Aberbillionen kleinster Wassertröpf-chen, die in der Nachtluft schwebten. Übermaß ging so-fort vom Gas und steuerte den Wagen so weit wie mög-lich an der Bankette entlang. In langsamer Fahrt näherte er sich dem mysteriösen Schein. Aus einer Distanz von ungefähr zwanzig Metern sah er, dass es Autoscheinwer-fer waren, von denen das Licht ausging. Übermaß redu-zierte das Tempo noch mehr, bis er annähernd Schrittge-schwindigkeit fuhr und konzentrierte sich darauf, die rechte Straßenseite einzuhalten.

Als er beinahe auf gleicher Höhe war, überfiel ihn das Grauen. Aus den Augenwinkeln nahm er wahr, wie eine Person mit zur Abwehr erhobenen Armen vor dem Scheinwerfer des anderen Fahrzeugs auftauchte - und wie dieses Fahrzeug über die Person hinwegfuhr.

Es dauerte eine Schockwelle, bis Übermaß das Gese-hene verarbeitet hatte und zu einer Reaktion fähig war. Dann, auf einmal hellwach, stieg Übermaß auf die

Bremse und brachte das Auto abrupt zum Stehen. Wie ein Magnet zog der Rückspiegel seinen Blick an. Sekundenlang suchten seine Augen die hinter ihm liegende Strecke ab, aber der Nebel verschlang die Sicht praktisch direkt nach der Heckscheibe. Nur ein milchiger Fleck in der Nebelsuppe zeugte davon, dass dort tatsächlich ein Fahrzeug war.

Mit bebender Hand schaltete Übermaß die Warnblinkanlage ein. Sollte er aussteigen und nachsehen? War er wirklich sicher, dass es ein Mensch gewesen war, und nicht vielleicht doch ein Reh oder eine Wildsau? Schließlich öffnete er die Tür und stieg aus. Das orangefarbene Warnblinklicht sendete pulsierende Explosionen in die feuchte Watte, die ihn umhüllte. Übermaß entfernte sich mit tastenden Schritten von seinem Auto, tappte wie blind ein paar Meter in die Richtung, aus der er gekommen war. Gerade als in ihm die Hoffnung erwachte, dass da auf der Fahrbahn nichts zu sehen war, schälten sich, vor dem Hintergrund jener Lichtkuppel, zum einen die quadratischen Aufbauten eines Lastwagens, zum anderen die Konturen eines menschlichen Schattens aus dem Grau des Nebels. Übermaß blieb stehen und starrte mit ansteigender Panik der Figur entgegen. Ja. Es bestand kein Zweifel. Der oder diejenige oder wer immer das war, schritt weiter auf ihn zu.

Übermaß war das nicht mehr geheuer und er machte kehrt. Er war allein und für eine nächtliche Konfrontation mit unheimlichen, eventuell gewaltbereiten Personen nicht gerüstet. Zuerst schnellen Schrittes, dann im Laufschritt, rannte er zu seinem Auto zurück, mit dem Gefühl des heißen Atems eines Verfolgers im Nacken. Er warf sich hinter das Lenkrad, würgte geräuschvoll den ersten Gang ins Getriebe und gab Gas. *Der hat ihn einfach umgefahren*, dachte er, während er automatisch in den nächsten Gang schaltete. *Einfach umgefahren.*

31.10.2024

Das Telefon riss Kriminaloberkommissarin Rita Böhringer aus dem Schlaf. Seit Saidas Katze *Frida Dideldum* im Türmchenhaus in *Gengenbach* weilte, hatte sie ein herzergreifendes *Miau* als Klingelton auf ihrem Handy installiert. *Miau.*

Noch immer träumte sie nachts von ihrer großen Liebe Ulf Thommen, der bei einem SEK-Einsatz ums Leben gekommen war. Die Bilder von und mit ihm hatten über die Zeit nicht an Intensität eingebüßt, wie Rita vermutete, dass so der Lauf der Dinge sein würde. Im Gegenteil fühlte sie sich darin bestärkt, sie zuzulassen und nicht dagegen anzugehen, wie etwa mittels Psychopharmaka oder organisierter Trauerbegleitung. Die Bilder schadeten ihr nicht, sondern sie betrachtete sie als elementares Teil ihrer Ausgeglichenheit. Der Begriff *Work-Life-Balance* behagte ihr zwar nicht besonders, traf indes ziemlich genau das Arrangement, das sie für Ulf und sich eingerichtet hatte. Dabei empfand Rita es keineswegs als Widerspruch, dass Ulf unter das Wort *Life* fiel, obwohl er tot war. Er gehörte zu ihrem Leben, also lebte er. Spürte sie gelegentlich noch den Schmerz über den Verlust, dann ähnelte er mehr einem leisen Echo als einer akuten Qual. Und auch dagegen kämpfte sie nicht an, hielt ihn jedoch von ihrem öffentlichen Leben fern. Rita hatte ihren Mittelpunkt gefunden.

Zudem hatte sich unverhofft eine neue Aufgabe in ihrem Leben ergeben. Melanie und Edgar hatten ihr höchst formell den Antrag gestellt, für Saida eine Patenschaft zu übernehmen. Rita hatte vor Rührung die Tränen nicht zurückhalten können und mit Freude zugestimmt. Zweite Patin würde Eliza Wohlbrecht werden, die bereits zugesagt hatte. Zeitnah nach der Eröffnung hatte sie mit Eliza Kontakt aufgenommen, um mit ihr erste Fixpunkte und so etwas wie einen Fahrplan für die Ehrenämter festzulegen.

Die Telefonnummer kam ihr nur allzu bekannt vor. „Guten Morgen, Ferdinand", nuschelte sie mit der Zunge, die sich noch halb im Schlafzustand befand. „Du störst."

Ferdinand Oberländer, Schichtleiter des Polizeireviers Offenburg, schmunzelte und sog dann hörbar Luft zwischen die Zähne. „Ja, liebe Rita, auch wenn heute Halloween ist – einen schönen guten Donnerstagmorgen um kurz nach fünf Uhr. Es tut mir aufrichtig leid, dich wecken zu müssen, aber die Pflicht ruft."

„Das Wochenende hab' ich aber frei, gell?", baute Rita rasch vor. „Muss Katzenfutter kaufen."

„Ach, seit wann hast du eine Katze? Lass' das mit dem Futter den Edgar erledigen. Versprechen kann ich dir nämlich nichts." Oberländer wurde amtlich: „Hör' zu. Uns wurde ein Unfall mit Todesfolge und mutmaßlicher Fahrerflucht gemeldet, und unseren Streifenbeamten kommt die Sache ein bisschen merkwürdig vor. Fahr' mal hin und schau es dir an. Vielleicht hast du Glück, und es ist nur ein Unfall. Ich sende dir gleich die Geodaten aufs Handy. Die Straße zwischen *Eschholz* und *Kaltenhofen*. Falls wir uns heute nicht mehr sehen – viel

Glück mit dem Wochenende. Ich hab´ nämlich gleich Feierabend. Tschüss, Rita."

Miau, Miau. Die Koordinaten purzelten auf Ritas Display.

Es war ein Tag, an dem Rita sich wünschte, autonomes Fahren wäre schon gängige Praxis. So aber musste sie selbst mit allen Sinnen durch die Nebelsuppe navigieren und lauschte dankbar aber ehrfürchtig der unbeeinflussbaren Stimme von GPS.

Sie kam von *Eschholz* her gefahren und hatte ungefähr die Hälfte der Strecke nach *Kaltenhofen* zurückgelegt, als sie voraus den Schutzmann in orangenfarbener Signalweste bemerkte. Rita seufzte erleichtert und wies die aufkeimenden Kopfschmerzen in die Schranken. *Nicht jetzt*, dachte sie und betätigte den Knopf fürs Seitenfenster. Der Kollege mit der Polizeikelle winkte sie an den linken Straßenrand, wo bereits ein Streifenwagen parkte.

„Guten Morgen, Lennart", begrüßte sie den Streifenbeamten aus Oberländers Mannschaft, „wie viele seid ihr?"

„Morgen, Rita. Zwei Funkstreifen. Die andere steht ungefähr hundert Meter weiter. Kannst du bei der Suppe nicht sehen. Wir lotsen den Verkehr an der Unfallstelle vorbei."

Rita sah die rot-weiß-roten Leitkegel in Abständen mittig der Straße und nickte. „Gut. Ist Doktor Brenneis schon da oder Allgöwer?"

Lennart verneinte. „Außer dem Rettungswagen haben wir noch niemanden angefordert. Wir wollten warten bis … Der Mann ist tot, verstehst du? Da ist nix mehr zu wollen."

Rita schob die Hände in die Jackentaschen. „Okay, Lennart, danke vorerst. Ich schau´ mir die Sache jetzt an.“

Der Streifenpolizist wandte sich ab und sprach in sein Funkgerät. „Die Kripo ist jetzt da, geht auf der linken Seite in Richtung *Kaltenhofen*.“

Während Rita innerhalb des gesperrten Abschnitts der Straße ging, rollten doch einige Autos in langsamer Fahrt an ihr vorbei. Die Streifenbeamten sorgten über Funkverständigung dafür, dass wechselweise die Fahrtrichtungen freigegeben wurden. Es dauerte keine gegangene Minute, bis sich aus dem dichten Nebel das Szenario der Unfallstelle abzeichnete, wie ein unscharfes Schwarzweißfoto, das sich Schritt für Schritt entpixelte. Ein abgedeckter Körper lag auf dem Asphalt, aus Ritas Sicht unmittelbar dahinter stand ein PKW. Daneben unterhielten sich zwei uniformierte Polizisten mit einem Mann.

„Guten Morgen“, sprach Rita die Gruppe an. Den beiden Polizisten war sie bekannt; für den Fremden wies sie sich als Kriminalkommissarin aus. „Was ist hier passiert?“

Der Mann in Zivil fühlte sich angesprochen. „Guten Morgen. Mein Name ist Leon Kerner. Ich kam hier vor einer Dreiviertelstunde auf dem Weg zur Arbeit gefahren, also von *Kaltenhofen* nach *Eschholz*. Kaum Geschwindigkeit bei diesem Nebel. Plötzlich lag da dieser Mann auf der Straße. Wäre ich schneller unterwegs gewesen, hätte ich ihn überfahren. Aber ich konnte noch bremsen, sodass ich vor ihm zum Stehen kam. Da, die kurzen Bremsspuren sind meine. Ich bin dann einen Meter zurückgefahren, bin ausgestiegen und habe nachgeschaut. Aber nach meiner Einschätzung war er tot. Und dann hab´ ich die 110 gewählt."

Rita checkte die Zeit auf ihrem Handy. „Vor einer Dreiviertelstunde", sagte sie, „dann war es ungefähr Viertel nach fünf Uhr?"

„Ja, vielleicht etwas früher, aber das kommt hin", antwortete Leon Kerner.

Rita fragte Pius, einen der Polizisten. „Mhm, und wann seid ihr hier eingetroffen?"

Der fasste seinen Kollegen ins Auge. „Micha, zehn Minuten nach Eingang des Notrufs?"

Micha bestätigte: „Ja, kurz vor halb sechs. Wir haben dann den RTW angefordert. Müsste eigentlich schon längst hier sein."

„Ist verdammt neblig", sagte Rita. „Sicherheit geht vor Schnelligkeit. Kann ich den Toten mal sehen?"

„Klar", meinte Pius und hob die Decke an, unter der der Körper lag.

„Zieh´ die Decke bitte mal ganz weg", verlangte Rita und beugte sich über den Toten. Er lag auf dem Rücken, die Beine leicht gespreizt. Die Kleidung verbarg eventuelle Verletzungen. Das Gesicht jedoch war mit diversen Verletzungen schwer gezeichnet, und wo der Hinterkopf hätte sein müssen, glänzte es im Schein einer Taschenlampe wie Spaghetti mit Tomatensoße.

„Wissen wir, wer er ist?", fragte Rita. „Ausweis, Handy, Schlüssel?"

Micha schüttelte stumm den Kopf.

„Ein kleiner Mann", sagte Pius.

„Der Kleidung nach ein junger Mann", konstatierte Rita und wählte die Nummer des Polizeireviers. „Ferdinand", sagte sie, sobald der Anruf angenommen wurde,

„gut, dass ich dich noch erreiche. Ich brauch´ Allgöwer und die KTU hier. Das hier war kein Unfall. Es sieht nach vorsätzlicher Tötung aus. Mord also."

„Und Dr. Brenneis?", fragte Oberländer zurück.

„Nicht nötig. Der RTW bringt den Toten dann direkt in die Gerichtsmedizin."

*

Edgar war aufgewacht, weil er Saidas Katze *Frida Dideldum* miauen gehört hatte. Oder vermeintlich gehört hatte. Genau wusste er das nicht und blieb eine Weile lauschend liegen. Neben ihm atmete tief und entspannt Melanie. *Sie wird doch im Schlaf nicht miau gesagt haben?* Edgar lächelte bei der Vorstellung.

Seine *Breitling-* Armbanduhr zeigte halb sechs Uhr an, was sowieso die Zeit war, zu der er für gewöhnlich aufstand. Genauer gesagt, zu der er früher normalerweise aufgestanden war, denn seit Melanie die Geschäftsleitung ihres *Aquarelle und Poesie* an Frau Holzer und Eliza Wohlbrecht abgetreten hatte, zog es ihn nicht mehr so konsequent früh zu den Hunden *Müller* und *Lydia* hin. Die Vierbeiner durften sich ruhig auch mit den geänderten Verhältnissen vertraut machen.

Gleichwohl hing das Miauen ungeklärt in der Luft, und da er sowieso auf die Toilette musste, schwang er die Beine aus dem Bett und schlich leise ins Badezimmer.

Mit der Verrichtung fertig, begab er sich anstatt zurück ins Bett hinaus auf den Flur, wo er um ein Haar mit Rita zusammenstieß. „Huch, Rita, mit dir hab´ ich nun gar nicht gerechnet. Was ist los? Hast du eventuell auch eine Katze gehört?"

„'n Morgen, Edgar. Ääääh, ja, aber ich bin auf dem Sprung zu einem Einsatz. Sorry." Schon war sie ihm entfleucht.

Edgar hörte sie die Treppe hinunterspringen, die Haustür auf- und zuschließen und dann das Motorengeräusch ihres Dienstwagens. Er kratzte sich am Kinn, tappte barfüßig über den Flur und in angemessenem Seniorentempo die Treppe hinunter. Seit *Frida Dideldum* im Hause war, spürte er ständig Sandkörnchen aus der Katzentoilette unter den nackten Füßen. *Zieh halt Hausschuhe an, Dummkopf*, schalt er und gemahnte er sich in einem Gedankengang, dass auch er sich peu à peu an die geänderten Verhältnisse anpassen sollte. Mit einer Tasse Kaffee vertrieb er den aufkeimenden Groll. *Es ist, wie es ist*, dachte er und verordnete sich ein Lächeln.

Er spähte zum Fenster hinaus und nahm widerwillig zur Kenntnis, dass draußen sein Hasswetter herrschte. Nebel. Selbst *Müller* und *Lydia* guckten verdrießlich aus der Wäsche. Edgar würde sie nicht, wie bei klaren Wetterverhältnissen üblich, weit von der Leine lassen. *Müller* schnaufte ergeben, und Edgar dachte erneut: *Es ist, wie es ist, alter Knabe.*

Eine Stunde später war er mit den Hunden von der Tour über den Kinzigdamm zurück, die Zeitung unter dem Arm. Melanie, inzwischen aufgestanden, empfing ihn in der warmen Küche. „Na, mein Lieber, wie ist es draußen in der garstigen Welt."

Edgar fand, sie sah in ihren Wohlfühlklamotten hinreißend aus. „Ach ja, eine rechte Freude will nicht aufkommen." Er umarmte und küsste sie. „Frag' *Müller*. Er kann es dir sicher präzise schildern."

Melanie schob ihm eine Tasse Kaffee hin. „Ob *Müller* oder du. Ihr beide seid euch in der Übermittlung von tristen Botschaften so ähnlich", sagte sie. „Schau *Lydia* an. Sie blüht regelrecht auf, wenn sie mich sieht."

„Aber das tu´ ich doch auch, mein Schatz. Ich freu´ mich, dass du da bist. Machen wir Frühstück?"

„Warten wir noch auf Saida. Sie ist gerade im Bad, wird aber gleich hier sein." Melanie deckte den Tisch mit Müslischalen und allen Zutaten, die man für ein ausgewogenes Frühstück brauchte: Fertige Müslizubereitungen, frisches Obst, Joghurt, Honig, Marmelade und diverse Säfte. „Ritas Dienstwagen ist weg", stellte sie fest.

„Sie hat einen Einsatz", klärte Edgar sie auf. „Ist vor einer guten Stunde raus. Und Gerti? Frühstückt sie mit uns?"

„Ja, ich frühstücke mit euch", klang deren Stimme von der Haustür her. Edgar drehte sich um. Gerti kam mit zwei Pappschalen direkt aus dem Garten und hielt sie ihm unter die Nase. „Hier. Frische Brombeeren und Maulbeeren von eigenem Anbau. Die ultimativ letzte Ausbeute für dieses Jahr. ´n Morgen, Edgar."

Edgar brummte etwas in seinen Bart, das sich mit etwas gutem Willen wie ein *Dankeschön* anhören mochte. Er fragte sich, wie jemand zu dieser Tageszeit und bei dieser Nebelbrühe so unerhört fröhlich sein konnte. Er würde ordentlich strampeln müssen, wenn er Gertis Vorsprung in dieser Beziehung noch einholen wollte. Mit einem Seufzer setzte er sich an den Tisch.

„Na, na, Edgar, was trübt dein Herz, dass es derart auf sich aufmerksam machen muss?", fragte Gerti.

Er schätzte, dass sie darauf nicht unbedingt eine Antwort erwartete, und fragte seinerseits: „Morgen ist ja

Feiertag. Kommt Janna eventuell zu Besuch? Es kommt mir vor, als wären es Ewigkeiten her, seit wir zuletzt komplett an einem Tisch gesessen haben. Es sind zwar alle Zimmer belegt, aber ständig ist einer nicht da."

„Aber Edgar, so ist das nun mal in einer Familie mit erwachsenen Kindern", meinte Gerti ihn belehren zu müssen. „Sie gehen arbeiten, sie studieren, weißt du?"

„Wenn du das sagst, Gerti, muss es stimmen. Ich meinerseits schlage vor, dass wir von uns allen Fotos machen lassen, damit wir wissen, wie diejenigen überhaupt aussehen, die nicht da sind."

„Das ist jetzt aber nicht dein Ernst, oder?" Gerti schüttelte den Kopf.

„Nicht mein Ernst, aber mein Edgar. Können wir dann endlich frühstücken?"

Wenigstens war die Runde aktuell vollzählig, als auch Saida zum Frühstück erschien und alle der Reihe nach begrüßte. Melanie verstand Saidas fragende Augen zu lesen und gab ihr die Antwort: „Rita ist leider schon zur Arbeit, mein Herz."

Saida nickte und begrüßte die Abwesende trotzdem mit „Guten Morgen, Rita". Die beiden verband eine Art inniges Große-Schwester/Kleine-Schwester-Verhältnis.

Dann legte Saida das Blatt Papier auf den Tisch, das sie bisher in der Hand gehalten hatte. „Für Tamara", sagte sie kurz und bündig und setzte sich auf ihren gewohnten Platz neben Melanie.

Es war einer dieser ergreifenden Momente, in denen Menschen erkannten, dass sie gerade Zeuge von etwas Großartigem wurden. Vor den drei Erwachsenen am Kaffeetisch lag Saidas Porträtzeichnung von Tamara

Brassova in einer so hochwertigen Ausfertigung, dass sie maximal von einer guten Fotografie übertroffen werden konnte. Edgar fühlte sich dazu verleitet, mit der Hand das imaginäre Relief zu ertasten, das aus dem Bild zu springen schien, doch er unterlag einer perfekten optischen Täuschung. Er war sich klar, dass Saida das Gesicht Tamaras aus dem Gedächtnis gezeichnet hatte. Weder war Tamara ihr Modell gesessen, noch befand sich im Türmchenhaus ein Foto von ihr. Diese Erkenntnis zauberte ihm eine Gänsehaut auf den Körper.

Gertis Aufnahmefähigkeit für Sensationen wurde dermaßen überflutet, dass sie erst schnappatmete, und dann prompt einen Schluckauf bekam. Was wiederum Saida belustigte.

Melanie schmolz dahin wie ihre Lieblingsschokolade in der Sommersonne. Intuitiv fasste sie Saidas Hand und führte sie an ihre Lippen, die vor Ergriffenheit bebten. Sie beugte sich zum Ohr des Kindes und flüsterte: „Ma chérie, ta maman est très fière de toi." *(Mein Liebling, deine Mama ist sehr stolz auf dich.)* Melanie und Saida hatten ein Übereinkommen getroffen, mindestens einmal täglich Französisch miteinander zu reden, um die Sprache nicht in Vergessenheit geraten zu lassen.

Saida flüsterte zurück: „À ce jour, j'ai deux mamans. Une dans le ciel et toi sur la terre." *(Ab heute habe ich zwei Mamas. Eine im Himmel und dich auf der Erde.)*

Da drückte Melanie das Mädchen aus lauter Liebe an ihr Herz.

*

Er war sonst keiner, der wegen irgendeines Anlasses zu Kopfschmerzen neigte. Nein, er konnte sich nicht daran erinnern, jemals welche gehabt zu haben, auch nicht nach einer durchzechten Nacht. Was gottlob höchst selten vorkam. Er hatte immer gewusst, wann mit der Sauferei Schluss sein musste, bevor er Gefahr lief, die Kontrolle zu verlieren. Aber heute Nacht quälte ihn der Schädel, als stecke dieser zwischen den Puffern zweier Eisenbahnwagen fest.

Stefan Übermaß schlief nicht in dieser Nacht. Es ging nicht, war unmöglich. Schon, dass er für seine Verhältnisse viel zu spät nach Hause gekommen war. Und dann natürlich die ständig wiederkehrende Rekapitulation der nächtlichen Ereignisse auf der Straße. *Ist einfach über den Mann hinweg gefahren.*

Die Bilder wollten ums Verrecken nicht von seiner Retina verschwinden. Einschließlich des Moments, als er die Silhouette des Mannes aus dem Nebel auf sich zukommen sah. *Es war doch wohl ein Mann, oder?*

Wie er dann nach Hause gefunden hatte, war ihm schleierhaft. Doch irgendwie musste er es geschafft haben, denn nun war er ja da. Oder auch nicht, vielleicht nur sein Körper, während die Gedanken dort draußen auf der Straße zwischen *Eschholz* und *Kaltenhofen* verloren gegangen waren.

Er wusste nicht, was er tun sollte. Falsch. Natürlich wusste er, was zu tun eigentlich an oberster Stelle stand. Glasklar. Aber eben weil es so deutlich vor ihm stand, zögerte er und versank stattdessen in ängstlicher Unentschlossenheit. Denn eines stand für ihn fest: Dass das, was er gesehen hatte, kein Unfall gewesen war. Dass er Zeuge eines Verbrechens geworden war.

Stefan Übermaß ahnte, wenn auch noch in verwaschener unkonkreter Ferne, was das für ihn bedeutete. Nämlich dass er von jetzt an keine sorglose Minute mehr haben würde. Dass er keinen unbedachten Schritt mehr tun und keinem fremden Menschen mehr trauen konnte. Von Stund an entwickelte er eine psychotische Eigenschaft, die er nie wieder loswerden würde: Er pulte unaufhörlich und vom Unterbewusstsein gesteuert an den Nagelbetten seiner Finger herum.

Was, wenn er mich gesehen hat? So wie ich ihn gesehen habe. Was, wenn er mein Auto gesehen hat? Das Kennzeichen. Was wenn?

Die Ruhe, die Ausgeglichenheit, die er sonst nach den Gesangsproben empfunden hatte, war dahin. Gut, es war gar keine Chorprobe gewesen, sondern die Auflösung seines Vereins, aber es waren seine Männer gewesen. Seine Kinder. Obwohl er ihrer aller Sohn hätte sein können. Doch nur so hatte der Chor funktioniert. Er als Master, die alten Herren als seine Schüler.

Nun hockte er mal innerlich angespannt auf einem harten Stuhl in der schmalen Küche, dann wieder trieb es ihn zu einer Sinn suchenden Wanderung zwischen Wohnungstür und Balkon. Dabei war die Strecke von einem Ende zum anderen Ende der Wohnung zu kurz, um einen steten Gedanken verfolgen, geschweige denn formulieren zu können.

Es war niemand da, der ihm helfen könnte. Den er um Rat fragen könnte. Er lebte allein, ein Partner oder eine Partnerin war nicht in Sicht, hatte es nie gegeben und das würde sich auf absehbare Zeit auch nicht ändern.

Ein Bier hatte er im *Schwanen* in *Eschholz* getrunken gehabt. Oder waren es eventuell doch zwei gewesen?

Spielte das jetzt noch eine Rolle? Eins oder zwei? Gerade als er mit der Idee spielte, ob die zurückliegende Nacht nicht Anlass genug wäre, um sich promillemäßig die absolute Kante zu geben, erinnerte sich Stefan Übermaß seines Autos. Nicht des Autos als das, was es war, sondern an das, was in ihm steckte: Die *Dashcam*. Der Geistesblitz erschien so plötzlich, dass er kurzfristig aber dramatisch die Kontrolle über den Bewegungsapparat verlor, was zu einem Fehltritt führte, der wiederum in einen Sturz eskalierte, infolgedessen er im Flur mit der Schläfe auf den oberen Rand eines schweren schmiedeeisernen Schirmständers schlug. Da er auf schier wunderbare Weise keinerlei Schmerz spürte, bekam er auch den Eintritt in eine tiefe Bewusstlosigkeit nicht mit.

*

Es war kurz vor halb acht Uhr, als Rita auf dem Flur zu ihrem Büro den Kollegen und Assistenten Mika Laukonen traf, der gerade zum regulären Dienst erschien. Hellwach, und bei Ritas Anblick die Antennen sicherheitshalber gleich auf Empfang gestellt, beeilte er sich, vor ihr die Bürotür zu erreichen und für sie aufzureißen. „Äääh, hallo Rita, schon unterwegs, hhrrmmhh?"

Sie rauschte an ihm vorbei, dass er den Luftzug noch spürte, als sie bereits am Schreibtisch saß.

„Wie schaffst du es eigentlich, Mika, dass man ständig **mich** anruft, wenn mal wieder die Welt gerettet werden muss?" Rita war keineswegs böse oder sauer, weder auf den verkorksten Morgen, noch auf Laukonen. Sie hätte den Beruf verfehlt, wenn sie mit den unvorhersehbaren Einsätzen Probleme haben würde. Im Prinzip wollte sie nur dem dringenden Wunsch nach einem Becher starken Kaffees Ausdruck verleihen. „Ich meine, wozu bist du sonst Kriminalkommissar geworden?" Sie schüttelte den Kopf. Die unmissverständlichen Worte wollten ihr partout nicht einfallen. Ergo zückte sie die Geldbörse und kramte ein paar Münzen heraus.

„Sag's doch gleich, dass du einen Kaffee willst", strahlte Laukonen froh darüber, ihren Gedankengängen folgen zu können.

„Bring' gleich zwei", seufzte Rita. „Für dich auch. Also einen für dich, einen für mich. Meine Güte, ist das heute schwierig."

Laukonen kam mit zwei Tassen Kaffee ins Büro zurück und sagte: „Ich habe mal nachgedacht: Immer wenn Oberländer Dienst hat und es passiert etwas, bevorzugt in der Nacht, ruft er **dich** an. Ich glaube, dass er schwindelt, wenn er behauptet, ich hätte das Telefon nicht abgenommen. Kann es sein, dass er dich mag?"

„Also wenn das der Fall wäre, dann würde er mich doch eher in Ruhe ausschlafen lassen, oder? Und außerdem könnte er mein Vater sein. Nein, nein, alter Schwede, das war zwar ein netter Versuch von dir, aber als Entschuldigung taugt er leider nicht."

„Also wenn schon, dann bitte alter Finne, wenn's recht ist", grinste Mika. „Dann mal los, Chefin. Was war heute Morgen los?"

Rita setzte ihn ins Bild und sandte ihm ein Foto des Toten aufs Handy. „Kennst du den? Schon mal gesehen? Falls nicht, lass' ihn mal über die Gesichtserkennungsdatei laufen. Vielleicht war er ein Kunde von uns."

„Igitt", entfuhr es Laukonen, „ist er unter eine Büffel-herde geraten?" Seine Finger klackerten wieselflink über die Tastatur des Computers. „Hm, wie alt mag er sein?"

Rita zuckte mit den Schultern. „Irgendwo zwischen zwanzig und dreißig, schätzungsweise. Wenn er nicht in unserem System ist, muss uns Dr. Brenneis weiterhelfen. Wir könnten ihm eigentlich einen Besuch abstatten. Er wird den Toten mittlerweile wohl auf seinem Tisch ha-ben." Sie schob den Rollsitz zurück und stand auf. „Kommst du mit? Das Suchprogramm kann auch ohne dich laufen."

*

Leuten, die den Zigarettenrauch in die Lunge inhalierten, tat die feuchte pappige Luft nicht gut. Was nicht heißen sollte, dass Zigarettenrauch für sich allein genommen gesund wäre, gottbewahre. Aber beide in Kombination forcierten das Verkleben der Bronchien im Quadrat hoch drei.

Lefti war einer von ihnen und er hustete ohrenquälend Schleim aus der Lunge und rotzte ihn alle paar Meter in die Gosse neben der Straße. Donnerstagmorgen um halb zehn Uhr.

Spät dran, wie meistens, aber heute noch eine Nummer später, ja, eine Nummer, eine Zugabe sozusagen, bevor er schweren Herzens ihre Wohnung verlassen hatte. Schnell heim in die eigene Bude, drei Stunden Schlaf ge-hechelt, und dann wieder rein in dieselben Klamotten von gestern Abend, ungeduscht aus dem Haus, hustend. Haut und Haare, alles roch nach ihr. Sagenhaft.

Er wählte Shortys Nummer, doch der Sack meldete sich nicht. Hallo? Halb zehn? Die Sache müsste längst gelaufen sein. Oder war etwas schief gelaufen? *Kann eigentlich nicht sein. Hab´ ihm alles gesagt, was er wissen musste. Den Zettel mit den Koordinaten. Handy aus, keine Zigaretten. Sonst war ja nichts, oder? Mensch, melde dich, du Sack.*

Lefti schob die Hände tiefer in die Jackentaschen, denn die Temperatur lag nur knapp über drei Grad und er war zu leicht angezogen. T-Shirt, dünner Kunstseidenblouson, Blue Jeans, ausgetretene Sneaker. Er könnte sich bessere und der Jahreszeit angepasste Kleidung leisten, so war es nicht, aber er war keiner, der sein Geld offen zur Schau stellte. Es war schon manch einer den Bullen aufgefallen, nur weil er glaubte, teure Maßanzüge tragen zu müssen. Schwachsinn. In diese Falle würde er, Lefti, nicht tappen.

Er war sechsundzwanzig und arbeitete als gelernter Heizungstechniker bei der Firma *Sunbörn* in Offenburg. Der Job war nicht schlecht. Vor Aufträgen konnte sich die Firma kaum retten, nicht zuletzt der Energiesparmaßnahmen, insbesondere aber des Heizungserneuerungsgesetzes der Bundesregierung wegen. Die Verunsicherung unter den Bürgern war groß, und die Jagd nach gerade noch erlaubten Heizungssystemen in vollem Gang. *Sunbörn* bediente sowohl die Produkte aus der Vergangenheit, als auch die der Zukunft. Ob Heizen mit Holz, Gas, Fernwärme, Wärmepumpen, Solarenergie – egal was. *Sunbörn* schrieb dunkelschwarze Zahlen.

Einen Schönheitswettbewerb würde Lefti zwar nicht gewinnen. Er definierte sich eher unter dem Attribut *nicht schön, aber selten*, und sah sich als ein praktisch veranlagtes, in Haltung, Wartung und Anwendung unkompliziertes Gesamtpaket. Flexibilität war eine seiner Stärken, und wann immer er sich irgendwie erklären sollte, baute er auf ein gerüttelt Maß an guten Ausreden.

Nichtsdestotrotz nahm Shorty weiterhin seine Anrufe nicht an. Lefti las vom Handy die Uhrzeit ab. Schon nach halb zehn. Er beschleunigte die Schritte. Wollte wenigstens vom äußeren Erscheinungsbild als fleißig bemühter engagierter Mitarbeiter wahrgenommen werden, denn soeben bog er um die letzte Straßenecke, von der aus er den Betrieb, in dem er arbeitete sah, genauso wie er von dort aus gesehen werden konnte. Doch Schockschwerenot! Der Laster stand nicht auf dem Firmenparkplatz, wo er, wie verabredet, hätte stehen sollen.

Shorty, sag´ mir bitte, dass du keinen Scheiß gemacht hast, zuckte es Lefti grell wie ein Atomblitz durch den Kopf. Reaktionsschnell ging er hinter einer Platane in Deckung und überlegte, wie er sich verhalten sollte. Rotzfrech hinüberspazieren, *hallo allerseits, was guckt ihr denn so blöd?, hab´ ich auf der linken Seite eventuell nur einen Arm?, zwei Stunden Verspätung, ja und, kann doch jedem mal passieren, oder?* Oder nach Hause gehen, anrufen, sich krank melden und diesen Versager Shorty suchen?

Er spickte um den Baum herum und scannte den Parkplatz nochmal ab. Vielleicht hatte er sich ja nur getäuscht, oder der Laster befand sich auf der Rückseite des Firmengeländes in der Querstraße. Aber das durfte, das konnte alles gar nicht sein. Lefti stellte fest, dass in den *Sunbörn*-Büros die Deckenbeleuchtungen brannten. Auch wenn morgen ein Feiertag war – heute wurde ganz normal gearbeitet.

Ein aufkommender Hustenreiz erinnerte ihn daran, dass es Zeit für eine nächste Zigarette war. Vor Kälte zitternd, fummelte er einen Glimmstängel aus der Packung. Vielleicht kam ihm in den fünf Minuten, die er zum Rauchen brauchte, eine Idee. Als er das Feuerzeug an den Tabak hielt, bemerkte er einen näherkommenden Streifenwagen der Polizei. Ungewollt machte Lefti die Schildkröte: Kopf einziehen. Der Streifenwagen verlangsamte die Fahrt, blinkte, und bog dann in die Hofeinfahrt zur Firma *Sunbörn* ein. Sekunden später stiegen zwei Streifenpolizisten aus.

Shorty, Shorty, was hast du bloß angestellt?, dachte Lefti und überquerte die Straße hinüber zur Firma. Heute war schließlich ein normaler Arbeitstag.

*

Edgar Schaaf hatte keine Ahnung, weswegen Pit Ferman ihn sprechen wollte. Am Telefon hatte er ziemlich unpräzise geklungen. *Eine alte Sache*, hatte er gesagt, was immer er damit meinte. *Eine alte Sache.*

Das konnte alles Mögliche sein. Aber da Pit Ferman ihn, den Kriminalhauptkommissar a. D. anfragte, handelte es sich vielleicht um eine Angelegenheit mit kriminellem Hintergrund, und da spitzte Edgar Schaaf, bedingt durch die berufliche DNA, immer die Ohren. Er konnte gar nicht anders.

Es herrschte Ekelwetter, nasskalt, zu ungemütlich für einen Ritt auf seiner *Harley Davidson.* Hätte eine schöne herbstliche Tour werden können, von *Gengenbach* über den Pass nach *St. Paulsberg*, dann durchs sogenannte Ampeltal nach *Grünweiler*, wo Pit wohnte. Die

Betonung lag auf *hätte*, denn Edgar war kein *Hardcore-biker*, zumindest nicht mehr. Er hatte eine Gesundheit zu bewahren, die ihm wichtiger war als ein fragwürdiger Egotrip auf einem Motorrad. Früher, ja, früher …

Edgar schnitt der Rückblende den Faden ab, bevor sie in Wehmut ausartete. Früher war gestern, und heute war heute, und heute waren Melanie, Saida, Rita, Gerti und Janna die Menschen, für die er Verantwortung trug. Darum also nicht die *Harley*, sondern der Bus. Was einen Vorteil hatte: Er konnte die Hunde mitnehmen. *Müller* und *Lydia*. Melanie daheim dankte es ihm.

Kaum dass Edgar zu Fuß durch den Wald den Rand der Lichtung erreicht hatte, auf der Pit Fermans Haus stand, stoben die Hunde davon, *Müller* vorneweg, zum kleinen See mit der idyllischen Insel in der Mitte. Zumindest nahm Edgar das an, denn das Idyll war nur diffus zu erkennen und rief in Edgar Gedanken an den mystischen Roman *Die Nebel von Avalon* von *Marion Zimmer Bradley* hervor. Aber da die Hunde sich von früheren Besuchen auskannten, ließ er sie gewähren und betrat alsbald den Kiesweg, der zum Haus führte. Er bemerkte Pit erst, als er bereits nahe an der Haustür war. Pit saß auf der Sitzbank vor dem Haus und rauchte.

„Du grauer Wolf bist in dieser Nebelsuppe kaum zu sehen", begrüßte er den Freund und ließ sich neben ihm nieder.

Pit nickte. „Ich habe dich auch eher gehört als gesehen. Die Hunde sind beim Wasser?"

Jetzt wars Edgar, der nickte. „Ja."

„Ein Bier?" Pit erhob sich schwerfällig und ächzend, ohne die Antwort abzuwarten. In Sachen ewiger Jugend brauchte er Edgar nichts vorzumachen. Mit über siebzig

Jahren, die sie beide waren, gab es keine Heimlichkeiten und Notlügen. Man akzeptierte die altersbedingten Zipperlein des anderen als wären es die eigenen.

„Hast du zufällig das neue Album von *Neil Young* gehört?", fragte Edgar nicht von ungefähr.

„Wenn du *Before + After* meinst, dann ja", antwortete Pit. „Warum?"

Edgar fummelte eine Zigarette aus der Schachtel. „Es existiert kein neueres. Nun, auf der Gitarre ist der olle *Neil* ja weiterhin unerreicht. Aber seiner Singstimme merkt man an, dass er in die Jahre gekommen ist. Der Knabe wird bald achtzig. Die Stimme eines Rentners, verstehst du?"

„Worauf willst du hinaus?"

Edgar zündete die Zigarette an. „Ach, nichts weiter. Kam mir gerade in den Sinn, als du aufgestanden bist."

„Willst du damit ausdrücken, dass wir alt sind?"

„Nein, nein. Gegenüber *Mr. Young* sind wir noch jung", lächelte Edgar verkniffen.

„Jetzt hast du aber Glück gehabt, alter Freund. Im Übrigen halte ich es für authentisch, wenn *Neil Youngs* Stimme wie die eines Achtzigjährigen klingt. Er ist achtzig und singt wie achtzig. Du hast meine Frage noch nicht beantwortet: Ein Bier?"

„Ja, ja, mach´ schon hinne, bevor es sauer wird."

Es zischte, als Pit Edgars Bierflasche öffnete. Edgar beeilte sich, den Schaum vom Flaschenhals zu schlürfen, ehe der Gerstensaft auf den Boden tropfen konnte. Er brummelte etwas Unverständliches und wartete, bis Pit sich neben ihn gesetzt hatte.

„Also was ist es, das es wert ist, ein Bier zu spendie-ren?", fragte er in seiner bekannt umständlichen Art. „Prost übrigens."

Pit trank seinerseits den ersten Schluck. „Ja Prost", antwortete er und überlegte, wie er die Sache anfangen sollte. „Wir waren bei Peter Seibelt zu Besuch. Eliza und ich. Am zwölften September. Wir haben bei ihm eine Zimmerkachelofenlampe bestellt. Butterblumenmotiv, wenn dir das etwas sagt."

„Hahnenfuß, ja klar", bestätigte Edgar. „Und?" Er wusste, dass der Hahnenfuß nicht der Grund für sein Hiersein war.

Über Pits Gesicht flitzte ein Muskelreflex. „Tja, da hat er mir eine Geschichte erzählt, über die er sonst mit noch niemandem gesprochen hatte."

„Klingt arg nach altem Schinken", sagte Edgar salopp.

Pit bedachte ihn mit einem schrägen Blick. „Sechzig Jahre. Ist dir das alt genug?", antwortete er und re-gistrierte mit einiger Schadenfreude, wie der Sitznachbar sich bei Nennung der Zahl am Bier verschluckte.

Hustend und sich auf die Brust klopfend presste Edgar hervor: „Verdammt, Mann, willst du mich auf den Arm nehmen?"

„Keineswegs. Wegen einer Lappalie hätte ich dich kaum hierher bestellt. Es ist so …"

„Wenn ich eines vorwegschicken darf", unterbrach Ed-gar. „Alles, was nicht Mord ist, ist nach so langer Zeit verjährt."

Pit nickte. „Klar. Es verhält sich so. Peter ist vor sech-zig Jahren von seinem Spielkameraden und damaligem Nachbar zu einer sexuellen Handlung genötigt worden. Auf Deutsch gesagt: Er musste ihm einen runterholen.

Und nun stellt sich Peter die Frage, ob die Sache mit dem Spielkameraden eine einmalige Angelegenheit war, oder ob es der Beginn einer Karriere als Sexualverbrecher gewesen ist. Du weißt schon, was ich meine. Hat es weitere Nötigungen dieser Art gegeben? Hat es Anzeigen gegen ihn gegeben? Ist er diesbezüglich eventuell aktenkundig geworden? Gibt es womöglich sogar ungeklärte Mordfälle mit sexuellem Hintergrund? Vermisste Personen? Die ganze Bandbreite? Was meinst du?"

„Vor sechzig Jahren?" Edgars gewölbte Augenbrauenbögen hätten eine stabile Brücke tragen können.

„Vor sechzig Jahren."

„Nur, weil vor sechzig Jahren ein Bub einem anderen Bub sein Pimperle gezeigt hat?"

„Quatsch. Weil der eine Bub den anderen Bub mit dem Tode gedroht hat, falls er ihn verpetzen würde. *Wenn du es jemandem erzählst, bringe ich dich um*, hat er zu Peter gesagt. Verstehst du nicht? Das riecht doch nach System."

„Das ist allerdings massiv", gab Edgar zu. „Wer damit durchkommt, probiert es immer wieder."

„Mein´ ich doch", sagte Pit. „Es geht nun darum herauszufinden, ob der Kerl weitergemacht hat und wie er weitergemacht hat, und ob er dabei straffällig geworden ist."

Edgar drehte die Bierflasche in der Hand. Er wusste, dass es im Allgemeinen äußerst schwierig war, mutmaßlichen Sexualstraftätern ihre Taten nachzuweisen. Insbesondere dann, wenn sie ihre Opfer eingeschüchtert und diese aus Angst auf eine Anzeige verzichtet hatten. Und wo kein Kläger, da kein Richter. Aber Pit hatte recht. In der Regel benötigten die Täter im Laufe der Zeit höhere

Reize, um ihre Lust befriedigen zu können. Entweder steigerten sie die Häufigkeit ihrer Aktivitäten, oder sie beschafften sich die Kicks durch zunehmende brutale Gewalt. Ab hier war die Drohung *wenn du es jemandem erzählst, bringe ich dich um* keine Phrase mehr. Von da an war die Schwelle zum tatsächlichen Mord nur noch einen Schritt entfernt. Oder bereits überschritten.

„Von wem reden wir?", fragte Edgar wie nebenbei.

Pit linste mit einem Auge in die Bierflasche. „Du müsstest ihn kennen. Er besuchte in *Weinbuch* die gleiche Schule wie du. Eine Klasse über dir. Gottfried Brändle."

Edgar spürte es nicht. Aber in einem abgelegenen Bereich seines Hirns war ein Dominostein umgefallen.

*

Rita konnte es nicht verstehen und würde es nie verstehen können, wie Dr. Brenneis im Keller der Polizeidirektion *Offenburg* neben einer Leiche frühstücken konnte. Als sie mit Laukonen die gekühlten Räumlichkeiten der Gerichtsmedizin betrat, stand er nämlich, mit vollem Mund kauend, am Fensterbrett eines Kellerfensters und hielt eine Wurstsemmel in der Hand. Er schluckte, deutete mit der Semmel auf den abgedeckten Stahltisch in der Mitte des Raumes und sagte:

„Hüpft ein Frosch über die Straße. Kommt ein Elefant daher und tritt voll auf den Frosch drauf, sodass dem die Augen aus dem Kopf quellen. Sagt der Elefant: *Gell, da guckst, Frosch.*"

Rita dachte, sie hörte nicht richtig. „Was ist das denn? Sollte das ein Witz sein? Ein bisschen Respekt wäre doch angemessen, oder sind Sie innerlich bereits erkaltet?"

„'n Morgen Rita. Meine Güte, sei doch nicht so empfindlich. Betrachte es als Metapher zum Zustand des Mannes dort. Er sieht nämlich so aus, als sei er unter eine ganze Herde Elefanten geraten."

„Ich habe ihn am Unfallort gesehen und weiß, wie schlimm er aussieht. Was ich brauche, ist eine möglichst genaue Angabe zum Todeszeitpunkt, und ob Sie vielleicht etwas zu der Art des beteiligten Fahrzeugs sagen können."

Dr. Brenneis hüstelte und tupfte sich den Mund mit einer Serviette ab. Wäre Rita nicht Rita, hätte er ihr wahrscheinlich die Meinung gegeigt, von wegen *innerlich erkaltet*. Aber auch wenn er im Keller der Polizeidirektion saß, hatte er die Ohren doch stets am Puls der Zeit. Wusste also, was oben in den verschiedenen Abteilungen der Polizei ablief, und über Rita vernahm er ausschließlich Gutes. Dass sie zudem von einem schweren privaten Schicksalsschlag getroffen war, stimmte ihn milde. Den schweigsamen Mika Laukonen, der ihr wie ein Grinsaffe über die Schulter guckte, übersah er geflissentlich.

„Wenn die Hauptursache seines Todes nicht der zerquetschte Schädel wäre, wäre er auf jeden Fall auch an multiplem Organversagen gestorben. Denn sein Körper war, vom Unterleib beginnend über Brust und Kopf, einem enorm hohen Gewicht ausgesetzt gewesen. Druck von einem schweren Fahrzeug. Lastwagen mit Zwillingsreifen an der Hinterachse." Er schlug das Tuch zurück, mit dem der Leichnam abgedeckt war, und wies mit der Hand auf parallel laufende Hämatome. „Hier, seht ihr, von unten bis oben, man kann sogar noch die

Abdrücke des seitlichen Reifenprofils erkennen. Die groben Stollen. Sieht fast aus wie die Zähne eines Reißverschlusses, meint ihr nicht? Was die Todeszeit angeht – zwischen ein und zwei Uhr heute Nacht. Die Totenstarre hat noch nicht eingesetzt, keine Leichenflecken. Das Alter schätze ich auf Mitte zwanzig. Starker Raucher."

Ritas Handy klingelte. Eine polizeiinterne Nummer. Sie entschuldigte sich: „Danke, Herr Doktor, da muss ich jetzt dran." Sie meldete sich mit ihrem Namen.

„Hallo Rita. Polizeirevier, Burkart Gentner."

Rita erkannte die Stimme. Genter war Revierleiter und Ferdinand Oberländers Nachtschichtablöser. „Hallo Burkart, was gibt´s?"

„Ja, hör zu. In *Flötzweiler* wurde der Brand eines LKWs gemeldet. Ich habe eine Funkstreife hingeschickt. Ich dachte, das könnte dich vielleicht interessieren. Du bist doch an dem Fall mit dem überfahrenen Mann von heute Nacht dran."

„Ja, bin ich. Schick mir die Daten aufs Handy, dann bin ich schon unterwegs dorthin. Danke Burkart."

„Sind schon in der Luft. Okay und tschüss."

Sie wartete die Daten ab und zeigte sie Mika Laukonen. „Also fahren wir. Sagst du dem Chef Bescheid?"

Während Mika Laukonen auf dem Beifahrersitz mit Hartmut Löffler, dem Chef der Kriminalpolizei *Offenburg*, telefonierte, fuhr Rita zügig aus der Stadt hinaus. *Flötzweiler* war ein Kaff in den Rheinauen, zwischen *Kork* bei *Kehl* und *Greffern* gelegen. Nicht mehr als ein paar Häuser. Dass sich nicht mehr Menschen dort niedergelassen hatten, war hauptsächlich dem schlechten

Ruf des Ortes als Schnakenburg zuzuschreiben. Tatsächlich litten die Einwohner seit Menschengedenken unter den Plagegeistern, die in den Altrheinarmen und Feuchtgebieten beste Voraussetzungen für die jährliche Massenpopulation fanden. Erst mit Einsatz geeigneter Maßnahmen, wie zum Beispiel gezielter biologischer Bekämpfung aus der Luft zur Verhinderung der Larvenentwicklung konnte die Lebensqualität der Einwohner verbessert werden.

Wenn Burkart Gentner gesagt hatte, die Meldung über den LKW-Brand sei aus *Flötzweiler* gekommen, so stimmte das nur bedingt. In Wirklichkeit wurde Rita durch die Ortschaft hindurch und weiter auf einen zwischen hohen Bäumen versteckten Platz hinter dem Rheindamm geleitet. Dass hier gelegentlich Autos geparkt wurden, war an diversen Spuren am Boden zu erkennen. Aktuell befanden sich nur ein Streifenwagen der Polizei sowie das ausgebrannte Skelett eines Lastwagens auf dem Platz. Rita hielt neben dem Streifenwagen an und stieg aus. Mika Laukonen folgte ihr auf dem Fuß.

Es waren andere Kollegen als am Morgen in der Früh am Tatort. Rita erinnerte sich, sie zuletzt auf der Streuobstwiese in der Nähe der abgebrannten Scheune, in der zwei Menschen zu Tode gekommen waren, gesehen zu haben. Nancy und Benno.

„Hallo. So sieht man sich also wieder", begrüßte Rita die beiden. „Mika Laukonen, meinen Kollegen, kennt ihr ja mittlerweile. Was kriegen wir hier zu sehen?"

„Ja, schau, dieser Lastwagen. Er ist komplett aus- und abgebrannt", sagte Nancy und ging voraus. „Vorsicht, nicht zu nah herangehen. Die Reifen kokeln immer noch. Viel zu sehen gibt es nicht. Die Zulassungskennzeichen sind vor dem Brand entfernt worden. Eine Ladung scheint nicht auf der Ladefläche gewesen zu sein. Die Aufbauten sind, wie ihr seht, durch die Hitze bizarr verbogen. Der Lack in Flammen aufgegangen. Den Halter kann man höchstens noch über die Fahrgestellnummer ermitteln. Das heißt …"

„Allgöwer muss ran", warf Laukonen ein.

„Genau. Allgöwer muss ran", bestätigte Nancy. „Die Karre muss, wie auch immer, abgeschleppt werden."

Rita umrundete den ausgeglühten Torso einmal. „Habt ihr unter den Bäumen schon nachgeschaut, ob eventuell Gegenstände von Interesse zu finden sein könnten? Handy, Schlüssel et cetera? Ihr wisst, was ich meine."

„Haben wir", erwiderte Benno. „Im Umkreis von fünfzig Metern ist nichts von Belang. Bin auch über den Rheindamm gelaufen. Nichts. Im Rhein selber – ich weiß nicht, ob es den Aufwand mit Tauchern lohnt. Musst du entscheiden, Rita."

Rita nickte. „Ich oder der Staatsanwalt." Sie beauftragte Mika, einige Fotos von dem Wrack zu schießen und rief selbst Allgöwer an.

*

Antonia und Anton Maier kamen am Nachmittag des einunddreißigsten Oktober von ihrem Urlaub nach Hause zurück. Eine zweiwöchige Flusskreuzfahrt auf der Donau. Noch lagen drei Tage Freizeit vor Ihnen. Erst am vierten November würden sie offiziell ihren Berufen wieder nachgehen.

Obwohl: Ihr Zuhause war das Schloss Ortenberg und beide standen sie in Diensten von Frau Brassova.

Antonia als Haushälterin, Anton als Hausmeister, was da hieß, dass sie nicht nach einer Stempeluhr arbeiteten, sondern allein durch ihre Anwesenheit quasi automatisch ihrer Aufsichtspflicht nachkamen.

Während ihrer Ferien hatte eine private Sicherheitsfirma die Kontrolle über die Schlossanlage ausgeübt, was sich im Wesentlichen auf die äußeren Zugänge der Gebäude bezog. Für die Innenräume hatte Frau Brassova der Firma keine Zugangsberechtigung erteilt. *Meine Privatsphäre geht niemand etwas an*, so ihr Tenor.

So geschah es, dass sich Antonia und Anton am Tag ihrer Ankunft lediglich einen groben Überblick über den Zustand des Schlosses verschafften. Augenscheinlich stellten sie fest, dass alle Zugänge ordnungsgemäß verschlossen waren und es in den Räumlichkeiten des Haupttraktes und der Nebengebäude keinerlei Schäden oder auffallende Veränderungen gab. In einem rein informellen Telefongespräch teilten sie der Sicherheitsfirma ihre Rückkehr aus dem Urlaub mit und dass deren Dienste ab sofort nicht mehr benötigt wurden.

Seit Frau Brassova es vorzog, nicht mehr im Haus zu logieren, hatten die Angriffe auf das Anwesen merklich abgenommen. Und je länger sie nicht mehr im Schloss wohnte, desto seltener waren diese geworden. Ihre Abwesenheit musste sich bei den Leuten, nicht zuletzt bei ihren Widersachern, herumgesprochen haben.

Es gehörte zu Tamara Brassovas Eigenheiten, das Schloss im Ganzen jederzeit zugänglich und sauber zu halten. Dafür hatte sie Antonia und Anton Maier als Dienstpersonal auch nach ihrem Auszug in den neuen Hauptsitz behalten. Das Ehepaar verhielt sich entsprechend, als weilte die Besitzerin weiterhin im Schloss.

*

Es war eine Aufgabe, wie Allgöwer sie liebte. Ein Objekt, groß und schwer, das er aufladen und nach Hause in seine Halle transportieren konnte, um es dort, vor allen Witterungseinflüssen geschützt, in aller Ruhe und Penibilität untersuchen zu dürfen. Wobei er mit *nach Hause* seinen Arbeitsplatz auf dem Gelände der Polizeidirektion *Offenburg* meinte.

Es machte ihm nichts aus, dass das Objekt vollkommen ausgebrannt und rußgeschwärzt war. Er trug einen Overall und hantierte mit Gummihandschuhen, die er nach getaner Arbeit wie eine zweite Haut abstreifen konnte.

Dass er einen LKW abschleppen musste, kam eher selten vor, und wenn, dann waren meistens Räder und Reifen noch vorhanden. Beim jetzigen Fall war es anders. Die Reifen fehlten komplett, was für Allgöwer zunächst eine Herausforderung dargestellt hatte. Doch dank eines Autokrans und der fachlichen Unterstützung eines Abschleppunternehmens stand ihm das *Baby*, wie er es scherzhaft nannte, alsbald neben seinem Büro zur Verfügung.

Die Unfallstelle zwischen *Eschholz* und *Kaltenhofen*, an der Allgöwer erst vor wenigen Stunden im Einsatz gewesen war, hatte ergebnis- und kriminaltechnisch wenig zu bieten gehabt. Eine kümmerliche Zigarettenkippe war die gesamte Ausbeute gewesen, die er mit seinem Team sichergestellt hatte. Diese dem Opfer zuzuschreiben lag nahe, denn in dessen Jackentasche hatte eine Zigarettenpackung derselben Marke gesteckt. Was per se kein eindeutiger Beweis war, wie Allgöwer wusste. Denn der Teufel war ein Eichhörnchen, und auch das wusste Allgöwer, und vielleicht ergab sich bei einem Vergleich der DNA des Toten und der DNA auf der Kippe, dass sie nicht identisch waren. Die Kippe ergo jemand anderem gehört haben musste.

Bei dem LKW ging es in erster Linie darum, so schnell wie möglich den Fahrzeughalter zu ermitteln. Da die Nummernschilder vor dem Brand abmontiert worden waren, war die Absicht des Brandstifters erkennbar: Zeitgewinn. Erst danach würden Allgöwer und seine Leute den Schrotthaufen von LKW Stück für Stück auseinandernehmen. Durch den morgigen Feiertag stand nämlich ein langes Wochenende bevor.

*

Lefti schlich mit steifem Genick am Kundentresen vorbei, vor dem die Streifenpolizisten standen und mit Maggie sprachen. Maggie, die schöne unnahbare Empfangsdame von *Sunbörn*. An ihr mussten alle vorbei, ob Alt-, Neukunde oder Beschwerdekunde. Sie fungierte als das Stellwerk, das die Kunden an die gewünschte Fachabteilung leitete, oder den Fachabteilungsleiter aus dem Büro zur Kundschaft rief. Außerdem war sie das Aushängeschild und die Sympathieträgerin der Firma. Neben dem Chef sozusagen die wichtigste Personalie im Betrieb.

Als er die Tür zum Umkleideraum passierte, ohne von Maggie oder den Polizisten aufgehalten worden zu sein, löste sich Leftis Krampf im Nacken. Er ließ die Tür bewusst einen Spalt offenstehen. Sein Spind stand zum Glück so, dass er durch den Spalt den Bereich am

Empfang beobachten konnte. Zwar sah er von den Polizisten lediglich den Rücken, dafür zeigte ihm Maggie die Vorderseite. Ihrer Mimik und Gestik nach wirkte sie entspannt und gelöst. Nicht nervös oder angestrengt, nicht hektisch oder um gute Miene bedacht. Sie war freundlich wie immer und zu jedermann.

Was dort beim Empfang gesprochen wurde, ja, oder verhandelt, hörte Lefti indes nicht, weswegen er sich nicht erlaubte, tief durchzuatmen. Sein Atem ging flach und schnell, denn die Sorge um Shorty und den Firmenlastwagen hatte nicht nachgelassen.

Überhaupt die Sache mit dem Lastwagen. Es fehlte ja nicht nur der, sondern auch der Fahrzeugschlüssel hing nicht am Schlüsselbrett, und ohne Shorty würde er dort auch nicht mehr zu hängen kommen. Gut, es existierten zu allen Fahrzeugen Ersatzschlüssel, aber die waren ohne zugehöriges Fahrzeug zu nichts nutze.

Was es für Lefti noch komplizierter machte: Er war als letzter Nutzer des Lastwagens im Übersichtsplan der Firma eingetragen. Was sollte er tun?

Ganz kurz flammte eine bizarre Idee in ihm auf. Er ging jetzt stante pede und in gespielter Aufregung zu den Polizisten hinüber und meldete einen Überfall auf sich, bei dem ihm Fahrzeug und Fahrzeugschlüssel geraubt worden seien. Vielleicht sollte er sich vorher den Kopf gegen die Wand hauen, um eine entsprechende Blessur vorweisen zu können, als sichtbarer Beleg für die Straftatmerkmale eines Raubes. *Wann? Ha, gerade eben, praktisch direkt vor der Firma. Was stehen Sie noch rum? Beeilen Sie sich, dann erwischen Sie ihn noch.*

Ihm wurde schwindelig vor so viel Dreistigkeit. Nein, das konnte er sich nicht erlauben. Oder doch? *Dann sink´ ich hin, direkt in Maggies Arme ...*

Nein! So einen Firlefanz hätte er sich früher überlegen müssen. Jetzt befand er sich bereits in der Firma und war von Maggie gesehen worden. Und sowieso würde er jetzt zu spät kommen, denn soeben verabschiedeten sich die Polizisten von Maggie und strebten dem Ausgang zu.

Eine Minute drauf stand Lefti vor Maggie am Tresen und fragte: „Hey, was wollte denn die Polizei von dir? Hast du falsch geparkt, oder was? Zu schnell gefahren?"

„Ach, der eine hat sich nach einer Wärmetauschpumpe erkundigt. Privat. Mehr war da nicht."

„Und? Konntest du ihm helfen?"

„Ja, klar, haben einen Besichtigungstermin ausgemacht. Vielleicht schickt der Chef ja dich. Wäre morgen früh. Müsstest halt schon pünktlich sein, mein Lieber. Nicht so wie heute, gell?"

Lefti atmete auf. Die Polizei war nicht seinetwegen hier gewesen. Was blieb, waren der unauffindbare LKW und der unerreichbare Shorty. Aber Maggie würde nicht an diesem Platz am Empfang sitzen, wenn sie nicht Maggie wäre. Ganz offensichtlich wusste sie über alles Bescheid. Auch über die Dinge, die sie normalerweise gar nicht wissen konnte. Fehlte irgendwo eine Schraube im Lager – Maggie hatte sie schon auf der Bestellliste stehen.

„Einer unserer Laster steht nicht an seinem Platz", sagte sie nebenbei. „Der Schlüssel hängt nicht am Schlüsselbrett." Mehr zu sagen brauchte sie nicht. Lefti wusste, dass sie wusste, dass er der letzte eingetragene Fahrer war und dass die fadenscheinige Ausrede, der

Laster sei wegen leerem Tank liegengeblieben, bei ihr nicht ziehen, und Maggie sie anhand der letzten Tankquittung widerlegen würde.

Lefti fühlte sich wie die Maus, die allein durch den Blick der Schlange hypnotisiert wurde. *Jetzt oder nie*, dachte er. „Äääh, könntest du dir vorstellen, mit mir mal ein Bier trinken zu gehen?"

Sie lächelte allerfreundlichst. „Ich weiß deine Einladung zu schätzen, mein Lieber, aber ich trinke grundsätzlich kein Bier in einem Bett. Weder in meinem noch in deinem. Denn darauf läuft es doch hinaus, hm?" Maggie drehte sich abrupt um und wandte sich ihrer Arbeit zu.

Lefti fühlte sich auf einmal fehl am Platz und schlich sich angezählt wie ein Boxer davon. Erneut wählte er Shortys Nummer, doch wie bereits ein paarmal zuvor blieb er auch diesmal unerreichbar. *Wo, verdammt, ist dieser vermaledeite Laster.*

*

Sechzig Jahre, dachte Edgar Schaaf. *Das ist eine Menge Holz. Vor sechzig Jahren war ich selbst gerade mal elf Jahre alt.*

Während er dies *dachte*, klappte er den Laptop in seinem Büro im Türmchenhaus auf. *Im **neuen** Büro*, wie er in Gedanken stolz hinzufügte.

Aufs Geratewohl tippte er den Namen *Gottfried Brändle* in die Suchmaschine ein und drückte die Entertaste. Es kam, was er erwartet hatte: Etliche Dateien zu Personen dieses Namens, auch mit einer Reihe Fotos. Ob allerdings der Gesuchte sich darunter befand? Ein

Mensch veränderte im Laufe eines Lebens das äußere Erscheinungsbild, und jener Gottfried Brändle, den er aus der Schule in Weinbuch gekannt hatte, würde heute natürlich ganz anders aussehen als damals.

Edgar engte die Suche ein und schied Dateien, die auf unter Siebzigjährige zutrafen, aus. Es blieben fünf Kandidaten übrig, von denen einer mit einem Foto ausgestattet war. Edgar versuchte, hinter dem Kopfbild des Mannes ein ihm bekanntes Gesicht zu erkennen. *Siebzig Jahre? Kann sein, kann aber auch nicht sein.* Um mehr über diesen einen Mann zu erfahren, müsste Edgar sich bei *facebook* anmelden, und diesen Gefallen wollte er dem *Social-Media-Konzern* nicht machen. Er hatte in dieser Beziehung eiserne Prinzipien.

Und was ist mit den anderen Vier? Rasch überwogen die Zweifel, und Edgar verlegte sich, einer Intuition folgend, auf einen anderen Ansatz.

Unaufgeklärte Morde in Mittelbaden. Noch während er die Buchstaben tippte, fiel der zweite Dominostein um. Einen dritten Impuls benötigte er nicht mehr. Die dicken Lettern der Zeitung sprangen ihm aus dem Augenhintergrund vor die Linse: **Baggerseemord. Junger Mann tot im Wasser gefunden.**

Google stellte Edgar mehrere Dateien zur Auswahl vor. Doch jede, die er anklickte, verlangte entweder den kostenpflichtigen Abschluss eines Abonnements, oder die Einwilligung zu Werbeeinblendungen. Edgar ließ sich von keinem der Vorschläge ködern. Er stand auf, nahm sein Handy, wählte aus den Kontakten eine Nummer und trat ans Fenster, durch den er den Garten sehen konnte. Es läutete zweimal.

„Gieringer."

„Hallo Lothar, Edgar Schaaf hier."

„Hallo, Herr Kriminalhauptkommissar. Das ist aber schön, dass Sie mich anrufen."

„Lass´ den Scheiß, Lothar, wir waren beim Du, falls du dich erinnerst."

Gieringer gluckste vergnügt. „Es ist mir eine Ehre, Herr Kriminalhaupt … Edgar. Weiß ich doch. Es sagt sich halt so schön. Es bereitet mir Vergnügen."

„Ist ja gut, Lothar. Hör´ mal bitte zu. Auch wenn du nicht mehr in Diensten der *Badischen Zeitung* stehst, hast du doch sicher noch Zugang zum Archiv?"

„Naja, ich nehme mal an, dass man einem langjährigen Journalisten den Zugang bestimmt nicht verweigern würde. Was ist dein Begehr?"

„Ein Mordfall", sagte Edgar knapp.

„Ja, wie könnte es anders sein. Hast du Genaueres?"

„Liegt lange zurück. Annähernd fünfzig Jahre. 1976, um es präzise zu sagen. Ich befand mich damals gerade in Polizeiausbildung zum gehobenen Dienst, und du stecktest vermutlich noch im Studium, schätze ich. ***Baggerseemord***. Sagt dir das etwas?"

„Was ist mit deinem Polizeiarchiv?", stellte Gieringer eine Gegenfrage.

Edgar schnaubte: „Erstens ist es nicht **mein** Archiv, und zweitens komme ich als Pensionär nicht so einfach an brisante Akten heran. Drittens habe ich meine Sammlung von Polizeiberichten aus der Zeitung erst sehr viel später begonnen, und viertens will ich Rita Böhringer nicht über Gebühr in Anspruch nehmen. Das Mädel hat genug mit ihren eigenen Fällen zu tun. Also was ist?"

„Treffen wir uns morgen um elf Uhr im Stadtcafé. Zimtschnecke, du verstehst?"

„Morgen ist Feiertag, Lothar."

Wieder gluckste es in der Leitung. „Umso besser", antwortete Lothar Gieringer und beendete das Gespräch.

*

Masch (Mäsch gesprochen) hatte sich über das abhör- und verfolgungssichere Handy bei Robin, dem Boss, abgemeldet. *'s war eine lange Nacht*, hatte er gesagt, *bin müde. Die Sore ist ja unter Dach und Fach.*

Wichtig ist, dass du alle Spuren beseitigt hast. Ist das so?, hatte Robin nachgehakt.

Astrein abgefackelt, hatte Masch versichert.

Hättest vielleicht doch die Leiche mit verbrennen sollen, meinst du nicht? Wieder Robin.

Dass es einen Toten geben würde, war nicht eingeplant. Irgendeiner hat Mist gemacht. Und ich weiß auch, wer. Masch hatte die Kritik aus den Worten des Bosses herausgehört. *Verbrennen?* Vielleicht ja, vielleicht nein. Ja, vielleicht wäre es auf kurze Sicht besser gewesen. Aber vielleicht war es auf lange Sicht richtiger gewesen, ihn auf der Straße liegen zu lassen. Wer konnte das vorher schon hundertprozentig wissen? Nun war es, wie es war. Er hatte die längere Sicht gewählt und nur den LKW angezündet.

Blieb da noch der Typ, der den Mord auf der Landstraße gesehen haben musste. Der ausgerechnet im unpassendsten Augenblick an ihm vorbeigefahren war. Und außerdem, fiel Masch siedend heiß ein, hatte er just zu jenem Moment die Maske abgezogen gehabt. Hätte der Typ im Anschluss nicht angehalten, um vermutlich nachzusehen, was dort geschehen war, wäre Masch nie an dessen Autokennzeichen herangekommen. So aber hatte er es ablesen können und die Nummer umgehend im Handy gespeichert. Da er den digitalen Speichern jedoch nicht uneingeschränkt vertraute, hatte er die Nummer daheim in der Wohnung auf ein Stück Papier geschrieben. Sicher war sicher. Im Übrigen war der Typ mit ein Grund dafür gewesen, den Ort des Geschehens so schnell wie möglich zu verlassen. Der hatte doch garantiert die Bullen angerufen.

Je länger Masch über den unglückseligen Fahrer des LKW nachdachte, desto mehr wuchs in ihm der Groll. Im Grunde war es gar nicht so sehr die Personalie, die ihn erzürnte. Es war die Missachtung aller Teamregeln. Gearbeitet wurde nur mit Maske, und rauchen und trinken waren untersagt. Wer sich nicht daran hielt, flog im besten Fall aus dem Team. Wer Interna ausplauderte, wurde bestraft, und in dieser Beziehung war der Boss nicht zimperlich.

Ein Grundsatz des Teams war, dass jedes Mitglied gerade so viel von einer Aktion zu wissen bekam, wie es für seinen Beitrag benötigte. Also über kein Wissen eines anderen Mitglieds und dessen Tätigkeitsbereich verfügte. Ging ihn nichts an, und wer nichts wusste, konnte auch nichts erzählen. Nur Robin und Masch wussten über alles Bescheid. Robin war der Mastermind, und Masch, im Rang gleichberechtigt, delegierte von oben nach unten und übernahm strategisch wichtige Einsätze.

Robin, den Boss in Person, kannte außer Masch keiner. Teambesprechungen wurden ausschließlich per Videokonferenz abgehalten, unterstützt von KI unter Verwendung von Avataren anstelle der echten Personen. Namen waren Pseudonyme. Masch hatte es sich einfach gemacht und von seinem richtigen Namen nur die Anfangsbuchstaben entlehnt.

Müde legte er sich nieder, doch der erlösende Schlaf wollte ihm nicht gelingen. Nicht, dass er einen Mord begangen hatte hielt ihn wach, sondern dieser Autofahrer auf der Landstraße zwischen *Eschholz* und *Kaltenhofen*, der die Tat gesehen haben musste. *Wer, verdammt, fährt nachts um eins von einem Kaff ins nächste? Ein Berufspendler konnte es wohl nicht sein. Um diese Zeit endete oder begann nirgendwo eine Schicht. Vielleicht einer, der von seiner Freundin kam und nach Hause fuhr? Soll ich mir nun die Nächte um die Ohren schlagen und irgendwo am Straßenrand darauf warten, dass er ein nächstes Mal seine Freundin besucht? Oder mach´ ich mir unnötig Gedanken? Wer sollte mich hinter einer Windschutzscheibe bei Nacht und Nebel erkennen können? Was genau hat er von mir gesehen? Macht es Sinn, in Kaltenhofen durch die Straßen zu spazieren und nach einer bestimmten Autonummer zu suchen?*

Ja, das macht Sinn, entschied Masch und nahm sich für den morgigen Feiertag genau das vor. Dann übermannte ihn der Schlaf.

*

Rita trommelte mit den Fingerspitzen auf die Schreibtischunterlage. Es störte sie, dass die Identität des toten Mannes von der Landstraße noch nicht geklärt war. Niemand schien ihn zu vermissen. Jedenfalls war bisher keine Vermisstenmeldung eingegangen. Was wiederum nicht verwunderlich war, denn der junge Mann war noch keine zwölf Stunden tot.

Das Grummeln im Bauch weckte in ihr die Sehnsucht nach den anerkannt besten Zimtschnecken der Stadt. Sie überlegte, ob sie zur Mittagszeit eine Pause im Stadtcafé einlegen sollte, aber dann verpasste sie unter Umständen wichtige Neuigkeiten zum aktuellen Fall. Oder könnte sie eventuell Mika Laukonen als Schneckenkäufer missbrauchen? Sie hegte da gewisse Ressentiments vor solchen Gepflogenheiten, denn er war ja nicht als ihr Laufbursche angestellt. So viel Respekt musste sein.

Laukonen räusperte sich, erhob sich vom Bürostuhl und zog die Jacke an: „Hrmh, Rita, wie sieht's aus? Lust auf eine Zimtschnecke? Ich brauch jetzt etwas für den Magen."

„Du kannst Gedanken lesen, hä? Ja, bitte eine Zimtschnecke, und bring' mir auch gleich einen Kaffee mit. Kaffee ganz normal ohne Milch und ohne Zucker. Bist ein Schatz, Mika."

„Oh, immer?"

„Immer. Warte, ich geb' dir Geld. Bist eingeladen."

„Oh danke."

„Oh bitte."

Mika Laukonen hatte kaum das Büro verlassen, als es hart an der Tür klopfte und mit schwungvollem Elan Allgöwer hereinplatzte, wie immer in seiner *stonewashed* Jeansjacke. „Wo geht er hin, der Mika? Er ist doch wohl nicht unterwegs zu mir?"

„Ihr müsst euch gerade über den Haufen gerannt haben. Hättest ihn fragen können", erwiderte Rita. „Nein, er holt uns was zu essen. Wenn du wartest, kriegst du vielleicht etwas davon ab." Sie malte mit dem Zeigefinger Kringel in die Luft.

„Ja wenn das so ist, dann warte ich gerne." Allgöwer ließ sich auf Laukonens Stuhl fallen. Gleichzeitig schnippte er eine Dokumentenhülle mit Inhalt über den Schreibtisch. „Ich hab´ da was für euch: Der verbrannte LKW hat mir geflüstert, auf wen er zugelassen ist. Auf einen Olaf Meppert, und dieser Olaf Meppert ist der Chef der Firma *Sunbörn* hier in *Offenburg*. Heizungstechnik. Das war das Erste, nach dem ich geschaut habe, damit ihr etwas in der Hand habt. Ergebnisse weiterer Untersuchungen erst nach dem Wochenende."

Rita nahm die Dokumentenhülle in die Hand und überflog die Kopie einer Zulassungsbescheinigung, die darin steckte. „Wenn du den Laster weiter untersuchst – schau bitte, ob du ein Handy drin findest, oder zumindest Überreste davon."

Allgöwer lächelte sein berühmtes *Glenn-Ford*-Lächeln. „Das – und noch viel mehr", antwortete er schlitzohrig. Überhaupt wirkte er, seit Wilma Solberg und er ein Paar waren, sehr viel ausgeglichener als zu Zeiten davor.

1986

Die Firma feierte. Falsch. Herr Ketterer feierte. Seinen runden Geburtstag. Sechzig Jahre. Und die Firma war eingeladen. Architekturbüro Ketterer und Co. in Murksheim.

Wer den verstorbenen deutschen Schauspieler Curd Jürgens kannte, fand im alten Ketterer dessen Abbild. Braungebrannt, silbernes Haar nach hinten gekämmt, strahlendes Lächeln. Ein Mann zum Anschauen. Eine Gallionsfigur.

Die Reden waren gehalten, die Trinksprüche verklungen. Aus einigen Lautsprechern klangen Welthits, die ein Alleinunterhalter seiner Hammondorgel entlockte.

Ein milder Abend unter bunten Lampions auf dem Gelände des Murksheimer Jachtclubs. Nur einen Steinwurf entfernt dümpelten teure Segel- und Motorjachten auf dem clubeigenen Baggersee, Aufbauten und Masten waren mit elektrischen Lichtgirlanden verziert. Ein Glück, dass der alter Ketterer Mitte Mai Geburtstag hatte. Zu einem späteren Termin wären sowohl der Jubilar als auch die Gäste von den berüchtigten Rheinschnaken aufgefressen worden.

Der See war über einen kurzen Kanal mit dem Rhein verbunden, sodass den Booten die Fahrt in die weite Welt über den Fluss möglich war. Über den Kanal führte eine Klappbrücke für Fußgänger, und auf dieser Brücke stand rauchend **er**. Robin. Er hatte einen Kopfhörer auf, der mit einem Sony-Walkman der ersten Stunde verbunden war. Das Kassettentonband spielte die Hits der Sechzigerjahre seiner absoluten Lieblingsband, den Bee Gees, ab. Seines Faibles für die Band wegen hatte ein Kommilitone ihm einst den Namen Robin aufgestempelt, nach Robin Gibb, einem der charismatischen Sänger. Da es in dieser Sache nichts zu verleugnen gab und er der Band die Treue hielt, war er dabei geblieben.

Robin genoss die letzten Augenblicke der Freiheit, denn in wenigen Minuten würde er sich zur Geburtstagsgesellschaft zurück begeben. Aber diese eine Zigarette noch. Die wollte er bewusst genießen, um sich später genau daran erinnern zu können, an Ort und Zeit, wann er seine Freiheit aufgegeben hatte.

Man hat immer eine Wahl, *hatte er gedacht, und im Grunde musste er dieser Floskel zustimmen. Nur sah die Alternative einer anderen Entscheidung so aus, dass er ein Niemand sein, als Versager gelten würde, und das war mit seinen Ambitionen unvereinbar. Ergo würde er in den sauren Apfel beißen und die Tochter des alten Ketterer heiraten. Britta. Heute fand die offizielle Verlobung statt. Drüben, wo gefeiert wurde.*

Nur diese eine Zigarette noch. Irgendwie schien sie ihm heute schneller abzubrennen als sonst.

Er hatte das Gefühl, dass alle Augen auf ihn gerichtet waren, als er zu der Feier hinüberging. Und als er die Gesellschaft erreicht hatte, trat man für ihn zur Seite, bildete eine Gasse, an deren Ende Britta und der Schwiegervater in spe auf ihn warteten. Und noch einer stand dort und wartete auf ihn: Achim, der hübsche Sohn des alten Ketterer; Brittas jüngerer Bruder, dessen Blicke sich wie die Nadelelektroden eines Tasers in Robins Brust bohrten und heiße Schockwellen durch seinen Körper sandten.

Tessa, Ketterers Ehefrau und Mutter der beiden Kinder, glänzte durch Abwesenheit. Sie hatte sich wegen eines plötzlichen Migräneanfalls entschuldigt. Dabei wurde in Gesellschaftskreisen gemunkelt, dass sie gegen Brittas Hochzeit mit diesem ... diesem ... undurchschaubaren (?) Mitgiftjäger war.

Vater, Tochter und Sohn hielten Sektgläser in den Händen. Aus dem Off *wurde dem Erwarteten flink ebenfalls ein Glas zugereicht. Nun zu viert, wandte der Alte sich* den Gästen zu: „Meine Freunde, liebe Gäste, ich bedanke mich, dass ihr heute so zahlreich zu meinem Geburtstag erschienen seid. Vielen Dank. Wir haben heute jedoch noch eine andere frohe Botschaft zu verkünden. Meine wunderbare Tochter Britta wird sich heute nämlich mit unserem ...“

Weiter kam er nicht, denn neben ihm zerdrückte Achim das Sektglas mit der bloßen Hand, und sofort tropfte Blut von seinen Fingern. Der Alte wirkte irritiert, glotzte seinen Sohn an als hätte der zwei Köpfe. Im Nu war einer der Lakaien zur Stelle und wickelte eine Serviette um Achims Hand. Robin nahm Achim beim Arm, zog ihn auf die Seite und redete beschwörend auf ihn ein. „Was soll der Scheiß, Achim? Drehst du jetzt durch? Genau so war es abgesprochen. Das hast du doch gewusst. Es war unser Plan, Achim. Es **ist** unser Plan.“

Achim stierte dumpf vor sich auf den Boden. „Ja, entschuldige, aber ich habe es mir anders überlegt. Wenn ich daran denke, dass du zu ihr ins Bett steigst, und das wirst du, dann ... dann ... es ist ein Scheißplan.“

Robin rüttelte an Achims Arm. „Glaubst du vielleicht, das macht mir Spaß? Es ist Teil des Deals zwischen deinem Alten und ...“

„... und dir“, schnappte Achim.

„Quatsch! Und uns. Achim, zwischen uns wird sich nichts ändern. Wir haben es uns versprochen!“

Aber Achim, der hübsche Achim, riss sich los und stürmte vom Gelände. Wenig später hörte man das Röhren eines Sportwagens, quietschende Reifen, und wie sich ein Auto mit hoher Geschwindigkeit entfernte.

Als Robin zurück zu Britta und dem Alten kam, fragte ihn dieser: „Was hat er denn?“

Er zuckte mit den Schultern, was so viel hieß wie: keine Ahnung.

Dann verkündete der alte Ketterer Brittas und Robins Verlobung.

31.10.2024

Sunbörn also. Rita wunderte sich über die Schreibweise, nahm jedoch an, dass dahinter kein Wissensdefizit, sondern eine bewusste Marketingstrategie steckte. Alleinstellungsmerkmal, oder so ähnlich. Das Internet bestätigte ihr die Branche und die Adresse: *Sanitär und Heizungstechnik, Durlanger Straße.*

Mika Laukonen war noch nicht aus der Stadt zurückgekehrt. Rita ahnte schon, dass sie die Zimtschnecke im Dienstwagen würde verzehren müssen. Egal, Hauptsache, dass.

Die Fingerabdrücke des Toten von der Landstraße waren polizeilich nicht registriert, weshalb Rita bezüglich der Identität weiterhin im Dunkeln tappte und auf Dr. Brenneis′ Schätzungen angewiesen war. Alter zwischen vierundzwanzig und dreißig Jahren, schlank, starker Raucher, sonst keine besonderen Kennzeichen, wie zum Beispiel Tätowierungen oder ältere Verletzungen. Mit der Blutgruppe allein kam sie nicht weiter, und eine Vermisstenanzeige lag bis zum frühen Nachmittag nicht vor.

Nicht geklärt war auch die Frage, ob es zwischen dem ausgebrannten LKW bei *Flötzweiler* und dem Toten einen Zusammenhang gab. Die Reifenabdrücke auf dem Körper des Mannes ließen zwar eine Verbindung vermuten, aber beweissicher belastbar war die Vermutung wegen einer fehlenden Vergleichsmöglichkeit nicht. Die Reifen waren in Flammen aufgegangen.

Rita erwog, sich mit einem Foto des Toten an die Presse und somit an die Öffentlichkeit zu wenden, als Oberstaatsanwalt Bernd Landquart in ihr Büro platzte. „Frau Böhringer, wann, dachten Sie, mich über die Ereignisse der zurückliegenden Nacht, beziehungsweise des vergangenen Morgens zu informieren? Ein toter Mann, ein ausgebrannter Lastwagen? Wieso muss ich so etwas über die Buschtrommeln erfahren, und wer hat Sie eigentlich mit den Ermittlungen betraut?" Landquart blieb herausfordernd vor ihrem Schreibtisch stehen.

„Guten Morgen erstmal, Herr Oberstaatsanwalt", erwiderte Rita und nahm Landquart den heftigsten Wind aus den Segeln.

„Äääh ... Guten Morgen. Entschuldigung. Also? Hhrrmmhh, Ich meine, was ist passiert? Setzen Sie mich ins Bild, bitte." Landquart ließ sich auf Laukonens Stuhl nieder.

Rita umriss in wenigen Sätzen die Geschehnisse und beschrieb die Erkenntnisse, über die sie bislang verfügte. „Da uns der Tote bislang unbekannt ist, habe ich soeben überlegt, die Presse einzuschalten. Aber da morgen Feiertag ist, würde sein Foto erst in der Samstagsausgabe der Zeitung erscheinen. Eine Menge verlorener Zeit. Oder was meinen Sie?"

„Was ich meine? Dass es nicht in Ihrer Entscheidungsbefugnis liegt, uns an die Öffentlichkeit zu wenden, sondern in meiner. Sie haben demnach ein Foto von dem Unglücksraben? Zeigen Sie mal her!" Landquart streckte fordernd den langen Arm über den Schreibtisch.

Rita hielt ihm das Display ihres Handys entgegen.

Landquart genügte ein Blick, um dann triumphierend zu sagen: „Warum fragen Sie mich nicht gleich? Den kenn´ ich."

Der Oberstaatsanwalt hatte es so bestimmt. Mika Laukonen sollte zur Adresse der Firma *Sunbörn* fahren und dort der Sache mit dem LKW nachgehen. Rita war zur Adresse von Georg Sackmann unterwegs, die Zimtschnecke auf dem Beifahrersitz und der Kaffee im Dosenhalter ihres Dienstwagens.

„Sein Name ist Georg Sackmann", hatte Landquart gesagt. Mittlerweile fragte sich Rita, wie es zustande kam, dass der Oberstaatsanwalt diesen Georg Sackmann kannte, ohne dass dieser in einem Polizeiregister zu finden war? Keine Fingerabdrücke, keine Akte? *Wie, Herr Landquart?*

Da Bernd Landquart heute nicht bester Laune zu sein schien, hatte Rita wohlweislich darauf verzichtet, diese Frage weiter zu vertiefen. Immerhin hatte sie nun, dank ihm, einen Namen und eine Adresse, essenzielle Voraussetzungen für die Ermittlungsarbeit. Außerdem, brach sie nach einiger Überlegung eine Lanze für den Oberstaatsanwalt, standen doch die wenigsten **ihrer** privaten Kontaktpersonen auf einer Fahndungsliste. Warum also sollte er keine unvorbelasteten Bekanntschaften haben?

Die Adresse lag im Norden der Stadt, östlich des Rangierbahnhofs. Laubenweg. Hier war Rita noch nie gewesen, sodass sie sich vom GPS dirigieren ließ. Das System steuerte sie in eine reine Wohngegend mit gepflegten Einfamilienhäusern. Zu jedem Haus gehörte ein Garten, mehr oder weniger ansehnlich, ganz nach Gefallen oder Talenten der Eigentümer. *Bürgerlich*, dachte Rita, *gutbürgerlich*, ohne eine negative Bewertung damit zu verknüpfen.

Im Laubenweg hielt sie vor einem Haus, das das GPS mit *Sie haben Ihr Ziel erreicht* kommentierte. Ein Haus, wie es auch Rita gefallen würde. Klein, mit Sprossenfenstern und einem Giebel aus altersgrauem Holz. Das umgebende Gartengelände sah jedoch vernachlässigt aus. Zwischen den Wegplatten wuchsen Gräser, Moose und Grünzeug jeglicher Art. Hier hatte schon lange kein Mensch mehr Hand angelegt. *Grün ist schöner als Beton*, dachte Rita und ließ es dabei bewenden.

Am Briefkasten neben dem Gartentor stand der Name. *Sackmann*. Eine Klingel bemerkte Rita nicht, weshalb sie das Tor aufstieß und über die Wegplatten zur Haustür ging. Bevor sie dort auf den Klingelknopf drückte, wurde sie von einer unangenehmen Vorahnung befallen. *Ich überbringe den Leuten hier, wer immer sie sind, eine Todesnachricht.* Sie fragte sich, ob Bernd Landquart deswegen **sie** hierhergeschickt hatte, anstatt Mika Laukonen.

Es dauerte eine ganze Weile, bis nach ihrem Klingeln Geräusche hinter der Haustür zu hören waren. Schlurfende, langsame Schritte, das Klappern von Gehhilfen, das Entriegeln von Schlössern. Dann wurde die Tür vorsichtig aufgezogen, einen Spalt nur, und ein Auge mit schwerem Tränensack musterte sie. *Mein Gott, es ist die Mutter*, dachte Rita. *Lass´ mich bitte eine Stunde älter sein.*

Rita stellte sich vor und zeigte der Frau den Dienstausweis. „Frau Sackmann, ich muss mit Ihnen über Ihren Sohn Georg sprechen. Darf ich zu Ihnen hineinkommen?"

*

Mika Laukonen war ein bisschen stinkig, weil ihm noch kein eigener Dienstwagen zugeteilt war. Er musste, wenn er allein zu Ermittlungen unterwegs war, stets einen Wagen aus dem viel zu kleinen Fahrzeugpool der Direktion nehmen. Jedes Mal ein anderes Auto, und wenn's eng wurde, auch einen der älteren Streifenwagen. Dabei war er, aber hallo, seit kurzem Kriminalkommissar.

Zur Firma *Sunbörn* in der Durlanger Straße. Laukonen wusste, wie er zu fahren hatte. Es war nicht weit von der Dienststelle entfernt, und zur Not hätte er auch zu Fuß gehen können. Aber mit einem Auto machte es halt mehr her.

Er stellte den Wagen vor dem Firmengebäude absichtlich ungünstig ab. Verkehrsbehindernd traf es besser. Sollten die Leute ruhig merken, wer im Hause war. Deswegen freute er sich auch schon diebisch, als er den protestierenden Blick der Empfangsdame im Foyer des Gebäudes entdeckte.

„Sie haben da etwas großzügig geparkt", maulte sie zurückhaltend. „'n Tag, was kann ich für Sie tun, Herr …?"

Laukonen zückte seinen Dienstausweis. „Guten Tag. Kommissar Laukonen, Kriminalpolizei. Und wer sind Sie?"

Sie deutete auf ein Schild am Tresen. „Maggie Ringtaub. Polizei? Warum Kriminalpolizei?"

Er stellte gleichzeitig zwei Dinge fest: Erstens, dass sich Puls und Atmung bei Frau Ringtaub beschleunigten, und zweitens, dass sie ihm sehr gut gefiel. Ausnehmend gut gefiel. Instinktiv wandte er ihr die vermeintlich fotogenere Gesichtshälfte zu und nahm insgesamt eine straffere Körperhaltung an. Er hoffte, dass seine wikingerblauen Augen die Wirkung eines Eisbrechers entfalten würden. Wovon zunächst so gar nichts zu spüren war, denn von ihrer Schönheit immens beeindruckt, verhaspelte er sich beim Versuch, den Grund seines Hierseins zu erklären. „Ja ... äääh ... also ... es ist wegen ... wegen ... wegen was?"

In Maggie gluckste es, und das unterdrückte Lachen ließ ihre Schönheit noch mehr erblühen. Sie war dreiunddreißig Jahre alt, trug einen honigblonden Lockenkopf und war äußerst attraktiv. „Herr Laukanen, Sie ..."

„Laukonen", stellte er richtig, „mein Name ist Laukonen. Sie sagten Laukanen. Es gab eine finnische Biathletin namens Laukanen. Aber ich heiße Laukonen."

Beide schwiegen für einige Sekunden, in denen sie sich gegenseitig zu messen schienen. Langsam, wie eine anrollende Brandung an den Strand, baute sich das Lachen in ihnen auf, um sich dann in gleichzeitigem Prusten und Lachen zu lösen. Es war Maggie, die sich als erste wieder fasste.

„Herr Laukonen, richtig? Herr Laukonen, was kann ich für Sie tun?" Die nüchterne Geschäftssprache hatte sie wieder.

„Es geht um einen LKW, der bei *Flötzweiler* gefunden wurde. Total ausgebrannt. Unsere Techniker haben festgestellt, dass er auf Ihre Firma zugelassen ist. Haben Sie eine Liste über den Fuhrpark der Firma? Und können Sie unter Umständen feststellen, wer diesen LKW zuletzt gefahren hat?"

„Ja schon", antwortete sie, „aber wieso ..."

„Es besteht der Verdacht, dass das Fahrzeug heute Nacht an einem Unfall beteiligt war. Sie würden uns damit sehr helfen."

„Ein Unfall? Und warum kommt da die Kripo?" Der Ton klang schnippisch.

Und schon ist es vorbei, bevor es überhaupt angefangen hat, dachte Laukonen und behielt für sich, was er damit meinte. „Tut mir leid, aber mehr …"

„… dürfen Sie mir nicht sagen. Verstehe. Wenn Sie mir die Zulassungsnummer nennen, geht es vermutlich schneller. Es sind aktuell doch schon einige unserer Fahrzeuge im Einsatz, wenn Sie wissen, was ich meine."

„Sicher, ja", antwortete er und kramte den Zettel aus der Jackentasche, auf den er die Nummer gekritzelt hatte.

Maggie genügte ein Sekundenblick auf das Stück Papier, um sich die Nummer zu merken. Sie hatte alle Autokennzeichen der Firma im Kopf und kapierte sofort, wohin der Wind wehte. Nun tat sie aber, als würde sie intensiv suchen. Nach einigen Minuten sagte sie: „In der Tat stand heute Morgen eines unserer Fahrzeuge nicht an seinem Platz. Und wie ich sehe, fehlt heute auch der Schlüssel. Gestern Abend, als ich Feierabend machte, waren aber beide noch da. LKW und Schlüssel."

„Gut. Und sehen Sie, wer den LKW zuletzt benutzt hat?" Laukonen nahm einen der ausliegenden Kugelschreiber zur Hand.

„Moment bitte." Maggie fuhr mit dem Zeigefinger über das Computerdisplay. „Eingetragen ist Herr Franz Lemminger., einer unserer Mitarbeiter."

Laukonen notierte den Namen. „Ist Herr Lemminger zufällig im Haus?"

„Sekunde." Maggies Augenmerk richtete sich erneut auf den Computer. „Nein, er ist auf Montage. Ich kann Ihnen die Adresse geben, wenn Sie möchten."

„Ja, das möchte ich. Sehr freundlich von Ihnen, Frau …"

„Maggie", sagte sie, „nenne Sie mich Maggie."

Oha, also doch noch nicht alles vorbei?, dachte er und ließ die blauen Augen funkeln.. „Danke, Maggie."

*

Franz Lemminger, Lefti genannt, öffnete mit einem Kollegen die Verpackung einer Wärmepumpe im Vorgarten des Hauses, in dem *Sunbörn* eine neue Heizungsanlage installierte. Eine Totalsanierung unter Berücksichtigung modernster Technik in Kombination mit Solarzellen auf dem Dach. Ein lukrativer Auftrag.

Nur weil sich ein anderer Kollege kurzfristig krankgemeldet hatte, war er dieser Equipe zugeteilt worden. Normalerweise bestand jedes Team aus einer Stammmannschaft, die man nur ungern veränderte. Man war aufeinander eingespielt und verstand sich in der Regel sowohl in menschlichen als auch in sozialen Belangen. Der wahre Grund aber war Effizienz, denn aufeinander abgestimmtes Personal arbeitete schneller.

So war Lefti dem über ihm drohenden Damoklesschwert, das da Maggie hieß, glücklicherweise entronnen. Nur auf Zeit, wie er wusste, denn letztlich würde er an ihr ohne nachvollziehbare Erklärung zu dem fehlenden LKW nicht vorbeikommen. Sie war da wie eine Zecke. Eine ziemlich hübsche Zecke, aber deswegen nicht minder nervig.

Der LKW. Lefti hatte ihn am Vorabend ordnungsgemäß auf dem Firmenparkplatz abgestellt. Zur Ordnung hätte jedoch auch gehört, den Schlüssel ans Schlüsselbrett zu hängen, was Lefti in weiser Voraussicht nicht getan hatte. Und jetzt waren beide weg, LKW und Schlüssel, und Shorty, dem er später den Schlüssel gegeben hatte, dazu. So oft er probierte ihn telefonisch zu erreichen – Shorty meldete sich nicht. Blieb verschwunden.

„Das Verpackungsmaterial kannst du gleich wieder in den Sprinter laden", sagte der Kollege vom Stammpersonal und schob den hydraulischen Hubwagen unter die Palette mit der Wärmepumpe. „Wenn du fertig bist, kommst du nach."

Es ärgerte Lefti, dass er von dem Typ wie ein Lehrling behandelt wurde, hielt aber den Mund. Er brauchte diesen Job bei der Firma *Sunbörn* quasi als Nachweis für ein biederes ehrliches Leben, und ein bisschen auch zur Beruhigung seines nicht ganz so reinen Gewissens.

Der Kollege war, die Wärmepumpe im Schlepptau, um die Ecke des Hauses gebogen. Lefti hatte inzwischen das Verpackungsmaterial in den Sprinter versorgt. Dem etwas älteren Modell einer grauen BMW-Limousine, das circa fünfzig Meter von ihm entfernt an den Straßenrand fuhr und anhielt, schenkte er kein Interesse. Dem Typ, der ausstieg und auf ihn zu geschlendert kam, allerdings schon. Er passte irgendwie nicht so recht zu der Straße, nicht zu der Gegend, und ganz und gar nicht in Leftis Bild vom Aussehen eines zufällig vorbeischauenden Passanten. Raspelkurzes, weißblondes Haar, Sauerkrautbart, schlank, etwa in gleichem Alter wie er selbst. Der Kerl schien ein Ziel zu haben, und Lefti wurde den Argwohn nicht los, dass er dieses Ziel war.

Ein paar Meter trennten den Unbekannten noch vom Firmensprinter, die Lefti die Zeit ließen, die Hintertüren des Wagens zuzuschlagen.

„Hey", rief der Mann, „warten Sie."

Das war für Lefti das Signal, sich aus dem Staub zu machen, denn es war offensichtlich, dass er gemeint war. Hurtig umrundete er den Sprinter, schwang sich hinter das Lenkrad, startete den Motor und brauste mir nichts dir nichts davon. Bevor er in die nächste Querstraße abbog, sah er im Rückspiegel den Mann zu seinem BMW zurücklaufen. Lefti meinte sogar gesehen zu haben, dass er telefonierte.

*

Es müssen hier einmal bessere Zeiten geherrscht haben, dachte Rita, als sie Frau Sackmann ins Haus folgte. Sie sah, dass die Bewohnerin der Bewältigung des Haushalts nicht mehr Meister wurde. Sauber war es nur vordergründig, also dort, wo die Behinderung der Frau ihr keine unüberwindlichen Schwierigkeiten bereitete. Wo es aber nötig gewesen wäre, in die Knie zu gehen oder auf einen Stuhl zu steigen, waren Frau Sackmanns Bewegungsradius und Leistungsfähigkeit offensichtlich begrenzt. Es lag gewiss nicht daran, dass sie nicht wollte, sondern dass sie nicht konnte.

Rita schätzte sie auf ungefähr fünfzig Jahre, also ein Alter, in dem man normalerweise noch körperlich fit war. Frau Sackmann jedoch ging an Stöcken. Eine Tatsache, die Rita die Überbringung der traurigen Nachricht doppelt schwer machte. Sie wartete, bis Frau Sackmann im Wohnzimmer auf einem durchgesessenen Sofa Platz genommen hatte. „Uns wurde heute Morgen ein tödlicher Unfall gemeldet. Ein junger Mann ist auf der Straße zwischen *Eschholz* und *Kaltenhofen* ums Leben gekommen. Es hat etwas gedauert, bis wir ihm einen Namen zuordnen konnten. Es ist Ihr Sohn, Frau Sackmann. Georg. Es tut mir sehr leid." Rita atmete tief ein und wieder aus. *So! Jetzt ist es in die Welt gesagt. Diese Worte kann niemand mehr zurückholen.*

Äußerlich schien die Nachricht Frau Sackmann kaum zu berühren. Die einzigen Anzeichen einer Regung waren an ihren Händen abzulesen, mit denen sie die Griffe der Gehhilfen umklammerte, sodass die Knöchel weiß und spitz hervortraten.

„Er ist überfahren worden", fügte Rita hinzu, um der Frau die Frage nach dem Wie zu ersparen. „Er muss sofort tot gewesen sein. Damit will ich sagen, dass er nicht gelitten hat."

Als Frau Sackmann sich noch immer nicht rührte, fragte Rita: „Gibt es jemanden, den ich für Sie verständigen kann? Ich kann Hilfe für Sie organisieren, wenn Sie das wünschen."

Ein wenig Leben kehrte in Frau Sackmann zurück. Sie bewegte langsam den Kopf hin und her und hauchte: „Nein, niemand. Geben Sie sich keine Mühe, ich brauche niemand."

„Jemand sollte den Toten identifizieren. Falls Sie sich nicht in der Lage dazu fühlen – dann vielleicht ein anderer naher Angehöriger? Vater, Bruder, Schwester? Sagen Sie mir Bescheid, dann …"

„Es gibt niemand anderen, Frau Böhringer. Weder Vater noch Geschwister. Wir waren allein. Geben Sie mir eine halbe Stunde, dann fahre ich mit Ihnen. Eine halbe Stunde bitte, um … na, Sie wissen schon."

Rita nickte. Aber wusste sie wirklich, was Frau Sackmann meinte? Die Gefasstheit der Mutter erstaunte sie doch sehr. Sie hatte einen Gefühlsausbruch erwartet. Einen Zusammenbruch. Nicht aber eine solche Ergebenheit. Oder was spielte sich in ihrem Inneren ab?

Rita suchte nach einem Weg, die geforderte halbe Stunde zu überbrücken. Empathisch wie sie war, galt darum ihre nächste Frage Frau Sackmanns gesundheitlicher Verfassung. „Sie gehen an Stöcken, Frau Sackmann. Wollen Sie mir erzählen, warum?"

Im Gesicht der Frau zeichnete sich eine Veränderung ab, als würde eine Mauer bröckeln. „Ha, das hat mich auch schon lange keiner mehr gefragt. Sie sind gut, Kindchen. Ach ja, wenn Sie einen Kaffee wollen, müssen Sie sich ihn selber machen. Finden Sie alles in der Küche. Und wenn, dann machen Sie für mich gleich einen mit."

Rita nahm diese Offerte gerne an und trug keine fünf Minuten später zwei Tassen schwarzen Kaffees ins Wohnzimmer zurück.

„Danke, Kindchen. Ich darf Sie doch so nennen? Sie sehen so wunderbar jung aus. Arthrose und Osteoporose, wenn Ihnen das etwas sagt. Kann nicht mehr arbeiten. Wenn das Haus nicht mein Eigentum wäre – ich könnte mir keine Mietwohnung leisten. Sie haben ja gesehen, wie vernachlässigt der Garten aussieht. Ich kann das nicht mehr, und hier im Haus ist es nicht anders. Ich schaff' nur noch das Nötigste. Und mein Schorschi …", ihre Stimme stockte, „… ist mir beileibe keine Hilfe. **War** mir keine Hilfe, muss ich ja jetzt sagen."

„Seit wann ist das so?", fragte Rita, die antizipierte, dass Schorschi der Kosenamen für ihren Sohn war. Doch mit Aussprache des geliebten Namens flackerten in Frau Sackmanns Augen die Blicke, und als ihr Oberkörper begann zu wanken, war Rita zur Stelle und fing sie sanft in ihren Armen auf.

*

1996
Es hatte zweifelsohne Vorteile, wenn man Architekt war und das eigene Heim nach seinen Wünschen und denen der Ehefrau gestalten konnte. Wobei der eine oder andere Wunsch der Ehefrau die Eigenschaften von Kröten besaß, die es zu schlucken galt. Kotz, würg, aber das war nun mal der Preis, wenn man die Tochter des Seniorchefs geheiratet und die Geschäftsleitung des Betriebs übernommen hatte. Ja, und es war auch der Preis, den eine Lüge kostete, deren Aufrechterhaltung so viel an Energie und Lebensfreude verschlang, dass man sich eigentlich vor sich selbst ekeln müsste, sofern man denn ein sauberes Gewissen hätte. Oder zumindest eine Selbstachtung. Von der Achtung anderer ganz zu schweigen.

Er besaß weder das eine noch das andere. Er hatte Britta geheiratet, nicht weil sie schön war oder weil er sie liebte, sondern damit das Bild stimmte, das man der Öffentlichkeit präsentierte: Mann, Frau, Kinder, Firma, Glück.

In erhöhter Lage am Hang, weg vom von Schnaken verseuchten Rhein, aber wiederum nicht zu hoch, damit die Kinder den Schulweg bequem zurücklegen konnten. Eine

Garage für zwei Autos, ein Schuppen für ein schweres Motorrad und die Fahrräder, ein Swimmingpool vor der Terrasse. Das Haus in klaren, geraden Linien; weite luftige Zimmer; drei Badezimmer; schwerelos anmutende Treppen; intelligente selbstverdunkelnde Fenster vom Boden bis zur Decke in Cinemascopemaßen; Flachdach; ein Grundstück gefühlt so groß wie Liechtenstein. Er hatte gedacht, wenn er nach außen die innersten Gefühle und Triebe nicht bedienen durfte, dann musste zumindest die Fassade für Entschädigung herhalten.

Unter Geschäftspartnern, Freunden, Bekannten und innerhalb der Familie ließ er sich Robin nennen. Dass der Spitzname nicht von ungefähr kam, stellte er gerne bei Firmenfesten unter Beweis, die er bevorzugt in einer der aus dem Boden schießenden Karaoke-Bars enden ließ. Weil seine Angestellten wussten, dass er nur darauf wartete sich produzieren zu können, trieben sie ihn pflichtschuldig in Sprechchören auf die Bühne, wo er regelmäßig sein Paradestück zum besten gab: Massachusetts*, im Original gesungen von Robin* Gibb. *Und ja, eine gewisse Ähnlichkeit der Stimmen war nicht zu leugnen.*

Britta wusste Bescheid.
  Und auch wieder nicht. Genau wie er hielt sie den Schein aufrecht. Es bedurfte einer speziellen Choreografie, im weitesten Sinne eines auf die Gesamtsituation abgestimmten Drehbuchs, dem sie wie professionelle Schauspieler folgten. Ein in langen Stunden ausgehandeltes Arrangement für ein Leben, das es in Wirklichkeit so nicht gab. Sogar die Kinder waren nach Plan gezeugt

und mit allen heranwachsenden Eventualitäten berücksichtigt. Und bis jetzt war alles gut gegangen.

Britta sah den Funken in seinem Auge sehr wohl. Sie wusste, dass er sie nicht begehrte. Dass der Funke für jemand anderen glühte. Für eine Liebe, die ihn auffraß, weil sie nicht erfüllt wurde. Britta wusste nicht, wer es war. Sie ahnte nur, dass es keine Frau war.

Ein Mann also?

Manchmal, Britta konnte nicht mal genau beschreiben, bei welchen Gelegenheiten, meinte sie, eine Art Wetterleuchten in seinem Gesicht wahrzunehmen. Dann wurde sein Blick plötzlich weich und leidenschaftlich, verlor sein Gesicht die übliche Härte. Als würde er gerade an jemand besonderen erinnert. Durch ein Wort vielleicht, oder einen Tonfall. Durch einen Geruch oder eine Ähnlichkeit. Dann spürte sie, dass ihr Ehemann zu Gefühlen fähig war, wie es sie zwischen ihr und ihm noch nie gegeben hatte.

Nach zehn Jahren Ehe gab sich Britta keinen Illusionen mehr hin. Ein Vertrag war ein Vertrag, und diesen Handel war sie eingegangen. Wichtig jedoch war ihr, dass die beiden Kinder in einer unbelasteten Atmosphäre aufwuchsen. Ihr Wohl stand über allem, und zu ihrer großen Erleichterung liebte Robin die Kinder genauso innig wie sie selbst.

Einmal pro Woche nahm er sich eine Auszeit. Es war stets Mittwochabend, dass er frisch geduscht in sein Auto stieg und wegfuhr. Wohin, das sagte er nicht und er verbat sich auch alle Fragen danach. Irgendwann in der Nacht, meistens zwischen zwei und drei Uhr, kam er dann wieder nach Hause, duschte erneut und zog sich bis zum Frühstück in sein Zimmer zurück.

Nach zehn Jahren Bestand kam Britta mit den Vereinbarungen ihrer Papierehe blendend zurecht. Sie waren ihr sozusagen in Fleisch und Blut übergegangen. Was sie jedoch nicht verwinden mochte, war der Schmerz über den Verlust ihres Bruders. Nicht, dass sie glaubte, er wäre gestorben, nein. Nur war er seit dem Tag ihrer Verlobung mit Robin einfach verschwunden, als hätte es ihn nie gegeben. Das sich entfernende Motorengeräusch seines Sportwagens war das letzte gewesen, das sie von ihm gehört hatte.

Britta hatte den Eindruck, dass die Polizei der Vermisstenanzeige wenig bis gar keine Beachtung schenkte. Achims Sportwagen war auf einem Parkplatz, der zum Großflughafen Lahr (Schw.) gehörte, gefunden worden. Von ihm selbst nicht eine Spur. Es gab weder Kreditkartenabrechnungen noch andere Abbuchungen von seinem Konto, die man als Lebenszeichen hätte werten können. Keine E-Mails, keine Postkarten oder Briefe, keine Bewegungen in den Sozialen Medien. Nichts.

Tessa, Achims und Brittas Mutter, zog sich überwiegend in ihr Zimmer zurück, wo sie die meiste Zeit mit dem Legen von Patiencen zubrachte und es nur noch zum Essen und für die Toilette verließ.

Und Robin, der spätere Ehemann, der am Verlobungstag als letzter mit ihm gesprochen hatte, schwieg sich über die Hintergründe aus. Dieses sein Schweigen bildete auch den einzigen Anlass, über den sie jemals miteinander in Streit gerieten. „Wo ist Achim? Hast du Kontakt mit ihm? Sag's mir endlich!"

Doch Robins Miene verfinsterte sich jedes Mal. Er schien förmlich zu implodieren und saugte sämtliche

Energie in sich hinein, die ihrige und seine, als sei er ein
Schwarzes Loch im Universum.
  „*Wo ist Achim?*"

31.10.2024

Es war so nicht abgesprochen, aber Mika Laukonen und Rita Böhringer trafen gleichzeitig auf dem Parkplatz der Polizeidirektion *Offenburg* ein. Rita in Begleitung von Georg Sackmanns Mutter.

Bevor Laukonen seinen fragenden Blick aufsetzen konnte, erklärte Rita: „Die Mutter des Toten. Ich habe sie gebeten, den Leichnam bei Dr. Brenneis zu identifizieren. Danach fahre ich sie wieder nach Hause und schau mir bei der Gelegenheit das Zimmer ihres Sohnes an. Anschließend fahr ich nach Hause. Und du?"

„Franz Lemminger. Angestellter bei *Sunbörn*. Er hat den ausgebrannten LKW zuletzt benutzt. Als ich ihn auf der Montage befragen wollte, ist er mit einem anderen Firmenwagen abgehauen. Ich habe die Fahndung nach ihm veranlasst."

„Gut, Mika. Wenn sich aktuell nichts Neues ergibt, machst du für heute Feierabend. Wir sehen uns dann …"

„Morgen ist Feiertag", reklamierte Laukonen in Panikstimmung.

„… morgen wieder. In alter Frische, wenn ich bitten darf. Wir haben jetzt immerhin zwei Namen. Mal sehen, was wir damit anfangen können." Rita bot Frau Sackmann ihren Arm als Stütze an und dirigierte sie zum Aufzug in den Keller zu Dr. Brenneis' Reich.

Rita war müde, als sie vor dem Türmchenhaus in *Gengenbach* aus dem Dienstwagen stieg. Sie sehnte sich nach einem heißen Bad. Wenn möglich, bevor sie Gerti, Melanie oder Edgar über den Weg lief. Und anschließend im Schlabberlook aufs Gemeinschaftssofa im Wohnzimmer, liebevoll bekocht von Gerti; am liebsten Nudeln mit Soße, oder Makkaroni mit Schmelzkäse und in Butter gedünstete Zwiebeln.

Jedoch hatte sie die Rechnung ohne den Wirt gemacht, denn Edgar muss auf der Lauer gelegen und auf sie gewartet haben. Selbst war er erst seit gut zwei Stunden von seinem Besuch bei Pit Ferman zurück. Rita kratzte die letzten Körner ihrer Reserve zusammen. „Hallo, Edgar, was ist es, womit ich dir eine Freude bereiten kann?"

Er fasste sie, was selten vorkam, beim Ellbogen. „Pardon, Rita, dass ich dich hier abpasse. Du kannst mir in der Tat einen Gefallen tun. Und zwar im Polizeiarchiv nach einem bestimmten Fall zu suchen. Wie du weißt, komme ich als Beamter im Ruhestand nicht mehr an die relevanten Daten."

Ritas rechte Augenbraue beschrieb eine Haarnadelkurve.

„Pit Ferman hat mich draufgebracht. Es geht um einen Todesfall aus dem Jahre 1976. Ein junger Mann …"

„1976?", unterbrach Rita den Redeschwall. „Das ist, bei Zeus, achtundvierzig Jahre her, Edgar."

„Ja, 1976. Wie gesagt, der junge Mann wurde, nachdem er als vermisst gemeldet wurde, nach zwei Wochen tot aus einem Baggersee bei *Durlangen* gefischt. Mein Freund Lothar Dieringer, Ex-Journalist der *Badischen Zeitung*, will morgen mit mir ins Zeitungsarchiv und dort die Berichte zu dem Fall heraussuchen. Es verhält sich nämlich so …" Edgar schilderte Rita in wenigen, aber intensiven Worten, was Pit Ferman seinerseits von Peter Seibelt gehört hatte. Dass es noch einige Jahre früher in den Sechzigern unter Kindern zu sexuellen Handlungen unter Androhung von Gewalt und Schlimmerem gekommen war.

„Und jetzt meinst du, beziehungsweise meint ihr, dass damals eine Karriere als Sexualstraftäter begonnen hat und der junge Mann aus dem Baggersee eines seiner Opfer war."

„Genau, meine Güte, du schaltest aber schnell. Also du weißt, worauf ich hinaus will?", fragte Edgar.

Rita lächelte nachsichtig. „Ich glaube ja nicht, dass eure Nachforschungen heute noch jemanden in Schwierigkeiten bringen können. Aber ich schau´ mal, was in den alten Akten steht, okay?"

Edgar strahlte. „Echt? Morgen vielleicht? Entschuldige, Rita, du willst vielleicht erst mal ein Bad nehmen. Du siehst müde aus."

*

Endlich glühte das Eisen in der vor Hitze fauchenden Esse. Es war nicht mehr nötig, den Blasebalg zu treten. Geschützt mit einem Lederhandschuh, ergriff er das hintere Ende des Vierkantstabs, holte ihn aus dem Feuer und legte ihn auf den Amboss. Dann nahm er den schweren Schmiedehammer in die rechte Hand und schlug auf den glühenden Teil ein, dass die Funken sprühten. Zingg. Zingg. Zingg. Indem er das so bearbeitete Eisen in der Hand langsam drehte, zwang er es in eine Spirale. Zingg. Zingg. Zingg. Wenn er genug Spiralen geschmiedet haben würde, ließe sich daraus vielleicht ein Schirmständer herstellen.

Stefan Übermaß war beileibe kein Schmied, und er hatte noch nie Ambitionen gehabt, einer zu werden. Er war Lehrer für Geschichte und Geografie. Die Hammerschläge kamen aus seinem Herzen; die Funken stoben durch sein Gehirn; durch einen Schleier aus Blut vor dem linken Auge glotzte er direkt auf den gedrehten schmiedeeisernen Fuß des Schirmständers, der umgekippt war. Zingg. Zingg. Zingg, sandte der Herzmuskel die Schmerzimpulse in seinen Kopf, die sich wie Blitze dort entluden. Übermaß stöhnte. Er war aufgewacht.

Aufgewacht war gut. Noch immer lag er der Länge nach im Flur, studierte mit dem einen Auge den Fuß des Schirmständers, der in Wirklichkeit nicht glühte, und mit dem anderen die Wollmäuse unter dem Garderobeschränkchen. Mit dem Versuch einer ersten Aufsitzbewegung handelte er sich einen warnenden Drehwurm ein. *Bleib liegen, alter Knabe*, sollte das wohl heißen. Übermaß folgte der inneren Stimme, legte sich nur etwas bequemer auf den harten Flurboden. Er sandte Fragen in die nähere Vergangenheit. Was war überhaupt geschehen, dass er derart handlungsunfähig in der Wohnung lag? Dass es seine Wohnung war, nahm er zumindest an.

Beim zweiten Versuch, eine halbwegs aufrechte Haltung zu erlangen, schaffte er es unter Zuhilfenahme der Flurwand zu einer Sitzposition, die Beine v-förmig ausgestreckt. So rutschte er bis zur Küchentür, an deren Rahmen er sich komplett auf die Beine zog. Ja, hallo, Drehwurm, auch schon wieder da? In einer beinahe halsbrecherisch letzten Anstrengung hangelte er sich taumelnd über den Elektroherd zum Küchentisch, wo er sich ächzend auf einen Stuhl fallen ließ. Ziel erreicht. Der Anstrengung zu viel, wurde es Übermaß schwarz vor Augen. Dass noch Leben in ihm steckte, bemerkte er an dem Lichtkranz, der die Netzhaut der Augen wie die Korona der Sonne bei Sonnenfinsternis umstrahlte.

Mit zitternder rechter Hand tastete er nach der Stelle, wo der Ursprung des Schmerzes pochte. Die linke Schläfe. Übermaß fühlte, dass sich dort bereits Schorf gebildet hatte und, wie er realistisch einschätzte, er trotz allem glimpflich davongekommen war. Dankbar erblickte auf dem Tisch eine Flasche Mineralwasser und leerte sie auf einen Zug.

Im Badezimmer vor dem Spiegel entschied er sich, dass ein normales Pflaster zur Versorgung der Wunde ausreichen würde. Während er die Folie vom Klebestreifen popelte, erschien sie wie die ungeliebte Werbung mitten in der spannendsten Szene eines Fernsehfilms: Die Erinnerung. Die Erinnerung an die Nacht mit dem Unfall. Die Erinnerung an sein Auto.

Auto? Wo, verdammt, ist das Auto? Hab´ ich es in die Garage gefahren oder es auf der Straße stehen lassen? Es fiel ihm nicht ein.

Jetzt erst registrierte er, dass nicht nur das Gesicht, sondern auch das Hemd blutbeschmiert war. In diesem Aufzug durfte er sich nicht aus dem Haus begeben, wenn er nicht unbedingt auffallen wollte. Rasch wusch er das Gesicht mit den Händen und zog ein frisches T-Shirt über. Dann eilte er aus der Wohnung auf die Straße.

Die ersten Blicke in beide Richtungen waren negativ. Also dann zur Garage. Aber auch dort stand das Auto nicht. Übermaß bis die Zähne aufeinander, dass sie knirschten. Es blieb ihm nichts anderes übrig, als um den Block zu laufen. Wobei der Begriff Block für ein Kaff wie *Kaltenhofen* stark übertrieben war. *Kaltenhofen* war nicht gleich *New York*. Das Viereck wurde aus den Straßen Nesselrau, Roggenweg, Gerstenstraße und Bachschleife gebildet.

Er fand den Wagen um die Ecke. Erleichtert startete er den Motor und chauffierte das Auto in die Garage. Und dort fiel es ihm wieder ein: Dass er eine *Dashcam* an Bord hatte. Gleichzeitig aber tauchten die alten Probleme wieder auf. Nämlich dass er wusste, was er richtigerweise tun sollte – es aber nicht tat. Und dass die Angst in seinen vier Wänden Einzug gehalten hatte, und zu dieser Stunde möglicherweise ein *Paketbote* zu seiner Adresse unterwegs war mit einer Ware, die Übermaß nicht bestellt hatte. Eventuell den Tod, auf jeden Fall aber Gewalt. Die Frage war nicht ob, sondern wann.

Er zog den Speicherchip aus der *Dashcam* und eilte zurück in die Wohnung. Mit fahrigen Fingern steckte er den Datenträger in den Laptop. Nach nur wenigen Klicks flimmerte die unheimliche Nachtfahrt über den Bildschirm des Computers. Mit popelnden Fingernägeln an den Fingernagelbetten wartete er nervös auf die entscheidende Szene, in welcher der LKW den Mann unter die Räder nahm. Er erschrak erneut, als er sie zum zweiten Mal sah. Hastig hielt er den Film an. Übermaß konnte sich von dem Bild kaum losreißen. Er lehnte sich zurück und überlegte: Wenn er die Polizei anrief und sich als Zeuge meldete, machte er sich zu einer justiziablen Person. Das hieß, dass Polizei, Anwälten und Richter seine persönlichen Daten zugänglich wurden. Also wer er war. Das gleiche galt für die Gegenpartei. Die Leute, die den

Paketboten zu ihm schickten, um ihn zum Schweigen zu bringen. Das alles wollte Übermaß nicht. Was nun sollte er tun, damit er dennoch seiner Bürgerpflicht nachkommen konnte? Es musste anonym geschehen. Aber nicht telefonisch. Er mutmaßte, dass die Spezialisten der Polizei die Rufnummer zurückverfolgen konnten, und ein Prepaidhandy mit unterdrückter Nummer besaß er nicht. Er war schließlich Lehrer und kein Undercoveragent.

Einer Eingebung folgend, verließ Übermaß die Seite mit dem *Dashcambild* und las im Internet nach, wie man einen *Screenshot* produzierte. Bald schlauer geworden und leichter als gedacht, druckte er das Bild nach wenigen Minuten aus. Er ging vorsichtig zu Werke und achtete darauf, dass weder auf dem Ausdruck noch auf dem Briefumschlag seine Fingerabdrücke zu finden sein würden. Den Empfänger des Briefes schrieb er in Blockbuchstaben auf das Kuvert und steckte das Bild zusammengefaltet hinein. Heute Abend noch würde er den Brief in den Hausbriefkasten der Polizeidirektion *Offenburg* werfen.

*

Da war sie, die Scheiße. Hast du sie am Huf, hast du Scheiße am Huf.

Wenn der weißblonde Typ kein verdammter Bulle ist, fress' ich einen Besen, dachte Lefti in Panik und raste einfallslos einfach mal davon. Land gewinnen und Strecke legen zwischen sich und dem Kerl mit dem alten BMW. *Warum macht die Polizei einen solchen Bohei wegen eines verschwundenen LKWs? Hat das was mit Shorty zu tun?*

Allmählich wuchs in Lefti der Verdacht, dass es vielleicht nicht die hellste Idee gewesen war, Shorty für sich einspringen zu lassen. Dabei hätte der nichts anderes zu tun gehabt, als zur rechten Zeit am richtigen Ort zu sein. Okay, dass es sich bei dem LKW um kein neutrales Fahrzeug handelte, nahm Lefti auf seine Kappe. Aber immerhin hatte er geliefert, wenn auch aus der Not geboren. Aber sonst hätte doch überhaupt nichts verkehrt laufen können. Wenigstens nicht aus seiner, Leftis Sicht.

So oft es ihm der Verkehr erlaubte, guckte er in den Rückspiegel, ob ihm eventuell ein mausgrauer BMW oder gar ein Streifenwagen auf der Fährte war. Doch hinter ihm war alles, wie es sein sollte. Mit ruhiger werdendem Puls reifte in ihm die Einsicht, dass er nicht planlos abhauen durfte. Früher oder später würde er in eine Verkehrskontrolle geraten, und dann hätten sie ihn am Wickel. Der nächste Gedanke war, schnellstens die eingeschlagene Fluchtrichtung zu verlassen. Darum bog er bei der nächsten sich bietenden Möglichkeit ab. Ein festes Ziel hatte er nicht, aber erst mal raus aus den Kartoffeln.

Bei einem Waldweg, der von der Straße abzweigte, hielt er an. Es machte keinen Sinn, mit dem auffälligen Firmenauto weiterzufahren. Zum Glück befand sich sein Rucksack in der Fahrerkabine, und damit verfügte er immerhin über etwas Bargeld, über eine EC-Karte und das Handy mit dem geheimen Zusatzgerät, von dem kein Sterblicher etwas wissen durfte.

Seine Wohnung im Karpfenweg konnte er als Unterschlupf fürs Erste vergessen. Für so doof hielt er die Bullen nicht, als dass sie ihn dort nicht suchten. Vielleicht durchwühlten sie gerade jetzt die Bude und fanden den einen und anderen Artikel, zu denen er nicht auf legale

Weise gekommen war. Nun, da es zu spät war, ärgerte er sich, dass er die Ware nicht längst an einen sicheren Ort ausgelagert hatte. Aber irgendwann, früher oder später, wäre es sowieso mal dazu gekommen, dass er den Nimbus einer weißen Weste verlieren würde. Galt er halt künftig als Kleinkrimineller, *so what*?

Sollte er überhaupt nach *Offenburg* zurück? Lefti wog die Chancen ab, ob ihn Kerstin für ein paar Tage beherbergen würde. Die Lady, wegen der er Shorty gebeten hatte, den LKW-Job zu übernehmen. Immerhin hatten sie eine geile Nacht zusammen verbracht. Aber Sex haben ist die eine Sache, einen gesuchten Verbrecher verstecken eine andere. Ebenso zählten seine Eltern, die im hinteren Kinzigtal lebten, generell zu den Adressen, die er für absolut ausgeschlossen hielt. Komischerweise fielen ihm gar nicht so viele Leute ein, die ihm bedenkenlos ein Quartier zur Verfügung stellen würden. Genauer gesagt, war er mit seinem Latein auch schon am Ende angelangt. Und wenn er doch das Handy nahm und Masch anwählte? Ohne den *Braker*, das taiwanesische Verschleierungsgerät zwischenzuschalten? Ausnahmsweise? Es könnte ja auch in Maschs Interesse liegen zu wissen, wo seine Leute sind, oder? Bevor die Bullen Lefti erwischten?

01.11.2024

Rita hätte ihren Skalp verwetten mögen, dass Mika Laukonen am heutigen Feiertag **nicht** zum Dienst erscheinen würde. Sie wurde eines besseren belehrt und war froh, sich diesbezüglich auf keinen Deal eingelassen zu haben, denn Laukonen wartete bereit auf sie. Er guckte demonstrativ auf die Handyuhr.

„Ein krummes Wort, und du bist gefeuert", begrüßte sie den Kollegen kumpelhaft. „Du kannst gleich mal auf dem Revier nachfragen, ob die Fahndung nach Lemminger etwas gebracht hat."

Laukonen warf sich in die Brust. „Hab´ ich schon. Der Firmenwagen, mit dem er geflohen ist, wurde auf einem Waldweg gefunden. Von ihm selber keine Spur."

„Hm, was ein Zeichen ist, dass er Dreck am Stecken hat", sagte Rita. „Gehen wir hoch ins Büro und schauen, was wir über ihn wissen."

Auf einen Franz Lemminger lagen keine polizeilich erfassten Daten vor. Keine Akte. Ein unbeschriebenes Blatt, was für einen Mann seines Alters mit einer mutmaßlichen Verwicklung in ein Verbrechen eine Seltenheit darstellte. Entweder war der Bursche clever, oder er hatte bisher einfach nur Glück gehabt. Seine Wohnadresse bekamen sie über das Einwohnermeldeamt heraus.

Rita fragte sich, ob sie wegen Verdunkelungsgefahr eine Hausdurchsuchung ohne richterlichen Beschluss vornehmen durfte. Gefahr im Verzuge, sozusagen. Immerhin war der Verdächtige flüchtig. Unsicher, ob sie sich ein faules Ei ins Nest legen würde, wenn sie eigenmächtig handelte, scrollte sie auf dem Handy zu Oberstaatsanwalt Bernd Landquarts Privatnummer. Selbst auf die Gefahr hin, dass er ihr an diesem Feiertag den Kopf abreißen würde, drückte sie die Ruftaste. Nach dem fünften Freizeichen nahm er den Anruf an: „Es ist Feiertag, meine liebe Frau Böhringer, und Sie brauchen sehr sehr gute Gründe, mich aus dem Bett zu klingeln. Was gibt´s denn, das nicht bis morgen warten könnte?"

„Ja, entschuldigen Sie, Herr Landquart, ich weiß schon auch, dass es eine Feiertagsvertretung gibt, aber Sie sind mir halt am vertrautesten. Es geht um Folgendes …"

Rita erläuterte in wenigen Worten die gestrige Fahndung und den heutigen Sachverhalt. Sie wusste, dass, wenn Landquart erst mal Blut geleckt hatte, er ohne Umschweife amtlich wurde, egal ob mitten in der Nacht oder an Sonntagen. Er antwortete entsprechend: „Ja, begründen Sie das so, wie Sie mir gesagt haben. Nehmen Sie Kontakt mit dieser Firma *Sunbörn* auf. Irgendjemand muss Ihnen Zugang zu den Räumen ermöglichen. Und für Lemmingers Wohnung fragen Sie nach dem Hausmeister. Der soll Ihnen die Tür aufschließen. Zur Not öffnen Sie sie selbst, wie immer Sie das auch machen. Die erforderlichen Genehmigungen werden sobald als möglich nachgereicht. Halten Sie mich über Ihr Vorgehen und die Ergebnisse auf dem Laufenden. Sie wissen ja, wie Sie mich erreichen."

„Es muss ein Felsbrocken von beachtlicher Größe sein, den du bei Landquart im Brett hast", zollte Laukonen ihr Achtung. „Ich hätte mich heute nicht getraut, ihn anzurufen. Wie war eigentlich das Zimmer von Georg Sackmann? Du warst gestern noch dort. Irgendetwas Aufschlussreiches?"

Ritas Gedanken polterten einen Tag zurück. Die Bilder des Zimmers vor Augen, schüttelte sie fast ungläubig den Kopf. „Es ist das Zimmer eines großen Kindes, mit Betonung auf Kind. Lebensgroße Starposter von Helene Fischer und Mark Forster an den Wänden.

Flugzeugmodelle und Schleich Tiere in den Regalen. Eine Spielkonsole für Ballerspiele der einfacheren Art. Ein Schreibtisch ohne Schreibpapier. Alles sauber, alles aufgeräumt. Kein einziges Buch. Kein Handy. Ne, da war nichts Besonderes."

„Das ist allerdings merkwürdig. Wenn ich da so an mein Zimmer denke?", sinnierte Laukonen.

Rita nickte. „Genau. Deswegen werde ich morgen die Taucher an den Rhein bei *Flötzweiler* bestellen. Ein junger Mann ohne Handy – das ist wie … wie …"

„Wie ein Schwanz ohne Hund", ergänzte Laukonen und erntete dafür Ritas Hochachtung. Sie sagte:

„Dafür, dass du ein halber Finne bist, bist du in deutschen Redewendungen hervorragend bewandert."

Der Chef der Firma *Sunbörn* wartete höchstpersönlich vor dem Eingang zum Firmengebäude in der Durlanger Straße. Ein Mann in den Fünfzigern, Typ *Jetzt-wird-wieder-in-die-Hände-gespuckt*. Am heiligen Feiertag trug er die Firmen-Arbeitskleidung. Also die Jacke mit dem Logo auf dem Rücken. Über der Brusttasche war sein Name zu lesen: Olaf Meppert.

Rita übernahm das Reden: „Entschuldigen Sie, Herr Meppert, dass wir Sie an einem Feiertag in Ihrer Ruhe stören. Aber die Ermittlungen in unserem Fall können leider nicht bis Montag warten. Sie haben doch übers Wochenende geschlossen, nicht wahr?"

Meppert winkte ab: „Geschenkt. Ich bin sowieso jeden Tag hier. Ob Feiertag oder Sonntag. Die Firma ist meine Familie, verstehen Sie? Um was geht's denn so dringend? Es ist wegen des LKW, richtig?"

„Auch", antwortete Rita, „aber heute sind wir wegen eines Ihrer Mitarbeiter hier. Franz Lemminger. Er war der letzte eingetragene Benutzer des LKWs, und der LKW steht in Zusammenhang mit einem Todesfall. Gestern hat sich Franz Lemminger einer Befragung durch die Flucht entzogen. Übrigens mit einem Ihrer Firmenfahrzeuge, falls Sie das noch nicht wissen. Wir möchten seinen Spind sehen. Ein entsprechender Durchsuchungsbeschluss wird selbstverständlich nachgereicht."

Entweder war Olaf Meppert echt erstaunt, oder er tat nur so. Er produzierte eine Miene, als hätte er sich an einem heißen Getränk die Zunge verbrannt. „Hab´ gestern Nachmittag was mitgekriegt von einer Fahndung. Eine Polizeistreife war ja hier. Also dass der Franz etwas mit dem Toten zu tun haben soll, kann ich mir nicht vorstellen. Er ist ein tadelloser Bursche. Hat sich nie etwas zuschulden kommen lassen. Gut, okay, er ist jung, kommt mal zu spät zur Arbeit, aber die Fehlzeiten holt er durch Überstunden locker wieder auf. Unser Geschäft läuft auf Hochtouren. Es hat wegen ihm noch nie eine Beschwerde seitens der Kundschaft gegeben. Fast bin ich geneigt zu sagen, dass ich mich für ihn verbürge. Aber wenn Sie seinen Spind sehen wollen – dann kommen Sie herein."

Meppert ging voraus, durchquerte das Empfangsbüro und schloss die Tür zum Umkleideraum auf.

„Dass Ihre Mitarbeiter nach Dienstschluss die Firmenwagen benutzen, stört Sie nicht?", fragte Rita, als sie den Spindraum betrat.

Meppert schnaufte: „Ach wissen Sie: Unsere Arbeiter sind unser Kapital. Gute Leute sind dünn gesät. Wir versuchen sie nicht nur über einen guten Verdienst bei der

Stange zu halten, sondern gewähren Ihnen halt auch mal Sonderkonditionen. Einen frühen Feierabend, mal einen freien Tag, oder auch mal einen der Wagen für einen privaten Transport oder einen Wohnungsumzug. Sie nehmen den Wagen abends mit und stellen ihn morgens wieder auf den Hof. Natürlich bezahlen sie den verbrauchten Sprit selbst. Vertrauen gegen Vertrauen. Letzten Endes profitieren alle davon." Er blieb vor einem Metallspind stehen, gesichert mit einem Vorhängeschloss. Auf der Tür stand der Name: Franz Lemminger. „Einen Schlüssel dazu habe ich allerdings nicht", sagte Meppert.

„Dann brauchen wir einen Bolzenschneider", stellte Laukonen fest. „Haben Sie so etwas in der Firma?"

Meppert grinste schief. „Armes Deutschland und deine Polizeibeamten. Warten Sie", sagte er und verließ den Umkleideraum, um eine Minute später mit dem gewünschten Werkzeug wiederzukommen. „Hier", sagte er mit einem spöttischen Zug um den Mund.

Sekunden später hatte Laukonen das Schloss geknackt und begann mit der Durchsuchung. Im Handumdrehen reichte er Rita vier original verpackte *Samsung*-Handys der neusten Generation nach hinten. „Sieh´ mal einer an", sagte er genüsslich. „Da bin ich mal gespannt, was wir erst in seiner Wohnung finden werden."

Lemmingers Wohnung im Karpfenweg glich einem Warenlager. Von Handys über Tablets und Laptops bis zu internetfähigen Fernsehgeräten war alles in mehrfacher Zahl vorhanden. Rita erklärte das ganze Zeug für beschlagnahmt und verständigte Allgöwer, entweder selbst zu kommen oder eines seiner Teams zu schicken. „Es braucht einen Transporter, um hier alles mitzunehmen", sagte sie. Auf dem Couchtisch lag ein Laptop, der vermutlich Lemmingers Eigentum war. Rita stellte ihn als Beweismittel sicher und klemmte ihn unter den Arm, bevor er im Eifer des Gefechts unter die andere Ware geriet. Allgöwer sollte sich den zuerst anschauen.

Laukonen drehte sich im Wohnzimmer mit in die Hüften gestemmten Fäusten im Kreis. „Und über diesen Mister Lemminger soll es keine Polizeiakte geben?", fragte er mehr rhetorisch, als dass er eine Antwort darauf erwartete. „Dass ich nicht lache. Wenn mich nicht alles täuscht, klären wir hier gerade eine veritable Diebstahlserie auf. Dicker Fisch, dieser Lemminger, und es ist anzunehmen, dass er nicht alleine auf Raubzug gegangen ist. Das wird die Kollegen von der Abteilung Klemm und Klau aber freuen."

Rita äußerte sich nicht dazu. Sie wählte Oberstaatsanwalt Bernd Landquarts Nummer. Während sie auf die Verbindung wartete, versuchte sie im Geiste Fäden zwischen Franz Lemminger und Georg Sackmann zu knüpfen, und ob das gefundene Diebesgut ein Motiv für einen Mord sein könnte. Dabei sagte ihr Bauchgefühl, dass dieser Fall komplexer zu sein schien als bis vor einer Stunde noch gedacht.

*

Was für eine Einöde, dachte Masch, als er durch die Straßen *Kaltenhofens* schlenderte. Der Nebel der gestrigen Nacht schien seine graue Farbe in dem Ort zurückgelassen zu haben. Die Gärten, die Häuser – alles wirkte auf ihn wie Asche. Sogar die Menschen, denen er begegnete, kleideten sich in Grau oder Schwarz. Dass der Feiertag

Allerheiligen hieß, war für ihn ohne Bedeutung. Er war Atheist und mit Glauben und Kirche hatte er nichts am Hut.

Er war Jahrgang 1968. Von Statur nur mittelgroß, besaß er ein angenehmes Äußeres. Sein Gesicht war fein geschnitten, mit weichen Linien um die Augen und am Kinn. Für einen Mann hatte er überraschend lange Wimpern. Die Augen selbst brauchten einen *Charlie-Chaplin*-Vergleich nicht zu scheuen. Die graumelierten Haare passten perfekt zu der Kopfform. Kurz und doch in sanften Wellen. Sein Friseur musste ein wahrer Meister seines Faches sein.

Masch war ein sportlich athletischer Typ. Ginge er schneller, würde man seinen Schritt mit dem Prädikat federnd bezeichnen. Aber er hielt sich hier und heute bewusst im Zaum. Es sollte, falls er, von wem auch immer, beobachtet würde, nicht so aussehen, als wäre er auf der Suche nach etwas. Doch genau das war er. Er guckte in alle Höfe, um alle Ecken, in jede Straße. Wo es unauffällig möglich war, spähte er auch in Garagen. Wie er feststellte, existierte im ganzen Dorf nur eine Tiefgarage, die ohne weiteres von außen zugänglich war. Sie gehörte zum einzigen Mehrparteienhaus. Aber das Auto, das er zu finden hoffte, stand nicht dort. Sonst wohnten die Leute in Ein- bis Zweifamilienhäusern oder Doppelhaushälften.

Masch hatte sich die Suche zugegebenermaßen einfacher vorgestellt. Hinfahren, rumlaufen, finden. Schön wär's gewesen. Er sah ein, dass es purer Zufall wäre, wenn er auf diese Weise auf das Auto stieß. *Immerhin*, beruhigte er sich, *habe ich diese Weide abgegrast.*

Noch während er sich in *Kaltenhofen* befand, bastelte er in Gedanken an einem anderen Plan, der bereits Konturen annahm, als er in seinen Wagen stieg, um zurück nach Hause zu fahren. Dort allerdings wartete ein ganz anderes Problem auf ihn.

*

Als Melanie ihr Geschäft *Aquarelle und Poesie* noch selber betrieb, waren Feiertage immer ein besonderes Ereignis gewesen. Das Geschäft blieb geschlossen und die Familie war in den Mittelpunkt gerückt. Nun, da sie die Leitung abgegeben hatte und ständig zu Hause war, hatte ein Feiertag keinen so hohen Stellenwert mehr wie früher. So fiel dem Feiertag *Allerheiligen* 2024 die Ehre zu, der erste unter hoffentlich noch vielen weiteren zu sein, dessen Geltung man nur noch anhand des Kalenders bemerkte. Weder Melanie noch Edgar gehörten einer Kirche an, weswegen sie auch kein spezielles Bedürfnis nach Einhaltung kirchlicher Gepflogenheiten verspürten. Was nicht hieß, dass sie das Brauchtum anderer Menschen nicht akzeptierten.

Sie gingen den Feiertag auf ihre Weise an, nämlich indem sie frühmorgens mit den Hunden über die Felder vor den Toren *Gengenbachs* zogen. Arm in Arm, Schritt bei Schritt, Atem gleich Atem. Ein Paar, das seinen gemeinsamen Mittelpunkt gefunden hatte. Zweifellos stand ihnen ein neuer, vielleicht sogar der letzte Lebensabschnitt bevor: das Alter.

Melanie zog es an Edgars Seite vor, die Zeichen der Zeit positiv zu sehen. So freute sie sich, als sie die milchige Scheibe der Sonne sah, dass es die Morgensonne und nicht die Abendsonne war. Morgensonne bedeutete Aufbruch und Neubeginn, Abendsonne hingegen Untergang und Abschied. Doch so naiv zu glauben, dass für sie immer nur die Morgensonne scheinen würde, war sie nicht. Irgendwann musste sie auch dem Abendstern gegenüberstehen. Das war keine Neuigkeit für Melanie und die Tatsache schreckte sie auch nicht. Vielmehr betrachtete sie die Zeit bis dorthin als Geschenk des Lebens, und dieses Geschenk würde sie mit Freude, Würde und Gelassenheit ausfüllen.

„Was ist dein Plan, Edgar", fragte sie ihn unvermittelt.

„Mein Plan ist, dass ich heute Morgen mit der S-Bahn nach *Offenburg* zu Lothar Gieringer fahren werde", antwortete er nüchtern.

„Oh, entschuldige, mein Lieber, das meinte ich nicht. Was ist dein Plan fürs Älterwerden? Wie willst du alt werden? Hast du eine Liste von Dingen, die du, bevor du stirbst, noch erledigt oder erlebt haben möchtest?"
Edgar blieb stehen. „Wie kommst du jetzt darauf?"

„Ach", sagte sie, „ich bin seit diesem Monat ja in Rente. Für mich, und damit auch für meine Familie, beginnt sozusagen ein neuer Lebensabschnitt. Und ehrlich gesagt, finde ich es wahnsinnig spannend und ich freue mich riesig darauf, kopfüber da hineinzuspringen."

„Kopfüber, aber nicht kopflos", sagte er.

„Natürlich, Edgar. Also was ist? Deine Pläne."
Er spitzte die Lippen, ganz wie es seine unnachahmliche Art war, ohne einen Ton zu pfeifen. „Ja, ich habe schon noch die eine oder andere Sache, die ich erlebt haben möchte. Zuallererst bist es du, die ich glücklich sehen möchte. Du bist für mich der Schlüssel zu dem Leben, das ich mit dir führen will, in Liebe, Frieden und

Harmonie. Und dann ist da unser kleines Mädchen Saida. Dass wir ihre eingetragenen Eltern werden mit allem, was eine Elternschaft mit sich bringt. Dass wir sie zu einem aufrechten Menschen erziehen und sie anleiten, Gut und Böse unterscheiden zu können. Dass wir für sie da sind, so lange sie uns braucht. Am wichtigsten jedoch finde ich, dass Saida das sein darf, was sie ist: Ein Kind.

Weiterhin wünsche ich mir, dass Rita bei uns bleibt, bis sie sich selber anders entscheidet. Auch wenn ihre leiblichen Eltern noch leben – für mich, für uns, ist sie wie eine Tochter.

Ach, was red´ ich. Im Grunde will ich nur, dass alles so bleibt wie es ist. Dazu gehören freilich auch Gerti und Janna. Wir haben so ein Glück, Melanie. So ein Glück."

„Und vor dem ultimativen Ende hast du keine Angst?", fragte sie mit fliegendem Atem.

Nun war er es, der nach der Morgensonne schaute, die die Farbe von Käse angenommen hatte. „Für dich, für mich, mein Engel, wird es kein Ende geben. Meine Liebe zu dir geht darüber hinaus. Wie kann etwas enden, das für die Ewigkeit gemacht ist?"

„Ach, mein Edgar", seufzte sie und schmiegte sich eng an ihn. Dann setzten sie den Spaziergang wieder fort.

Melanies Versehrtheit spielte zwischen ihnen keine Rolle. Edgar wusste darüber und wie sie zustande gekommen war. Melanies linker Fuß war bei einem Motorradunfall vor vielen Jahren von einer Leitplanke abgetrennt worden. Aber durch dieses Handicap ging Melanie nicht ganz gleichmäßig. Einem Außenstehenden würde es nicht auffallen.

Edgar war indes intuitiv darauf eingegangen. Und eines Tages hatte er für sich privat eine Untersuchung angestellt. Einer der besten Rock-Schlagzeuger der Welt, *Ginger Baker*, hatte ihm dabei geholfen. Nicht persönlich, sondern durch seine Art, Schlagzeug zu spielen. *Ginger Baker* nämlich beherrschte wie kein Zweiter den verzögerten Beat. Also der Schlag, der den Takt bestimmte. Er schlug den Takt mit einer Zehntelsekunde Verzögerung und verhinderte so, dass die Band zu schnell wurde.

Wenn Edgar mit Melanie Arm in Arm im Gleichschritt unterwegs war, hatte er sich angewöhnt, den Schritt mit dem linken Bein einen Sekundenbruchteil früher zu setzen als den Schritt mit rechts. Wie *Ginger Baker* verzögerte er zwar nicht, sondern verkürzte den Takt. Es war nur eine Nuance, aber dadurch wirkte ihrer beider Gang harmonisch und es kam zu keinem Geschiebe und Gezerre.

Obwohl Edgar nie ein Wort darüber verloren hatte, war es Melanie, feinfühlig wie sie war, natürlich nicht verborgen geblieben. Einer Bekannten, die sie einmal nach Edgars Qualitäten aushorchen wollte, hatte sie weise geantwortet: *Edgar ist der Mann, der mit mir geht.*

Es war schon fast eine Gewohnheit geworden, dass Edgar, wenn er zu einem Termin nach *Offenburg* fuhr, einen oder beide Hunde mitnahm. Heute durfte ihn *Müller* begleiten, die schlappohrige Promenadenmischung. *Müller* dankte es ihm, indem er Edgar vom Bahnhof bis zum Café am Marktplatz schleppte. Lothar Gieringer hockte bereits an einem Tisch am Schaufenster.

„Aah, guten Morgen", rief er viel zu laut aus, dass die andere Kundschaft die Hälse reckte, „der Herr

Kriminalhauptkommissar hat heute seinen Assistenten mitgebracht."

„Hör´ doch auf mit dem Scheiß", raunte Edgar mit zur Decke verdrehten Augen, „ich brülle ja auch nicht durch die Gegend, dass der ehemalige Herr Zeitungsjournalist heute die Rechnung für Kaffee und Zimtschnecke übernimmt, oder?" Er setzte sich, und *Müller* verschwand mit ergebenem Schnaufer unter dem Tisch. „´n Morgen, Lothar."

Nach je zwei Kaffees und je einer Zimtschnecke verließen sie das Café und marschierten, *Müller* vorweg, zur Adresse der *Offenburger* Dependance der *Badischen Zeitung* in der Steinstraße. Ein Katzensprung.

Wenn Edgar erwartet hatte, dass er von Lothar Gieringer in die Katakomben des Hauses geführt wurde, wo in kilometerlangen Regalreihen tausende von Ordner mit abgehefteten Zeitungen standen, sah er sich getäuscht. Gieringer klärte ihn auf: „Die analogen Ausgaben der Zeitung lagern alle in *Freiburg*, wo auch die Hauptgeschäftsstelle sitzt. Hier in *Offenburg* haben wir nur digitalen Zugriff. Ist aber genauso gut, wenn nicht sogar besser. Stell dir vor: Bei den Papierzeitungen musst du jedes einzelne Exemplar durchblättern, bis du hast, wonach du suchst. Bei der digitalen Form gibst du bloß ein Stichwort ein, und der Computer sucht dir innerhalb von Sekunden den entsprechenden Artikel aus."

Bald betraten sie einen Raum im Erdgeschoss, in dem zwei Computer aufgebaut waren. Sie funktionierten mit einer für Archive entwickelten Software.

„Was suchen wir?", übernahm Lothar Gieringer einen der Computer, schaltete ihn ein und entsperrte ihn mit seinem alten Passwort, das noch immer gespeichert war, obwohl er nicht mehr für die *BZ* arbeitete. „Fangen wir mit dem Toten vom Baggersee 1976 an."

Seine Finger wirbelten über die Tastatur. Schon nach einigen Sekunden leuchtete auf dem Display das Logo der Tageszeitung auf, darunter die Schlagzeile mit dem ersten Bericht über einen jungen Mann, der seit vierzehn Tagen als vermisst gemeldet und von Bauarbeitern am Morgen des achten September im Wasser treibend entdeckt worden war. Diese erste Nachricht war, mangels weiterer Fakten, noch relativ allgemein gehalten.

Das änderte sich, sobald die Redaktion von der Polizei zum einen Informationen zur Veröffentlichung erhielt, zum anderen die Bevölkerung über die Zeitung um sachdienliche Hinweise gebeten wurde. Daneben sorgten Reporter der Zeitung durch eigene Recherchen ständig für Neuigkeiten.

Die kontinuierliche Entwicklung der Ermittlungen wurde auf dem Computer über Verknüpfungen dargestellt. Daraus ergab sich, so man ihnen folgte, ein der Öffentlichkeit zugängliches Gesamtbild. Forensische Details jedoch, wie Klarname, Arbeitgeber, Wohnadresse, Blutgruppe des Opfers, Tatwaffe et cetera blieben der breiten Leserschaft verborgen. Was nicht hieß, dass sie der Redaktion nicht bekannt waren. Aber um diese brisanten Dateien zu öffnen, benötigte man die Genehmigung der Staatsanwaltschaft oder deren Hilfsbeamten, die Polizei. Lothar Gieringer und Edgar Schaaf kamen somit nicht an das erwünschte Material heran.

Doch vorerst hatten sie genug, um den Fall des Toten vom Baggersee ablaufmäßig rekapitulieren zu können:

Florian K., siebzehnjähriger Gymnasiast aus Durlangen, verabschiedete sich am fünfundzwanzigsten August 1976 von zu Hause, um am Durlanger Baggersee schwimmen zu gehen. Als er am Abend desselben Tages nicht nach Hause gekommen war, starteten die Eltern eine telefonische Rundfrage bei Schülern aus seiner Klasse, beziehungsweise deren Eltern, allerdings ohne Ergebnis. Nachdem er am nächsten Morgen, dem sechsundzwanzigsten August, noch immer nicht zurück war, meldeten seine Eltern ihn auf dem Polizeirevier Durlangen als vermisst.

Erste Nachforschungen der Polizei bei Florians Mitschülern und Lehrern erbachten keine Erkenntnisse über einen möglichen Aufenthalt oder über eventuelle Ausreißpläne des Gesuchten. Seine Leistungen in der Schule waren gut, doch gab keiner seiner Schulkameraden an, mit ihm befreundet zu sein. Florians Eltern bestätigten auf Nachfrage der Polizei, dass sie von keiner Freundschaft, ob mit Schülern oder Schülerinnen, wüssten.

Am achten September erhielt die Polizei einen Anruf, nachdem im Durlanger Baggersee die Leiche eines jungen Mannes gefunden worden war. Nach Bergung und Überführung des Toten in das städtische Krankenhaus, identifizierten die Eltern ihn als ihren Sohn Florian.

Ersten Untersuchungen zufolge war Florian eines gewaltsamen Todes gestorben. Eindeutige Hämatome am Hals ließen auf Fremdeinwirkung schließen. Die Leiche war zum Zeitpunkt des Fundes vollkommen nackt gewesen.

Der zwei Wochen lang im Wasser gelegene Körper war relativ gut erhalten. Der Pathologe vermutete, dass der Körper in der kalten Tiefe des Sees weniger stark vom Verwesungsprozess betroffen gewesen war und er erst durch die Bildung von Gasen im Körper nach vierzehn Tagen an die Oberfläche getragen wurde.

Da Tod durch Ertrinken ausgeschlossen werden konnte, wurde die Kriminalpolizei Offenburg mit den Ermittlungen betreut.

Wiederholte Befragungen der Mitschüler und Lehrer ergaben nur insoweit neue Erkenntnisse, dass Florian K. nicht besonders beliebt gewesen sei und sich eher von den Gleichaltrigen abgesondert hätte. Aufrufe an die Öffentlichkeit, eventuelle Beobachtungen am fünfundzwanzigsten August am Baggersee oder anderswo zu melden, blieben ergebnislos.

Befragungen der Bauaufsicht und der Arbeiter am entstehenden Hotelneubau in unmittelbarer Nähe zum See verliefen im Sande. Keinem war der junge Mann aufgefallen.

Edgar ließ alles, was über den Mord im Zeitungsarchiv zu finden war, ausdrucken. Er hatte da einige Punkte entdeckt, die der Nachschärfung bedurften und die er nur mithilfe Ritas klären konnte. Zum Beispiel was die Namen der befragten Personen betraf. Oder ob es ein Foto des Opfers gab.

Dann startete er eine grobe Anfrage über vermisste junge Männer und ungeklärte Morde an jungen Männern im Raum Mittelbaden/Südbaden ab dem Jahr 1976 bis zur Jetztzeit.

„Warum bloß die Männer?", fragte Lothar Gieringer wissbegierig. „Ich meine, junge Mädchen hauen doch genauso viele ab wie junge Männer."

„Ja, gewiss. Aber dieser Florian K. scheint mir ein eigenartiger Junge gewesen zu sein. Er hatte offenbar keine Freunde, weder männliche noch weibliche, von einer Beziehung ganz zu schweigen; er war allgemein nicht beliebt; er sonderte sich ab. Für mein Verständnis der Typ eines Außenseiters. Von dem, was wir heute wissen, war das die ideale Mischung für jemanden, der exakt auf solch einen Burschen gewartet hat, wenn du verstehst, auf was ich hinauswill."

„Äääh, nein?"

Edgar verharrte eine Sekunde, weil er nicht sicher war, ob er sich im Voraus auf ein Opferprofil festlegen durfte. Denn falls er sich irren sollte, vergeudete er unter Umständen wertvolle Zeit und Energie. Homosexualität, und in diese Richtung zielte sein Denkansatz, war zu jener Zeit absolut nicht gesellschaftsfähig. Der §175 wurde erst 1994 endgültig aus dem Strafgesetzbuch gestrichen. Homosexualität war bis dorthin eine Straftat, sofern man bei der Ausübung erwischt wurde. Überdies hielt man schwule Personen für psychisch krank.

Wessen sexuelle Ausrichtung nicht der gängigen Norm entsprach, hatte einen schweren Stand. Wurde seine Neigung bekannt, war er ein Ausgestoßener. Wollte er verstanden werden, war er gezwungen, sich an dubiosen Orten mit anderen Ausgestoßenen zu treffen. Edgar selbst hatte noch in den achtziger Jahren solche heimlichen Treffpunkte gesehen. Bahnhofstoiletten, öffentliche Bedürfnisanstalten. Die meisten waren schlichtweg ekelerregend und hygienisch äußerst bedenklich, und die armen Teufel lungerten dort herum wie Pestkranke. Von einschlägigen Clubs oder Bars war man noch weit entfernt. Und falls es sie doch gab, wurden die Orte nur hinter vorgehaltener Hand genannt.

Eine weitere Sekunde war vergangen, als Edgar sagte: „Ich denke an Homosexualität."

„Und du meinst, dass Florian K. homosexuelle Neigungen gehabt hatte?", fragte Lothar Gieringer.

„Zumindest gehabt haben könnte. Will mich da nicht hundertprozentig festlegen. Aber er war nackt, als er gefunden wurden, und er trug Würgemale am Hals. Ein sexueller Hintergrund ist nicht ausgeschlossen."

Gieringer nickte. „Du suchst nach einem Muster. Nach Ähnlichkeiten. Nach Verbindungen. Und vielleicht suchst du letzten Endes nach einem Monster."

In der Zwischenzeit hatte Edgars Suchanfrage Erfolg. Auf dem Display des Computers erschien eine Liste von über zwanzig Erste-Seite-Aufmachern mit den zugehörigen Links zu weiteren Nebeneinträgen. Darunter befanden sich drei ungelöste Mordfälle.

Edgar schaute sich suchend um. „Ist genug Druckerpapier da? Ich will das alles ausgedruckt haben."

Gieringer stöhnte: „Das sind bestimmt mehr als fünfhundert Seiten."

Edgar warf einen Blick auf seine *Breitling*-Armbanduhr. „Ich hab´ Zeit", sagte er. „Gell, *Müller*?"

Müller gähnte vernehmlich und legte sich auf die Seite.

Edgar wars zufrieden. Mit einem mehrere Kilo schweren Paket bedruckten Papiers in der Umhängetasche ließ er sich von *Müller* zum Bahnhof ziehen. Seine *Breitling* zeigte fünfzehn Uhr dreißig an, als er das Gartentor zum Türmchenhaus in *Gengenbach* aufstieß.

Er war mit Lothar Gieringer so verblieben, dass sie sich, je nach Bedarf oder Dringlichkeit, zu Beratungen und zum Gedankenaustausch persönlich treffen oder, falls das nicht möglich sein sollte, per Videoschalte Kontakt aufnehmen wollten.

Das lange Wochenende konnte beginnen.

*

„Bist du des Wahnsinns?", hatte Masch ihn am Telefon angeschrien. Gestern Abend, kurz bevor es dunkel geworden war. *„Du rufst bei **mir** an, während die Bullen hinter dir her sind? Direkt und ohne dass deine Nummer unterdrückt wird? Sodass man deine und meine Nummer verfolgen kann? Hast du deinen Braker verloren? Bist du nicht ganz sauber?"*

„Es ist wegen des Lastwagens", hatte der Idiot geantwortet. *„Der LKW. Er hat heute Morgen nicht an seinem Platz gestanden, wie es vereinbart gewesen war."*

„Moment. Einen Moment." Masch vermutete, dass da eine kleine Sache mit großer Wirkung passiert war, die unter Umständen seine Projekte in Gefahr bringen konnte. Und die Gefahr war konkret, solange die Polizei nach diesem Kerl fahndete. Würde sie ihn schnappen, würde er früher oder später auch plaudern, und wenn es nur darum ginge, die eigene Haut zu retten. Er musste diesen Hornochsen aus dem Verkehr ziehen, ehe es zu spät war. Ihn in einem Hotel oder in einer Pension unterzubringen, war zu unsicher. Die Polizei würde alles kontrollieren oder ihn von der Straße auflesen, wenn er so dumm sein sollte, wegen einer Schachtel Zigaretten mal

eben das Zimmer zu verlassen. Oder mit dem Handy seine Flamme anzurufen.

„*Wo bist du?*", hatte er gefragt.

„*Im Baumarkt Spengler in Poggenau.*"

„*Okay, warte dort, ich hol' dich ab. Und schalte dein Handy aus! Sofort!*

Seither hatte Masch ihn bei sich im Haus, den Lefti. Im Keller untergebracht. Gefesselt und eingesperrt. Er hatte am selben Abend noch Robin angerufen und ihn gefragt, was er mit ihm tun solle. „*Er weiß, wo du wohnst und wer du bist*", hatte Robin gesagt. „*Er weiß zu viel, Masch.*"

Masch nickte, obwohl Robin ihn nicht sehen konnte, bestätigend mit dem Kopf.

„*Soll ich es für dich erledigen?*", hatte Robin daraufhin beinahe zärtlich gefragt, als hätte er Maschs Zögern bemerkt.

„*Nein, nein, ich mach' das schon. Morgen*", hatte Masch schnell geantwortet.

Immerhin wusste er nun, was da mit dem LKW schiefgelaufen war. Warum Lefti nicht selber den Job erledigt hatte und wer der Unglücksrabe war, der ihn so dusselig vertreten hatte. Blieb die Frage, wie er Lefti für immer zum Schweigen bringen konnte und wo er ihn entsorgen sollte. Im Keller jedenfalls durfte er nicht bleiben.

Morgen!, hatte er zu Robin gesagt.

Dieses *Morgen* wäre heute, aber Masch war nicht in der Stimmung dazu. Hatte gekniffen. Stattdessen war er nach *Kaltenhofen* gefahren. Vielleicht hätte er Robins Angebot doch annehmen sollen. *Soll ich es für dich erledigen?* Ja, vielleicht wäre es besser gewesen.

Nun, er hatte abgelehnt. Aber heute würde er es tun müssen. Irgendwie von Angesicht zu Angesicht. Hinter sich bringen müssen. Diesen Lefti erledigen.

Wobei das *Wie* eigentlich nicht das Problem war. Sondern wohin mit der Leiche. Es gab nicht sehr viele Orte, wo man einen Menschen spurlos verschwinden lassen konnte. Vorerst saß Lefti in seinem Keller fest.

Maschs Gedanken kehrten ungewollt immer wieder zu der Nacht vom dreißigsten auf einunddreißigsten Oktober zurück. Er wollte und musste herausfinden, wer dieser Mann gewesen war. Der Mann, der den kaltblütigen Mord in der Nacht gesehen hatte. Dort zwischen *Eschholz* und *Kaltenhofen*.

Wie Masch im Internet herausgefunden hatte, existierte nur eine Kneipe in dem Kaff *Eschholz*. *Zum Schwanen*. Zwischen Kirche und Rathaus gelegen. Masch rechnete sich aus: Wenn einer nachts nach Mitternacht von *Eschholz* auf einer Landstraße unterwegs war, dann standen die Chancen neunundneunzig zu eins, dass er in der Kneipe gewesen und auf dem Heimweg war. Und von einem Kneipenwirt sollte man annehmen dürfen, dass er die Leute, die bis spät in die Nacht seine Gäste waren, mit Namen kannte. So weit die Idee.

Er würde also nach *Eschholz* fahren und dem Wirt als angeblicher Polizeiermittler ein paar Fragen stellen. Nur: An *Allerheiligen* war der *Schwanen* geschlossen. Masch musste bis morgen warten.

*

Was für ein Loch, dachte Lefti, dem es im Bauch rumorte. Er hatte seit gestern Abend nichts mehr gegessen. Eine kalte Frikadelle mit Gurke, Zwiebeln und Brötchen im *Spengler*-Baumarkt in *Poggenau*. Ein Bier. Mehr nicht. Und nun hockte er in diesem Keller, ohne Matratze auf dem blanken Betonboden, links und rechts Regale, deren Inhalt er nicht sehen konnte, mit den Händen auf dem Rücken an ein Wasserrohr gefesselt. Kabelbinder, so viel er mitbekommen hatte. Es war dunkel und es war kalt. Licht fiel nur spärlich durch ein Kellerfenster, zwei Meter über seinem Kopf.

Er fragte sich mittlerweile, ob es nicht besser gewesen wäre, der Polizei in die Hände zu fallen anstatt diesem Masch. Gut, vielleicht würde er bei den Bullen auch in einer Zelle liegen. Aber unter bequemeren Umständen als hier. Wärmer, heller, mit Essen und Trinken versorgt. Er hatte ja nichts verbrochen. War nur mit einer Tussi zusammen gewesen. Das würde sie, wenn's kurz auf knapp zuginge, bestimmt bezeugen. *Na klar, das würde sie. Wie war noch gleich ihr Name? Christine? Kirsten? Kerstin?*

Stattdessen hatte er das Handy benutzt, ohne es mit dem ominösen Zusatzgerät zu verbinden, und diesen Kerl angerufen. Der hatte ihn abgeholt. Ohne Maske. Jetzt fragte er sich, ob das etwas zu bedeuten hatte. Ohne Maske. *Klar, Mann! Im Baumarkt kann man schlecht mit einer Maske herumlaufen.*

Er müsste eigentlich schon seit geraumer Zeit aufs Klo. Wenn der Typ nicht bald zurückkam, würde er in die Hose kacken müssen. Im Schummerlicht sah er aus der Sitzposition nichts, mit dem er sich behelfen könnte.

Panik flammte wie eine heiße Lohe auf. Er kam ja nicht mal an den Hosenladen ran. *So eine verdammte Kacke.*

Leftis Blicke flogen hin und her. Die Regale. *Es stellt doch keiner Regale in den Keller – und nichts ist drauf?*

Das Wasserrohr. Es verlief senkrecht vom Boden bis zur Decke. Wo es an der Wand befestigt war, konnte er nicht erkennen. Aber wenn er aufstehen könnte …

Lefti zog die Knie an den Bauch, die Füße nun dicht am Hintern. Aus dieser Stellung heraus probierte er, sich am Rohr in die Höhe zu drücken. Fluchend und ächzend gelangte er so tatsächlich auf die Beine. Stehend entdeckte er im Regal zu seiner Linken schimmernde Gläser. Leere Einweckgläser. Eine ganze Reihe. Eins davon würde ihm genügen.

Er drehte sich mit verrenkten Armen in Richtung Regal, so weit die gefesselten Handgelenke es zuließen. Dann nahm er Maß und schaffte es mit einem heftigen Tritt gegen den unteren Regalboden, dass einige der Gläser klirrend auf den Boden vor ihm fielen und zerbrachen.

Um eine der Scherben zu erreichen, musste er notgedrungen wieder in die Hocke. Mit Fuß und Bein scharrte er einige von ihnen zu sich her. Es musste ihm gelingen, eine davon so hinter sich zu bringen, dass er sie mit den Händen zu fassen bekam. Dann hieß es die Zähne zusammenzubeißen und die Fessel über den messerscharfen Splitter zu reiben, egal ob der Gefahr, einige Quadratzentimeter Haut zu verlieren.

Endlich frei, ließ es sich nicht mehr verhindern. Er kackte in eines der leeren Gläser im Regal. Erleichtert inspizierte er anschließend den Raum. Die Tür natürlich zuerst, aber die war abgeschlossen. Hiebe und Tritte nutzten nichts, er ramponierte bloß seine Gelenke.

Dann eben das Fenster. Es war nicht vergittert, führte jedoch in einen mit Eisenrost abgedeckten Lichtschacht. Mit dem Regal als Steighilfe klappte er das Kellerfenster nach unten und zwängte sich durch das schmale Rechteck der Fensteröffnung hindurch. Auf dem Rücken liegend drückte er dort den Eisenrost in die Höhe – und stand Augenblicke später neben einem älteren Haus im Bungalowstil im Freien. Ein rascher Gedanke galt seinem Rucksack, den er mit allem was er besaß zurücklassen musste, aber dann nahm er die Beine unter den Arm und legte flugs einige Dutzend Meter zwischen sich und Maschs unheimliches Haus.

02.11.2024

Rita hatte sich gestern Abend nicht auf Edgars bettelnde Hundeaugen eingelassen. Gerade noch, dass sie mit der Familie das Abendessen eingenommen hatte, war sie nach dem letzten Bissen mit einer kurzen Entschuldigung vom Tisch aufgestanden und in ihr Zimmer gegangen. Sie war hundemüde.

Kaum dass sie eine Viertelstunde auf dem Bett gelegen hatte, hatte es sachte an die Tür geklopft. *Oh nein, Edgar, das geht jetzt wirklich zu weit*, hatte sie gedacht und mit Verve die Tür aufgerissen, um ihm die Meinung zu geigen. Aber es war Saida gewesen, und ihrem melancholischen Blick hatte Rita nicht widerstehen können. *„Komm´ rein, wir tratschen ein wenig"*, hatte sie gesagt, und Saidas Mundwinkel schienen nur darauf gewartet zu haben, denn sie zeigten nach oben.

Irgendwann in der Nacht war Rita aufgewacht. Neben ihr das selig schlafende Kind. Und dann hatte Rita beschlossen, dass das so ganz in Ordnung war – und war wieder eingeschlafen.

Saida wirkte fröhlich an diesem Samstagmorgen. Rita vermutete stark, dass sie mit Edgar über die vergangene Nacht geplaudert hatte. Edgar hantierte in der Küche und stellte die Grundsubstanzen für die verschiedenen Müslis auf ein Tablet, und auch aus seinen Augen blitzte der Schalk. Besonders Saida war für seine komischen Scherze zu haben, spielte er doch zu gerne den Tollpatsch. Schüttete Haferflocken neben die Müslischale, goss Kaffee neben die Tasse, rutschte auf einer Bananenschale aus, die er über die Schulter geschmissen hatte. Solche Dinge. Er war halt selber noch ein Kind. Aber wenn er Saida zum Lachen brachte, hatte er alles richtig gemacht.

Rita spürte das überdimensionale Fragezeichen, das wie ein Energiefeld um Edgars Figur waberte, beinahe körperlich. Sie hatte ihm, was ihren neuen Fall betraf, bisher die kalte Schulter gezeigt. Nicht böswillig, sondern um erstmal selbst eine innere Position dazu aufzubauen. Heute fand sie den Zeitpunkt für gekommen, Edgar mit ins Boot zu holen. Sie wartete, bis er mit den Frühstücksvorbereitungen fertig war.

„Wir haben einen neuen Fall …“, begann sie und bemerkte unmittelbar, wie er auf die wenigen Worte ansprang.

„Hab´s gelesen", antwortete er wie von der Sehne geschnellt. „Steht heute Morgen in der Zeitung. Halt nur das übliche Journalisten-Blabla, wie *Unfall oder Mord?*, oder *Besteht ein Zusammenhang zwischen ausgebranntem LKW und dem Toten,* und *Die Polizei ermittelt in alle Richtungen.* Ich schätze, dass du dazu auch nicht mehr sagen kannst, oder?"

Ritas Blicke wanderten zur Kaffeemaschine. „Ist der Kaffee schon fertig? Wenn ja, dann nehm´ ich eine Tasse", sagte sie und schob Edgar ihren Becher hin. „Der Tote ist identifiziert. Ein junger Mann aus *Offenburg.* Der LKW gehört einer Heizungsbaufirma. Nach einem Angestellten der Firma wird seit gestern gefahndet. Ob und wie alles zusammenhängt …"

„Das wisst ihr noch nicht, ist klar", kürzte Edgar ihren Satz ab. Dabei überkam Rita das Empfinden, dass er nicht mal sonderlich an dem Fall interessiert war, was sie etwas merkwürdig fand. Normalerweise hing er an ihren Lippen, als würde sie gleich Goldmünzen spucken.

„Hhrrmmhh, hast du schon etwas zu dem unaufgeklärten Mord von 1976 herausgefunden?"

Aha, daher weht der Wind, dachte Rita. „Mord? Kein Unglücksfall?"

„Ja, Mord. Lothar Gieringer und ich haben gestern im Zeitungsarchiv recherchiert. Der Tote hatte Würgemale am Hals." Edgar schenkte Kaffee ein. „Also, hast du?"

Rita hob die Tasse an die Lippen. „Nein, tut mir leid, Edgar. Ich hatte einfach keine Zeit dazu. Aber gib mir mal den Zeitungsartikel oder eine Kopie mit. Dann schau ich heute nach."

Edgar glotzte sie an, als sei sie das Christkind. Rita trank den Kaffee aus und erhob sich. *Dass man mit so wenig einen Menschen glücklich machen kann*, dachte sie.

Edgar indes machte anschließend dort weiter, wo er aufgehört hatte: Er stieß seine Müslischale um, und Saida lachte.

Burkart Gentner schien auf sie gewartet zu haben. Die Tür zu seinem Büro stand offen, und sobald er Rita bemerkte, winkte er sie zu sich herein.

„Es sind immer die gleichen, die am Samstag Dienst schieben, was, Rita? Das wurde heute Morgen im Briefkasten gefunden." Er schob ihr einen in Dokumentenfolie gesicherten Umschlag zu. „Es wird dich interessieren. Nimm´ aber vorsorglich Handschuhe, wenn du ihn aufmachst. Er ist nicht auf Fingerabdrücke untersucht worden."

Im Büro schüttelte sie den Inhalt des Kuverts auf ihren Schreibtisch: Der Computerausdruck einer Fotografie. Rita hielt den Atem an. Obwohl die Schwarz-Weiß-Aufnahme auf der linken Seite stark überbelichtet war, gab es an der Darstellung so gut wie keine Zweifel. Das Foto zeigte praktisch den Augenblick vor dem Mord an dem jungen Mann. Georg Sackmann, der mit erhobenen Armen eine Sekunde später überrollte werden würde.

Dann verengten sich ihre Augen zu Schlitzen. Täuschte sie sich oder ging sie der Spiegelung des Vollmondes auf den Leim? Rita erinnerte sich, dass in jener Nacht Nebelwetter herrschte. Schied der Mond also aus. Hinter dem Glas der Frontscheibe war so etwas wie ein Gesicht zu sehen. Ziemlich unscharf, aber ein Gesicht. Rasch fingerte sie eine Lupe aus der Schreibtischschublade und holte sich das Bild näher heran. Für ein

Fahndungsfoto würde die Qualität nicht reichen, stellte sie fest. Aber mit Allgöwers Künsten würde vielleicht noch mehr herauszuholen sein als bloß ein heller Fleck. Dagegen war das Nummernschild an der Frontstoßstange ohne Lupe zu lesen. Und noch etwas erregte ihre Aufmerksamkeit: Im rechten unteren Eck stand die Uhrzeit. 01.53 Uhr. Georg Sackmann war um genau diese Zeit gestorben.

Sie streifte Latexhandschuhe über und drehte das Blatt um. Kein Vermerk auf der Rückseite. Auch im Kuvert keine Erklärung eines Absenders.

Bevor sie das Beweisstück wieder zurück in den Umschlag schob, fotografierte sie es mit dem Handy ab. Und erst jetzt, mit einiger Verzögerung, eröffnete sich ihr die ganze Bedeutung dieser anonymen Botschaft: Es muss für den Mord an Georg Sackmann einen Augenzeugen gegeben haben. Einen Zeugen, der in der Nacht vom dreißigsten auf einunddreißigsten Oktober mit einem Auto, ausgerüstet mit einer *Dashcam*, von *Eschholz* nach *Kaltenhofen* unterwegs gewesen war. Ein Zeuge, der zwar wusste, dass er die Polizei informieren musste, es jedoch vorzog, unbekannt zu bleiben. Rita fielen einige Gründe ein, die einen Menschen in die Anonymität zwangen. Unangenehme Fragen; Verdacht auf unterlassene Hilfeleistung; unter Drogen zu stehen; Scheu vor Öffentlichkeit. Der schwerwiegendste Grund aber war die Angst. Angst vor der Rache desjenigen, den man den Strafverfolgungsbehörden preisgegeben hatte.

Abgesehen davon, dass es Samstag war, nahm sich Rita vor, drei Personen anzurufen: Mika Laukonen zu ihrer Unterstützung, Oberstaatsanwalt Bernd Landquart zwecks Information, und Allgöwer für die technische Hilfe.

*

Bei leiser Musikberieselung hielt sich Edgar in seinem neuen Büro auf. Lesebrille auf der Nase, beschäftigte er sich mit den Ausdrucken aus dem Zeitungsarchiv. Von den Vermisstenfällen notierte er vorläufig nur die wichtigsten Daten auf einer separaten Liste, wie Datum, Namen, Wohnort und Alter der betreffenden Person. Die Zeitungsmeldungen selbst versah er mit Büroklammern und stapelte sie griffbereit übereinander. Für jeden der drei ungelösten Mordfällen legte er jedoch einen eigenen Aktenordner an.

Da Melanie und Saida sich in die Stadt zum Einkaufen verabschiedet hatten, konnte Edgar in aller Ruhe mit dem Studium der Mordfälle beginnen. Noch fehlten ihm die Daten aus dem Polizeiarchiv, doch auch ohne diese stieß er bereits nach wenigen Minuten auf eine Ungereimtheit, die seine Theorie von einem Einzeltäter ins Wanken brachte. Denn während der erste Mord in *Durlangen* geschehen war, lagen die drei anderen Tatorte in Südbaden. Auch eine zweite Auffälligkeit gab Edgar zu denken: Zwischen dem ersten und dem zweiten Fall lagen fünfzehn Jahre. Dann acht Jahre zwischen Fall zwei und drei. Immense Zeitspannen, wie er fand.

Was ihn wiederum zuversichtlich stimmte, falls man bei einer Mordermittlung überhaupt von Zuversicht sprechen durfte, war: Alle drei Opfer waren männlich, jung und unbekleidet, als man sie fand, und alle drei waren erwürgt worden.

Trotzdem. Die vielen Jahre zwischen den einzelnen Morden waren für einen Serienmörder ungewöhnlich. *So ein Schmarren*, schimpfte er sich, *was fasele ich denn daher? Serienmörder? Komm´ zurück auf den Boden, Edgar.* Oder waren diese drei Verbrechen lediglich die Fälle, deren Opfer man gefunden hatte? Vermisst bedeutete ja nicht zwangsläufig, dass der Vermisste noch am Leben war. Genauso gut konnten sie tot sein. *Also doch kürzere Abstände und mehr Morde?*

Edgar geriet ins Schwitzen. *Wenn also drei Morde ungeklärt sind*, dachte er, *dann befinden sich entweder drei Mörder auf freiem Fuß – oder einer. Aber dreimal der gleiche Modus Operandi? Es kann nur einer gewesen sein.*

Er erinnerte sich an das Gespräch mit Pit Ferman vor zwei Tagen. An den Grund, weshalb er heute überhaupt vor einem Berg Papier saß. An den Namen, den Pit genannt hatte. Gottfried Brändle. Irgendwo, das wusste Edgar, musste er ein altes Foto besitzen, auf dem alle Schüler der Grundschule Weinbuch abgebildet waren, inklusive Peter Seibelt, Gottfried Brändle und ihm selbst. Im Übrigen auch jener spätere Vierfachmörder Bodo Wessels, was aber eine völlig andere Geschichte war.

Im Prinzip ging es um die Frage, ob aus Mitschüler Gottfried Brändle ein Straftäter geworden war. Die Aufgabe war, ihn auf irgendeine Weise mit den drei Morden in Verbindung zu bringen. Dazu benötigte Edgar die Tatzeiten, die Tatorte, und ob Gottfried Brändle zeitliche und örtliche Verbindungen nachzuweisen waren. Angesichts der gewaltigen Zeiträume eine höchst knifflige Angelegenheit. Edgar wünschte sich, Rita könnte eine Woche Urlaub machen und ihn mit allen Daten zu allen

Fällen aus dem Polizeiarchiv versorgen. Zeugenaussagen, Beobachtungen, Ermittlungsergebnisse. Und natürlich alles, was es über Gottfried Brändle zu wissen gab: Beruf, Wohnort, Familienverhältnisse, soziale Umtriebe, sexuelle Ausrichtung.

Ja, Scheiße, so ist es nun mal, dachte Edgar. Ohne Rita bin ich aufgeschmissen.

*

Selbst heute, einen Tag nach dessen Flucht aus dem Keller, war Maschs Zorn auf Lefti nicht verraucht. Dabei kreidete er ihm weniger an, dass er geflohen war. Damit verdiente er sich sogar Maschs Respekt. Nein, es war die Stinkbombe, die ihm Lefti hinterlassen hatte. Das war unflätig und eines Mannes nicht würdig.

Umso mehr bestand nun die Gefahr, dass Lefti von den Bullen gefasst wurde. Schlimmer noch: Dass Lefti sich freiwillig der Polizei stellte. Von dieser Warte aus betrachtet war es eventuell nicht die beste Idee gewesen, ihn im Keller einzusperren. Immerhin hatte Lefti ihm vertraut, als er ihn angerufen hatte. Masch musste sich zugestehen, dass diese Option durch sein vorschnelles Handeln verspielt war.

Es war bezeichnend für Robin, dass er kein Wort der Kritik geäußert hatte. Er hatte nur gesagt: *Bring das in Ordnung, Masch.* Mehr nicht.

Sie kannten sich jetzt schon einige Jahre. Robin, der dieses Jahr zweiundsiebzig Jahre alt geworden war, und Masch, sechsundfünfzig. Während der Ältere den seriösen Geschäftsmann darstellte, war der Jüngere der gutaussehende coole Pirat. Ein Typ, nach dem Frauen sich umdrehten.

Im Jahr 2012 war es gewesen, als Masch eines Tages sein Stammlokal *Guys Club* in Freiburg besuchte. Es war ein Lokal mit besonderer Atmosphäre. Es wurde nicht gefragt, was man hat oder was man ist. Alle waren gleich.

An jenem Abend war ihm dieser Mann aufgefallen, den er vorher noch nie dort gesehen hatte. Älter als alle anderen Gäste. Ein Mann mit einem suchenden verzehrenden Blick. An Maschs Gesicht war er hängen geblieben. Es war das gegenseitige Erkennen in der gleichen Sekunde. Erdgeschichtlich gemessen hatte es viereinhalb Milliarden Jahre gebraucht, um diesen einen Moment zu gebären.

Interessant war gewesen, dass dieser Mann eine Melodie summte, die Masch bald als den Song *Massachusetts* von den *Bee Gees* identifizierte. Es war für beide gewissermaßen der Türöffner.

„Massachusetts, 1967", hatte Masch gesagt.

„Wow, da kennt sich aber einer aus", war die Antwort gewesen.

„Fan der Bee Gees?"

„Ich bin Robin Gibb", hatte der Mann nonchalant geantwortet, Maschs Ellbogen berührt und gefragt: *„Nehmen wir einen Drink an der Bar?"*

Robin hatte ihm gleich reinen Wein eingeschenkt. Dass er eine Firma leite, dass er verheiratet sei, zwei Kinder habe, und er an diesem Lebensmodell nichts ändern werde. *„Meine Firma, mein Haus, meine Familie sind* *absolutes Tabu. Wenn wir uns treffen, dann entweder hier im Club, oder bei dir oder anderswo, aber niemals bei mir. Wir können einmal im Jahr irgendwo auf der Welt gemeinsamen Urlaub machen. Geld spielt dabei keine Rolle. Ist das alles okay für dich?"*

Und auch Masch war ehrlich gewesen. *„Ich bin alleinstehend, ohne Anhang, und verdiene mein Geld auf unkonventionelle Weise. Ich bin ein Dieb, der es von jenen nimmt, denen der Verlust nicht weh tut. Große Firmen, reiche Menschen, Versicherungen."*

Robin hatte die Rolle Maschs und dessen Tanz auf der Klinge akzeptiert. Der Hang zur Kriminalität, die Präsenz des Verbotenen, wie auch die ständige Furcht vor Entdeckung, waren das Salz in der Suppe ihrer Beziehung. Liebte Masch das Ausbaldowern von Gelegenheiten und Strategien, sowie das Spiel mit dem Feuer, entwickelte sich Robin zu einer Art gleichberechtigtem Risikoberater, ohne dessen ausgewogene Fallanalyse Masch keine Tat mehr durchführte. Dabei war Masch kein blinder Hasardeur. Seine Aktionen waren von Anfang bis Ende durchdacht. Nichts wurde dem Zufall überlassen. Für spezielle Aufgaben hatte er eine Reihe ebenso spezieller Fachleute an der Hand, vom Grobschlosser bis zum Elektroniker.

Nach einiger Zeit des gegenseitigen Kennenlernens kristallisierte sich heraus, dass Robin keine Kompromisse einging. Wer zu viele Fragen stellte, wurde einer internen Gesinnungsprüfung unterzogen. Wer dann immer noch nicht parierte, flog aus dem Team. Hartnäckige Fälle wurden durch massive Einschüchterungen mundtot gemacht.

Robin war auch derjenige, der die Maskenpflicht und die Handy-*Braker* einführte, eine Weiterentwicklung der bekannten *Pager*. Teambesprechungen fanden per Videkonferenz mit Avataren statt. Keiner wusste des anderen Klarnamen.

Seit sie sich begegnet waren und zueinander standen, gab es für keinen von beiden andere Liebschaften. Da Robin offiziell verheiratet war, blieb ihnen eine sogenannte *Eingetragene Lebenspartnerschaft* verwehrt. Im Zuge eines gemeinsamen Urlaubs in Thailand ließen sie sich jedoch pro forma von einem buddhistischen Mönch trauen.

Auf *Google Earth* war Verlass. Der *Schwanen* lag zwischen Kirche und Rathaus. Ein Fachwerkhaus aus dem späten neunzehnten Jahrhundert, mit angrenzendem Festsaal. Früher bestimmt das kulturelle Zentrum des Dorfes.

Morgens um halb elf Uhr waren nur wenige Gäste im Lokal. Es war ein Gastraum, wie er landauf, landab zu finden war. Drei Männer, die vor ihren Bieren am Stammtisch saßen. Ihre misstrauischen Blicke verfolgten Masch stumm. Der Wirt, ein Mann mit enormem Bierbauch und geröteter Gesichtshaut, spülte hinter der Theke Gläser. Masch steuerte direkt auf ihn zu.

„Guten Morgen, lassen Sie mir bitte ein alkoholfreies Bier heraus?"

„Alkoholfreies gibt´s nur in Flaschen", erwiderte der Wirt und bückte sich nach einem Kühlschrank.

„Ja dann – eine Flasche, bitte. Aber mit Glas."

Geschwinder als ihm von der Leibesfülle her zuzutrauen war, stand beides samt Flaschenöffner im Nu auf der Theke. Die kleinen Schweinsäuglein des Wirts musterten ihn aufmerksam. „Einschenken müssen Sie sich selber."

Während Masch die Flasche öffnete, sagte er: „Mein Name ist Emil Abele. Ich bin Journalist und ich …"

„Ach, nicht noch einer", unterbrach ihn der Wirt. „Da war doch am Donnerstag schon einer da. Steht ja heute schon in der Zeitung. Sie kommen da eigentlich schon zu spät. Hier, lesen Sie!" Der Wirt griff nach einer Zeitungsrolle, die an einem Haken neben dem Schanktisch hing. *Ortenau Kurier.*

Die Schlagzeile sprang Masch sofort ins Auge. ***Unfall mit Todesfolge.***

Masch atmete auf. „Nein, deshalb bin ich nicht hier. Ich komme wegen …"

Der Wirt reagierte unwirsch. „Auch das steht bereits in der Zeitung. Sprecht ihr euch untereinander nicht ab?" Er blätterte einige Seiten um und tippte mit seinem Zeigefinger auf einen Artikel. „Hier, schauen Sie."

Masch las: ***MGV Eschholz nach letzter Generalversammlung aufgelöst.***

Das muss es sein, dachte er und tippte seinerseits auf den Artikel. „Wie lange … wie lange hat diese Auflösung denn gedauert? Das war doch hier in ihrer Wirtschaft, oder?"

Der Wirt nickte bestätigend. „Stimmt, das war hier. Ist aber alles schon geschrieben."

„Mich interessiert, ob alle Sänger hier aus *Eschholz* stammen, oder ob auch auswärtige darunter sind?"

Maschs Frage sollte bewusst beiläufig und unverfänglich klingen.

Der Wirt schnaufte. „Wissen Sie was? Sie geben mir jetzt erstmal fünf Euro für das Bier. Und dann zeigen Sie mir bitte Ihren Presseausweis. Ansonsten fragen Sie bei den Kollegen vom *Ortenau Kurier* nach."

Was ist das für ein Idiot, dachte Masch. Er zog die Geldbörse aus der Gesäßtasche, entnahm ihr einen Fünf-Euro-Schein, und nach einigem Zögern einen Fünfzig-Euro-Schein und streckte dem Wirt das Geld entgegen.

Da wurde das Gesicht des Mannes hinter der Theke noch um einige Grade röter. „Sie gehen jetzt besser", sagte er betont ruhig, griff blind unter die Theke und holte ein etwa einen Meter langes, dickes isoliertes Stromkabel hervor. „Nehmen Sie ihr Geld und verschwinden Sie. Das Bier geht aufs Haus."

Masch überlegte, ob er dem Arschloch die Faust zwischen die Augen knallen sollte. Ein Seitenblick auf den Stammtisch riet ihm jedoch davon ab. Schweigend steckte er das Geld wieder ein, machte auf dem Absatz kehrt und verließ den *Schwanen*.

Ortenau Kurier, dachte er. *Die müssen wissen, was ich will.*

1996

Wo ist Achim?
Die Frage aller Fragen.
Robin hätte sie beantworten können.
Doch das wollte und tat er nicht. Nahm dafür die vorwurfsvollen Blicke Brittas und Tessas in Kauf.

Dass Achims Mutter unter den ungeklärten Umständen von Achims Verschwinden am meisten litt, war klar. Doch auch Robin hatte gelitten. Stumm und introvertiert. Aber alle seine Pläne wären zum Scheitern verurteilt gewesen, hätte Achim seine Drohung wahr gemacht und ihren Deal verraten.

Das hatte Robin nicht zulassen können. Seine ganze Karriere wäre auf dem Spiel gestanden. Denn Chef des Architekturbüros Ketterer hatte er nur werden können, wenn er Britta heiratete. Der Weg zum Erfolg war nur über sie gegangen. Achim hatte an Architektur kein Interesse gehabt. Ergo hatte Robin die Affäre mit Achim der Karriere, dem Ansehen und dem Reichtum geopfert. Zuerst war auch Achim mit ihrem Arrangement einverstanden gewesen. Aber dann hatte er von einem Tag auf den anderen seine Meinung geändert und war mit seinem Sportwagen davongefahren. Zehn Jahre war das nun her.

Wo ist Achim?

Der alte Ketterer hatte eine Jagdhütte besessen. Nichts Besonderes. Ein Blockhaus mit einem einzigen möblierten Raum und Schlafgelegenheit unterm Dach. Dort hatten sie sich immer getroffen, Achim und Robin. Die Rück- und eine Seitenwand des Hauses waren nah an den Steilhang einer ehemaligen Sandgrube gesetzt und somit von zwei Seiten geschützt.

Einen Tag nach der Verlobung mit Britta war Robin, in der Annahme, Achim würde sich in ihrem Liebesnest verstecken, dorthin gefahren. Und richtig, Achims Sportwagen stand vor der Hütte. Achim selber war sturzbetrunken.

Er hatte sich nicht umstimmen lassen, sondern nur laut lamentiert und gejammert, von wegen Robin hätte ihm die Liebe nur vorgespielt und dass er, Achim, es der Familie, den Angestellten der Firma, den Kunden und Freunden verraten würde: Dass Robin ein schwuler Lügner sei und es nur auf die Übernahme der Firma abgesehen hätte.

Dann war er handgreiflich geworden und hatte wild um sich geschlagen. Dabei war es geschehen. Robin, nun seinerseits in einer Ausnahmesituation, hatte Achim am Hals erwischt und solange zugedrückt, bis Achim tot vor ihm gelegen war.

Aber Robin hatte die Nerven behalten. Den Leichnam hatte er nach draußen verfrachtet und ihn mit dessen Ausweispapieren und mit etwas tatkräftiger Nachhilfe vom Sand des Grubenhanges verschütten lassen. Den Sportwagen hatte er auf einem Parkplatz des Großflughafens Lahr abgestellt. Achim war verschwunden. Wahrscheinlich nach irgendwo in Fernost.

Drei Tage später hatten der alte Ketterer und seine Frau Tessa eine Vermisstenanzeige erstattet.

02.11.2024

Oberstaatsanwalt Bernd Landquart war angenehm überrascht, dass Rita Böhringer ihn über die laufenden Ermittlungen auf den neuesten Stand brachte. Immerhin war Samstag, und er war zu Hause. Die Kriminalkommissarin offenbar im Dienst. „Sehr gut, Frau Böhringer. Sie können mich jederzeit anrufen. Auch nachts. Danke.“

Unter Allgöwers Nummer erreichte sie dessen Partnerin Wilma Solberg in Berghaupten. „Er ist doch im Dienst", hörte sie von ihr. „Wissen Sie das nicht?"

Nein, das wusste Rita nicht. Deshalb begab sie sich schnurstracks zu seinem Büro. Auf dem Weg dorthin versuchte sie Mika Laukonen zu erreichen, doch es meldete sich bloß seine Mailbox. *„Ruf' mich an, wenn du das hörst."*

Allgöwers Büro erwies sich verwaist. *Hat er seiner Freundin einen Bären aufgebunden?* Sie schaute auf dem Revier nach, wo Burkart Gentner, der Schichtleiter, hinter einem Sichtschutz gerade ein zweites Frühstück einnahm. Ein Wort genügte: „Allgöwer?"

Gentner zeigte, den Wurstweck in der Hand, zu den Werkstatthallen. Dort fand Rita den Gesuchten auf der Ladefläche des ausgebrannten LKWs herumturnen.

„Allgöwer, du musst mir helfen", sprach sie ihn ohne Tagesgruß an.

„'n Morgen, Rita", antwortete er, bückte sich und hob einen kleinen Gegenstand in die Höhe. „Schau' mal, was ich gefunden habe." Er sprang federnd von der Ladefläche und hielt Rita ein verkokeltes Etwas unter die Nase. „Riech' mal", verlangte er von ihr.

„Pfui, tu' das weg", wandte sie sich angewidert ab. „Was soll das sein?"

„Das", grinste Allgöwer triumphierend, „war mal eine Dose Kaviar. Durch das Feuer aufgeplatzt und in der Hitze verdampft." Er rieb mit einem Lappen über das Blech. „Aber dem Etikett nach von der teuersten Sorte, die man für Geld kaufen kann."

Rita rümpfte die Nase. „Was weißt du schon über Kaviar, Allgöwer. Bei deinem Gehalt …"

„Allgemeinbildung, Rita. Der Mensch muss sich für irgendetwas interessieren. Warum brauchst du meine Hilfe?"

„Uns ist anonym ein Foto zugespielt worden, auf dem der Mord mit diesem Laster zu sehen ist. Schau es dir an, ob man den Fahrer des Lasters besser erkennen kann."

Allgöwer steckte die Dose in einen Asservatenbeutel und stiefelte Rita voraus zu seinem Büro. „Haben die Kerle einen ganzen LKW Kaviar geklaut. Mann, wer soll das ganze Zeug essen?" Er gluckste und meinte dann: „Es wäre natürlich besser, wenn du mir die Kamera bringen würdest, mit der das Foto geschossen wurde. Ich nehme an, es war eine *Dashcam*."

„Wahrscheinlich. Aber ich bin noch auf der Suche danach. Was denkst du, wie lange du brauchst? Ich möchte heute noch nach *Eschholz* fahren."

Allgöwer warf sich auf seinen Bürostuhl und schaltete Computer und Scanner ein. „Du kannst drauf warten, wenn du nichts anderes zu tun hast. KI macht´s möglich."

„Okay, in der Zwischenzeit versuche ich mein Glück nochmal bei Mika Laukonen. Hast du übrigens schon Lemmingers Laptop in der Kur gehabt?"

Allgöwer antwortete in seiner typischen Bierruhe: „Bin ich ein Oktopus?"

Eine halbe Stunde später verfügte sie über ein vergrößertes, relativ scharfes Porträtbild in DIN-A5-Format des Mannes, der hinter dem Steuer des LKWs saß. „Allgöwer, du bist ein Genie", lobte sie den Kollegen und versprach ihm für Montag eine Zimtschnecke.

Tatsächlich meldete Mika Laukonen sich zum Dienst. Er versprach, gegen halb elf Uhr im Büro zu sein. Rita entschied sich, bis zu seinem Eintreffen zu warten. Es machte ihr normalerweise wenig aus, als Polizistin alleine unterwegs zu sein. Aber bei Ermittlungen mit voraussichtlich zu rechnendem Publikum, und dazu zählten Auftritte in Gasthäusern, fühlte sie sich zu zweit sicherer.

„Du siehst furchtbar aus, Mika", begrüßte sie Laukonen. „Ist wohl spät geworden gestern Abend? Aber danke, dass du dich hast entschließen können, trotzdem zu kommen. Pardon, es geht mich ja gar nichts an, was du privat so treibst."

„Ja, es ist eine private Sache, über die ich jetzt nicht reden möchte. Wo fahren wir überhaupt hin?"

Rita reichte ihm das von Allgöwer bearbeitete Foto. „Wir haben einen Verdächtigen", sagte sie.

Aus der Küche des Restaurants *Schwanen* roch es nach Düften regionalen Mittagessens. Im Gastraum saßen, über drei Tische verteilt, acht Personen. Am Stammtisch hockten vier Männer. Der Wirt eilte zwischen Theke und Gastraum hin und her und verteilte Essbestecke und Servietten. Die Uhr an der digitalen Kellnerkasse zeigte zehn Uhr fünfundvierzig.

Der Wirt kam angeschnauft: „Wenn Sie essen wollen, dann suchen Sie einen Tisch aus. Ich komme dann gleich zu Ihnen."

„Danke, wir wollen nicht essen. Wir haben nur ein paar Fragen", sagte Rita.

Der Wirt stoppte seinen Lauf, als wäre er gegen einen Prellbock gerannt. „Nä, nicht schon wieder die Presse", stöhnte er. „Ist doch gerade eben einer zur Tür hinaus."

„Nä, nicht die Presse", konterte Rita und hielt dem Mann den Polizeiausweis vor die Augen. „Kriminalpolizei, Mordkommission. Dauert nur ein paar Minuten."

Der Wirt seufzte ergeben. „Es geht um die Nacht vom dreißigsten auf einunddreißigsten Oktober, richtig?"

„Ja, wie kommen Sie darauf?", fragte Rita, hellhörig geworden.

„Na, weil der Typ von vorhin auch danach gefragt hat. Da!" Der Wirt warf Rita die Samstagszeitung hin. „Der Gesangverein hat sich aufgelöst. Was ist daran kriminell?"

„Wir fragen im Zusammenhang mit dem tödlichen Unfall auf der Straße nach *Kaltenhofen*. Ob …"

„Davon hat der Reporter vorhin nichts wissen wollen. Nur, ob einer der Sänger des MGV **nicht** in *Eschholz* wohnt."

Rita und Mika schauten sich kurz an. „Aha, und was haben Sie ihm geantwortet?"

Der Wirt stemmte sich gewichtig auf die Theke. „Nichts hab´ ich ihm gesagt. Ich hab´ ihm geraten, die Kollegen vom *Ortenau Kurier* zu fragen. Dann wollte er mich mit fünfzig Euro bestechen. Hab´ ihn dann rausgeschmissen."

Rita zog das Foto aus ihrer Tasche. „Schauen Sie das Bild bitte an. War es vielleicht dieser Mann?"

Der Wirt beugte sich nach vorne. Das Zucken seiner Mundwinkel verriet Rita, dass er den Mann wiedererkannte. „Ja, das war er. Hundertpro. Nannte sich Emil Abele. Ha, wer´s glaubt?"

Rita faltete das Bild wieder zusammen. „Und? Wohnt einer **nicht** in *Eschholz*?"

Der Wirt musterte die Männer vom Stammtisch, als bräuchte er für eine Antwort deren Genehmigung. „Von den Sängern keiner", sagte er. „Aber der Dirigent. Stefan Übermaß. Der wohnt in *Kaltenhofen*."

„Was machen wir jetzt?", fragte Laukonen, als sie wieder im Auto saßen. „Ich meine: Heute ist Samstag."

Rita antwortete prompt: „Das Verbrechen kennt keine Samstage, Mika. Mein Vorschlag: Wir fahren zurück zur Direktion. Du stellst fest, wo dieser Stefan Übermaß wohnt, und dann fährst du hin und hörst dir an, was er zu sagen hat. Danach kannst du Feierabend machen."

„Und du?", fragte er.

„Ich für meine Person kläre mit Oberstaatsanwalt Landquart, ob wir diesen Mann auf dem Bild zur Fahndung ausschreiben. Dass er wirklich Emil Abele heißt, glaube ich nicht. Und dann habe ich noch einen Auftrag von Edgar Schaaf zu erledigen. Semi-offiziell. Aber nicht weitersagen."

*

Edgar Schaaf saß auf dem Trockenen wie der Durstige in der Wüste. Melanie hatte einmal aus der Stadt angerufen und gesagt, dass sie es bis zum Mittagessen nicht nach Hause schaffen würden. Sie und Saida. Gerti solle das Essen zum Warmhalten in den Ofen schieben. Na, danke.

So bestand sein mageres Vergnügen darin, sich die Namen und Daten der vermissten Männer einzuprägen.

Mehr konnte er mangels Unterlagen nicht tun. Aus den Zeitungsartikeln waren zu wenige Details zu lesen, um daraus ein Muster zu erkennen. Es existierten auch keine orts- oder regiobezogenen Häufungen von Vermisstenfällen. Sie waren gleichmäßig über Mittel- und Südbaden verteilt. Nur bei den Morden gab es einen geografischen Schwerpunkt.

Natürlich hatte er von dem merkwürdigen Todesfall auf der Straße bei *Eschholz* gelesen. Auch dass die Polizei Verbindungen zwischen jenem Todesfall und einem ausgebrannten LKW bei *Flötzweiler* nicht ausschließen konnte. Ein Puzzle, wie er es früher geliebt hatte. Er hielt einen Moment inne und schwelgte in Erinnerungen an alte Zeiten.

Edgar guckte zum wiederholten Mal zum Fenster hinaus, ob nicht doch bald Ritas Dienstwagen vorgefahren kam. *Hrrgtt, wieso arbeitet sie an einem Samstag so lange?*

Kaum gedacht, entschuldigte er sich umgehend bei ihr. Er durfte ihr nicht ins Geschäft hineinreden. Sie war gut in dem, was sie tat, und es war gut, wenn sie es professionell machte. *Nur die Hartnäckigen haben eine Chance, einen Fall erfolgreich zu lösen*, dachte er. *Und zwar so zu lösen, dass sie vor jedem Haftrichter Bestand haben.*

Dann rief ihn Gerti zum Essen. Edgar hatte keine Lust. Der Fall ließ ihn nicht in Ruhe. Er konnte sich doch jetzt nicht einfach hinsetzen und den Bauch vollschlagen.

„Stell' alles in die Röhre, Gerti", rief er zurück. „Melanie und Saida kommen ebenfalls später. Und vielleicht kommt Rita noch dazu."

Vielleicht kommt Rita noch dazu. Wo bleibt sie bloß, das Gör.

Und dann hörte er die Haustür klappern und eilige Tritte auf der Treppe in den ersten Stock. Das musste sie sein. Edgar entspannte zusehends und verließ sein Büro, um mit unüberhörbarem Getrampel die Treppe hinauf auf sich aufmerksam zu machen. Im Schlafzimmer blieb er mucksmäuschenstill stehen um nach einer Bewegung draußen auf dem Flur zu lauschen. Der Trick schien nicht gezogen zu haben. Also alles wieder rückwärts, und diesmal bitte mit Gesang.

Gerti empfing ihn unten mit offenem Mund. „Edgar, was machst du da eigentlich?"

„Ich wohne hier, Gerti. Hast du das nicht gewusst?"

„Ja, schon, aber ich habe dich noch nie singen gehört."

„Weil du immer am Radio hängst, Gerti. War das vorhin Rita, die gekommen ist?" Er sprach die Frage so laut Richtung obere Etage, dass Gerti zusammenzuckte.

„Meine Güte, Edgar, warum brüllst du denn so? Lass´ das Mädel doch erst mal durchschnaufen. Sie wird schon noch zu dir kommen."

Edgar grunzte: „Dein Wort in Gottes Gehörgang, Gerti. Das mit dem Essen geht klar?"

„In die Röhre, jawoll. Wie der Herr befehlen."

Dann kam Rita wirklich in sein Büro, unterm Arm einen Schnellhefter. Wäre Edgar rauschgiftsüchtig gewesen und Rita hätte ihm einen nächsten Schuss gebracht – er hätte kaum euphorischer sein können.

„Danke, Rita, vielmals danke. Setz´ dich doch bitte. Dann können wir die Sache gemeinsam anschauen."

Rita reichte ihm die Akte und sagte: „Weißt du was? Wenn du noch mehr Daten aus dem Polizeiarchiv brauchst, dann lass´ es mich wissen. Wir sparen Zeit und

Umstände, wenn du dir die Akten selber kopierst. Ich hab´ nämlich mit Oberstaatsanwalt Landquart geredet. Er meinte, an einem Sonntag könnten wir in der Direktion, sprich meinem Büro, die Akten einsehen und kopieren. Er hätte nichts dagegen. Wenn du kein Schindluder damit treibst. Aber er kennt dich ja."

Edgar war baff. Mit solch glänzenden Aussichten hatte er nicht gerechnet. „Mensch, Rita, du bist einfach famos. Morgen zum Beispiel ist ein Sonntag?" Geschickt ließ er den Satz wie eine Frage klingen.

Rita grinste. „Ich hab´s gewusst. Aber nicht vor zehn Uhr. Ich möchte endlich mal wieder ausschlafen."

Nach einer halben Stunde rauchten ihnen die Köpfe. Zwischen Zeitungsarchiv und Polizeiarchiv herrschte, was den Umfang betraf, ein enormer Unterschied. Edgar musste zugeben, dass die damaligen Ermittler gute Arbeit geleistet hatten. Er hätte es handwerklich kaum besser machen können. Allerdings konnten Bauchgefühle oder Intuitionen nicht dokumentiert werden. Jene Fähigkeiten, die einen guten Kommissar von einem sehr guten Kommissar unterschieden. Doch waren alle Ermittlungsschritte festgehalten; Zeugenaussagen aufgeführt und auf Richtigkeit überprüft. Daran gab es nichts zu rütteln. Die Todesursache war vom Gerichtsmediziner festgestellt worden. Tod durch Erwürgen. Keine Abwehrspuren.

Baggersee Durlangen. Bauarbeiter, die an einem im Bau befindlichen Hotelkomplex arbeiteten, hatten damals die Leiche im See treibend entdeckt. Die Polizei wurde von einem Telefonanschluss verständigt, der auf das Architekturbüro Ketterer zugelassen war.

Genau an dieser Stelle funkte es in Edgars Konzentration. Ketterer. Dieser Name war ihm schon einmal untergekommen. „Rita, bitte sei so gut und gib mir mal die Liste mit den Vermissten herüber."

Rita reichte sie ihm. „Hast du etwas?"

Edgar rückte die Lesebrille zurecht. „Zweimal den Namen Ketterer." Er nahm den Polizeibericht zur Hand. „Hier, schau: 1976 hatte das Architekturbüro Ketterer das Hotel am *Baggersee Durlangen* in Planung und Beaufsichtigung. Und im Jahre 1986 wurde Achim Ketterer, Sohn des alten Ketterer, als vermisst gemeldet. Was sagst du dazu?"

„Es ist unglaublich. Da vergehen vierzig bis fünfzig Jahre, in denen ermittlungstechnisch rein gar nichts passiert. Dann kommt Kriminalhauptkommissar a. D. Edgar Schaaf und findet nach einer halben Stunde eine Verbindung. Das sag´ ich dazu", verlieh sie ihrem Staunen Ausdruck, um dann nüchtern nachzulegen. „Es kann purer Zufall sein, das weißt du. Es kann aber auch alles sein, was ein Polizist braucht."

Edgar stimmte ihr uneingeschränkt zu, meinte aber: „An Zufälle glaube ich grundsätzlich nicht. Doch wie soll ich der Sache nachgehen? Ich habe keine Legitimation. Das macht es schwierig, wenn nicht sogar unmöglich, mit Leuten zu reden." Er hatte eine Idee: „Wenn **du** vielleicht …"

„Vergiss es, Edgar", unterbrach sie ihn. „Oberstaatsanwalt Landquart würde mir nie den Auftrag für Ermittlungen geben, nur weil im Abstand von zehn Jahren zweimal der gleiche Name auftaucht. Überleg´ mal: Fünfzig Jahre! Da sind bestimmt einige der Leute nicht mehr am Leben. Der Fall ist so kalt, dass er nicht mal mehr ein *Cold Case* ist, sondern ein *Old Case*."

Edgar brummte unwirsch, weil er wusste, dass Rita recht hatte. Er wäre jedoch nicht Edgar Schaaf, wenn er nicht noch ein Pfund zu wuchern hätte. „Aber morgen, Rita, morgen fährst du mit mir in die Direktion. Ich will diese Polizeiberichte aus den Archiven haben. Ich lass' auch einen Fuffi für Papier und Druckerfarbe springen."

Rita seufzte: „Ach, Edgar."

*

Bachschleife 17, Kaltenhofen, tippte Mika Laukonen ins GPS-System des Dienstwagens ein. Stefan Übermaß' Wohnadresse.

Vor Ort sah er sich einem Vier-Parteien-Doppelhaus gegenüber. Zwei Etagen pro Eingang. Zu jeder Seite des Doppelhauses gehörten zwei Garagen. Übermaß' Klingelschild nach lag dessen Wohnung im Erdgeschoss.

Auf Laukonens erstes Klingeln tat sich nichts. Er drückte ein zweites Mal auf den Knopf. Danach knackte es in der Sprechanlage.

„Hier ist die Polizei. Herr Übermaß, bitte öffnen Sie die Tür", sagte Laukonen.

„Polizei? Können Sie sich ausweisen?", fragte eine zaghafte Stimme.

„Natürlich. Aber dazu müssen Sie die Tür öffnen."

„Nein, kommen Sie ans Fenster, wo ich Sie sehen kann."

Wenn's weiter nichts ist, dachte Laukonen und postierte sich direkt unter dem nächsten Fenster. Erst bewegte sich ein Vorhang, dann zeigte sich ein Mann hinter dem Glas. *Ein Mann ohne Unterleib*. Laukonen hielt den Polizeiausweis mit gestrecktem Arm in die Höhe. Nach eingehender Prüfung sagte Übermaß: „Okay, Herr Laukonen, ich lasse sie herein."

„Sie müssen entschuldigen, dass ich so vorsichtig bin", empfing Übermaß den Polizisten. „Aber ich befürchte, dass der Fahrer des LKW mein Autokennzeichen gesehen hat und auf der Suche nach mir ist. Dem ist alles zuzutrauen. Deshalb wollte ich auch anonym bleiben."

„Sie haben richtig gehandelt, Herr Übermaß." Laukonen überlegte, ob er ihm erzählen sollte, dass dieser Mann bereits seine Spur aufgenommen hat. „Wir werden Sie jedoch als Zeugen registrieren müssen. Das heißt, dass Sie für uns als Polizeibehörde nicht länger anonym sind. Außerdem muss ich den Datenträger ihrer Autokamera zur Auswertung mitnehmen."

Übermaß rutschte auf seinem Stuhl förmlich in sich zusammen, als hätte man bei einem Ballon die Luft abgelassen. „Alles was ich nicht wollte, tritt nun ein. Dabei wollte ich nur meine Pflicht erfüllen. Wie sind Sie überhaupt auf mich gekommen? Ich meine, auf dem Foto, das ich Ihnen in den Briefkasten gesteckt habe, waren doch keine Informationen über mich gespeichert."

Sag ich´s jetzt, oder ziehe ich die alte Floskel aus der Schublade, nach der über laufende Ermittlungen nicht gesprochen werden darf? Laukonen entschied sich: „Der *Schwanen*wirt in *Eschholz*. Sie sind vom MGV *Eschholz* der einzige, der nicht in *Eschholz* wohnt. Es war nicht schwer, Sie zu finden."

Übermaß wurde bleich. „Mein Gott! Aber … aber dann findet mich der Mörder ja auch."

„Dank Ihres Fotos fahnden wir bereits nach ihm. Ich werde veranlassen, dass ein Streifenwagen vor ihrer Wohnung steht."

„Aber … aber … aber dann findet er mich erst recht! Einen besseren Hinweis kann er ja gar nicht kriegen!", empörte Übermaß sich.

Laukonen gefiel die Entwicklung des Gesprächs nicht. *Wäre der Satz mit der Floskel eventuell doch besser gewesen?* „Haben Sie Bekannte oder Freunde, bei denen Sie unterkommen können?" *Letzter Strohhalm.*

Stefan Übermaß begann zu brüten, und Laukonen wartete ungeduldig. Dann durchzuckte den Geschichtslehrer neue Energie. Er zeigte mit dem Finger auf Laukonens Brust: „Aber Sie bleiben hier, bis ich das mit meiner Schwester geklärt habe! Und dann werden Sie mich dorthin begleiten. So viel werd´ ich ja wohl noch verlangen dürfen!"

Jetzt war es Laukonen, dem die Haltung flöten ging. *Miksi seison aima piereskelevän poron takana?*, dachte er auf Finnisch, was ungefähr so viel hieß wie: *Warum stehe ich immer hinter dem Rentier, das gerade furzt?*

*

Mangels einer Münze warf er einen flachen Stein. Was bedeutete, dass er die Wahl hatte zwischen seinen Eltern und Kerstin. Eine Seite für die Eltern, die andere Seite für Kerstin.

Erst beim dritten Versuch blieb der Stein auf Kerstins Seite liegen. Lefti atmete erleichtert auf.

Aber für Kerstin musste er nach *Offenburg* zurück. Nicht ganz einfach, wenn er weder die Öffentlichen noch ein Taxi nehmen konnte. Er besaß ja nicht mal Kleingeld für einen Fahrschein. Außerdem war alles videoüberwacht, sowohl in Bus als auch in Bahn und Taxi.

Die vergangene Nacht hatte er in einem Maisspeicher irgendwo bei *Friesenheim* verbracht. Zugige Angelegenheit, wie er nun wusste, doch immerhin trocken. Die Arbeitskleidung der Firma *Sunbörn,* die er nun schon drei Tage nacheinander trug, war halt nicht unbedingt für Outdooraktivitäten geeignet.

Er musste davon ausgehen, dass Masch ihn suchen würde. Und allmählich fiel bei Lefti der Groschen, dass er ihn nicht nur suchen, sondern auch töten würde. Warum sonst hatte er ihn eingesperrt?

Seit den frühen Morgenstunden dieses Samstags geisterte ein Wort durch die verwinkelten Gänge seines Kopfes. Nicht, dass er je daran gedacht hatte, mit der Polizei zusammenzuarbeiten. Aber angesichts der Aussichten, die ihm blieben, kam ihm das Wort wie der Gewinn des großen Loses bei einer Lotterie vor. Kronzeugenregelung. Wobei er außer dem Namen Masch, dessen Wohnort und einigen Orten, wo Lefti selbst bei Raubzügen mit dabei war, nichts zu liefern hatte. Hintermänner, die die Fäden zogen, waren ihm so wenig bekannt wie Leute vom Fußvolk. Das System mit Masken, Zweitnamen und Geheimtelefonen hatte sich schon bewährt. So war Lefti sicher, dass Masch auch nicht der richtige Name des Mannes war. Aber er musste einer der führenden Köpfe der Bande sein, und Lefti hatte ihn entlarvt. Daran sollte die Polizei seines Erachtens ein Interesse haben.

Also doch nicht Kerstins weiches Bett, sondern eine harte Pritsche in einer schmucklosen Zelle der Polizei?

Er schüttelte die letzte Zigarette aus der Packung, die in der Brusttasche mit dem Firmenlogo steckte: Eine strahlende Sonne vor blauem Himmel. Den Job bei *Sunbörn* konnte er sich wahrscheinlich in die Haare schmieren. Die Hände zitterten, als er die Kippe anzündete. *Wie konnte es kommen, dass ich an einem einzigen Tag alles verliere?*, fragte er sich.

Und Shorty war tot. Ein Unfall, hatte Masch behauptet. Lefti spuckte aus. *Ha, wer´s glaubt?*

Ausgerechnet Shorty. Ob seine Mutter schon Bescheid wusste?

Lefti fing den Gedanken ein, der soeben in seinem Schädel aufgeblitzt war. Ein Gedanke, so abwegig wie selbstverständlich. Was, wenn er Shortys Mutter zum Tod ihres Sohnes kondolierte? Er meinte sich zu erinnern, dass Shorty allein mit seiner Mutter in einem Haus in der Nordstadt wohnte. Laubenweg, oder so ähnlich. *Hingehen, klingeln, guten Tag Frau Sackmann, ich bin Franz Lemminger, Georgs Schulkamerad ... es tut mir überaus leid, was mit Ihrem Sohn ... er war mein Freund, wissen Sie, ... und ob ich vielleicht für einen oder zwei Tage bei Ihnen unterkommen könnte ...? ... wäre Ihnen wirklich dankbar ... ja, wirklich.*

Lefti wurde es warm ums Herz, denn er war von sich selber gerührt. Die beiden anderen Optionen, Kerstin oder Polizei, rückten auf einmal in den Hintergrund.

Ein letzter Zug aus der Zigarette. *Vielleicht habe ich sogar Glück, und Frau Sackmann ist Raucherin.*

Lefti verspürte Zuversicht. Von *Friesenheim* nach *Offenburg* war es nicht mehr weit.

*

So ein Dusel, murmelte Masch vor sich her, *so ein Dusel*.

Er hatte soeben die schlanke braunhaarige junge Frau und den raspelkurzhaarigen blonden jungen Mann den *Schwanen* betreten sehen. Angekommen mit einem Auto, das wie ein Dienstwagen der Kripo aussah. *So ein verdammter Dusel, dass sie nicht früher erschienen sind. Und ein Glück, dass ich nicht gleich losgefahren bin. Sie müssen die gleiche Idee gehabt haben wie ich: Wer vom MGV wohnt nicht in Eschholz?*

Masch war nach Verlassen des Restaurants noch eine Weile in seinem Auto sitzen geblieben. Er war angefressen, weil seit zwei Tagen die Dinge nicht so liefen, wie sie laufen sollten. Schlimmer noch: Jetzt kamen ihm auch noch die Bullen in die Quere. Denn dass das Pärchen von eben Polizisten waren, sah ein Lahmer mit dem Blindenstock. Und man musste kein Hellseher sein, um zu kapieren, dass der Wirt gegenüber den Bullen sehr viel redseliger sein würde, als er es bei Masch gewesen war. Das hieß: Die Bullen würden einen Vorsprung haben und diesen Mann, den er suchte, vor ihm finden.

Die Wut verzerrte Maschs an sich attraktives Gesicht zu einer Fratze. Er überlegte fieberhaft, was er als Nächstes tun konnte. Oder tun musste.

Es dauerte nicht lange, da sah er die Frau und den Mann den *Schwanen* wieder verlassen. Als ihr Dienstwagen losfuhr, folgte Masch ihnen in sicherem Abstand. Zu seinem Erstaunen schlugen sie jedoch die Richtung nach *Offenburg* ein, und dort auf direktem Weg zur Polizeidirektion. Masch parkte in angemessener Entfernung am Straßenrand. Er setzte sich kein Limit, wie lange er auf etwas warten sollte, von dem er nicht wusste, ob oder wie es geschehen würde. Einfach nur mal warten um des Wartens willen.

Masch hatte die Dauer nicht gemessen, doch nach gefühlt einer halben Stunde bewegte sich etwas. Der blonde Jüngling trat aus dem Gebäude und bestieg ein anderes Fahrzeug als das, mit dem sie gekommen waren. *Aha, er ermittelt alleine*, dachte Masch und schaltete den Motor ein.

Bald erkannte Masch, was das Ziel des jungen Polizisten sein würde. *Kaltenhofen.*

Ha, hat sich die verdammte Warterei gelohnt. Du wirst mich zu dem mysteriösem Mann führen, dachte er.

Und richtig. Der Polizist hielt vor einem Vier-Familien-Haus und drückte an der rechten Haustür den unteren Klingelknopf. Warum er nicht sogleich eingelassen wurde, sondern unter einem der Fenster einen Gegenstand hochhielt, verstand Masch nicht. Erst danach betrat der Polizist das Haus.

Masch brauchte jetzt Klarheit. Geschmeidig stieg er aus dem Auto und eilte hurtig auf den Hauseingang zu. Unterer Klingelknopf. Er las: *S. Übermaß*. Das reichte ihm. Adresse: *Bachschleife 17, Kaltenhofen. Wir sehen uns heute Nacht, Herr Übermaß.* Sardonisch grinsend startete Masch den Wagen und fuhr nach *Kollmarsingen* im Breisgau, wo er wohnte.

Teil II

1991

Es war Brittas Wunsch gewesen, wenn ihr erstes Kind ein Mädchen sein würde, es Kim zu nennen. Und ja, es war ein Mädchen geworden. Eine kleine Kim, blond wie ihre Mutter. Geboren am dritten Dezember 1986, was bedeutete, dass Britta 1986, am Tag ihrer Verlobung mit Robin, bereits schwanger gewesen war. Wovon allerding weder Robin noch Brittas Bruder Achim etwas gewusst hatten. Im Übrigen auch nicht der alte Ketterer und dessen Frau Tessa.

Zwei Jahre später war dann Sohn Barry auf die Welt gekommen. Eher zufällig als geplant, und mehr oder weniger das Ergebnis sexueller Ehepflichten der Eltern. Es war unschwer zu erraten, wer für den Jungen als Namensgeber zeichnete. Sollte es jemals einen zweiten Sohn geben, würde er vermutlich Maurice heißen. Es verhielt sich jedoch nicht so, dass Robin mit übermäßigem Ehrgeiz daran arbeitete, die Namensliste der Gebrüder Gibb zu vervollständigen.

Was er nie für möglich gehalten hatte, war, dass er die beiden Kinder über alle Maßen liebte. Sie waren mit der Grund dafür, dass die Ehe zwischen Britta und ihm im Rahmen des einmal getroffenen Arrangements über all die Jahre hielt.

Es war einer jener Mittwoche, an denen Robin abends in sein Auto stieg, um seine sexuelle Neigung zu befriedigen.

Es war eine Straße in Freiburg, in der sich die infrage kommenden Jungs aufhielten und anboten. Hübsche Boys, die ihre Dienste für Geld verkauften. Woche für Woche waren es meist die gleichen Typen, auf die Robin traf. Manchmal aber traten frische Gesichter auf. So hatte Robin an diesem Mittwochabend das fragwürdige Glück, einen Jungen aufzugabeln, den er noch nicht kannte. Er nannte sich Paolo und war ein rassiger Typ mit gelacktem Haar und sommerbrauner Haut, unter der ein verhaltenes Feuer schwelte. Ob Paolo sein richtiger Name war, wusste Robin nicht und es war ihm auch egal. Schließlich hieß er in Wahrheit selber anders als Robin.

Worauf Robin immer bestand, war, dass die Jungs sich komplett auszogen. Das war der Deal, ohne den er sie nicht einsteigen ließ. Wenn er die Rückenlehnen seines Autos umklappte, hatte er ein bequemes, ausreichend breites Bett zur Verfügung.

Er steuerte das Auto über die A5 auf einen selten benutzten Waldweg. Da Robin der Kunde war, handelte Paolo nach dessen Anweisungen. Der Neue machte seine Sache ziemlich gut, und als das Geschäft abgeschlossen und der Preis bezahlt war, richtete Robin den Innenraum seines Autos wieder zur Rückfahrt her. Für gewöhnlich unterhielt er sich bis auf die Ansagen seiner Wünsche wenig mit den Boys. Deswegen war er überrascht, als Paolo ihm eine Frage stellte.

„Hast du Kinder?"

Robin reagierte irritiert. „Eine Tochter und einen Sohn. Warum fragst du?"

Paolo verzog den Mund zu einem schmierigen Grinsen. „Ich hab´ da einen Mann an der Hand, der eine Vorliebe für junges Fleisch hat. Bevorzugt kleine Buben. Er ist bereit, jeden Preis zu bezahlen", sagte Paolo mit lauerndem Blick. „Je jünger, desto mehr. Hast du vielleicht Interesse?"

Robins Empörung begleitete ihn bis nach Hause. Als er sein Schlafzimmer betrat, stand er noch immer unter dem Einfluss von Adrenalin. Er war kein Trinker und genoss, wenn überhaupt, Alkohol in Maßen. Heute Nacht aber, nach den Geschehnissen auf dem Waldweg westlich Freiburgs, verspürte er ein heftiges Verlangen nach einem starken Getränk. Er goss sich ein Glas amerikanischen Whiskeys ein, halbvoll, und ließ sich auf einen Sessel an der offenen Balkontür fallen, wo er für gewöhnlich auch rauchte. Die Hände zitterten, als er eine Zigarette anzündete. Dieselben Hände, die sich vor gut einer Stunde um den Hals Paolos gelegt hatten und so lange zudrückten, bis er nicht mehr atmete. Dieselben Hände, die den Toten aus dem Auto in den Wald geschleift hatten. Die Hände, die daheim in der Garage die gefälschten Nummernschilder gegen die echten ausgetauscht hatten.

Die verräterischen Spuren im Wageninnenraum würde er durch eine professionelle Reinigung entfernen lassen.

So eine verdammte Drecksau, dachte er.

„Du siehst schrecklich aus, Rob", hatte Britta am Morgen danach gesagt. „Alles gut bei dir?"

„Bisschen viel getrunken gestern Abend", gestand er. „Und du? Gut geschlafen? Schlafen unsere Zwerge noch?"

Britta lächelte. „Ja. Willst du sie wecken?"

„Nein", antwortete er müde. „Ich will nicht, dass sie mich in dieser Verfassung sehen."

04.11.2024

Montag. Der erste reguläre Arbeitstag für Antonia und Anton Maier auf Schloss Ortenberg nach dem Urlaub.

Antonia inspizierte zuerst alle möblierten Räume der Schlossanlage, um danach zu entscheiden, wo es am nötigsten war, mit der Reinigung zu beginnen. Sie hatte darin bereits eine Routine entwickelt, die auch von ihrer Chefin Tamara Brassova gutgeheißen wurde.

Anton kümmerte sich um die Haustechnik, die praktisch alles beinhaltete, was mit Elektrizität, Wasser und Mechanik zu tun hatte. Ein kompletter Rundgang, bei dem er alles kontrollierte, nahm fast einen halben Arbeitstag in Anspruch. Nicht, dass er der Sicherheitsfirma, die ihn während seiner Abwesenheit vertreten hatte, nicht traute, aber er überprüfte die Anlagen eben nicht nur per Inaugenscheinnahme, sondern auch per praktischem Funktionstest.

Auf diese Weise arbeitete er sich systematisch vor, vom Dach des Haupthauses beginnend, über die Nebengebäude, die Außentore, die Kellerräume.

Am größten der Kellerräume, der durch ein elektronisches Zahlenschloss gesichert war, stieß er auf ein ungewohntes Hindernis. Die Nummer, die er in das

Zahlenfeld eintippte, verweigerte ihm den Zutritt. Er hielt inne und besann sich. Bald aber war er überzeugt, dass er sich nicht geirrt hatte und wiederholte die Zahl, die er auswendig kannte. Das Ergebnis jedoch war das gleiche. Die Tür ließ sich nicht öffnen.

Noch aber gab Anton nicht auf. Es existierte nämlich ein zweiter versteckter Eingang zu dem Raum, der allerdings nur von außerhalb der Schlossmauern zugänglich war. Anton murrte, weil er dafür das Schlossgelände verlassen musste. Also ging er zum nächstgelegenen Ausgang hinaus und kraxelte an den Fundamenten der Schlossmauer entlang, bis er zu dem von Hecken und Büschen überwucherten Seiteneingang kam. Dort befand sich an der Wand neben dem Tor eine baugleiche Schließanlage wie im Inneren des Kellers.

Anton tippte aus dem Gedächtnis den Zahlencode ein – aber das Tor blieb verschlossen. Auch nach dem zweiten Versuch klappte es nicht. Was sollte er tun? Anton Maier geriet ins Schwitzen.

Auf eine telefonische Anfrage bei der privaten Sicherheitsfirma bekam er die lakonische Antwort, dass ihr Personal lediglich den verriegelten Zustand des Raumes dokumentiert, am Schließsystem jedoch nichts verändert hätten.

Anton setzte seine Frau über den Umstand in Kenntnis. „Was meinst du. Soll ich die Chefin verständigen? Vielleicht hat sie den Zugangscode ändern lassen. Kann ja sein."

„Bist du sicher, dass du die richtigen Nummern eingegeben hast?", fragte Antonia kritisch.

„Klar, es gibt nur eine Nummer für die beiden Türen, und die kenn´ ich auswendig. Bin doch nicht dement geworden. Also was meinst du?"

„Komm´, wir gehen gemeinsam gucken. Vielleicht hast du dich einfach nur vertippt. Du nennst mir Zahl für Zahl, und ich drück´ auf die Tasten. Und wenn dann immer noch nichts passiert, dann ruf´ sie auf jeden Fall an."

So machten sie es, um nach ungefähr zehn Minuten ratlos vor der Kellertür zu stehen, weil sie nach wie vor verschlossen blieb.

„Ruf´ die Chefin an", sagte Antonia. „Das ist merkwürdig und sie sollte darüber Bescheid wissen."

Bis Tamara Brassova mit ihrem *Rolls-Royce* am Schloss vorgefahren kam, vergingen geschlagene eineinhalb Stunden. Und auch sie stand vor einem Rätsel, denn sie hatte den Zahlencode nicht ändern lassen.

„Brechen Sie die Tür auf, Herr Maier", entschied sie dann. „Hier stimmt etwas nicht. Brechen Sie sie auf, auch auf die Gefahr hin, dass die Tür dann kaputt ist. Dawei, dawei, machen Sie schon!"

Anton beeilte sich. Bald ging er der Tür mit Hammer, Meißel und Stemmeisen zu Werke, bis nach einer gefühlten Ewigkeit die unter physischer Spannung stehende Tür mit einem Knall aus den Zuhaltungen sprang.

Tamara Brassova wartete, bis sich der Staub etwas gelegt hatte und betrat dann als erste den Raum. Sie betätigte den Lichtschalter und blieb dann wie vom Donner gerührt stehen. Antonia und Anton folgten ihr auf dem Fuß. Es war nicht schwer, der kleinen Russin über die Schultern zu schauen. Alle drei sahen sie das gleiche: Der Raum war komplett leer.

*

Edgar, die Hände in die Hüften gestemmt, drehte sich inmitten seines organisierten Chaos um die eigene Achse. Auf allen waagerechten Flächen seines Büros, den Fußboden eingenommen, lagen und stapelten sich die bedruckten Blätter zu all den Fällen, die er gestern aus dem Polizeiarchiv kopiert hatte. Er allein hatte den Überblick. Ein kräftiger Windstoß, so er denn die Fenster geöffnet hätte, würde die stundenlange ---akribische Arbeit zunichtemachen. Aber so bescheuert war Edgar nicht, dass er jetzt das Büro lüften würde. Doch auch die Hunde *Müller* und *Lydia* könnten durch einen übermütigen Besuch durchaus Unheil anrichten. Also blieb auch die Tür geschlossen.

Sein Hauptaugenmerk war auf die ungeklärten Morde gerichtet. Die Unterlagen dazu bildeten drei separate Stapel. Ein viertes Bündel befasste sich mit dem Vermisstenfall des Achim Ketterer. Die übrigen Papiere lagen, Meldung für Meldung, über den Raum verteilt.

Der Fall Achim Ketterer war für Edgar insofern von Bedeutung, als da eine Namensgleichheit zu dem Baggerseemord existierte. Dort war das Architekturbüro Ketterer in den Neubau eines Hotels involviert. Es war demnach denkbar, dass mit dem Verschwinden Achim Ketterers eine alte offene Rechnung beglichen worden war. Denkbar.

Allerdings war Achim Ketterer zum Zeitpunkt des Baggerseemordes erst fünfzehn Jahre alt gewesen, wie Edgar berechnete. Er dürfte sich also kaum im Auftrag der Firma dort aufgehalten haben. Wie dem auch war, es bestand eine Verbindung, der nachzugehen für Edgar nahezu eine Verpflichtung darstellte. Überdies war es der einzige Fall, bei dem so etwas wie ein Spur zu erkennen war.

Interessanterweise war Edgar an diesem Montagmorgen, als er die Zeitung aufschlug und die Todesnachrichten las, zum dritten Mal innerhalb kurzer Zeit mit dem Namen Ketterer konfrontiert worden. Der Seniorchef des Architekturbüros Ketterer in Murxheim war mit respektablen achtundneunzig Jahren verstorben. Als Hinterbliebene waren Tessa aufgeführt, vermutlich die Ehefrau, wie Edgar annahm, sowie Britta Ketterer mit Familie. Todestag: achtundzwanzigster Oktober 2024. Eine schlichte, schmucklose Anzeige.

Edgar musste zugeben, dass er eine Todesanzeige nicht unbedingt mit einem Verbrechen verknüpfen konnte. Bei achtundneunzig Jahren durfte er davon ausgehen, dass es sich um einen natürlichen, altersbedingen Tod handelte. Aber die Häufung des gleichen Namens – Edgar kribbelte es unter der Schädeldecke – war doch bemerkenswert.

Er saß mit geschlossenen Augen auf dem Bürostuhl, das Gesicht mit beiden Händen bedeckt. Edgars Empfindungen und Gedanken wanderten auf der Suche nach der berühmten Intuition in das innere Zentrum seiner Sinne hinab. Dorthin, wo alle Erfahrungen und alles Wissen gespeichert waren und die genialen Geistesblitze ihren Ursprung hatten. Die wertvollste Gabe, die sich ein Kriminalkommissar aneignen konnte.
Gleich würde es soweit sein. Er spürte, wie sich die geheimnisvolle, nektarreife Blüte für die nimmersatte

Hummel zu öffnen begann. Edgar befand sich in tiefster Versunkenheit, als er wie von ferne seinen Namen rufen hörte. Zunächst prallte die Störung an ihm ab wie ein Tischtennisball von einer Stahlplatte. Doch der Ruf seines Namens wiederholte sich. Diesmal reagierte das Unterbewusstsein, indem es alle Zugänge von außen verschloss und sich wie ein Igel in Abwehrhaltung einkugelte. Edgars Zugriff wurde unterbrochen und seine Trance brach daraufhin wie ein Kartenhaus zusammen und löste sich wie ein flüchtiger Äther in Nichts auf.

In Edgars Befinden sammelte sich Unmut an und drohte zu eruptieren. Ehe es dazu kam, erwachte er und bemerkte eine Figur an der Bürotür, die wie ein Hampelmann an der Schnur zappelte. Gerti.

„Mensch Edgar, komm´ zu dir. Die kleine Russin ist draußen und will mit dir sprechen. Kommst du?"

Tamara Brassova? Was könnte die von mir wollen?, fragte sich Edgar und erhob sich vom Stuhl. Zu schnell, wie er konstatierte, denn das Büro verdunkelte sich plötzlich, als hätte jemand die Fensterläden zugeklappt. Es dauerte zwei bis drei Sekunden, bis er gedanklich wieder auf der Höhe war.

„Ich komme", sagte er zu Gerti. „Biete ihr doch schon mal einen Platz und einen Kaffee an."

Tamara Brassova begrüßte ihn mit einem schüchternen Lächeln, das so gar nicht zu der ansonsten frechforschen Frau passen wollte. Edgar nahm sie in die Arme und drückte ihren Kopf an seinen Bauch.

„Tamara, du kommst mich besuchen? Was ist passiert?", fragte er alarmiert.

Tamara befreite sich aus der Umklammerung und schaute ihn ernst und beinahe ängstlich an. „Edgar, ich muss mit dir reden. Es ist etwas geschehen und du musst mir helfen."

Edgar führte sie zur Couch und bat sie sich zu setzen. Er sah, wie Tamara um Worte zu ringen schien.

„Was ist los, Tamara. Raus mit der Sprache!"

Sie gab sich einen Ruck: „Bei mir ist eingebrochen worden."

„Was? Wo? In deinem neuen Wohnbunker im Niemandsland?"

„Das ist kein Spaß, Edgar. Nein, in den Schlosskeller in Ortenberg."

„Solltest du da nicht die Polizei verständigen? Die ist normalerweise …"

„Ja, ja, Edgar, das weiß ich doch. Aber es geht nicht."

„Aha. Und warum nicht?"

Es kostete Tamara offensichtliche Überwindung, den Grund auszusprechen. „Mir … mir … also mir wurde Ware gestohlen, die ich eigentlich gar nicht haben dürfte. Ware, von der die Polizei nichts wissen darf."

Edgar verstand nur Bahnhof.

„Pelze und Kaviar. Aus Russland. Nicht ganz auf legale Weise eingeführt, verstehst du?"

Edgar schüttelte den Kopf. „Erklär´s mir."

Tamara machte ein Gesicht, als würde sie körperliche Schmerzen empfinden, sah jedoch ein, dass sie um eine Erklärung nicht herumkam. „Nach der Annexion der Krim 2014 habe ich begonnen, im großen Stil Pelze aufzukaufen. Zobel aus Sibirien. Ich hatte damals schon eine Ahnung, dass die Krim erst der Beginn von Putins Expansionsplänen war, wie sich leider bestätigte, und dass man Russlands Handel sanktionieren würde. Was sich ebenfalls bestätigte.

Nun, ich wollte Geschäfte machen. Mir quasi ein Monopol auf die Pelze schaffen. Kurz vor Ausbruch des Ukrainekrieges habe ich Kaviar in mein Sortiment aufgenommen. Echten russischen Kaviar, über Kasachstan bezogen. Frag´ mich nicht, wie das abgelaufen ist. Es wäre zu kompliziert und langwierig, es dir zu erklären."

„Ja, und nun?" Edgar fragte tatsächlich, wie man das Kind wieder in die Wanne bekam, nachdem es ausgeschüttet worden war.

„Na, ich will die Ware natürlich wieder haben, Edgar, das ist doch klar. Sie ist Millionen wert."

„Aber ohne Polizei?"

„Ohne Polizei."

Edgar setzte eine nachdenkliche Miene auf. „Ich frage mich, was solche Gangster mit so vielen Pelzen anfangen wollen? Und mit Kaviar? Dafür muss man doch Abnehmer haben. Leute, die wissen, wie man Pelze verkauft. Also nicht nur einen Pelz für fünfzig Euro, sondern die ganze Masse. Ebenso mit dem Kaviar. Wer klaut sowas und warum?"

„Mafia?", schlug Tamara vor.

Edgar hegte Zweifel. „Pelze und Kaviar sind keine Drogen und keine Waffen und keine jungen Frauen, mit denen sich rasch viel Geld verdienen ließe. Nein, an die Mafia denke ich nicht. Andere Frage: Wieviel ist die ganze Beute überhaupt wert? Größenordnung Hunderttausende oder Millionen?"

„Vier Millionen Euro, Edgar."

Er pfiff durch die Zähne. „Aber du verfügst schon über die Geschäftsbeziehungen, um die Ware zu Geld zu machen?"

„Edgar", tadelte sie ihn, „sehe ich aus, als würde ich die Katze im Sack kaufen? Natürlich habe ich die. Ich bin Geschäftsfrau."

„Und von denen kann es keiner gewesen sein? Ich meine, wieso vier Millionen Euro für etwas zu bezahlen, das ich auch gratis haben kann?"

„Nein", antwortete Tamara, aber es klang nicht sehr überzeugt.

„Was wäre denn noch vorstellbar, weswegen jemand das Risiko eines Raubes eingehen würde mit ungewisser Gefahr durch Strafverfolgung?"

„Deswegen bin ich doch bei dir, Edgar. Sag´ du´s mir."

„Wie sieht es mit Erpressung aus?"

„Erpressung?"

„Ja, du kriegst die Pelze zurück, wenn du eine bestimmte Summe bezahlst. Das würde ich zum Beispiel bevorzugen."

„Pah, dann kann ich ja gleich ein Inserat in der Zeitung aufgeben. *Biete zwei Millionen für meine Pelze.*"

Edgar schmunzelte: „Klingt irgendwie gut. Mach´ das doch heute noch."

Tamara war entsetzt: „Du spinnst, Edgar!"

Jetzt grinste Edgar: „Deswegen bist du doch hier, nicht wahr?"

*

An der Fahndungsfront herrschte Ruhe. Von Franz Lemminger und dem unbekannten Mann fehlten jede Spur.

Rita saß an ihrem Schreibtisch und wusste nicht so recht, was sie tun sollte. Auf elf Uhr dreißig hatten sich die Polizeitaucher am Rhein bei *Flötzweiler* angekündigt. Bis dahin war noch eine Menge Zeit, die sie zwar nicht totschlagen, aber irgendwie sinnvoll nutzen musste.

Die gestrigen Stunden mit Edgar in ihrem Büro hatten Rita zwar abgelenkt, zu ihrer Erholung jedoch wenig beigetragen. Es waren komplett andere Fälle, nach denen sie gemeinsam die Polizeiarchive durchforstet hatten, ohne den kleinsten Bezug zu Ritas aktuellen Ermittlungen. Aber ihm zuliebe hatte sie gute Miene dabei gemacht, obwohl ihr eine Mütze voll Schlaf lieber gewesen wäre. Edgar allerdings hatte sich sehr zufrieden gezeigt. Immerhin etwas.

Mika Laukonen fehlte heute wegen einer ominösen familiären Angelegenheit, über die er nicht sprechen wollte. Was sein gutes Recht war. Der Chef wusste wahrscheinlich Näheres darüber, schwieg sich aber den Kollegen und speziell Rita gegenüber aus. Was wohl auch seine Pflicht war.

Aus Oberstaatsanwalt Bernd Landquarts Büro verspürte Rita ungewohnt wenig Druck, sodass sie sich fragte, ob er überhaupt im Dienst war. Für gewöhnlich steckte er morgens als erstes die Nase zur Tür herein, um sich nach dem Stand der Ermittlungen zu erkundigen, ganz gleich, woran Laukonen und sie gerade arbeiteten. Diese Neugier vermisste Rita ein bisschen. Sie fühlte sich ein wenig wie in einem luftleeren Raum, den sie, *klein Rita allein zu Haus*, durch ihre Präsenz ausfüllen musste. Ihr Herz klopfte mächtig und hallte in der Brust, als befände sie sich in einer Kathedrale.

Ganz unrecht hatte Mika Laukonen mit dem *Felsbrocken im Brett* nicht gehabt. Auch sie empfand das Verhältnis zwischen dem Oberstaatsanwalt und sich als entspannt und unaufgeregt. Das dienstliche Verhältnis notabene, um keinen falschen Eindruck aufkommen zu lassen. Rita legte mit Blick auf die männlichen Kollegen schon Wert darauf, dass sie wegen ihres Geschlechts keinen Vorzugsbonus zugeschustert bekam. Die Sache mit dem *Felsbrocken* lag deswegen auch nicht in ihrer äußeren Erscheinung begründet, sondern an ihrer offenen Art, auf Menschen zuzugehen und mit ihnen umzugehen. Dass sie in der Polizeidirektion allgemein beliebt war, lag sicher nicht an ihrem Talent, guten Kaffee zu kochen. Außerdem leistete sie hervorragende Arbeit, und in diesem Punkt hatte sie in Edgar Schaaf einen ausgezeichneten Lehrmeister. Auch wenn er hin und wieder recht nervig sein konnte, empfand sie es als ein Glück, dass sie in sein Haus und quasi in die Familie aufgenommen worden war. Bei Edgar, Melanie, Saida, Gerti und Janna. Ein wahres Glück.

Was den aktuellen Fall betraf, spielte sie mit dem Gedanken, sich mit dem Foto des unbekannten Mannes an die Öffentlichkeit zu wenden. Was sie allerdings ohne Einbindung des Staatsanwalts nicht entscheiden durfte. Zu viele Unwägbarkeiten waren damit verbunden. Ein Faktor zum Beispiel war, dass genügend geeignetes Personal abgestellt werden musste, das die eingehenden Anrufe entgegennehmen und aus Erfahrung eine Vorauswahl treffen musste. Also zu entscheiden, ob ein Anruf ermittlungsrelevant oder purer Unsinn oder schlichte Wichtigmacherei war. Man erlebte in dieser Hinsicht die tollsten Geschichten. Eine andere sensible Sache betraf den Umgang mit Personen, die eine gewisse Ähnlichkeit mit dem Fahndungsfoto besaßen, mit dem Gesuchten ansonsten jedoch nichts gemein hatten. Diesen Leuten mochte man Unannehmlichkeiten weitestgehend ersparen, denn es erweckte situationsbedingt stets einen negativen Eindruck, wenn jemand von einem Streifenwagen abgeholt und abtransportiert wurde. Derartige Szenen wollte man tunlichst vermeiden.

Dennoch war die Polizei angehalten, diesen Hinweisen nachzugehen. Es kam dabei nicht selten vor, dass man eine gesuchte Person zu gleicher Zeit an verschiedenen Orten gesehen haben wollte. Für den Staatsanwalt waren Aufrufe an die Öffentlichkeit deshalb immer eine Abwägungsfrage. Sollte er, oder sollte er nicht? Oft genug waren es ermittlungstechnische Überlegungen, die ihm die Antwort erleichterten, nein zu sagen. Manchmal aber hatte er bei festgefahrenen Ermittlungen keine andere Wahl, als über die Presse und andere Medien um Unterstützung zu bitten.

Bla, bla, bla, dachte Rita in einem Anflug von Selbstironie und entschloss sich abzuwarten, bis Bernd Landquart im Hause war. Mit einem Blick auf die Uhr stellte sie fest, dass es für die Fahrt nach *Flötzweiler* noch immer zu früh war. Es machte keinen Sinn, sich dort die Beine in den Bauch zu stehen, während sie auf die Polizeitaucher wartete. Untätig wollte sie indes auch nicht sein und begab sich eine Etage tiefer zu Allgöwers Büro.

„Morgen", grüßte sie den Techniker, die Daumen lässig in die Jeanstaschen geschoben.

Allgöwer schielte sie über die Lesebrille hinweg schräg an. „Man könnte sagen, du kommst gerade richtig. 'n Morgen, Rita. Ich hab´ Lemmingers Laptop in Bearbeitung."

Rita horchte auf. „Und?"

„Komm´ mal her", antwortete er und rutschte mit dem Bürostuhl ein Stück zur Seite. „Guck."

Rita verschränkte die Arme vor der Brust und drückte den Oberkörper in ein Hohlkreuz. „Was ist das?", fragte sie angesichts der Bilder auf dem Laptop

Allgöwer scrollte die Seiten auf dem Computerdisplay nach unten. „Darknet", sagte er.

„Sieht eher aus wie ein Warenkatalog", meinte sie.

„Ist es auch", erwiderte Allgöwer lächelnd. „Lemminger hat die Sachen, die wir bei ihm daheim beschlagnahmt haben, zum Verkauf angeboten. Handys, Computer, TV-Geräte. Alles aus diversen Einbrüchen. Wir sind noch dabei, anhand der Gerätenummern die Geschädigten ausfindig zu machen. Und das, was Lemminger zum Verkauf angeboten hat, ist vermutlich nur die Spitze des Eisbergs."

„Du meinst bandenmäßiges Vorgehen?"

Allgöwer brummte. „Im großen Stil, ja. Ich bin da auf eine verschlüsselte Datei gestoßen, die von einem unbekannten Administrator unterhalten wird. Sozusagen ein *One-Way-Office*. Er selber ist nicht anwählbar. Die Verbindungen zu seinen Kontakten gehen nur von ihm aus."

„Oder von ihr", kommentierte Rita ergänzend, „könnte ja auch eine Frau sein, oder?"

Allgöwer glotzte sie an, als hätte sie Chinesisch rückwärts gesprochen. „Wie dem auch sei", fuhr er dann fort, „wird es äußerst schwierig werden, seinen Standort zu ermitteln."

„Oder ihren", blieb Rita bei ihrer Linie.

„Meine Güte, Rita, jetzt scheiß doch nicht so klug daher. Ob *sein* oder *ihr* ist doch völlig Wurscht", platzte es aus ihm heraus.

Rita klopfte ihm nachsichtig auf die Schulter. „Alles gut, Allgöwer. Bin halt ein Scherzkeks. Bis später. Vielleicht bringe ich dir heute noch eine Arbeit vorbei."

Allgöwer brummte abermals und wandte sich wieder dem Laptop zu.

Elf Uhr vierzig am Rhein bei *Flötzweiler*, gerade mal einen Steinwurf vom Fundort des ausgebrannten LKWs entfernt. Rita hatte ihren Dienstwagen dort abgestellt und war über einen Trampelpfad zum Rheinufer gelaufen. Zwei Taucher waren es, die sich in die Neoprenanzüge mühten. Zwei weitere Männer bereiteten unterdessen die Atemgeräte inklusive Sauerstoffflaschen vor. Rita stand einige Meter abseits, denn das Prozedere lief nicht ganz ohne den einen oder anderen derben Witz und Fluch ab.

Nie im Leben würde ich mir das antun, dachte Rita, die nur vom Zuschauen schon Platzangst bekam. *Man muss sich fühlen wie die Wurst in der Pelle.*

Ein paar Minuten später tappten die Taucher in voller Ausrüstung vom Ufer in den Fluss. Bald stiegen Luftblasen an die Wasseroberfläche und ließen erahnen, wo ungefähr sich die beiden befanden.

Vielleicht werden sie mich verfluchen, wenn sie erfahren, wer sie in diese braune Brühe geschickt hat. Rita malte sich aus, wie es sein musste, mit verbundenen Augen in einem Tunnel eine schwarze Katze zu suchen, und gesellte sich zu den an Land gebliebenen zwei Männern.

Einer verfolgte den Tauchgang auf einem Tablet, möglich gemacht durch Kameras an den Taucherbrillen.

So dreckig ist das Wasser gar nicht, wie es vom Ufer aus den Anschein hat, dachte Rita. Sie kannte die Männer nur flüchtig und versuchte vergeblich sich zu erinnern, woher. Ein Tauchereinsatz gehörte ja nicht zu ihrem täglichen Brot. „Na, wie steht's?", fragte sie, um ein Gespräch anzuleiern.

„Gut, würde ich sagen", antwortete der eine. „Das Wasser ist klar, und wenn sich der aufgewirbelte Schlick mit der Strömung verzogen hat, haben wir praktisch eine Situation wie in einem Aquarium."

„Hm, ziemlich langes Aquarium, so ein Fluss", sagte Rita neunmalklug, erntete aber nur ein müdes Lächeln.

Nach welchem System die Taucher den Grund absuchten, war für eine Außenstehende wie Rita trotz der aufsteigenden Luftblasen nur schwer ersichtlich. „Schwimmen sie auf und ab oder hin und her?", lautete deshalb ihre Frage.

„In einem Fluss immer auf und ab", erfuhr sie. „Dabei müssen die Jungs zwar auch gegen den Strom schwimmen. Aber suchten sie hin und her, bestünde die Gefahr, von der Strömung abgetrieben und vom Suchbereich versetzt zu werden."

Das leuchtete Rita ein und sie versuchte sich in die Rolle des mysteriösen Mannes einzufühlen, der ein Handy im Fluss versenken wollte. Ließ er es einfach im nahen Uferbereich ins Wasser plumpsen, oder warf er es weit hinaus? Noch ehe sie eine Antwort gefunden hatte, ragte zuerst ein Arm mit einem flachen Gegenstand an die Wasseroberfläche, dann Kopf und Schultern eines der Taucher. Er hatte es, das Handy. Beziehungsweise **sie** hatten es, denn es war ja eine Teamleistung.

Beide Taucher wateten an Land, von ihren Begleitern empfangen. Das Handy wurde sofort in einen Asservatenbeutel gesteckt und Rita überreicht. „Das, nachdem du gesucht hast, nicht wahr?"

Rita nickte ergriffen, weil sie vermutete, dass die Arbeit dieser Truppe nie genug Würdigung fand. „Ja", antwortete sie. „Und vielen vielen Dank. Habt ihr eine Kaffeekasse?"

*

Der alte Ketterer war tot, und somit gehörte alles, was er besessen hatte, seiner Frau Tessa. Diese wiederum hatte ihre Tochter Britta als Betreuungsbevollmächtigte und Vermögensverwalterin bestimmt und sich in einer noblen Altersresidenz am Kaiserstuhl eingekauft.

Britta erfüllte die ihr übertragene Verantwortung sehr gewissenhaft, überließ aber die Leitung des Architektenbüros und sämtlicher Geschicke, die mit diesem zusammenhingen, ihrem Ehemann Robin. Der hatte zeitnah nach dem Tod des Alten *Gee↔Bee* als geschütztes Markenzeichen für seine Firma eintragen lassen. *Gee↔Bee Architekten.*

Seine Firma? Stimmte nicht ganz. Juristisch gehörte sie zwar seiner Frau Britta, aber das war nur eine reine Formalität. Der alte Ketterer hatte sich längst aus dem operativen Geschäft zurückgezogen und die Leitung voll und ganz an seinen Schwiegersohn übertragen. Leitung ja, Besitz nein.

Es war zwar nicht ganz hundertprozentig das, was Robin hatte erreichen wollen, nämlich selber als Generalbevollmächtigter schalten und walten zu können, doch mit Britta war er näher dran als je zuvor. Und wenn er es clever anstellte, ließ sie ihm im Großen und Ganzen fast in allen Belangen freie Hand. Fast.

Hatte Robin sich früher mit Achim in der Jagdhütte bei der Sandgrube verabredet, nutzte er sie seit Beginn ihres Verhältnisses für die Treffen mit Masch. Dort, wo vor vielen Jahren, achtunddreißig um genau zu sein, Brittas Bruder unter mehreren Kubikmetern Sand verschüttet worden war, überwucherte längst allerhand Grünzeug die Stelle. Spurlos verschwunden.

Es waren nicht mehr die Liebe und der Sex, die bei ihnen im Mittelpunkt standen – schon auch noch, doch nicht mehr mit der verzehrenden Leidenschaft – sondern die Geschäfte. Wobei Maschs Geschäfte keiner Wirtschaftsprüfung standhalten würden, wie beiden klar war. Dafür genossen kriminelle Geschäfte nun mal den Vorteil, steuerfrei zu sein.

Was nicht bedeutete, dass sie risikofrei waren. So verlangte gerade die jüngste Aktion nach einer Aufarbeitung zwischen den führenden Köpfen Robin und Masch.

Bis zum Jahre 2012 hatte Masch sein *Unternehmen* alleine geführt. Von der Idee, der Planung, der Durchführung bis zur Veräußerung hatte er die Strippen in der Hand gehabt. Zwei, maximal drei Aktionen pro Jahr hatten ihm ein finanziell sorgenfreies Leben beschert.

Er war der Kopf eines kleinen Teams gewesen, bestehend je nach Bedarf aus drei bis fünf Mann. In der Regel brauchte er einen Elektriker, einen Fahrer, einen Wächter und, abhängig vom Umfang des Diebesgutes, einen oder zwei Arbeiter. Bevorzugte Ziele waren Elektrogeschäfte, Elektronikfachmärkte, Baumärkte und Fahrradgeschäfte. Absatzgebiete für die gestohlenen Artikel waren alle EU-Mitgliedsländer östlich Deutschlands. Durchweg lukrative Märkte. Bald als zuverlässiger Lieferant geschätzt, arbeitete er zuletzt auch auf Bestellung.

Masch sah sich als Freibeuter auf dem Markt der unbegrenzten Möglichkeiten. Er wusste, dass er mit seinen Raubzügen keinem Menschen einen Schaden zufügte. Dort, wo er mit seinen Männern die Hände ausstreckte, würden am nächsten Tag die entstandenen Lücken wieder gefüllt sein. Von daher gönnte sich Masch ein reines Gewissen.

Alles änderte sich, als er 2012 Robin kennenlernte. Jenen charismatischen Mann, der sich die künstlerische Freiheit nahm, Songs der *Bee Gees*, und speziell des Sängers *Robin Gibb* zu interpretieren.

Zu Beginn fühlte sich Masch gebauchpinselt, dass Robin Feuer und Flamme für sein Betätigungsfeld war. Aus dieser Verbindung zweier Männer, in der der Ältere den Jüngeren ob seines abenteuerlichen und vielleicht gefährlichen Lebens bewunderte, und umgekehrt der Jüngere im Älteren den Schlüssel zu Lebenserfahrung, Anerkennung und Geborgenheit sah, entwickelte sich eine neue, strengere und straff organisierte, aber auch entromantisierte Bandenaktivität, die mit der vorhergehenden kaum mehr eine Ähnlichkeit aufwies.

Hatte sich Robin zunächst auf die Beratung und Kontrolle der von Maschs ausgeführten Aktionen beschränkt, brachte er vor kurzem und ganz gegen seine Gewohnheit plötzlich einen eigenen Plan zur Ausführung ins Spiel. An und für sich kein Beinbruch, aber zum einen handelte es sich um eine komplett andere Ware, die nicht über die üblichen Wege zu verticken sein würde, und zum anderen hatte es einen Toten gegeben, was unter Maschs alleiniger Ägide noch nie der Fall gewesen war. Darüber musste gesprochen werden.

„Wir haben ein faules Ei im Nest", sagte Robin. „Wie konntest du diesen Lefti nur entkommen lassen. Ich hatte dir doch gesagt, dass du ihn liquidieren sollst. Wenn die Bullen ihn erwischen, bist auch du erledigt. Das muss dir doch klar sein. Und was ist überhaupt mit diesem Stefan Übermaß? Du hast seinen Namen, seine Adresse, die Bullen waren bei ihm daheim gewesen, und nachts, als du ihn aufsuchen wolltest, war er nicht da? Wie bist du eigentlich vorgegangen? Brav geklingelt? Oder die Tür eingetreten? Spuren hinterlassen? Ist das eventuell der nächste dicke Schnitzer, den du dir erlaubt hast? Der Übermaß weiß wahrscheinlich, wie du aussiehst, und nun weiß es auch die Polizei."

„Übermaß war gar nicht zu Hause, als ich mit meinem Dietrichbesteck eingebrochen bin, also beruhige dich. Spuren habe ich selbstverständlich keine hinterlassen, was denkst du denn. Bin ja kein Anfänger", wehrte sich Masch.

Robin wischte seine Einwände mit der Hand weg. „*Bullshit*. Du bist ein Unsicherheitsfaktor geworden, mein Lieber."

Masch schluckte. So hatte Robin noch nie mit ihm geredet. „Und du?", fragte er trotzig.

„Mich kennt außer dir keiner, mein Junge. Und du solltest nicht einmal daran denken, mich bloßzustellen. Ich war nie an deinen Raubzügen beteiligt; ich habe nirgendwo meine Spuren hinterlassen; im Darknet existiere ich nicht; ich bin ein seriöser Geschäftsmann, verheiratet, zwei Kinder und habe einen guten Ruf. Außerdem war es alleine deine Entscheidung, im LKW die Maske abzuziehen und den toten Idioten auf der Straße liegen zu lassen."

Masch nahm einen Schluck aus dem Whiskeyglas, das auf dem kleinen Tisch zwischen ihnen stand. Er konnte es kaum glauben, dass sein Geliebter mit einer Kaltblütigkeit über den Tod und, ja, über Mord sprach, die ihm bisher fremd war. In Gedanken regte sich Widerspruch. *Wenn wir hier schon von alleinigen Entscheidungen sprechen: Auf wessen Mist ist denn die Idee gewachsen, Pelze zu stehlen? Auf meinem nicht. Für Elektronikartikel und Fahrräder gibt es genug Abnehmer. Nach Pelzen hat mich noch nie einer gefragt. Aber nein, der Herr Robin wollte es ja so. Komm´ mir also nicht auf diese krumme Tour.*

Zugegeben, die Sache mit Übermaß war nicht so gelaufen wie ich es mir vorgestellt hatte. Aber wie hätte ich wissen können, dass sich der Kerl verkrümelt? Wahrscheinlich hat ihm der Bulle dazu geraten, erstmal unterzutauchen. Ist aber noch lange kein Grund, mir an allem die Schuld zu geben.

Masch hatte in den zwölf Jahren ihrer Beziehung gelernt, dass praktisch nichts den älteren Partner aus der Ruhe bringen konnte. Selbst jetzt, mitten in ihrem brisanten Gespräch, summte Robin eine Melodie der *Bee Gees*, die Masch unschwer als *This is where I came in* erkannte. Doch hatte es bisher auch noch keine Situation gegeben, in der man den Tod eines Menschen ins Kalkül einbeziehen musste. Bei Verstößen gegen die Bandenregeln jemanden *mundtot* zu machen hieß für sein Verständnis noch lange nicht, jemanden zu töten.

Doch war er nicht selber schuld? Hatte er es mit der Loyalität zu Robin und zu den Grundsätzen der Bandenphilosophie nicht zu weit getrieben? In einer verblendeten Sekunde getötet, um wem zu gefallen? Robin? Ihm zu zeigen, dass er Härte besaß? Eier in der Hose hatte? Im Grunde war er nie für Gewalt gewesen. Hatte sich bis zu dem Blackout vor vier Tagen als eine Art Gentlemanräuber verstanden. Jetzt fragte er sich, ob es vorauszusehen gewesen war, wohin das alles führte?

„Du musst diesen Verräter finden und ausschalten, hörst du? Sonst war's das, Masch. Wenn du das nicht schaffst, verschwindest du besser für eine Weile von der Bildfläche."

Masch konnte sich die Spitze nicht verkneifen: „Wie dein Schwager Achim?"

Robins Augen verengten sich zu Sehschlitzen. „Hüte deine Zunge, mein Lieber", zischte er und trank sein Whiskeyglas in einem Zug leer. „Hüte deine Zunge."

*

Lothar Gieringer war sofort zur Stelle gewesen. Als hätte er, gestiefelt und gespornt, vor der Tür auf Edgars Anruf gewartet.

Ganz so war es dann aber nicht, denn aus der Stadt *Offenburg* bis nach *Gengenbach* benötigte Gieringer mit seinem alten VW Golf eine gute halbe Stunde. Und ein Auto brauchten sie, wenn sie zum Schloss Ortenberg hinauffahren wollten. Außer Ritas Dienstwagen existierte im Türmchenhaus kein einziges privates Fahrzeug. Gertis Kleinwagen hatte Edgar bei einem seiner letzten Fälle geschrottet.

Tamara Brassova hatte die Freunde vorher telefonisch bei Anton Maier angekündigt, und so wurden sie von diesem auch unverzüglich in das Schlossareal eingelassen.

Anton Maier erklärte etwas umständlich, wieso er den Aufbruch der Kellertür und den Diebstahl der Pelze nicht schon früher bemerkt hatte.

„Es ist, wie es ist", hatte Edgar dem Mann erwidert. „Verhindern hätten Sie den Einbruch sowieso nicht können, auch wenn Sie zu Hause gewesen wären. Seien Sie im Gegenteil froh, dass Sie nicht da waren. Solche Leute fackeln in der Regel nicht lange, wenn sie bei ihren Geschäften gestört werden, wenn Sie verstehen, was ich meine."

Edgar schoss ein paar Fotos von der elektronischen Schließanlage beim inneren Kellerzugang. Ein Blick in den leeren Kellerraum erzählte ihm keine verwunschene Geschichte außer der, dass er leer war. Edgar spürte, dass er in diesem Gewölbe keine Intuition empfangen würde.

Anton Maier zeigte ihnen anschließend den Weg an der äußeren Schlossmauer entlang und wie sie zum äußeren Eingang gelangen konnten.

Auch dort fertigte Edgar ein paar Aufnahmen an. Es war ihm schnell klar, dass die Diebe nur über diesen Weg in den Schlosskeller gekommen sein konnten. Die örtlichen Bedingungen waren geradezu ideal. Im Schutze der Nacht, über die Wege durch den Rebberg bis direkt vor den tunnelartigen Zugang, durch allerlei Büsche und Sträucher verdeckt. Wie er sich erinnerte, war es zudem eine neblige Nacht gewesen.

Nun begannen Lothar und Edgar mit den Arbeiten, die normalerweise die Profis der Polizei verrichten würden. Aber da Frau Brassova die Polizei nicht einschalten wollte, blieb ihnen keine andere Wahl.

Edgar besaß aus seiner aktiven Zeit ein paar alte Bestände von Magnesiumpulver und Klebstreifen. Behutsam pinselte er die Schließanlage und die Eingangstür ab. Tatsächlich gelang es ihm, einige Fingerabdrücke auf Folie zu fixieren. Zielführende Erkenntnisse erhoffte er sich davon aber nicht, denn es war eher wahrscheinlich, dass die Abdrücke zu Anton Maier oder den Leuten der Anlagenmonteure gehörten, als zu den Einbrechern. Dennoch mussten sie verglichen werden.

Lothar suchte unterdessen die Strecke vom Abzweig des Feldweges bis zur Eingangstür ab. Er machte einige Bilder von Reifenspuren, die durchaus vorhanden waren. Ob für Ermittlungszwecke brauchbar oder nicht, musste am Ende Edgar entscheiden. Was er jedoch in der Nähe der Hecken mit spitzen Fingern vom Boden aufklaubte, war eine Zigarettenkippe, die er vorsichtig in eine Plastiktüte steckte. Damit war sein Finderglück jedoch beendet. Es gab nichts Weiteres mehr einzutüten. Aber immerhin.

„Wirst du die Kippe Rita geben", fragte Lothar Gieringer, als sie sich auf der Rückfahrt befanden.

Edgar verneinte: „Es ist, denk´ ich, besser, wenn ich direkt zu Allgöwer gehe. Rita wird sonst in Erklärungsnöte geraten. Deswegen fahren wir jetzt nicht nach *Gengenbach*, sondern zur Polizeidirektion nach *Offenburg*. Nach Hause nehme ich dann die S-Bahn."

„Demnach weiß Rita noch gar nichts von dem Raub im Schloss?"

„So ist es", erwiderte Edgar und dachte an Tamara Brassovas Eigensinn.

Lothar Gieringer hatte sich vor dem Eingang zur Polizeidirektion von Edgar verabschiedet. „Da muss ich ja nicht unbedingt dabei sein, Herr Kriminalhauptkommissar."

Edgar betrat also Allgöwers Büro allein und erwischte ihn offenbar kurz vor dessen Feierabend. Dass Allgöwer darüber nicht hocherfreut war, verstand sich von selbst. Das Verhältnis zwischen den beiden war aber noch nie ein schlechtes, sodass Allgöwers Groll rasch verrauchte.

„Meine Güte, da kommt mein Lustkiller auf die letzte Minute, und wie´s ausschaut, hat er noch einen kleinen Auftrag für mich. Obwohl, wenn man es genau betrachtet, er mir gar keine Aufträge mehr erteilen kann. Hallo Edgar, was hast du mir Schönes."

„Allgöwer. Hast viel zu tun, gell?" Edgar hielt ihm die Tüten mit den auf Klebstreifen fixierten Fingerabdrücken und der Zigarettenkippe vor die Nase. „Eine kleine Bitte hätt´ ich da. Ist von einem Tatort, aber nicht von einem, zu dem die Polizei ermittelt. Wissen möcht´ ich´s trotzdem. Geht das für dich in Ordnung?"

Allgöwer schielte nach der Uhr, die soeben eine Minute in seinen Feierabend sprang. Er seufzte ergeben: „Gib her, du Quälgeist."

Dass Rita und Edgar sich am Ausgang des Gebäudes trafen, war Zufall. *Oder die Regie meiner höheren Instanz*, dachte Edgar und meinte damit seinen bei der Geburt gestorbenen Zwillingsbruder, den er im Himmel wähnte.

„Du siehst so zufrieden aus, Edgar. Hat das einen besonderen Grund?", fragte Rita und hängte sich an seinem Ellbogen ein.

„Ja, der Grund bist du, denn du wirst mich jetzt nach Hause fahren. Oder hast du noch einen Einsatz?"

„Nein", antwortete sie gut gelaunt, „und du darfst mich zwischen hier und *Gengenbach* mit deinen Fragen löchern. Ist das nicht ein guter Deal?"

„Nachtigall, ick hör' dir trapsen", gab er zurück. „Ein Deal ist ein Deal, wenn es eine Gegenleistung gibt. Was also kann ich dazu beitragen?"

„Hahaha, du darfst mir sagen, was du hier in der Direktion gemacht hast."

Edgar schmunzelte: „Das, liebe Rita, darf ich leider nicht. Die Sache ist privat. Mehr oder weniger geheim, wenn du verstehst was ich meine."

„Nee, versteh' ich nicht. Wegen nichts warst du doch nicht hier. Also? Du musst schon etwas dazu beitragen, dass es ein Deal wird. Komm' schon, Edgar! Ich plappere auch nichts aus. Großes Kriminaloberkommissarinnenehrenwort."

Oh, wie er diese kleinen Wortwechsel mit Rita liebte. „Es geht nicht, Rita. Es ist ein Freundschaftsdienst. Etwas heikel und …"

„Illegal?"

Edgar fixierte sie von der Seite. *Meine Güte, sie wird immer besser*, dachte er stolz. „Das hast **du** gesagt", gab er als Antwort.

Rita lächelte weise. „Ist gut, Edgar. Früher oder später krieg´ ich´s doch raus. Wetten?"

*

Lefti fühlte sich ein wenig wie die Made im Speck. Es war bereits die zweite Nacht, die er bei der alten Frau Sackmann verbrachte. Genauer gesagt: in Shortys Zimmer. Er hatte schon schlechtere Logierplätze gehabt. Frau Sackmann kümmerte sich rührend um ihn, obwohl es eigentlich umgekehrt sein müsste: Dass er sich um **sie** kümmerte.

Er hatte der armen Frau eine Lüge aufgetischt. Nämlich, dass er Shorty, beziehungsweise Schorschi, das Versprechen gegeben hätte, sich seiner armen Mutter anzunehmen, falls ihm, also dem Schorschi, etwas zustoßen sollte. Und nun sei es leider passiert und deswegen sei er hier. *„Mein ganz großes Beileid, Frau Sackmann. "*

Ganz beiläufig band er ihr den Bären auf, dass Schorschi in eine krumme Sache verwickelt war und Lefti deswegen seinen Job verloren hätte. Schorschi hätte einen LKW der Firma geklaut, bei der Lefti arbeitete. Und nun sei ihm gekündigt worden. Ihm, der mit Schorschis Sache rein gar nichts zu tun gehabt hätte. Sie sehe ja, wie er dastünde. Ohne Tasche und ohne Geld. Aber die Polizei würde nach ihm, Lefti, suchen, und darum kann er nicht in seine Wohnung zurück. So ein Mist aber auch.

„Aber mein Versprechen halt´ ich, Frau Sackmann. Ich werde Sie nicht im Stich lassen."

Frau Sackmann nahm das Angebot nur zu gerne an. Nicht, weil sie den flotten Sprüchen Leftis Glauben schenkte; und auch nicht, weil er für sie vielleicht das eine oder andere erledigen konnte, wie zum Beispiel einkaufen oder die Wäsche in den Keller tragen oder Holz aus dem Schuppen holen; sie nahm es an, weil sie die Einsamkeit nicht ertragen würde.

Am Montagmittag sagte sie zu ihm: „Wenn die Polizei dich sucht, dann wird sie dich früher oder später finden. Wenn du unschuldig bist, warum gehst du dann nicht hin und sagst, wie es war? Dann kriegst du vielleicht auch deinen Job wieder. Und wenn du willst, dann gehe ich mit dir. Zur Polizei und zu deinem Chef. Von der Polizei war eine sehr nette Beamtin bei mir. Mit der ließe sich bestimmt reden. Was meinst du? Und wenn du Schorschi versprochen hast, dich um mich zu kümmern, dann kannst du auch bei mir wohnen. Überleg´ dir das bitte. Muss ja nicht heute oder morgen sein."

Tatsächlich hatte sich Lefti schon Gedanken um seine Zukunft gemacht, und Frau Sackmanns Vorschlag war gar nicht so dumm. Als Ersttäter würde er vor Gericht bestimmt mit einer leichten Strafe auf Bewährung davonkommen. Er hatte ja niemanden verletzt oder getötet. Und wie er seinen Chef Olaf Meppert einschätzte, würde er einem guten Heizungstechniker nicht die Tür vor der Nase zuschlagen. Ja, Frau Sackmanns Idee hatte was.

„Danke, Frau Sackmann, das ist sehr nett von Ihnen. Ich werde mir das überlegen. Morgen vielleicht oder übermorgen. Der Schock wegen Schorschi sitzt einfach noch zu tief. Haben Sie eventuell noch eine Zigarette für mich?"

*

1999
Robin hielt nicht viel vom Geschwätz über die Midlife-Crisis bei Männern. Es gab ja keine umwälzenden körperlichen Veränderungen wie bei Frauen während der Menopause, also bitte. Dennoch schaute er argwöhnisch auf die ersten Fältchen um die Augen und am Hals; beobachtete mit Sorge die Ausbreitung grauer Haare an den Schläfen; erschrak über die zunehmend höher werdende Stirn und die im gleichen Tempo wachsenden Haare aus Nasenlöchern und Ohren. Es kündigte sich etwas an, das er nicht beeinflussen konnte, sofern er keine horrenden Summen in einen dieser Beautysalons stecken wollte. Kurz: Er sah seine Attraktivität gefährdet.

Was er jedoch in Angriff nahm, das war die körperliche Fitness. Dafür leistete er sich die Mitgliedschaft in einem exklusiven Fitnesscenter mit eigenem Trainer, den er auf den ersten Blick als sexuell Gleichgespurten erkannte. Jesse Johannsen, ein gebürtiger Däne. Im Übrigen ein Adonis von Gestalt.

Das Fitnesscenter lag in Neuenburg am Rhein, unweit von Robins Büro in Murksheim, und war mit dem Prädikat exklusiv deutlich unterbewertet. Neben der genreüblichen Ausstattung mit Fitnessgeräten aller Art wartete es mit einem Fünfundzwanzig-Meter-Schwimmbecken, einem großzügigen Sauna- und Wellnessbereich, einem Sternerestaurant und einer Bar auf. Außerdem waren eine Kampfsporthalle, eine Indoor-Golfanlage, eine Tennishalle sowie ein Kletterpark angeschlossen. Es gab Familienangebote inklusive Kinderbetreuung von morgens bis abends.

Robin liebte es, beim Training an den Kraftgeräten von Jesse berührt und angefasst zu werden. Dabei spürte er die Wärme, die Jesses Hände abstrahlten, durch das Trikot. Eine Energie, die Robins Blut in Wallung versetzte, was vom Dänen nicht unbeachtet blieb. In der Folge mehrten sich absichtlich unabsichtliche Griffe, die auch den Weg in erogene Zonen fanden. Eine Berührung dort, eine gemurmelte Entschuldigung, ein Seufzen, ein stillschweigendes Übereinkommen – die Melodie einer Verführung war in schwerem dunkelrotem Moll geschrieben und im Einvernehmen zweistimmig gesungen. Der Rest war eine Frage der Zeit und des Wo und Wie.

Praktischerweise geschah es in einer Einzelkabine des Saunabereichs. Es war nicht mal miteinander abgesprochen, doch als Jesse frech zu Robin hineinschlüpfte, existierten keine Fragen mehr.

Jesse war ein fantastischer Liebhaber, dem keine sexuellen Praktiken unter Männern fremd oder zuwider waren. Er war eindeutig der aktivere Teil und dominierte den Ablauf der Handlungen bis zum ekstatischen Ende. Ähnliches hatte Robin selbst mit Achim nicht erlebt gehabt.

Dieses Verhältnis dauerte ungefähr ein halbes Jahr. Robin besuchte das Fitnesscenter zweimal pro Woche, und ebenso oft vergnügte er sich mit seinem Lover in der Einzelkabine. Liebe war es nicht, das war Robin klar, dafür waren die Treffen viel zu sehr auf Sex und Erotik zugeschnitten. Aber das Verlangen nach Jesses ungenierten Künsten entfachten in Robin eine Art Sucht, die ihn im Kopf besetzte und ungeduldig und patzig werden ließ. So überlegte er, die Besuche in der Sauna auf dreimal pro Woche auszudehnen.

Der Mann hieß Josh, wahrscheinlich war das nur sein Rufname, und Robin begegnete ihm im Fitnesscenter einmal in der Woche. Dienstags, um genau zu sein. Ob er öfter trainierte, wusste Robin nicht. Es interessierte ihn vorderhand auch nicht, weil er den Mann einfach widerlich fand. Josh mochte ein paar Jahre jünger sein als er selber, und Josh war fett. Er schob als Bauch eine dicke Kugel vor sich her, die er scherzhaft als Kompressor für den Hammer bezeichnete. Auch mit der übrigen Erscheinung würde er keinen Schönheitspreis gewinnen: Massiges Doppelkinn, schwammige Oberarme und ebensolche Schenkel. Ein unästhetischer Anblick. All die athletischen Übungen, denen er sich an den Sportgeräten unterzog, schienen bei ihm wirkungslos zu verpuffen.

Robin hatte sich für dreimal pro Woche zum Training entschieden. Anstatt wie bisher dienstags und freitags, würde er sich für Montag, Mittwoch und Samstag eintragen. Es sollte für Jesse eine Überraschung werden.

Doch Jesse war am Montag zu Robins Krafttraining nicht zu sehen. Nun, Robin hatte auf ihn kein Alleinverfügungsrecht gebucht. Ohne ihn bereiteten ihm die Anstrengungen an den Kraftmaschinen aber keine Freude, weshalb er die Sequenzen kurzerhand abkürzte und sich in den Saunabereich begab.

Eigentlich gebot es die Diskretion, beim Vorbeigehen an den Kabinen nicht durch die Glasfenster in den Türen zu schielen. Aber irgendwie tat es doch fast jeder, und so *auch Robin. Und was er dabei zu sehen bekam, war für ihn ein Schock. Sah er diesen fetten Josh zurückgelehnt in der Kabine sitzen, rot wie ein gekochter Hummer, und auf seinem dicken Schwanz ritt Jesse auf und ab. **Sein** Jesse.*

Unfähig zu einer Bewegung glotzte Robin gewiss eine halbe Minute durch das Fenster auf die Bilder in der Sauna, bevor er sich losreißen konnte. Er stakste wie betäubt zu den Umkleideräumen, schlüpfte in die Kleider und verließ die Anlage, als wäre er dem Leibhaftigen begegnet.

*Britta merkte sofort, dass etwas geschehen sein musste. Dass **ihm** etwas widerfahren war. Trotz seiner antrainierten Muskelpakete sah sie es an seiner kraftlosen Haltung, an seinem Gesicht, in seinen Augen.*

Noch immer traten sie als Ehepaar auf und bewahrten nach außen den Schein einer harmonischen Ehe. Was schon immer nicht gestimmt hatte. Aber mittlerweile verband sie auch über die Liebe zu den Kindern hinaus eine belastungsfähige enge Freundschaft, die keiner von beiden aufgeben würde. Nur die quälende Frage nach dem Verbleib ihres Bruders Achim trübte das Verhältnis zu Robin. Sie hatte immer das vage Gefühl, dass er nicht die Wahrheit sagte oder mehr verschwieg, als er wusste.

Robin fühlte sich betrogen. In seiner Naivität hatte er geglaubt, für Jesse etwas Besonderes zu sein, so wie Jesse es für ihn gewesen war. Dass er sich so getäuscht hatte, musste er schmerzlich hinnehmen, und so fand er keinen Sinn mehr darin, dreimal pro Woche ins Fitnesscenter zu gehen. Gänzlich ausbooten lassen wollte er sich indessen nicht und nahm sich vor, so zu tun, als sei alles Friede, Freude, Eierkuchen. Er stornierte das Abonnement auf die Drei-Tage-Woche und kehrte zur Zwei-Tage-Woche zurück.

Der Stachel aber saß tief und vergällte ihm das Leben. Robin musste etwas tun, um nicht ständig an die Schmach der Erniedrigung, und als solche betrachtete er Jesses Fehltritt, denken zu müssen. Und obwohl er mit Jesse Stunden größtmöglicher Intimität verbracht hatte, wusste er außer dem Namen und der Herkunft herzlich wenig über ihn. Er begann, heimlich Erkundigungen über Jesse einzuziehen.

Wo er wohnte, hatte Robin bald ausgemacht. Eine Souterrainwohnung in Bad Krozingen. Er brauchte ihm nur abends, wenn das Fitnesscenter schloss, zu folgen. Ungesehen natürlich. Meistens fuhr Jesse mit seinem Kleinwagen zuerst nach Hause, wo er sich aber nicht lange aufhielt. Robin schätzte, dass er nur die Kleider wechselte, denn für die Einnahme einer Mahlzeit war die Spanne zu kurz.

In frischem Outfit verließ Jesse die Wohnung wieder und steuerte zu Fuß die Diskothek Tante Ju *an, wo er in der Regel bis kurz nach Mitternacht blieb. Die wichtigste Information für Robin jedoch blieb Jesses Adresse.*

Sommerferien im Land. Das Fitnesscenter hatte vom Freitag dreißigsten Juli bis Sonntag fünfzehnten August geschlossen. Der Aufwand und die Betriebskosten lohnten sich wegen einer Handvoll Kunden nicht.

Robin wartete vor dem Haus, in dem sich Jesses Wohnung befand, bis es dunkel war. Es brannte kein Licht hinter den Fenstern. Jesse war demnach nicht daheim. Doch lange ausbleiben konnte er nicht, denn am

kommenden Morgen würde er seinen Job im Fitnesscen-
ter wieder aufnehmen müssen. Robin wartete.

Dann sieht er ihn kommen. Leichtfüßig, sportlich, al-
lein.

Robin lässt ihn das Haus betreten. In Jesses Wohnung
flammt Zimmerlicht auf. Robin macht sich auf den Weg.
Er klingelt an der Haustür. Johannsen.

„Wer ist da?"

„Ich bin's"

„Wer ist ich?"

„Ich!"

Der Türöffner summt. Robin betritt das Treppenhaus.
Ein Stockwerk höher wird eine Wohnungstür geöffnet.
Robin bleibt konzentriert, nimmt Stufe für Stufe.

„Du bist's. Das ist aber eine Überraschung. Komm'
rein."

„Überraschung oder Freude?"

„Beides. Ist was?"

„Ja, ich hatte Sehnsucht. Zwei Wochen ohne dich, du
verstehst?"

Jesse strahlt. „Stimmt. Eine lange Zeit." Er legt die
Arme um Robins Nacken. „Du bist lieb, dass du an mich
gedacht hast." Er küsst Robin.

Robin küsst ihn zurück und nestelt an Jesses Hose
herum.

„Oh, da ist aber einer heiß", gurrt Jesse anzüglich.

„Ja, zieh' dich aus, ich muss dich jetzt haben",
schnauft Robin.

Jesse kichert, lotst Robin ins Wohnzimmer zur Couch
und wirft seine Kleider auf den Boden. „Du musst dich
ebenfalls ausziehen."

„Ja, mach' ich", sagt Robin. „Eine Zigarette noch."

Jesse will es nicht fassen und reagiert aufmüpfig: „Hallo? Erst kannst du es kaum erwarten mich zu vögeln, und dann ist dir eine Zigarette wichtiger?"

Da nimmt Robin den Aschenbecher aus Marmor vom Tisch und schlägt ihn brutal auf Jesses Kopf. Der sackt auf der Couch zusammen, lebt aber noch. Mit kalten Händen um Jesses Hals beendet Robin die Beziehung. Für immer.

05.11.2024

Masch zog es vor, für eine Weile zu verschwinden, bevor sein Konterfei über sämtliche Kanäle der digitalen Medien flimmerte. In seinem Haus in *Kollmarsingen* packte er einige unverzichtbare Sachen zusammen und verließ den Ort im Schutze der Nacht. Sein Auto war ein unauffälliger SUV, wie sie zu tausenden über die Straßen des Landes rollten. Es müsste mit dem Teufel zugehen, wenn er ausgerechnet jetzt in eine Verkehrskontrolle geraten würde.

Er war an einem Punkt angelangt, wo er niemandem mehr trauen konnte. Auch Robin, seinem Geliebten nicht.

Dessen vernichtender Blick ging ihm seit der eindeutigen Warnung *Hüte deine Zunge* nicht mehr aus dem Sinn. Robin war gefährlich, sehr gefährlich, und Masch spürte den eiskalten Atem des Todes im Nacken, weshalb er den Freund über sein genaues Ziel im Unklaren gelassen hatte. *„Du wirst es erfahren, wenn ich dort angekommen bin"*, hatte er ausweichend geantwortet und die Tür zum Jagdhaus hinter sich geschlossen.

Er würde innerhalb der Grenzen Deutschlands bleiben, so viel war klar. Seit Einführung der verschärften Grenzkontrollen auch zu EU-Ländern durfte er sich auf kein Vabanquespiel einlassen. Wohin es ihn letztlich aber trieb, wusste er bis zur Sekunde nicht. Normalerweise schieden Hotels, Motels und Pensionen als temporäre Unterkunft generell aus. Oder etwa nicht?

Was er brauchte, war Ruhe und die uneingeschränkte Möglichkeit, sich zu versorgen. Aus seiner Erinnerung tauchte ein Gesicht auf, das ihm unter Umständen beides bieten konnte. Eine alte Bekannte noch aus der Zeit, als er sein sogenanntes *Geschäftsmodell* frisch aufgezogen hatte. Eine Zeit vor der Ära mit Robin. Sie hieß Conny. Ihre Eltern hatten damals ein Motel betrieben, und es war vielleicht einen Versuch wert zu schauen, ob der Betrieb in der Familie geblieben war. *Motel* ... Der Name fiel ihm nicht ein, aber er wusste, wie er dorthin fahren musste. Der *Erlebnispark Tripsdrill* lag in der Nähe.

Der riskanteste Weg, als Gesuchter erkannt zu werden, war die kurze Strecke, die Masch vom Auto bis zur Anmeldung des Motels zu Fuß zurücklegen musste. Zehn, zwölf Meter, schätzte er. Das Motel trug praktischerweise den Namen der Besitzerin: *Motel Conny*. Es war ein Uhr nachts und es war Conny selbst, die hinter dem Empfangstresen saß, im Fernsehen irgendeine Soap guckte und strickte.

Als er die Lobby betrat, nadelte Conny ungerührt weiter. Wie bei ihm waren die Jahre nicht ohne Spuren zu hinterlassen an ihr vorbeigegangen. Sie hatte ein paar Pfunde zugelegt, nicht zu ihrem Nachteil, denn sie war immer noch eine schöne Frau. Das kräftige honigblonde

Haar trug sie wie anno dazumal lang mit Mittelscheitel. Unter vier Milliarden Frauen weltweit würde Masch sie sofort wiedererkennen.

Er war in *Bietigheim-Bissingen* aufgewachsen und dort aufs Gymnasium gegangen, das auch Conny besucht hatte. Ihre Eltern hatten das Motel geführt, dessen Besitzerin sie heute war. Irgendwann nach Beendigung der Schule hatten sie sich aus den Augen verloren. Conny hatte die Hotelfachschule besucht, während er für ein Geologie-Studium nach *Freiburg (Brsg.)* gezogen war. Das er nicht beendet hatte, denn er war notorisch klamm bei Kasse gewesen und hatte sich nach einem lukrativen Betätigungsfeld umgehört.

Conny und er – sie hätten so gut zueinander gepasst. Die Schöne und der Smarte. Wenn da nicht diese verdammte Sexualität dazwischengefunkt hätte und Masch nicht einen anderen Weg gegangen wäre als den, den Conny bevorzugte.

Als er jetzt sie und ihr gereiftes vollendetes Gesicht sah, ergriff ihn eine melancholische Anwandlung. *Wie wäre es gewesen, wenn* ... Er kam nicht dazu, den Gedanken zu Ende zu denken.

„Hallo Maverick", sagte sie und löste nun ihren Blick vom Bildschirm. „Lange nicht gesehen, was?" Jetzt schenkte sie ihm ihre Aufmerksamkeit und musterte ihn von Kopf bis Fuß. Sie deutete mit keiner Miene an, ob ihr der Anblick missfiel oder nicht.

„Hallo Cornelia", antwortete er, ebenfalls den vollen Namen verwendend, „wer zählt schon die Jahre, sag´, wenn einem nur Gutes widerfährt?"

„Du meinst, dich zu sehen bedeutet für mich etwas Gutes?" Zweifelnd lupfte sie eine Augenbraue.

„Falls du heute einen schlechten Tag hattest, lag´s jedenfalls nicht an mir. Hast du …"

„Ich bin ausgebucht, falls du das fragen wolltest. Wolltest du?"

Masch brummelte enttäuscht. „Ja, eigentlich schon." Er studierte das Schlüsselbrett, das im Rücken Connys an der Wand angebracht war. Tatsächlich hing bis auf den Schlüssel mit der Nummer vierundzwanzig kein anderer dort. Masch deutete mit dem Kinn darauf. „Was ist mit dem? Nummer vierundzwanzig?"

„Das Zimmer kann ich nicht vermieten", antwortete Conny. „Es hat einen Wasserschaden in der Nummer zwölf darüber gegeben. Es ist praktisch unbewohnbar."

„Das ist genau das, was ich brauche", klang er optimistisch.

„Mann, du musst es bitter nötig haben", erwiderte sie. „Was ist passiert?"

Masch druckste herum. Wie weit sollte er sie einweihen, um das Zimmer zu kriegen? Er war müde und hatte keine Lust, irgendwo auf einem abgelegenen Parkplatz im Auto zu schlafen. Da Conny früher nie als Petze bekannt war, durfte er ein bisschen was riskieren. „Ich stecke in der Klemme", gestand er. „Die Polizei sucht mich und ich muss für ein paar Tage untertauchen. Das unbewohnbare Zimmer käme mir gerade recht. Wenn du es mir ohne Anmeldung vermieten könntest? Geld habe ich genug, dein Schaden soll es nicht sein. Außerdem bräuchte ich jemanden, der mich mit Essen und Trinken versorgt."

„Ha, das glaub´ ich jetzt aber nicht. Maverick Großspur steckt in der Klemme. Dass ich das noch erleben darf. Und jetzt will er bei klein Conny unter die Decke schlüpfen. Wie stellst du dir das vor?"

Masch räusperte sich und sagte: „Ich brauch´ Ruhe zum Nachdenken. Internetanschluss wäre nicht übel. Es wird mich keiner deiner anderen Gäste zu sehen bekommen. Nur – ja – wenn du mir dann jeweils ein paar Wurstsemmeln und was zu trinken bringst. Darf gerne auch ein Whiskey darunter sein. Wie gesagt, habe ich Geld genug." Als Beweis zog er zwei Fünfhunderter aus der Geldbörse und legte sie vor Conny auf den Tresen. „Hier nimm´, ist deins, hab´ noch mehr davon."

Connys Augen saugten sich an den Geldscheinen fest. So schnell hatte sie schon lange kein Geld mehr verdient.

Masch wurde ungeduldig. „Na, was ist, Conny?"

Sie war eine Frau schneller Entschlüsse. In ihrem Betrieb eine Grundbedingung für Erfolg. Was konnte ihr schon groß passieren, als eine Anzeige wegen des Verstoßes gegen die Meldepflicht zu kassieren? Conny kramte nach dem Geld und sagte: „Hör zu! Du stellst dein Auto weit weg von hier ab. Je weiter desto besser. Dann kommst du zu Fuß hierher zurück. In der Zwischenzeit richte ich das Zimmer her. Fürs Erste stell´ ich dir Kekse und Bier hin. Alles weitere sehen wir dann. Dein Gepäck kannst du gleich hierlassen."

*

Mika Laukonen wirkte bedrückt, als er am Dienstagmorgen das Gemeinschaftsbüro betrat. Sein Gruß war mehr ein Hauch als ein Wunsch, und sein Auftreten eher das eines Schattens als das eines Kriminalkommissars.

Rita ließ ihm Raum, sich am Schreibtisch einzurichten und den Computer hochzufahren. Als er bereit zu sein schien, richtete er seine Blicke auf sie und fragte: „Wo stehen wir?"

Sie nahm das Zuspiel an und fragte ihrerseits: „Wo stehst du?"

Mika schluckte und verlor sich augenblicklich irgendwo in weiter Ferne.

Um ihm nicht das Gefühl zu vermitteln, sie nagle ihn vis-à-vis auf dem Stuhl fest, erhob sich Rita, wandte ihm den neutralen Rücken zu und kruschtelte im Aktenschrank nach irgendetwas, das sie nicht brauchen würde.

Mika benötigte zwei Anläufe, um sich zu erklären: „Meine Eltern … also meine Eltern …sie werden nach Finnland auswandern."

Rita drehte sich mit leeren Händen zu ihm um. „Deine Eltern? Finnland?"

Dankbar, in Rita einen Zuhörer gefunden zu haben, entspannte er sich ein bisschen. „Ja, schon recht bald. In einem Vierteljahr, um genau zu sein. Mein Vater ist ja Finne, wie du weißt."

Rita nickte und setzte sich. „Das ist bald. Und das steht alles schon fest?"

„Sie haben mich erst vor kurzem eingeweiht", antwortete Mika.

Als Rita nicht nachbohrte, fuhr er fort: „Es ist wegen der politischen Situation hierzulande."

„Ich höre, sprich weiter", forderte Rita ihn auf.

„Mein Vater versteht nicht, dass eine als gesichert rechtsextrem geltende Partei zu demokratischen Wahlen zugelassen wird. Noch schlimmer findet er, dass diese Partei Mehrheiten generieren kann. Also mit ihrem menschenverachtenden Programm mitten in der Gesellschaft verankert ist. Die Bevölkerung denkt und wird zunehmend rechtsextrem. Da sind große Veränderungen im Gange. Das bereitet ihm immense Sorge. Er spricht sogar von Angst."

„Und was denkst du?"

Mika krümmte sich, als hätte er Bauchschmerzen. „Ja, im Grunde denke ich auch so. Mir machen zum Beispiel die Radikalisierungen zu schaffen, ganz gleich ob religiös, politisch oder gesellschaftlich motiviert. Respektlosigkeit vor Behörden und Institutionen, die dieses Land am Leben erhalten: Regionalpolitiker, Feuerwehrmänner, Pflegepersonal, Ärzte, Sanitäter und wir als Polizei. Für mich sind diese Auswüchse sehr beängstigend und geben mir zu denken. Und ja, ich überlege jetzt, ob ich mit meinen Eltern nach Finnland ziehe."

Rita wippte, Mikas Stimme im Ohr und mental nach innen gerichtet, auf ihrem Stuhl vor und zurück. Ähnliches Gedankengut gehörte auch bei ihr zu einem ständigen Begleiter. Im Grunde beneidete sie Mika ein bisschen, weil ihm die Möglichkeit einer Wahl offeriert wurde. Deutschland oder Finnland.

Zwar hatte auch sie schon darüber gescherzt, dass, falls dieser oder jener Politiker an die Macht käme, sie das Land verlassen würde. In Wahrheit würde sie das nie tun. Ihre Eltern lebten in *Ingelheim* bei *Mainz*, und die durfte sie nicht im Stich lassen. Und dieses Land war das Land, in dem sie mit Ulf Thommen ihre große Liebe erfahren hatte. Hier waren die Orte und Schauplätze, die sie an ihn erinnerten. Nicht weit entfernt im französischen Elsass lag sein Grab. Und seit neuestem existierte im Türmchenhaus in *Gengenbach* ein kleines Mädchen namens Saida, dem sie sich freiwillig verpflichtet fühlte.

Und irgendwer musste der gefährlichen Tendenz in Politik und Gesellschaft die Stirn bieten. Musste rechtschaffen sein. Ein Rückgrat und ein Gewissen haben. Rita wusste, dass es sich lohnen würde, selbst wenn sie die Einzige unter Millionen wäre.

„Gut", sagte sie dann und kehrte in die Welt zurück. „Gut gesprochen, Mika. Egal wie du dich entscheidest – es wird das Richtige sein."

„Was wird das Richtige sein?", fragte Allgöwer, der mitten in Ritas Satz ins Büro geplatzt kam. „Hab´ ich was verpasst?"

„Nein, Allgöwer, du hast nichts verpasst", erwiderte Rita. „Aber du hast eine wichtige Neuigkeit für uns?"

„Kann man wohl sagen", griente er und zog sich mit dem Fuß den Besucherstuhl herbei. „Es kommt ein bisschen Bewegung ins Spiel." Er reichte Rita ein Dokument und setzte sich.

Rita studierte das Papier. „Was soll das?", fragte sie dann.

Allgöwer lehnte sich zurück. „Wie du siehst, handelt es sich um einen DNA-Abgleich. Und zwar zwischen der DNA Georg Sackmanns und der DNA auf einer Zigarettenkippe. Die fragliche Zigarette wurde eindeutig von Georg Sackmann geraucht."

„So viel kapier´ ich", antwortete Rita. „Aber woher hast du diese Kippe? Meines Wissens hast du die Kippe vom LKW-Tatort bereits untersucht und auf Georg Sackmann bestimmt. Das muss eine andere Kippe sein."

„Es **ist** eine andere Kippe. Gleiche Marke zwar, aber eine andere", bestätigte Allgöwer.

„Woher, Allgöwer? Spann´ mich nicht auf die Folter."

„Dreimal darfst du raten", gab er sich jovial.

Rita war einer Empörung näher als einem Geistesblitz. Doch dann erinnerte sie sich an Edgars kryptische Auskunft von gestern. *Es ist privat und geheim.* „Edgar", sagte sie nur.

Allgöwer nickte. „Er hat gestern diese Kippe vorbeigebracht und ein paar Streifen mit Fingerabdrücken. Die Fingerprints sind nicht von Belang. Doch die DNA von der Kippe ist mit der Georg Sackmanns identisch. Edgar sagte, er habe sie vor dem Seiteneingang zu Schloss Ortenberg gefunden."

Rita pfiff durch die Zähne. Mit einigem Entzücken nahm sie ihr Telefon und wählte Edgars Nummer. Er meldete sich sofort: „Rita?"

„Mein lieber Edgar", begann sie genüsslich, „du kannst entweder heute aus freien Stücken hier in meinem Büro aufkreuzen - oder ist es dir lieber, wenn ich dir eine schriftliche Vorladung schicke? Aus deinem privaten und geheimen Fall ist nämlich soeben ein Offizialdelikt geworden. Darf ich auf dich warten? Tschüss, mein Lieber."

*

Robin kränkelte. War einfach nicht im Strumpf. Lästiger Reizhusten, Niesanfälle, Kälteempfindlichkeit. Er hatte im Büro angerufen und alle Termine abgesagt. Im Netz hatte er gelesen, dass Atemwegserkrankungen für überfüllte Arztpraxen sorgten. Allgemein wurde vor einer neuen Coronavariante gewarnt.

Er war unzufrieden. Mit der Situation, mit Masch, mit sich. Mit sich eigentlich am meisten. Aber wer besaß schon die Größe, das eigene Handeln oder Unterlassen in Frage zu stellen? Er, der den Anspruch hatte, die Kontrolle über alles zu haben, musste zusehen, wie Dinge anfingen aus dem Ruder zu laufen. Die Situation. Masch. Und er selbst?

Sein Sohn Barry, der frühzeitig das Architekturbüro hätte übernehmen sollen, hatte sich nach Amerika abgesetzt. Kalifornien, San Francisco. Er schwor auf den großen Knall, auf das ganz schwere Erdbeben. Dann, wenn dort alles in Schutt und Asche liegt, wollte er vor Ort sein und das ganz große Geld machen. Vielleicht war das clever, vielleicht aber auch nur verabscheuungswürdig. Sie redeten kaum mehr miteinander. Barry und Robin hatten sich im Grunde nichts zu sagen.

Kim lebte mit ihrer Familie in *Hamburg*. Frau eines Bankers, Eigentumswohnung in der noblen Hafencity, zwei Kinder. Britta verbrachte mehr Zeit bei ihrer Tochter und den Enkeln als zu Hause mit ihm. Wer mochte es ihr verdenken?

Robin hätte es merken müssen, dass in Masch nicht mehr das gleiche Feuer brannte wie zu Beginn ihrer gemeinsamen Zeit. Und Robin hätte auffallen müssen, dass Maschs Enthusiasmus in dem Maße kleiner geworden war, wie Robins bestimmender Einfluss auf die gemeinsamen Aktionen zugenommen hatte. Bis am Ende aus Masch nur noch ein Befehlsempfänger geworden war. Ein besserer Handlanger.

Was war Masch für ein genialer Stratege gewesen. Minutiös und bis ins kleinste Detail ausgearbeitete Pläne für seine Einbrüche. Sie liefen wie eine gut geölte Maschine. Nie war etwas danebengegangen. Das hatte Robin enorm beeindruckt. Dass da ein Kerl war, dem die Planung beinahe mehr Vergnügen bereitete als die Ausführung.

So hatten sie zusammengefunden. Masch, der Bandit, und Robin, der Patron. Natürlich hatte sich Robin nicht gleich am Anfang in Maschs Pläne eingemischt. Der Prozess war schleichend verlaufen. Robin hatte sich erst nach und nach eingebracht. Als Berater zuerst, und später dann als Regisseur. Und genau hierbei muss Masch sich des Verlustes der Unabhängigkeit gewahr worden sein. Dass er kein Macher mehr, sondern eine Marionette geworden war.

Zu ihrer Glanzzeit hatten sie sich vertraut, und sie hatten alles miteinander geteilt. Schließlich auch die Vergangenheit. Mit dem Versprechen auf die gemeinsame Zukunft und in den intimsten Stunden ihrer Partnerschaft hatte es keine Geheimnisse mehr gegeben. Masch beichtete ihm all seine Vergehen, und Robin erzählte ihm, bis auf eine Ausnahme, von seinen.

Heute befielen Robin erhebliche Zweifel, ob diese Geständnisse, geäußert in seliger Verbundenheit und meist im Dunst schwerer Rotweine, nicht ein Fehler gewesen waren. Robin schloss die Möglichkeit nicht aus, zumindest was ihn und seine Position betraf, dass er mit seinen Taten vor Masch hatte prahlen wollen. Sein Gegenüber an kriminellem Potenzial übertreffen wollte. *Und nun kommt Masch daher und bringt das Verschwinden Achims ins Spiel? Was hat er damit gemeint?*, fragte er sich. *Und wieso schaut Masch bei jedem Besuch im Jagdhaus mit kritischem Blick nach der Stelle in der*

Sandgrube, wo ich einst einen Hangrutsch verursacht habe?

Robin wählte Maschs Handynummer, doch es meldete sich nur die Mailbox. „Ruf˜ mich an, wenn du das hörst!", sprach er in die Leere des unendlich weiten Raums.

*

Willy Henckel, Kriminalhauptkommissar in *Freiburg (Brsg.)*, feierte Resturlaub ab, ehe er ab Januar 2025 in Pension gehen würde. Er war nicht der Typ, der auf Reisen ging, sondern verbarrikadierte sich in seinen vier Wänden. Alles, was er zum Leben brauchte, fand er in unmittelbarer Nähe der Wohnung. Das meiste Geld, musste er zugestehen, gab er für Zigaretten und Wein aus. Gesundheit hin oder her. Wenn es nach ihr ginge, hatte er das gesamte Berufsleben ungesund gelebt. Bis auf die paar Jahre, in denen er verheiratet gewesen war. Doch das war lange her. Jetzt war er allein und niemandem etwas schuldig. So sah´s aus.

Die Tage füllte er mit Fußballfernsehen aus allen Winkeln Europas, Sudoku und Lesen. Seit er nicht mehr regelmäßig in der Polizeikantine aß, hatte er fast zehn Kilo abgenommen, sodass ihm keine Hose mehr passte. Doch für den Gang zum Supermarkt genügte ihm eine alte Trainingshose und er kam somit nicht in Verlegenheit, einen Dresscode zu beachten. Der Illusion, vielleicht einer Frau gefallen zu können, die ihm den Lebensabend verschönte, ging er nicht auf den Leim. Welche Lady wollte schon stundenlang Fußball glotzen?

Rasend schnell hatte er sich an einen neuen Rhythmus gewöhnt. Er guckte Fernsehen bis nach den *heute-Nachrichten* und las anschließend im Bett, bis ihm die Augen zufielen. Morgens schlief er bis neun Uhr, bereitete ein karges Frühstück zu mit viel Kaffee und blätterte beim Verzehr die Tageszeitung durch. Danach war es schon wieder Zeit für den bezahlten Sportsender. Diesen Luxus leistete er sich.

Von den Kollegen, die an Henckels letztem Arbeitstag versprochen hatten, sich bei ihm zu melden, war er gottseidank in Ruhe gelassen worden. Er wusste aus eigenen Versäumnissen diesbezüglich, dass solche gut gemeinten Worte nur Platzpatronen waren. Bis heute, denn dass er vom Telefon aus dem Schlaf gerissen wurde, fand er schlichtweg unverschämt.

„1991, Willy. Sagt dir das was?" Edgar Schaaf hörte Willy Henckels arges Schnaufen durchs Telefon und grinste gemein, wie man um halb sieben Uhr morgens nur grinsen konnte, wenn man jemanden aus dem Bett scheuchte.

Es dauerte, bis Henckel ins Telefon bellte: „Wer, verdammt, ruft an?"

„Ich bin´s. Edgar Schaaf. Ich hab´ dich doch wohl nicht geweckt?"

Henckels Ächzen tönte durch den Äther. „Edgar Schaaf? Herrjeh, der Schaaf. Ist was passiert, oder wieso rufst du zu einer Unzeit an?"

„Ich versteh´ nur Unzeit, Willy. Warum? Bist du krank? Dann tut es mir leid, dass …"

„Nein, Blödsinn, bin nicht krank. In Pension bin ich. Also offiziell erst ab Januar, aber ich hab´ noch alten Urlaub stehen. Um die Uhrzeit schlaf ich eigentlich noch."

„Na, da gratuliere ich dir und entschuldige mich für die frühe Störung. Ich ruf später nochmal an, okay?"

„Nein, nein, warte. Wo du jetzt schon in der Leitung bist. Was hast du mit 1991 gemeint?"

„Ja, 1991. In jenem Jahr hattet ihr in *Freiburg* einen Mord, der nicht aufgeklärt worden ist. Du warst mit im Ermittlerteam, wie ich aus den Akten gesehen habe. Äääh, ja, kannst du dich daran erinnern?"

„Oh ja. Ein junger Kerl war´s. Paul Collini, zweiundzwanzig Jahre. Südländischer Typ. Der Hund eines Spaziergängers hatte ihn im Auwald gefunden. Nackt, erwürgt. Er muss schon längere Zeit dort gelegen haben. Verdeckt abseits des Waldweges. Unsere Ermittlungen hatten ergeben, dass er ein Straßenstricher war."

„Wer sein letzter Kunde war, habt ihr nie herausgekriegt", stellte Edgar fest.

„Ja, leider. Von seinen Stricherkollegen, die wir befragten, konnte keiner Angaben zu einem Auto machen, in das er gestiegen war. Wir haben an seiner Leiche zwar Fremd-DNA sicherstellen können, aber kein Vergleichsmaterial gefunden. Die Technik für DNA-Abgleiche steckte damals noch in den Kinderschuhen. Es gab noch keine Datenbanken dafür, wie du weißt. Tatverdächtig waren im Prinzip alle Männer, die dort am Straßenstrich vom Gas gingen und langsam an den Boys vorbeifuhren. Man hat aber nie eine Genehmigung für einen Massentest bekommen."

„Verstehe", sagte Edgar. „Aber die Fremd-DNA könnte im Falle eines neuen Verdachts heute wieder verwendet werden? Sehe ich das richtig?"

Henckel lachte. „Klar, wenn du einen Verdächtigen auftreibst? Sag´ mal, bist du an einer heißen Sache dran, dass du so fragst? Der alte Edgar Schaaf, was?"

„So in etwa, Willy. Hör´ mal, komm´ doch mal bei mir vorbei, wenn du magst. Jederzeit. Nur vorher kurz anrufen."

„Danke, Edgar, das mach´ ich sicher mal. Servus." Willy Henckel legte auf und dachte nicht im Traum daran, seine Komfortzone zu verlassen. Auf eine Platzpatrone mehr oder weniger kam es ihm nicht an.

*

So schlimm, wie von Conny geschildert, waren die Wasserschäden in Zimmer vierundzwanzig gar nicht. Masch schätzte, dass Conny bewusst übertrieben hatte, um ihn abwimmeln zu können. Aber dann hätte sie doch einfach sagen können, dass alle Zimmer belegt seien. Sorry. Aus und basta. Keine Ausnahme.

Im Badezimmer befand sich ein feuchter grauer Fleck an der Decke, und die Fliesenfugen hatten Wasser gezogen, wie an der dunklen Farbe zu erkennen war. Vor der Tür auf dem Spannteppich quietschte es unter den Schuhen. *Wenn man´s weiß, macht man halt einen Schritt drüber*, dachte Masch. Sonst war alles trocken.

Sie hatte tatsächlich eine Schachtel Kekse und ein Sixpack Bier auf den kleinen Tisch gestellt. Die Kekse waren etwas pappig, aber das Bier war gut. Maschs Gepäck lag auf dem Bett.

„Dass du gesucht wirst, davon weiß ich nichts, falls ich gefragt werden sollte", hatte sie gesagt und ihm den Zimmerschlüssel überreicht. „Wäre schön, wenn du meine

Gastfreundschaft nicht überstrapazieren würdest. Den WLAN-Zugang findest du im Prospekt auf dem Nachttisch. Gute Nacht."

Masch hatte die Tür hinter Conny umgehend abgeschlossen, nachdem sie gegangen war. Reine Vorsichtsmaßnahme. Überraschungen irgendwelcher Art konnte er im Moment absolut nicht gebrauchen, und bei Robin musste man auf ziemlich alles gefasst sein.

Er hatte nach Internetverbindung gefragt, um zum einen den Laptop einrichten zu können, und zum anderen nicht komplett von der Außenwelt abgeschnitten zu sein. Was aktuell in der Welt geschah, wollte er über die Nachrichtensendungen schon wissen, durfte jedoch sein Handy nicht benutzen. Er hielt Robin für imstande, seinen Standort übers Smartphone zu finden.

Der zweite Grund, weshalb Masch auf den Laptop angewiesen war, entsprang der Absicht, ein umfassendes Gedächtnisprotokoll zu verfassen. Beginnend mit dem Geologiestudium, dann weiter mit dem Auf- und Ausbau seiner kriminellen Strukturen, bis und einschließlich der gemeinsamen Zeit mit Robin. Er hatte vor, neben der Auflistung aller Einbrüche und Beutezüge im Verlaufe seiner fragwürdigen Karriere, Robins Rolle und passive Mittäterschaft als Mastermind hinter den Aktionen zu schildern. Ein extra Kapitel hatte Masch für die brisanten Geständnisse Robins vorgesehen, in denen er mit Tötungsdelikten an drei jungen Männern geprahlt hatte.

Das Gedächtnisprotokoll, so es denn vorlag, wollte er bei einer Person seines Vertrauens oder bei einem Anwalt sozusagen als Lebensversicherung für den Fall hinterlegen, dass Robin ihm nach dem Leben trachtete.

Über eines war sich Masch im Klaren: So wie das Verhältnis zwischen Robin und ihm bis vor wenigen Tagen noch gewesen war, würde es nie wieder sein. Masch bedauerte das, denn es war eine gute Zeit gewesen. Er hätte nie geglaubt, dass innerhalb einer Woche eine scheinbar uneinnehmbare Festung, für die er die Beziehung gehalten hatte, dem Untergang geweiht war. Oder täuschte er sich da? Tat er Robin ein Unrecht an?

Plötzliche Zweifel an seinem Unterfangen verursachten einen Wirbelsturm in seinem Kopf. Trotz eines getrunkenen Biers zu nachtschlafender Stunde gelang es ihm nicht einzuschlafen. Er öffnete eine zweite Flasche und trank sie in relativ kurzer Zeit leer. Die Hände hinter dem Kopf verschränkt, lag er rücklings auf dem Bett und wartete auf den Ruck, der entstand, wenn der Schlafzug losfuhr. Er kam nicht, und der Zug blieb stehen. Dafür meldete sich die Blase und verlangte Entleerung. So wurde das nichts.

Masch hob den Hörer des Uralt-Telefons ab und drückte die Nummer der Rezeption.

„Maverick, was willst du?", fragte Conny. Im Hintergrund waren Geräusche einer TV-Verfolgungsjagd zu hören.

„'ntschuldige, Conny, aber hast du vielleicht eine Schlaftablette?"

„Nee, mein Lieber. Aber ich kann zu dir kommen und dir was vorlesen. Kostet aber extra."

Der Witz der Antwort ging auf dem Weg in Maschs Gehirn verloren. „Echt jetzt?", fragte er baff.

„Hör' zu", gähnte Conny, „wenn du nicht schlafen kannst, dann komm' nach vorne zu mir. Wir gucken zusammen Fernsehen, bis es hell wird. Es ist gleich halb drei Uhr in der Nacht. Da sieht dich keiner."

*

Bis dato hatte Edgar null Ahnung, weshalb Rita ihn in die Polizeidirektion einbestellte. Das änderte sich rasch, als er ihr Büro betrat.

„Da kommt ja unser Geheimnisträger", wurde er von ihr flapsig begrüßt. „Hallo Edgar, schön, dass du gekommen bist", legte sie freundschaftlich nach.

„Einmal Polizist, immer Polizist", antwortete er. „Guten Morgen, Rita. Guten Morgen, Mika. Was gibt es so Dringendes?"

Rita stand auf und stellte den Besucherstuhl parat. „Setz´ dich, Edgar. Deine Kippe von gestern – sie ist von dem armen jungen Mann geraucht worden, der zwischen *Eschholz* und *Kaltenhofen* überfahren worden ist. Du hast davon sicher in der Zeitung gelesen. Woher hast du sie, die Kippe?"

Edgar schaute zu Mika Laukonen, dann wieder zu Rita. In dieser kurzen Spanne wurde ihm klar, dass Tamara Brassovas illegaler Pelzhandel Gefahr lief, früher aufgedeckt zu werden als ihr lieb war. Oder konnte er, Edgar, den Einbruch und schweren Diebstahl unter den berühmten Teppich kehren?

Rita sah ihm an, dass er nach einem Ausweg suchte. „Edgar?", gemahnte sie ihn zur Antwort.

Er gab sich einen Ruck. „Tja, die Sache ist so: Auf Schloss Ortenberg ist eingebrochen worden. Frau Brassova, die Besitzerin, hat mich gebeten, als Privatdetektiv in dem Fall tätig zu werden. Darum haben Lothar

Gieringer, der Ex-Journalist, und ich gestern den Tatort besichtigt. Dabei sind wir über diese Kippe gestolpert. Allgöwer war so nett, sie auf DNA zu untersuchen. Das ist im Prinzip alles."

„Und das Ergebnis von Allgöwers Untersuchung liegt uns nun vor. Georg Sackmann, so heißt der Tote, hat demzufolge bei Schloss Ortenberg seine vorletzte Zigarette geraucht. Was könnte er dort gewollt haben? Nehmen wir mal an, dass er mit einem LKW dort gewesen ist, von dem er leider noch in der gleichen Nacht, während er seine letzte Zigarette rauchte, überfahren wurde und der LKW am frühen Morgen völlig ausgebrannt auf einem Waldparkplatz bei *Flötzweiler* aufgefunden wurde."

Edgar staunte. Normalerweise war er es, der derart gestelzt redete. „Hast du das von mir abgeguckt, Rita?"

„Was denn?"

„So kompliziert zu schwätzen?"

Rita winkte ab. „Deine Erklärung hört sich an wie Magerquark. Da steckt doch mehr dahinter, Edgar. Also sag´ was du weißt."

Meine Güte, sie wird mir immer ähnlicher, dachte er zum wiederholten Male und sagte: „Nun gut, dann muss ich die weitere Befragung an einen anderen Ort verlegen. Sei heute zum Mittagessen bei uns daheim. Für mehr Informationen bin ich nicht autorisiert. Ich werde Frau Brassova zu uns einladen. Dann lernst du sie gleich kennen."

Gerti hatte sich in aller Eile für das Mittagessen mächtig ins Zeug gelegt. Dass heute eine zusätzliche Person am Tisch sitzen würde, hatte Edgar ihr reichlich spät mitgeteilt. Und wenn man Rita dazurechnete, die nur dann daheim aß, wenn es ihr dienstlich passte, waren es sogar zwei. Aus der Not heraus hatte Gerti Kartoffelstampf mit Schweinebraten gekocht. Mit Karotten und Zwiebelschmelze. Sensationell gut.

Nun saßen sie da im Türmchenhaus, und warteten auf den Gast. Saida, Rita, Gerti, Melanie und Edgar.

Saida war etwas aufgeregt, weil sie Tamara Brassova heute die Porträtzeichnung überreichen wollte. Ein ums andere Mal rannte sie zum Wohnzimmerfenster, um nach dem *Rolls-Royce* Ausschau zu halten.

Und dann kam sie endlich, die zierliche Frau mit den tizianroten Haaren. Saida nahm sie mit ihrer Zeichnung an der Haustür in Empfang. Tamara Brassova quietschte vor Vergnügen und Begeisterung und drückte das Mädchen, das nur eine Handbreit kleiner war als sie selbst, an ihre schmale Brust. Sie konnte sich vor lauter Staunen kaum noch einkriegen. „Das ist ein Wunder", rief sie aus, „und weißt du, was du bist? Du bist ein Wunderkind." Sie wandte sich Melanie und Edgar zu. „Habt ihr gewusst, dass euer Kind ein Wunderkind ist? Natürlich habt ihr das gewusst. Denn genau das ist sie. Saida heißt du, gell?"

Saida nickte und huschte geschwind unter Melanies ausgebreitete Flügel.

Nach dem Essen, alle waren voll des Lobes für Gertis Kochkunst, bat Edgar Tamara Brassova und Rita in sein Büro. Flugs hatte er zwei weitere Stühle organisiert, auf dem die Frauen Platz nahmen. Und bald hatte er der befreundeten Herrin von Schloss Ortenberg die Komplikation um eine Zigarettenkippe erläutert.

„Ja, es ist so, Tamara, dass der junge Mann, der ermordet worden ist, mutmaßlich am Raubzug in deinem Schlosskeller beteiligt war. Gewiss war er nicht allein, sondern Mitglied einer Bande. Aber durch seinen Tod muss die Polizei, hier vertreten durch Kriminaloberkommissarin Rita Böhringer, Nachforschungen über die Hintergründe betreiben. Wahrscheinlich war sein Mörder ebenfalls bei dem Einbruch dabei. Und bei Mord gibt es keine Privatsachen mehr. Es … es … es geht leider nicht anders."

Rita legte nach: „Ich weiß nicht, was aus Ihrem Keller gestohlen worden ist. Edgar hat es mir nicht gesagt."

Tamara Brassova bedachte Edgar mit einem dankbaren Blick.

Rita sprach weiter: „Ich gehe mal von einer wertvollen Ware aus. Wenn zum Beispiel die theoretische Chance besteht, den Mörder beim Verkauf dieser Ware ausfindig zu machen, sind Sie verpflichtet, uns über die Art der Ware in Kenntnis zu setzen. Ansonsten würden Sie sich wegen Behinderung der Polizeiarbeit und Strafvereitelung strafbar machen."

Es war nicht sonderlich warm in Edgars Büro, doch Frau Brassova wurde es unangenehm warm. „Aber was ist, wenn ich die Ware gar nicht mehr haben will? Ich schenke sie dem Kerl. Soll er damit machen, was er will. Ich erstatte keine Anzeige", sagte sie.

„Erstens", antwortete Rita, „glaub´ ich Ihnen das nicht, denn weshalb sonst haben Sie Edgar engagiert? Und zweitens bleibt der Mörder trotzdem ein Mörder, nur dass er dann noch frei herumläuft. Diesen zweiten Fall sieht die deutsche Justiz nicht vor, Frau Brassova."

Frau Brassova murrte: „Mensch, Edgar, was hast du dir bloß für eine hartnäckige Polizistin ins Haus geholt. Dagegen war der russische KGB ja der reinste Kindergarten. Was mach´ ich denn nun? Soll ich mich etwa selbst anzeigen? So weit kommt´s noch! Na, sag´ was, Edgar!"

Direkt angesprochen, rieb er sein bärtiges Kinn. Es war eine prekäre Situation, denn sie alle drei befanden sich in einem Dilemma.

Tamara, weil sie eine Ware unversteuert nach Deutschland eingeführt hatte. Steuerbetrug nannte man das. Wie es mit einem Verstoß gegen das Washingtoner Artenschutzübereinkommen (Cites) stand, war dabei noch nicht berücksichtigt.

Rita war als Beamtin des Landes Baden-Württemberg über das Beamtengesetz dazu verpflichtet, eine ihr zur Kenntnis gebrachte Straftat den zuständigen Behörden zu melden. In ihrem Falle der Staatsanwaltschaft. Andernfalls drohten ihr neben strafrechtlichen Konsequenzen auch disziplinarische Maßnahmen.

Edgar seinerseits fiel als Ex-Polizist ebenfalls in die beamtenrechtliche Kategorie. Außerdem setzte er bei wissentlicher Deckung einer Straftat seine Pensionsbezüge aufs Spiel.

„Also was machen wir?", stellte er eine allgemeine Frage, lenkte den Fokus jedoch auf Tamara. Dass er Rita niemals zu einer Dienstverfehlung überreden oder gar nötigen würde, verstand sich für ihn von selbst. Wer wie er Ethik, insbesondere Berufsethik, für eine unabdingbare Grundvoraussetzung hielt, war auf diesem Parkett zu einer Unrechtsverführung nicht fähig. Erst recht nicht, um womöglich die eigene Haut zu retten.

Andererseits war ihm klar, dass Tamara so viel an Vermögen besaß, dass sie eine Steuernachzahlung samt Strafe aus der Portokasse bezahlen könnte. Der Schwarze Peter lag also auf ihrer Seite. Musste Edgar sie nur dazu bringen, angesichts der Schwierigkeiten, in die sie Rita und ihn stürzen würde, sich von ihren angepeilten Gewinnen zu verabschieden. *Nur wie sag' ich's meinem Kinde?*, fragte er sich und entschied, den Gaul von hinten aufzuzäumen.

„Wie man die Sache auch dreht und wendet, Tamara - es wird ein Verlustgeschäft werden. Jetzt, da ein Mord im Raume steht, werden die Drahtzieher doppelt vorsichtig agieren. Sollten sie Interesse haben, die Ware wieder an dich loszuwerden, verlangen sie einen hohen Preis für die Auslösung, und natürlich ohne Einmischung der Polizei. Du erinnerst dich an unser gestriges Gespräch? Aber auch dann, solltest du die Ware zurückkaufen können, bleibt am Ende immer noch die Steuernachzahlung plus, Handgelenk mal Pi, eine saftige Strafe. Darum kommst du auf keinen Fall herum."

Tamara Brassova blies die Backen auf. „Und was schlägst du vor, Edgar?"

„Dass du bei Rita eine Selbstanzeige erstattest, unter Angabe von Ross und Reiter."

Tamara musterte Rita von Kopf bis Fuß und meinte: „Ist dein Schützling nicht noch ein bisschen jung für solche Sachen?"

Edgar lächelte. „Sie ist meine beste Schülerin, da kannst du ganz beruhigt sein, und mittlerweile hat sie mich längst überholt. Außerdem werden Rita und ich ohne Pause nach den Räubern suchen. Nicht wahr, Rita?"

Die Angesprochene rollte ergeben mit den Augen und stellte dann klar: „Eigentlich bin schon **ich** es, die hier die Rahmenbedingungen stellt. Vielmehr Oberstaatsanwalt Bernd Landquart. Nur damit das gesagt ist, gell, Herr Edgar Schaaf? Und nun möchte ich wissen, um welche Art von Ware es sich handelt, von der hier ständig um den heißen Brei geredet wird."

Edgar nickte Frau Brassova aufmunternd zu.

Die holte tief Luft. „Also … es …. Edgar, ich weiß nicht, ob das richtig ist."

„Doch, es ist richtig", bestätigte er. „Sag´ es!"

Sie seufzte: „Wenn du drauf bestehst. Es sind Pelze. Genauer gesagt Zobelpelze aus Sibirien. Wildtierpelze. Nicht solche aus Pelzfarmen. Vier Millionen Euro wert. So! Jetzt ist es raus."

Geriet Ritas Innenleben auch in Aufruhr, blieb sie äußerlich bewundernswert gelassen. „Und was noch, Frau Brassova?", fragte sie ohne mit einer Wimper zu zucken.

„Wie was noch? Reicht Ihnen das nicht? Ist das nicht genug? Edgar, kannst du ihr bitte mal sagen …"

Rita unterbrach sie mit einer schlichten Handbewegung. „Da fehlt doch noch was, oder?" Rita sprach mit fast zärtlicher Stimme. „War da nicht noch was in Dosen?"

Tamara schluckte. „Woher wissen Sie das? Edgar, hast du ihr …?"

„Nichts hab´ ich, Tamara. Ich sagte dir doch, dass sie meine beste Schülerin ist."

Rita klärte den Disput auf. „Wir haben im zum Raub verwendeten LKW eine ausgebrannte leere Dose gefunden. Kaviar."

Tamara neigte sich zu Edgar und flüsterte: „Sie ist wirklich gut, was?"

„Das ist sie. Ja, das ist sie", antwortete er stolz.

Edgar stand an der Haustür und winkte den beiden Frauen nach. Rita steuerte auf ihren Dienstwagen zu, während Tamara Brassova in den Fond des *Rolls-Royce* kletterte.

Er war erleichtert. So leicht, dass er beinahe vom Boden abhob. Tamara Brassova würde in der Polizeidirektion *Offenburg* im Beisein des Oberstaatsanwalts eine Selbstanzeige aufgeben. Und Rita und er würden gemeinsam die Ermittlungen nach dem Mörder Georg Sackmanns betreiben und ganz nebenbei den Raub der Zobelpelze aufklären. Obwohl Rita von der künftigen Zusammenarbeit noch nichts wusste. Aber das würde Edgar schon hinkriegen.

06.11.2024

Seit heute wurde öffentlich nach dem unbekannten Mörder Georg Sackmanns gefahndet. Oberstaatsanwalt Bernd Landquart hatte gestern das Foto des Mannes für die Presse und die regionalen Fernsehsender freigegeben.

Masch bekam das buchstäblich um die Ohren gehauen, denn frühmorgens, als er noch schlief, polterte es kräftig an die Tür des Motelzimmers. Gleichzeitig wurde sein Name gerufen. Die Stimme kam ihm sehr bekannt vor. Gleich nachdem er aufgeschlossen hatte, drang Conny mit Vehemenz herein und drosch mit einer Zeitung auf ihn ein. Dann warf sie ihm das Blatt mit seinem Bild vor die Füße.

„Was hast du zu mir gesagt? Du steckst in der Klemme? Du steckst nicht in der Klemme, sondern in der Scheiße, du Arschloch." Connys Stimme überschlug sich. „Du bist ein gesuchter Mörder, und hier in der Zeitung prangt dein Gesicht von der Titelseite. Willst du mich ebenfalls in die Scheiße reiten? Willst du mich ruinieren? Du packst auf der Stelle deine Klamotten und Siebensachen und verduftest von hier! Und sage bloß niemandem, dass du jemals bei mir gewesen bist!"

Masch bückte sich nach der Zeitung und las den Fahndungsaufruf der Polizei. Es traf ihn wie ein Schlag in die Magengrube Er wusste sofort, wer das Foto gemacht hatte. Sein Gesicht, ohne Maske, hinter der Windschutzscheibe eines Lastwagens. Dieser Stefan Übermaß. Da gab es keine Zweifel. *Er muss eine eingebaute Kamera in seinem Auto haben*, dachte er. Conny marschierte unterdessen völlig aufgebracht im Zimmer auf und ab.

„Conny, lass´ es mich dir erklären", sprach er sie an. „Ich weiß, das war blöd von mir, dir nicht gleich die ganze Wahrheit zu sagen. Und ich würde mich auch sofort der Polizei stellen. Ich schwör´s dir. Aber ich brauche zwei oder drei Tage Zeit, um alles, was man mir anlasten kann, aufzuschreiben. Meine Einbrüche. Meine Raubzüge. Daten, Orte, Firmen, Geschäfte, Waren und Mengen.

Noch wichtiger allerdings ist mir, mich rückzuversichern. Ich glaube nämlich, dass mein bisheriger Partner mich abservieren will. Es wäre nicht das erste Mal, dass er sich eines unliebsamen Lovers kaltblütig entledigt. Er hat mir das selbst gestanden, und deshalb stelle ich eine

Bedrohung für ihn dar. Ich brauche ein Faustpfand gegen ihn, weswegen ich das, was er mir anvertraut hat, aufschreiben will. Ich habe nämlich keine Lust, allein in den Knast zu gehen. Darum bitte ich dich um zwei Dinge: Gib mir zwei weitere Tage in deinem Motel. Und wenn ich alles geschrieben habe, möchte ich, dass du die *mine*, auf die ich mein Geständnis speichern werde, an dich nimmst und im Falle meines Todes entweder der Polizei oder einer meiner Vertrauenspersonen übergibst. Bitte hilf mir, Conny.“

„Ich weiß nicht, weshalb ich das tun sollte, Maverick. Das Ganze kannst du doch ohne Umweg über mich direkt der Polizei erzählen“, schnaufte sie wütend.

Masch leuchtete ein, dass sie recht hatte. Widerwillig zwar, doch das änderte an der Richtigkeit ihrer Aussage nichts. Ein Abgrund tat sich vor ihm auf und er fragte sich, warum er wirklich hierher gefahren war und was er sich erhofft hatte. Vielleicht war es Sehnsucht gewesen nach einer Zeit vor vielen Jahren, als er studierte. Oder noch früher, als er das Gymnasium besuchte und er Conny hätte haben können. Als Freundin. Vielleicht um sich in melancholischer Stimmung vor Augen zu führen, was ihm damals entgangen war. Dass es heute für ihn keine Chance mehr gab, weder die Uhr zurückzudrehen, noch die Richtung seiner Sexualität zu korrigieren. Über allem lag der unauslöschliche Makel, einen Menschen getötet zu haben. Tote wurden, auch wenn man es noch so sehr bedauerte, rückwärtsgewandt nicht wieder lebendig. Ob er mit dieser Last leben konnte, war noch nicht ausgezählt.

Maschs Kopf war schwer, und als er traurig nickte, schmerzte sein Nacken. „Was ist mit den zwei Tagen,

Conny? Kannst du mir wenigstens die gewähren? Freitag bin ich wieder weg. Falls ich dann noch lebe."

Conny drehte sich wortlos um und verließ das Zimmer.

*

Die öffentliche Fahndung war ein voller Erfolg. Oberstaatsanwalt Bernd Landquart wartete bereits auf Rita und Mika, als diese um halb acht Uhr zum Dienst erschienen. Nach wenigen übereinstimmenden Anrufen von Zeitungslesern kannte man den vollen Namen und die Wohnadresse des gesuchten Mannes.

„Er heißt Maverick Schreiner und wohnt in der Ligusterstraße in *Kollmarsingen*", eröffnete Landquart den Tag. „Sie, Frau Böhringer, fahren umgehend dorthin. *Freiburger* Kollegen sind informiert. Aber Sie leiten den Einsatz. Den erforderlichen Durchsuchungsbeschluss schicke ich Ihnen aufs Handy. Herr Laukonen, Sie suchen alles zusammen, was über den Mann zu finden ist. Von der Geburt bis heute: Kirchenbücher; welche Schulen er besucht hat; ob und was er studiert hat; Verwandtschaftsverhältnisse; Internetaktivitäten; Vorstrafen und so weiter. Alles. Auf geht´s. Fangen wir den Kerl."

Rita liebte es, mit dem Dienstwagen unterwegs zu sein. Bevorzugt alleine. Dann steckte sie ihre private *mine*, das beliebig verlängerbare Speichermedium, in den Bordcomputer und lauschte der Musik, die sie mit Ulf Thommen gehört hatte. Ulf, ihr so unsinnig ums Leben gekommener Liebster.

Aber nicht nur das. Sie genoss es, sich im Voraus in den Auftrag hineinzufühlen. Das Tempo der

Vorgehensweise zu bestimmen. Natürlich war nicht jeder Einsatz im Vorhinein zu überschauen. Es existierten zu viele Faktoren, die sich nicht berechnen ließen. Doch die persönliche Einstellung konnte sie von Anfang an steuern. Rita galt mittlerweile als erfahrene Polizistin, als die sie die möglichen Fallstricke erkennen und ihnen entweder gezielt begegnen oder ihnen ausweichen konnte. Nicht umsonst hielt Oberstaatsanwalt Bernd Landquart große Stücke auf sie.

Ihre Entwicklung ging ganz klar Richtung Intuitives Profiling. Also nicht nach der Analyse hunderter oder tausender ähnlich gelagerter Fälle und der daraus gewonnenen Erkenntnisse zu arbeiten, sondern nach im Einzelfall vorliegenden Bildern. Das verlangte ein hohes Maß an Bewertungsvermögen. Sie besaß die Gabe, anhand weniger Eindrücke wie ein Seismograf Erschütterungen und Stimmungen zu lesen und nach sorgfältiger Abwägung in angemessenem Zeitraum das Handeln danach zu richten.

Was ihr noch fehlte, waren die Intuitionen, mittels derer man eine zurückliegende Tat rekonstruieren konnte. Eine Fähigkeit, die zum Beispiel Edgar Schaaf meisterhaft beherrschte. So war sie im Grunde immer froh, wenn er sich in ihre Arbeit einmischte, auch wenn seine Art gewöhnungsbedürftig war. Doch von ihm lernte sie an einem Tag mehr als in einer Woche Lehrgang auf der Polizeiakademie.

Überhaupt er. War er glattweg und ohne es zu wissen über Tamara Brassova in Ritas Fall hineingestolpert, der mit seinen ursprünglichen Nachforschungen zu jahrzehntealten Verbrechen in keinerlei Verbindung stand.

Sie näherte sich *Kollmarsingen*. Eine kleine Ortschaft zu Füßen des Kaiserstuhls. Zur Ligusterstraße ließ sie sich von GPS leiten. Als sie an einer T-Kreuzung einen Streifenwagen entdeckte, wusste sie, dass sie an Ort und Stelle war. Sie parkte ihr Auto um die Ecke.

Irgendwie kannten sich alle Polizisten vom Sehen. Irgendwo war man sich schon mal über den Weg gelaufen. Bei Weiterbildungen, bei Veranstaltungen des Roten Kreuzes, bei Demonstrationen, bei Katastrophenschutzkursen. Von den beiden aus dem Streifenwagen wusste sie sogar die Vornamen. Laura und Julian. Die beiden hatten bereits für einen Mechaniker zum Öffnen der Haustür gesorgt. Außer bei Notfällen und Gefahr im Verzug war Rita strikt gegen das Einschlagen von Fensterscheiben, um ein Haus betreten zu können.

Da auf mehrmaliges Klingeln aus dem Haus keine Reaktion kam, gab Rita den Auftrag zum Öffnen der Tür. Der Durchsuchungsbeschluss war in der Zwischenzeit auf ihrem Handy eingegangen.

Die Durchsuchung gab nicht viel her. Offensichtlich war erst vor Kurzem gründlich geputzt worden. Es gab keine Anzeichen dafür, dass mehr Menschen in dem Haus wohnten als der Inhaber. Die Einrichtung war nüchtern, klar und zweckmäßig. Irgendwelchen Nippes oder Ziergegenstände suchte man vergebens. In den Regalen fanden sich weder Bücher noch Tonträger, sodass Rückschlüsse auf Hobbys oder die Persönlichkeit des Bewohners nicht möglich waren. Rita nahm aus dem Badezimmer eine Haarbürste, eine Zahnbürste und ein Zahnputzglas und steckte die Sachen in Asservatenbeutel. Spuren, die auf einen kriminellen Hintergrund schließen ließen, wurden nicht gefunden. Computer oder Handy ebenso Fehlanzeige.

Hingegen fischte Laura aus einem Wandschrank im Flur einen Rucksack, dessen Inhalt interessant war. Eine Geldbörse mit etwas Bargeld und einer EC-Karte, und mit einem Personalausweis, ausgestellt auf Franz Lemminger, wohnhaft in *Offenburg*. Dann ein normales Handy der Marke *Samsung*, sowie ein zweites, einem Pager ähnliches Gerät mit einem ostasiatischen Schriftzeichen, dessen Verwendungszweck Laura als auch Rita unbekannt war. Dabei ein dünnes Kabel, mit dem sich das Handy und der Pager verbinden ließen. Herkunftsland Taiwan.

Sicherheitshalber fragte Rita bei Oberstaatsanwalt Bernd Landquart an, ob sie die KTU-Leute des Polizeipräsidiums *Freiburg* anfordern sollte. Das fand der Jurist jedoch für unnötig, bestellte aber die sichergestellten Asservate nach Offenburg zur Untersuchung durch Allgöwer.

*

„Wie geht es dir, mein Engel?"

Melanie kuschelte sich an Edgars Brust, bettwarm und nach Sanddorn duftend. „Dass du mich immer noch so nennst, mein Edgar. „Jetzt, wo ich alt werde."

Er legte den Arm um ihren Rücken und hielt sie fest. „Engel sterben nicht jung, denn sie werden alt wie wir Menschen. Und bei guter Pflege noch älter."

Melanie kicherte. „Engel muss man pflegen? Davon habe ich ja noch nie gehört. Ich glaube, du schwindelst mir was vor."

„I wo. Du putzt dir doch täglich die Zähne und du duschst jeden Tag. Das ist doch Pflege."

„Seit ich mein Geschäft nicht mehr habe, dusche ich nicht mehr so oft", gestand sie.

„Wie geht es dir denn ohne?"

„Ohne Dusche? Ich hoffe, ich stinke nicht."

„Quatsch, ich meine ohne Geschäft."

Melanie ließ drei Sekunden verstreichen. „Ich träume nachts davon. Ich träume, ich hätte verschlafen und die Kunden warten vor verschlossener Tür. Dann erwache ich und wundere mich, dass ich im Bett liege. Und dann weiß ich einige Augenblicke nicht, ob ich im Traum oder in der Wirklichkeit bin. Bis ich dich neben mir sehe."

„Da hast du aber ein Glück, dass ich da bin", ulkte er.

„Ja, das hab´ ich wohl", gurrte sie und küsste ihn auf den Bart.

Wann immer möglich, gönnten sich die beiden eine gemeinsame Stunde Schlaf. Oft nach dem Mittagessen, wenn Saida Schulaufgaben erledigte und gerade keine Unterstützung brauchte. Schlaf, der ihnen keine Zeit stahl. Noch immer kamen sie am Ende des Tages auf vierundzwanzig Stunden, und es würden per se nicht mehr werden, wenn sie sie durchwacht hätten.

Seit Melanie die Leitung des *Aquarelle und Poesie* an Eliza Wohlbrecht und Rosa Holzer abgetreten hatte, lag über dem Türmchenhaus eine andere Gewichtung. Ein anderes Licht. Melanie war daheim.

Zwar galt Gerti weiterhin als der gute Geist des Hauses. Mit ihrer unaufdringlichen und teils köstlichen Art verbreitete sie stets eine heitere Stimmung unter dem Dach. Melanie hingegen war der ruhende Pol und veredelte die freundliche Atmosphäre durch ihre bloße Anwesenheit. Als Zentralgestirn verbreitete sie einen natürlichen Glanz, ohne ihre Familie zu blenden.

Edgar fühlte sich auf eine neue Weise geerdet. Ein Bruder Leichtfuß war er zwar vorher schon nicht gewesen, doch nun sah er sich im Leben wirklich angekommen. Die Beigaben für ein perfektes Finale waren gerichtet. Die letzte Zeile des Gedichtes *Rudern zwei* von *Reiner Kunze* kam ihm in den Sinn: ***…, und am ende ganz am ende wird in der erinnerung das meer blau sein.*** Blauer geht′s kaum, fand Edgar, und schloss glücklich die Augen.

Eineinhalb Stunden später war von Edgars Glücksgefühl nicht mehr viel übrig. Der trostlose Novemberhimmel versetzte ihn in eine Nachmittagslethargie. Er schob die Schuld daran auf Pit Ferman, der angerufen und sich nach dem Stand in Causa *Gottfried Brändle* erkundigt hatte. „Und, wie läuft′s?"

Und, wie läuft′s? Da war Edgar bewusst geworden, dass er seine und Lothar Gieringers Ermittlungen nach Gottfried Brändle aus dem Fadenkreuz verloren hatte. Nicht komplett verloren, denn im Büro lagen die Stapel ausgedruckter Polizeiakten noch immer griffbereit. Aber er führte sie nicht an vorderster Stelle auf der Prioritätenliste. Den ersten Platz hatte kurzfristig Tamara Brassova mit den gestohlenen Pelzen erobert. Und dort hatten Lothar Gieringer und er praktisch aus dem Stand einen Erfolg in Form einer Zigarettenkippe verbuchen können. Den sich mittlerweile Rita gekrallt hatte, was nicht unbedingt ein schlechter Verlauf der Dinge war.

Noch am Vormittag hatte sie ihm eine kurze SMS geschickt: *haben namen und täteradresse.*

Na bravo, dachte Edgar, *wieder eine Sprosse auf der Leiter zur Kriminalhauptkommissarin.*

Uninspiriert betrachtete er nun die drei Stapel in seinem Büro, jeder für einen Mord stehend. 1976, 1991, 1999. Früher, als er noch im aktiven Dienst war, zählte Schnelligkeit zu den hohen Ansprüchen der Staatsanwälte und der Ermittlungsteams. Bei den drei offenen Fällen, die vor ihm lagen, war vielleicht Geduld der Schlüssel zum Ziel. *Wenn überhaupt*, dachte er und malte sich in Bildern aus, wie er müde und gelangweilt Blatt um Blatt umdrehte, um irgendwo in den Seiten den Namen *Gottfried Brändle* zu lesen. *Und falls nicht, ist dann die aufgewendete Zeit eine vergeudete Zeit?*, fragte er sich, setzte sich und ergriff den Stapel 1999.

Wieder war das Polizeipräsidium *Freiburg* in den Ermittlungen federführend gewesen. Jesse Johannsen. Junger Mann in seiner Wohnung in *Bad Krozingen*. Mit einem schweren Gegenstand erschlagen, erwürgt und – nackt. Die Tatwaffe wurde nie gefunden.

Die Liste der Befragten war lang, ausgehend von dem Ort, an dem Jesse Johannsen zuletzt gesehen worden war: Von den Betreibern, Angestellten und Besuchern der Diskothek *Tante Ju*. Die meisten kannten Jesse Johannsen teils persönlich oder auch nur vom Sehen, doch niemand wusste Näheres über ihn. Freunde, Partner – Kopfschütteln, tut mir leid.

Beim Arbeitgeber, dem Fitnesscenter *Neuenburg am Rhein*, richteten sich die Ermittler nach der Liste der Abonnenten. Jesse Johannsen wurde als überaus freundlich und hilfsbereit beschrieben und war allseits sehr beliebt. Ein Kopie der Liste mit einhundertzwanzig Namen lag den Akten bei.

Edgar überflog die Liste rasch mit den Augen. Einige Scherzkekse hatten ihre Spitznamen eingetragen. Es gab zum Beispiel einen *Hulk* darunter, einen *Robin Gibb,* einen *Stallone*, einen *Bully*, einen *Arnold S.* und eine *Lady Balla*. Ein Gottfried Brändle war nicht darunter. *Wär´ ja auch zu schön gewesen*, dachte er und rieb sich den Nacken. Für einen kurzen Moment überlegte er, Willy Henckel ein zweites Mal anzurufen, doch was hätte ihm der alte Kollege Neues erzählen können? *Dann würde es doch in den Akten stehen*, dachte er und ließ es bleiben.

Edgar spitzte die Ohren. Rief da nicht jemand seinen Namen?

Dann fiel es ihm ein. Er hatte Saida und Melanie einen Spaziergang auf dem Kinzigdamm versprochen. Oder über die Felder. So genau nahm er es nicht. Aber mit *Müller* und *Lydia* natürlich.

*

Genau so hatte Robin es befürchtet. Vorhergesagt, dass es so kommen würde. Die Polizei war ihnen auf der Spur. Pardon, nicht ihm. Ihnen, den anderen. Jetzt hatten sie ihn am Wickel. Den Masch, diesen Blödmann. Und dessen Gesinnungsgenossen vermutlich ebenfalls. Wenn nicht sofort, dann eben später.

Einer seiner Speichellecker hatte es ihm zugetragen. *„Die Bullen durchsuchen Maschs Haus. Hab´ es selber gesehen.“*

Dann war´s das wohl mit der Erfolgsgeschichte, dachte Robin.

Dabei hatte Robin gerade heute, Nostalgiker der er war, einen schönen Brief gestaltet. Nicht von Hand oder mit dem Computer geschrieben, nein, sondern geklebt. Buchstaben und Wörter aus der Zeitung ausgeschnitten und fein säuberlich auf Briefpapier geklebt. Wie er es sich als Erpresser vorstellte. Alles freilich mit Latex-Handschuhen, der Fingerabdrücke wegen. Er grinste sardonisch.

Denselben Mann, der ihm die Durchsuchung von Maschs Haus berichtet hatte, schickte er mit dem Brief aus, ihn am Abend in den Briefkasten am Schloss Ortenberg einzuwerfen. *„Aber so, dass dich keiner sieht"*, hatte er ihn instruiert. *„Und wenn du das erledigt hast, kommst du morgen wieder zu mir. Ich habe nämlich noch einen Spezialauftrag für dich. Aber zuerst das eine, dann das andere."*

Robin gab sich keinen Illusionen hin. Die Würfel waren gefallen. Das Vertrauensverhältnis zwischen ihm und Masch unumkehrbar zerstört. Eine leichte Brise hatte gereicht, die vermeintlich bunkerfeste Beziehung zum Einsturz zu bringen. Dass sie nur eine fragile Leichtbaukonstruktion gewesen war, hatten sie so nicht kommen sehen.

Selbstkritisch wie Robin war, gab er Masch nicht die alleinige Schuld. Robin vermutete, dass Masch mit der Rollenverteilung auf Dauer nicht zurechtkam. Hier der um Dominanz bemühte Robin, dort der freigeistige Masch. Robins steifer bürokratischer Stil gegen Maschs geschmeidige Choreografien. Konstellationen, bei denen auf lange Sicht Interessenkollisionen vorprogrammiert waren. Dass es gleich bei der ersten Belastungsprobe passieren würde, hatte keiner von ihnen geahnt.

Robin gestand sich ein, dass die Kritik an seinem Partner nicht auf Augenhöhe gefallen war. War es möglicherweise ein Indiz für eine Liebe, die an Reiz und an Feuer verloren hatte? Dass das sorgsam gehütete Geheimnis und der Aufwand, es als solches zu pflegen, sich nicht mehr die Waage hielten? Irgendwie hatten sie den schleichenden Verfall nicht bemerkt. Oder ihn bemerkt, und nichts dagegen getan. Nicht für die Liebe gekämpft. Gleichgültigkeit wachsen lassen.

Wie oft Robin in den vergangenen beiden Tagen versucht hatte, Masch über die sichere Telefonleitung zu erreichen, konnte er nicht sagen. Jedes Mal hatte er es durchklingeln lassen, bis der automatische Abbruch gekommen war. Robin wusste, was das bedeutete: *Masch nabelt sich ab, und er arbeitet daran, mich mit in den Abgrund zu reißen.*

Bis er es zuletzt ohne das zwischengeschaltete Sicherheitsgerät probiert hatte. Und siehe da: Masch hatte den Anruf angenommen. Entweder weil er nicht mit der ungeschützten Leitung gerechnet hatte, oder weil doch noch ein Rest von Respekt vorhanden war.

Viel zu sagen hatten sie sich nicht gehabt. Die meiste Zeit herrschte beredtes Schweigen. Aber immerhin hatte er Masch dazu bewegen können, sich zu einer Aussprache zu treffen. Wann und wo? *„Am Freitag. Dort, wo dich niemand vermutet. Bei dir zu Hause.“*

*

Lefti war unglücklich. Was hätte er weiterhin für ein schönes Leben gehabt, wenn Shorty den Job nicht versaut hätte. Ein herrliches Leben. Eine Arbeitsstelle mit Zukunft, ein überaus einbringliches Hobby, wie er die nächtlichen Raubzüge nannte, fast immer eine schöne Frau an der Seite und immer genug Kohle in der Tasche. Das hätte gut und gerne ein paar Jahre so weitergehen können. Aber dann kam Shortys Einsatz. So eine Kacke.

Und jetzt lag ihm die Mutter in den Ohren. Frau Sackmann. Die einen guten Menschen aus ihm machen wollte. Zur Polizei gehen, ein Geständnis ablegen. Es klang wie: In die Kirche gehen und beichten.

Tagsüber fand er keine ruhige Minute. Wo er sich im Haus auch aufhielt, war Frau Sackmann in der Nähe, redete über Themen, die ihn nicht die Bohne interessierten. Es war schier unmöglich, ihr aus dem Weg zu gehen. Er fühlte sich regelrecht überwacht. Nachts schlief er schlecht. Schreckte ein ums andere Mal auf, weil er meinte, Geräusche vor der Tür gehört zu haben. Schaute er nach, sah er sie im Morgenmantel die Treppe hinunterkraxeln.

Legte sie ihm Shortys Kleider hin zum Anprobieren. *Mann, er ist Shorty. Pardon, er **war** Shorty. Ich bin Lefti. Einen ganzen Kopf länger als der Zwerg. Hat keine Ahnung, die Frau. Aber sie meint es vielleicht nur gut. Trage schon seit Tagen dieselben Klamotten. Aber Hochwasserjeans anziehen? Im November? Hallo?*

Zog er sie halt doch an, die Jeans.

„Geht doch", freute sich Frau Sackmann, als wäre ihr Sohn gerade von den Toten auferstanden.

Und immer wieder dieselbe Leier von der Polizei. „Das Fräulein von der Polizei war nett. Soll ich sie nicht doch mal anrufen? Müssen wir nicht hinfahren, verstehst du? Haben ja auch kein Auto."

Oh, wir haben so vieles nicht, was ich gerne hätte. Dabei ist ein Auto meine geringste Sorge, dachte er. *Mein Handy, meine EC-Karte, meine Wohnung, meine Freundin, freien Ausgang, meine Zigaretten, meine Bar, mein Bier – das ist doch alles echt bescheuert hier, ist das. Ein Gefängnis. Kann ich mich ja gleich freiwillig stellen, aber echt.*

Er bat sie um einen Hausschlüssel. „Freunde treffen", wie er sagte.

„Aber du kannst doch nicht …", erhob sie Einwände.

„Abends, wenn's dunkel ist. Da sieht mich keiner. Alles gut, Frau Sackmann."

Er kannte einen, der ein Auto besaß und der ihm noch etwas schuldete. Aber den aufzustöbern, musste er in die Stadt. Nach Einbruch der Dunkelheit dackelte er los, mit kurzen schnellen Schritten und gesenktem Kopf, die Kapuze eines von Shortys Hoodies übergezogen, die Hände in die Seitentaschen gesteckt. Einer von vielen, die derart lichtscheu unterwegs waren.

Es war nicht so einfach, jemanden zu suchen, der grundsätzlich die Begegnung mit Leuten mied, die etwas von einem wollten. Das System lief nach dem Prinzip einen zu kennen, der einen anderen kennt, der wiederum einen anderen kennt. In dieser Folge klapperte Lefti die einschlägigen Bars und Plätze ab. Er kannte dieses Spiel und akzeptierte die Regeln. Mit einem Handy wäre es freilich einfacher gewesen, aber auch zu Fuß kam er ans Ziel. Zum Kumpel mit dem Auto, bei dem er etwas gut hatte. Draußen bei der Freien Tankstelle, wo sich die Autoposer trafen, bevor sie im Konvoi in die Stadt donnerten und den Einwohnern mit ihren Krachmaschinen die Nachtruhe raubten.

Es herrschte ein infernalischer Lärm auf dem Platz. Man war gerade dabei, mit einem Messgerät die lautesten Lautsprecherboxen zu ermitteln. Der mit der alten Chevrolet Corvette war es. Lackierte Feuerzungen auf beiden Seiten und die fettesten Auspuffrohre. Wieder einmal gewonnen. Die Verlieren johlten und buhten ihn aus.

Von den Freunden *Chevy* gerufen, von den Neidern wegen seiner roten Haare *King Louie*, nach der Orang-Utan-Figur aus dem *Dschungelbuch*.

Lefti nannte ihn *Chevy*. Der Autofreak zuckte mächtig zusammen, als ihm Lefti von hinten auf die Schulter schlug. „Hey, Chevy, alte Karosse, wieviel Dezibel bringen deine Boxen? Hundertzehn? Hundertfünfzehn?"

Chevy grinste verlegen, als er den Ankömmling erkannte. „Ach, Lefti, hallo Mann. Heute geile hundertdreiundzwanzig. Hey, was machst du? Lange nicht gesehen."

Lefti nickte. „Komm´ mal mit zur Seite, muss ich nicht so schreien." Er ging einige Meter nach außerhalb der Lärmkuppel. „Hör´ zu, du musst mir helfen. Bin gerade in einer Verlegenheit."

„Kein Problem, lass´ hören", gab sich Chevy nonchalant.

„Okay. Ich brauche etwas Cash, ein Handy, Zigaretten und Alk. Mir hat einer den Rucksack geklaut und ich bin absolut auf null. Totale Scheiße, verstehst du?"

Chevy schaute über die Schulter zu seinen Kumpels. Dann sagte er: „Okay, komm´ mit. Wir werden schon was machen können."

Während Chevy zurück zu seinen Kumpels ins Zentrum der Lärmeruptionen latschte, folgte ihm Lefti bedächtig. Er sah, wie die Kerle miteinander quatschten. Über was, hörte er nicht. Plötzlich sah er sich von fünf der Jungs umringt. Chevy sprach ihn frontal an: „Wieviel brauchst du?"

Fünfhundert, wollte Lefti sagen, doch dazu kam er nicht. Der erste Schlag traf ihn brutal von der linken Seite auf das Auge und die Wange. Der zweite Hieb landete auf dem Solarplexus. Lefti klappte wie ein Scharnier zusammen und begegnete mit der Nase, die sofort blutete, Chevys hochgerissenem Knie.

„Hast du sonst noch Wünsche?", hörte er einen sagen, bevor er auf den Asphalt stürzte und noch einige Fußtritte einstecken musste.

„Verschwinde von hier", geiferte Chevy, riss ihn vom Boden hoch und stieß ihn weg, „und denk´ nicht mal im Traum daran, dass ich dir etwas schuldig wäre! Den Dreck eines Fingernagels bin ich dir schuldig! Lass´ dich nie wieder hier blicken, hörst du?"

Lefti schlich, von Schmerzen gekrümmt, davon. Er fürchtete, dass von den Tritten einige Rippen gebrochen waren, denn das Atmen fiel unheimlich schwer. In seinem Kopf ging es zu wie beim Silvesterfeuerwerk: Lichtblitze bei jeder Erschütterung, und jeder Schritt schoss Raketen ins Gehirn. Zu allem Übel begann es zu regnen und er wurde nass wie ein Seehund beim Tauchen.

Auf seinem Weg zurück nach Hause, womit er Frau Sackmann meinte, kümmerte er sich nicht mehr darum, den Lichtkegeln der Straßenlaternen auszuweichen, um nicht gesehen zu werden. Er fror, dass die Zähne klapperten.

Kurz vor Mitternacht hatte er es endlich geschafft und sein Ziel erreicht. Aus seiner Sicht bewegte sich das verdammte Schlüsselloch hin und her, sodass er mehrere Anläufe brauchte, den Schlüssel hineinzustecken. Dann war auch das letzte Hindernis überwunden und er torkelte in den schummrigen Flur hinein. Brannte noch Licht im Wohnzimmer. Er drückte die Türklinke und öffnete die Tür.

Frau Sackmann erschrak, als sie ihn sah, pudelnass und blutverschmiert wie er war. Aber Frau Sackmann war nicht allein. Eine junge Frau erhob sich von einem Stuhl, als er den Raum betrat. Lefti war irritiert. „Was … wer …?"

„Guten Abend, Herr Lemminger", begrüßte ihn die Frau. „Mein Name ist Rita Böhringer. Kriminalpolizei *Offenburg*."

07.11.2024

Donnerstagmorgen, und im Türmchenhaus stimmte etwas nicht. Atmosphärisch. Die Luftmoleküle, die Edgar einatmete, wirbelten anders als sonst unter der Woche. Irgendwie dichter und – Edgar spürte es – als ob Sonntag wäre. Selbst *Müller* und *Lydia* schnüffelten, als sie von der Frührunde über die Felder zurückkamen, mit ihren empfindlichen Nase die Treppe hoch.

Edgar setzte seinen fragenden Blick auf, als er Melanie in der Küche antraf. Ihre Sensoren verstanden seine

Miene zu lesen. „Rita ist oben und schläft", erklärte sie. „Sie hatte heute einen nächtlichen Einsatz."

Edgar ließ ihre Antwort durch den Gehörgang dringen und prüfte, ob Ritas Anwesenheit eine Kompression der Umgebungsluft verursachen konnte. Ein befriedigendes Resultat erhielt er jedoch nicht. „Wie, was, Einsatz?", fragte er zurück und entledigte sich der Hundeleinen, der Schuhe und seiner Outdoorjacke. *Wie kann sie einen Einsatz haben, ohne mich ...* Sein Denkvorgang wurde von Melanie abgewürgt.

„Ein Anruf, hat sie gesagt. Von einer Frau Sackmann. Gestern Abend nach elf Uhr. Da waren wir schon im Bett, mein Edgar."

„Und wieso weißt du von …?"

„Treffpunkt Toilette heute früh. Da warst du just mit den Hunden unterwegs. Brauchst du mehr Details?"

Edgar brummelte etwas in den Bart. Dann besann er sich, umarmte seine Frau und wünschte ihr einen guten Morgen.

Nicht, dass er Rita den nächtlichen Erfolg nicht gönnte. Nein, davon war er weit entfernt. Es war nur dieses undankbare Gefühl, zwar zum Kader einer Fußballmannschaft zu gehören, aber auf der Ersatzbank schmoren zu müssen. Eine Rolle, die ihm noch nie geschmeckt hatte.

Er suchte nach Alternativen. Er könnte sich vielleicht mit Lothar Gieringer verabreden. Er hörte ihn bereits im Geiste reden: *Ach, das ist aber schön, dass der Herr Kriminalhauptkommissar sich an mich erinnert.* Darauf hatte Edgar jedoch keinen Bock. Er könnte aber auch Pit Ferman in *Grünweiler* besuchen. Könnte. Aber irgendwie brachte er den Elan nicht auf, sich ausgehmäßig umzuziehen und zur Bushaltestelle zu latschen. Die Verlockung, für den Kurztrip extra die *Harley Davidson* aus der Remise zu holen, zog heute nicht. Keine Lust.

Dann wars aber auch schon vorbei mit den Alternativen. Edgar wurde sich gewahr, dass er außer Lothar Gieringer, Pit Ferman und Peter Seibelt in *Weinbuch* keine weiteren Freunde aufzählen konnte. Woher auch? Als aktiver Polizist war er ein Einzelgänger, und ein Vereinsmeier war und ist er nie gewesen. Gesellige Feste mit Stimmungsmusik waren ihm ein Graus, und von der Verwandtschaft lebte keiner mehr. Wenn er in der Zeitung von städtischen und dörflichen Veranstaltungen las, egal welcher Couleur, empfand er weder Wehmut noch Ärger, etwas verpasst zu haben. Er musste da nicht dabei gewesen sein – und wollte es auch nicht. Soweit war er mit sich im Reinen.

Aber wenn er sich vorstellte, irgendwann in der Zukunft, wenn seine Melanie vor ihm stürbe, allein zu sein – dann bröckelte der harte Kern in seiner Brust. Davor hatte Edgar tatsächlich ein bisschen Bammel. Trotzdem verscheuchte er jeden Gedanken, der ihn in Verbindung mit einem Pflegeheim brachte. Ein Leben in solch einer Einrichtung, da war sich Edgar ganz sicher, wäre nichts für ihn. Er behielt sich vor, so lange wie möglich autark zu bleiben und den Zeitpunkt sowie die Art und Weise seines Todes selber zu bestimmen. Er hoffte, dass er bis dorthin fit und klar im Kopf bleiben würde.

Ein anderes Thema, das Edgar umtrieb, war die Sache mit dem Tod. Ein Ereignis, das unterschiedslos alle Lebewesen betraf, ob sie wollten oder nicht. Eine sehr persönliche Angelegenheit also, und das *oder nicht* betrachtete er gerne als unerlaubten Eingriff auf den freien

Willen eines Menschen. Was, wenn er sich diesem Diktat einfach widersetzte? *Hahaha, das wär mal was für die Nachrichten, die Presse und die Internet-Community*, dachte er. *Edgar Schaaf weigert sich zu sterben.*

Nein, so verrückt war Edgar nun doch nicht. Dass alle sterben müssen, stand für ihn außer Frage. Was er nicht so leicht abtun konnte, war das Geschehen mit seinem Ich im Augenblick des Todes. Er hatte gelesen, dass seit Menschheitsbeginn bis heute circa dreißig Milliarden Menschen die Erde bevölkerten. Alle sind sie gestorben, und Edgar wusste nicht, ob **er** dieser großen Aufgabe gewachsen sein würde. *Es vergeht keine Sekunde, in der ich keine Eindrücke verarbeite. Seien es Bilder, die ich mit den Augen wahrnehme, oder Gedanken, die ich erstelle. Wenn ich träume, und mein Herz hört mittendrin auf zu schlagen – träume ich dann einfach weiter, oder endet der Traum blitzartig? Was geschieht mit dem unvollendeten Traum, beziehungsweise wohin verschwindet er? Ist er nicht urheberrechtlich geschützt? Wo bleibt die Energie oder mein Geist? Bleibt er im Kopf oder geht er außer Haus? Und ist dieses Ende tatsächlich für alle gleich, egal ob arm oder reich, ob intelligent oder dumm, ob gut oder böse? Bleibt außer ungefähr 1,5 Kilogramm Hirn nichts weiter übrig?*

Abschließend fand es Edgar als nicht zufriedenstellend geregelt, dass, wenn man den eigenen Tod erlebt, ihn nicht überleben wird.

Edgar spitzte die Lippen zum Pfeifen, wie er es oft tat, wenn er unschlüssig oder uninspiriert war. Dann drehte er sich um und ließ sich von der Langeweile in sein Büro leiten. Es lagen dort drei Stapel Akten von ungeklärten

Mordfällen, sowie eine Akte über einen Vermisstenfall. Er würde alles noch einmal lesen.

*

Etwa zur gleichen Zeit schickte sich Anton Maier an, unter Verwendung einer geländefähigen Leiter und bewaffnet mit einer Astschere und einer Drahtbürste, allzu sehr wucherndes Efeu von der Außenmauer des Schlosses zu entfernen. Eine *never ending story*, wie er zu sagen pflegte. An und für sich eine reine Routineangelegenheit.

Die umfangreiche und ungeliebte Arbeit verlegte er bewusst in den November, weil er dann sicher sein konnte, dass die Wespen, die ihre Nester gerne in den verwitterten Wänden hinter dem Efeu anlegten, jahreszeitgemäß ausgeflogen waren. Er hatte die leidvolle Erfahrung gemacht, von den Viechern angegriffen und gestochen worden zu sein, als er sich zu früh im Jahr an den rissigen Mauern zu schaffen gemacht hatte. Das sollte ihm nie wieder passieren.

Dieses Jahr, meinte er, war der Efeu besonders hoch geklettert. Die Wetterbedingungen des Sommers hatten das Wachstum begünstigt, weshalb Anton die Leiter auf ihre gesamte Länge ausziehen musste. Entsprechend hoch musste er steigen, und entsprechend viel hatte er zu tun. Nicht der Leichtesten einer, versuchte Anton die Reichweite seiner Arme auszunutzen, denn das häufige auf und ab an den Sprossen war kraftraubend.

Bei einer dieser kritischen Situationen lehnte er sich so weit zur Seite, dass er das Gleichgewicht verlor. Zwar hielt er sich mit einer Hand an der Leiter fest und stand mit einem Fuß auf der Sprosse, doch das andere Bein schwang frei in der Luft, und nur die ausgestreckte zweite Hand am Efeustrang verhinderte, dass er unkontrolliert abstürzte. Auf die Leiter zurück schaffte er es aber auch nicht mehr. Lange würde er sich in dieser Position, sechs Meter über dem Erdboden, nicht halten können.

Anton begann nach seiner Frau zu rufen, doch Antonia hörte ihn nicht.

In seiner Verzweiflung rechnete Anton zwei Möglichkeiten durch. Beide waren für ihn fatal.

Würde er den Efeustrang, an den sich seine Hand gekrallt hatte, loslassen, würde er ungebremst abstürzen. Das war für ihn keine Option.

Die zweite Wahl war die, bewusst von der Leiter zu springen und im Fallen nach jedem erdenklich möglichen Efeuzweig zu greifen und zu hoffen, dass die Haftwurzeln der Kletterpflanze die Fallgeschwindigkeit verlangsamten. Zu dieser Entscheidung bedurfte es eine Menge Mut. Aber Anton sah keinen anderen Ausweg. Also sprang er.

Weil Anton nicht zum zweiten Frühstück erschienen war, begann Antonia ihn zu suchen. Sie fand ihn am Fuße der Schlossmauer liegend. Er blutete aus einer Kopfwunde, aber er lebte, und außer eines gebrochenen Unterarms und eines gebrochenen Fußgelenks hatte er keine weiteren Schäden davongetragen. Der Transport und die Aufnahme in das *Ortenau Klinikum* blieben ihm allerdings nicht erspart.

Dieser Unfall war der Grund dafür, dass am 07.11.2024 der Briefkasten des Schloss Ortenberg nicht geleert wurde.

*

Mit frischem Elan, bewirkt durch ein paar Stunden ungestörten Schlafs und Gertis sagenhafte Kartoffelsuppe mit Apfelküchle, war Rita am frühen Nachmittag in der Polizeidirektion eingetroffen. Oberstaatsanwalt Bernd Landquart hatte ihr das Recht zugesprochen, die Vernehmung Franz Lemmingers selbst zu leiten. Der hatte sich in der Nacht ohne Widerstand von Rita festnehmen und von einer Polizeistreife in den Arrest bringen lassen.

Frau Sackmann hatte die Kommissarin nicht zweimal bitten müssen, zu ihr nach Hause zu kommen und dort Lemmingers Heimkehr abzupassen. *„Bevor er sich noch weiter in die Scheiße hineinreitet"*, hatte sie gesagt. *„Denn im Grunde ist er bereit, sich der Polizei zu stellen. Also habe ich für ihn zu seinem Besten entschieden."*

Rita war nicht umhin gekommen, Edgar während des Mittagessens ins Bild zu setzen. Sie konnte sich ziemlich gut vorstellen, welche Tortur es für ihn gewesen sein musste, bis zum Mittagessen auf ihr Erscheinen zu warten. So sah er auch aus, als hätte er unter Sauerstoffmangel gelitten. Anscheinend brauchte er das Wissen über ihre Einsätze wie das tägliche Brot. Da es sich bei dem Einsatz um eine ganz normale Festnahme gehandelt hatte, hatten sich vertiefende Fragen seinerseits erübrigt. Nur dass er nicht selber an der Festnahme beteiligt gewesen war, schien ihn ein wenig zu piesacken. Aber er verlor dazu kein Wort.

Franz Lemmingers Gesicht hellte sich auf, als er im Vernehmungsraum seinen Rucksack nebst Inhalt zu sehen bekam. Die Gewissheit, dass nichts fehlte, stimmte ihn überaus gesprächig. So gab er, als Rita ihn mit den beschlagnahmten Gegenständen aus seiner Wohnung konfrontierte, unumwunden mehrere, gemeinsam mit Georg Sackmann in Eigeninitiative ausgeführte Einbrüche zu, unter Angabe von Orten und Daten. Auch dass er einen gewissen Maverick Schreiner kannte, konnte er nicht abstreiten, war doch immerhin sein Rucksack in dessen Haus gefunden worden. Zu mehr freiwilligen Informationen war er vorderhand jedoch nicht bereit.

In Absprache mit dem Oberstaatsanwalt bot Rita ihm die Kooperationskarte an: „Es kann sich günstig auf das Strafmaß auswirken, wenn Sie mit uns zusammenarbeiten. Was hat es zum Beispiel mit dem Handy und dem Zusatzgerät auf sich, das wir in Ihrem Rucksack sichergestellt haben?"

Lefti schwieg.

„Ich erinnere Sie noch einmal an eine eventuelle Strafvergünstigung. Was hat es mit dem Handy auf sich?"

Lefti wand sich. „Das Gerät macht die Verfolgung eines Gesprächs oder den Standort eines eingeschalteten Handys unmöglich."

„Mhm, und für was soll das gut sein?", fragte Rita.

„Masch, also Maverick, gab über dieses Gerät Befehle weiter. Anordnungen. Wo, wann und wie die Mitglieder sich treffen sollten. Es ging um geplante Einbrüche."

„Ist Maverick der Boss der Bande?"

Lefti schüttelte den Kopf. „Glaub' ich nicht. Er bekam selber Anweisungen von irgendwem weiter oben. Mehr weiß ich nicht. Man hat nie jemanden zu Gesicht bekommen. Ich meine, wir anderen."

„Wer sind *wir anderen*?"

Lefti zog ein Gesicht, als hätte er sich auf die Zunge gebissen. „Oh, Scheiße, Mann, das wird jetzt aber wirklich fies. Ich häng' doch keine Kumpels hin. Wir haben uns immer nur zu den Aktionen getroffen. Alle immer unter Maske. Das war von oben so verlangt worden. Genau deswegen, damit keiner den anderen verpfeifen kann."

Rita ließ Leftis Worte wie ein filigranes Gebilde im Raum stehen. Dann stand sie auf und verließ den Raum mit den Worten: „Sie bleiben vorerst in Gewahrsam, Herr Lemminger. Wenn Sie sich mit einem Anwalt beraten wollen, dürfen Sie telefonieren."

*

Dort, wo niemand dich vermutet? Bei dir zu Hause?

Masch ahnte, was Robin damit gemeint hatte. Wo versteckt man einen Fisch am besten? In einem Schwarm Fische. Wo versteckt man einen Baum? Im Wald. Wo versteckt man einen Gesuchten? Dort, wo bereits gesucht worden ist.

Nicht schlecht, Herr Specht, dachte Masch.

Er lag rücklinks auf dem Bett in Connys Motel und horchte in sich hinein. Ob da noch etwas war, das er für Robin empfand. Zwölf Jahre Gemeinsamkeit wischte man nicht einfach so vom Tisch. Bilder zogen an seinem inneren Auge vorbei. Szenen wie aus einem Film. Aber es war wie beim Fernsehen in der Sommerpause: Wiederholungen, die er alle schon mal gesehen hatte. Die ihn nicht mehr berührten. Und er schaute zurück, über die trennende Kluft, doch das Bedürfnis, auf die andere Seite zu wechseln, stand auf null. Das einzige, das ihn bewegte, war die Erkenntnis, wie kalt und klar er die Situation sah.

Aber durfte er sich nach zwölf Jahren einer Aussprache verweigern? Wäre es nicht fair, die Trennung in beiderseitigem Einvernehmen zu vollziehen? Sie waren doch erwachsene, vernünftige Männer, die eine tolle Zeit miteinander gehabt hatten. Es anders zu sagen, wäre eine Lüge. Aber genau in dieser tollen Zeit steckte eine Menge Brisanz. Sprengstoff, wenn man damit nicht richtig oder fahrlässig umging.

Masch hatte das Gedächtnisprotokoll abgeschlossen und es auf einer *mine* gespeichert. Nach der ersten schlaflosen Nacht hatte er fast ununterbrochen daran gearbeitet und baute darauf, dass es im schlimmsten anzunehmenden Fall seine Lebensversicherung war. Für die Frage jedoch, wo er es deponieren sollte, hatte er noch keine Lösung gefunden. Conny weigerte sich bislang, die *mine* bei sich aufzubewahren und sie bei Notwendigkeit an die richtigen Leuten zu übergeben. Einem Anwalt oder einer anderen Person seines Vertrauens, wie Masch ihr antrug.

Dagegen riet sie ihm, Robins Vorschlag zur Aussprache anzunehmen. Vielleicht tat sie es nur, um Masch aus ihrem Motel loszuwerden. „Was er sagte, klingt nicht unlogisch", meinte sie. „Die Polizei wird dich sicher nicht zweimal am gleichen Ort suchen. Am besten, du fährst morgen früh los und schwimmst im Berufsverkehr mit. Ich richte dir auch was zu essen her."

Masch nickte stumm, einen Kloß im Hals.

„Was ist? Hast du Schiss?"

Er lugte verlegen zu Seite. Es war zu einfach, eine komplexe Gefühlslage auf ein einziges Wort zu komprimieren. Vielleicht war *Schiss haben* am Ende die Quintessenz seines bisherigen Lebens. So gesehen hatte Conny den Punkt getroffen. Aber da war mehr als nur ein Punkt, denn im Moment befand sich alles, was er bisher geleistet hatte, in Auflösung. Es bedeutete Verlust, Versagen, Abschied und Trennung. Und Leere, nicht zu wissen, wohin die Reise ging. So betrachtete er den Aufenthalt in Connys Motel als Metapher für sein Scheitern. Gelandet in einem Zimmer mit Wasserrohrbruch – treffender konnte er seinen Schiffbruch nicht betiteln.

Masch beantwortete Connys Frage nicht, zündete aber eine Nebelkerze: „Kommst du hier alleine zurecht? Das Motel uns so?" *Will nur mal auf den Busch klopfen, wie es mit einer Perspektive aussähe*, dachte er.

Conny roch den Braten: „Wieso fragst du? Willst du dich mit deinem vielen Geld einkaufen? Dann sei herzlich willkommen. Aber eins sag´ ich dir: Ein Job für Schnarchnasen ist das nicht, und eine Garantie für Reichtum ebenfalls nicht."

Masch ruderte zurück: „Nein, nein, so habe ich das nicht gemeint. Es war nur eine allgemeine Frage."

„Ich habe natürlich Personal. Allein wär das gar nicht zu schaffen. Zimmerreinigung und so weiter. Und einen Hausmeister für die technischen Belange. Aber besitzen und verwalten tu ich es allein", erklärte sie. Als er schwieg, legte sie ihre Hand auf seinen Arm und fragte ihn mit sanfter Stimme: „Was ist los, Maverick? Was ist passiert?"

Zu ihrer Überraschung bemerkte sie, wie Maschs Augen geflutet wurden und eine Erschütterung durch seinen Körper brandete. In diesem Augenblick, mit etwas zeitlichem und räumlichem Abstand zu seinen Aktionen in den vergangenen paar Tagen, wurde ihm mit voller Wucht die Tragweite seines Handelns erst richtig bewusst.

„Conny, ich … ich … ich habe nicht nur einen Menschen getötet. Ich hätte um ein Haar zwei weitere Morde begangen. An einem Mann, der mich beim ersten Mord gesehen hat, und an einem jungen Kerl, dessen einziger Fehler es gewesen war, mich anzurufen, weil er meine Hilfe haben wollte. Ich weiß gar nicht, was aus mir geworden ist und wie es zu all dem Desaster kommen konnte. Ich war nicht immer so. Und wenn ich mich jetzt beobachte, bekomme ich Angst vor mir selbst. Die Energie, die ich aufgebracht habe, um die beiden Männer zu ermorden – ich kann nicht glauben, dass sie von mir kam. Es widert mich an und ich widere mich selber an. Ich kann nicht verstehen, wie meine einstige Philosophie des Gentlemanräubers derart unter die Räder geraten konnte."

Conny blieb stocksteif sitzen, die Hand weiterhin auf seinem Arm. Als Besitzerin und Managerin des Motels in Personalunion hatte sie gelernt, sich von Hiobsbotschaften nicht so schnell aus der Ruhe bringen zu lassen. Und auch diesmal behielt sie nach außen hin die Fassung. „Gib mir die *mine*, auf der du das Gedächtnisprotokoll gespeichert hast. Und dann machst du das morgen so, wie ich dir gesagt habe. Du triffst dich mit diesem Robin in deinem Haus. Und anschließend – anschließend stellst du dich der Polizei."

08.11.2024

Die erste Aufregung war überwunden. Anton Maier hatte einen Schutzengel gehabt. Er hätte sich beim Sturz von der Leiter das Genick brechen können. Dass es nur Arm und Fußgelenk waren, hatte er seiner Geistesgegenwart zu verdanken, oder eben dem Schutzengel. Für Antonia, seine Frau, religiös wie sie war, gab es da keine zwei Antworten.

Dennoch hatte sie ihn gescholten. Besorgt und voller Liebe, aber gescholten. Engel hin oder her. Sie fragte sich, warum Männer immer so stur sein mussten. Herrgottnochmal.

Sie wäre ja zu gern bei ihm in der Klinik geblieben, doch dann wäre nachts niemand mehr auf dem Schloss gewesen, auch kein Sicherheitsdienst, wie während ihres Urlaubs. Auch Anton hatte sie nach Hause gedrängt, und als von Seiten des Arztes die Diagnose gekommen war, dass Antons Kopf außer einer Platzwunde keinen bleibenden Schaden davontragen würde, war sie einigermaßen beruhigt gewesen und hatte sich von einem Taxi bis vor das Schloss fahren lassen.

Bei der Gelegenheit hatte sie gesehen, dass Post im Briefkasten lag, aber da sie den Schlüssel nicht mit sich führte, hatte sie die Leerung auf den nächsten Morgen verschoben.

Und nun saß sie am Freitagmorgen da, eine Tasse Kaffee vor sich, und drehte und wendete einen Briefumschlag in den Händen, ohne einen Absender oder Adressaten darauf zu finden. Ein gewöhnlicher brauner Umschlag mit Selbstklebeverschluss für DIN-A5-Format, ohne Briefmarke oder Poststempel.

Mit dem Stiel des Kaffeelöffels riss sie den Verschluss auf. Sie zog ein Blatt Papier heraus, normales Druckerpapier, wie sie annahm, auf dem aus Zeitungen ausgeschnittene Buchstaben und Wörter klebten, die folgenden Text ergaben: **Kaufen Sie Ihre Ware zurück, Mindestpreis 2 Millionen. Bei Einverständnis Lichtsignale von der südlichen Schlossmauer, Freitag zwischen 22 und 23 Uhr. Sie hören dann von mir.**

Antonia erschrak derart, dass sie die volle Kaffeetasse umwarf.

Dieser Brief war nicht für sie bestimmt, dessen war Antonia sich klar, und nachdem sich ihr Puls wieder beruhigt hatte, drückte sie die Kurzwahlnummer für ihre Chefin.

„Was gibt´s, Antonia?“

„Tamara, da ist ein Brief angekommen. Ein Erpresserbrief, wie´s aussieht. Zwei Millionen …“

„Aha, geht´s also los. Antonia, hör´ bitte zu: Mach´ ein Foto von dem Brief und sende es mir. Den Brief selber hole ich dann später. Aber zunächst brauche ich das Foto. Kriegst du das hin?“

*

Masch wachte auf – und war traurig. Weil das hier zu Ende ging. Zimmer vierundzwanzig. Es hatte ihn nicht gestört, dass es etwas muffig roch und dass Bettdecke, Laken und Kissen ein bisschen klamm waren. Meine Güte, er war ein Kerl, der schon unter ganz anderen, unangenehmeren Umständen genächtigt hatte. Außerdem war es seine ureigene Entscheidung gewesen, dieses Zimmer zu akzeptieren. Masch war nicht etepetete in solchen Sachen.

Weil das hier zu Ende ging und weil sicherlich auch Conny neben ihm gleich aufwachen würde.

Er hatte sie gebeten, bei ihm zu bleiben. Über die eine Nacht bei ihm zu bleiben. Nein, nein, ohne Sex und all dem. Nur bei ihm. Neben ihm.

Sie hatte etwas gezögert. Dann aber das Telefon genommen und den Hausmeister gebeten, die Rezeption des Motels ausnahmsweise für eine Nacht zu besetzen. Für doppelten Lohn, wie Masch angeboten hatte.

Conny rekelte sich im Bett und murmelte ein paar unverständliche Worte. Die Handyuhr zeigte vier Uhr fünfundzwanzig. Bald würde Masch aufbrechen müssen.

Er haderte mit sich selbst. Wie es so weit hatte kommen können? Dass er ein Gangster und Verbrecher geworden war. Dass er einen Menschen getötet hatte. Warum er das Geologiestudium nicht fortgesetzt hatte. Warum er schwul war. Oder war er am Ende gar nicht richtig schwul? Hätte er sich damals nicht für die schöne Conny entscheiden können?

Er betrachtete sie im diffusen Licht des grauenden Morgens. Sein Blick ruhte auf ihrem entspannten Gesicht. *Ja, das wäre der richtige Weg gewesen. Conny und Maverick*, dachte er, und eine Träne stahl sich in sein Auge. *Conny und Maverick.*

Conny blieb sachlich. Sollte sie von irgendwelchen gefühlsdusligen Emotionen bewegt werden – so versteckte sie sie gut. Wie versprochen, bereitete sie in der kleinen Küche bei der Rezeption ein paar belegte Brote zu und gab sie Masch nebst einer Flasche Wasser mit.

Als Masch zum Abschied bereit war, sagte sie: „Du hast einen Menschen umgebracht, Maverick. Deswegen darf ich dich nicht lieben. Aber wenn du deine Strafe verbüßt hast, dann erlaube ich dir, nach mir zu schauen. Und jetzt geh´ und pass´ auf dich auf." Nach einem gehauchten Kuss auf seine Wange wandte sie sich um und schloss die Tür hinter sich.

Berufsverkehr auf der A5. Wie Conny vorhergesagt hatte, schwamm er im Strom tausender Fahrzeuge dahin, wie ein Molekül unter Trilliarden anderer Moleküle. Zweimal sah er Polizeifahrzeuge, doch anscheinend waren sie nur am stetigen Fluss des Verkehrs interessiert. Zweimal Adrenalin umsonst produziert.

Er fuhr eine Abfahrt früher als gewohnt von der Autobahn. Die letzten Kilometer wollte er bewusst und konzentriert in sich aufnehmen. Sich innerlich vorbereiten. Auf das, was da auf ihn zukam. Auf Robin.

Kollmarsingen. Die Ortsdurchfahrt. Keine Leute unterwegs. Dann seine Straße. Ligusterstraße. Alles war wie immer. Oder doch nicht? Masch lenkte den SUV argwöhnisch an den Straßenrand, scannte mit den Blicken die anderen Autos ab, ob in einem von ihnen eine oder zwei Personen saßen, die so taten, als würden sie ihre Freizeit auf diese Weise verbringen, doch offensichtlich auf etwas warteten. Aber er sah niemanden.

Er fuhr wieder an und parkte den Wagen in der Hofeinfahrt seines Hauses und stieg aus. Ein weiterer Rundblick sagte ihm, dass Robin noch nicht hier war. Mit dem Schlüssel klimpernd betrat er den Windfang vor der Haustür. Ein Polizeisiegel klebte vom Rahmen bis zur Tür. Masch ritzte es kurzum mit dem Schlüsselbart durch, schloss die Tür auf und betrat den Flur.

Dass etwas nicht stimmte, merkte er im Grunde beim ersten Atemzug. Aber die Geistesgegenwart, jetzt absolut nichts zu tun und das Haus schleunigst zu verlassen, besaß er in diesem Augenblick nicht – und drückte, was einer Freudschen Fehlleistung gleichkam, den Lichtschalter.

*

Rita befand sich auf der Fahrt von *Gengenbach* nach *Offenburg*, als die Nachricht um sieben Uhr fünf in ihren Dienstwagen ploppte. Ferdinand Oberländer, der gerade die Frühschicht angetreten hatte, legte mit der Botschaft los, noch ehe Rita piep gesagt hatte. „Brauchst gar nicht erst ins Büro zu kommen, Rita. Fahr´ stattdessen gleich nach *Kollmarsingen*, Ligusterstraße. Es soll dort eine Explosion in einem Einfamilienhaus gegeben haben. Feuerwehr, Sanitäter und die *Freiburger* Kollegen sind schon vor Ort, und Allgöwer ist ebenfalls unterwegs. Nach Rücksprache mit Bernd Landquart übernimmst du, was die Polizeiarbeit angeht, die Leitung."

„Gibt es Tote oder Verletzte?", fragte Rita.

„Mir wurde eine schwerverletzte Person gemeldet. Ist angeblich schon auf dem Weg in eine *Freiburger* Klinik. Das betroffene Haus gehört einem gewissen …"

„Ich weiß, wem das Haus gehört, Ferdinand, danke. Ist Mika Laukonen schon im Dienst?"

„Bisher nicht", antwortete Oberländer.

„Ruf' ihn an und schick' ihn mir. Ich brauche seine Unterstützung."

Sie ließ den Dienstwagen außerhalb des abgesperrten Bereichs stehen und näherte sich zu Fuß von hinten der allgegenwärtigen Phalanx von Gaffern. Sie pflügte sich hindurch und bückte sich unter das Polizeisperrband, das einer der beiden *Freiburger* Streifenpolizisten für sie hochhielt.

„Wieso darf die hier durch und wir nicht?", ätzte einer der Gaffer.

Rita zog den Dienstausweis hervor und ging auf den Fragesteller zu. „Weil *die hier* bei der Kriminalpolizei ist und Sie nicht." Sie hob ihm den Ausweis vor die Nase und ließ ihn dann stehen. Es waren nur wenige Schritte bis zu den uniformierten Beamten. „Hallo und guten Morgen", begrüßte sie die beiden. „Könnt ihr mich bitte in Szene setzen? Das sieht ja nicht gut aus dort drüben", womit sie das zerstörte Haus meinte.

„'n Morgen, Frau Böhringer. Man hat Sie schon ange-kündigt. Vermutlich eine Gasexplosion um Viertel nach sechs. Hat alle Fenster ausgeschlagen und die gesamte Inneneinrichtung im EG zerstört. Die Feuerwehr hat die Gaszufuhr bereits unterbrochen. Eine verletzte Person, vermutlich der Besitzer des Hauses, lag direkt hinter der Eingangstür im Flur."

Rita entdeckte Allgöwers Einsatzwagen unweit der Ruine stehen. „Man kann das Haus also betreten? Keine Einsturzgefahr?"

Der Polizist nickte. „Allgöwer hält es für sicher. Aber Sie ziehen sich besser einen Schutzanzug an, wenn Sie ihre Kleider nicht versauen wollen."

„Gut, danke. Ich heiße übrigens Rita."

Der Beamte lächelte. „Okay, Rita, dann bin ich der Norbert, und der Aff´ neben mir heißt Alf."

Rita deutete ein Lächeln an. Sie hielt den Moment und den Ort nicht für Scherze geeignet. „Wann ist der Notruf denn eingegangen?"

„Es waren einige, wahrscheinlich von all den Nachbarn. Der erste Notruf kam bereits um sechs Uhr achtzehn", erklärte Alf, der zweite Beamte.

„Ich nehme an, dass auf der anderen Seite ebenfalls zwei Kollegen stehen? Dann geh´ ich mal hinüber. Falls Kriminalkommissar Mika Laukonen auftaucht, sagt ihm bitte, dass ich mich im Haus befinde. Ach ja. Keine Auskünfte an die Presse über Tote oder Verletzte. Bis später."

*

Von den Vorgängen in *Kollmarsingen* wusste Edgar nichts. Sein Tag begann wie immer seit der Erfindung von Tag und Nacht. Obwohl, ganz so traf das nicht mehr zu. Wenn Saida zum Beispiel wie vergangene Woche Schulferien hatte, blieben er und Melanie länger im Bett. Ging sie wie heute zur Schule, begann Edgars Tag mit *Müller* und *Lydia* um sechs Uhr, während für Melanie um sechs Uhr dreißig die Nacht vorbei war. Um sieben Uhr gab es Frühstück, ehe Saida zur Schule aufbrach.

Es hatte seit Tagen nicht mehr geregnet. Manche sprachen von Wochen. Über dem Südwesten Deutschlands hing ein stabiles Hoch, das sich kaum vom Fleck rührte. Demzufolge gab es auch keine Luftbewegungen. Das Land lag in einer Erstarrung, als würde es auf eine apokalyptische Bedrohung warten. An vier von fünf Tagen hüllte sich die Region in feuchten Nebel. Die Leute zog es in Scharen in die Höhen des Schwarzwaldes, wo über tausend Meter strahlender Sonnenschein herrschte.

Edgar gehörte nicht zu ihnen, und war nie einer gewesen, der bei jedem Event oder Ereignis dabei sein musste, und er hatte nicht das Gefühl, dass ihm etwas entginge. Das Internet quoll über von Fotos, die Menschen vor irgendeiner angesagten Kulisse zeigten, zum Beweis, dass sie mit dabei gewesen waren. Leider auch Fotos von Gaffern, die bei Unfällen die Rettungskräfte behinderten, oder von anderen Menschen, die jedweden banalen Hühnerfurz mit der sogenannten Community teilten. Sinnlose Energieverschwendung.

Achim Ketterer. Der seit 1986 vermisste Sohn von Tessa und Rudolf Ketterer. Edgars Gedanken drehten sich intensiver um diesen Vermisstenfall als um die drei unaufgeklärten Morde. Er konnte sich das gesteigerte Interesse daran nicht erklären, doch zugeben würde er es gleichfalls nicht. Aber tatsächlich verhielt es sich so.

Er las zum wiederholten Male das Datum der Vermisstenanzeige. 21. Mai 1986. Was mochte um das Datum herum bei der Familie Ketterer geschehen sein? Oder mit Achim? Er, der jüngere der Geschwister.

Zum bestimmt x-ten Male schweiften seine Augen über die Geburtsdaten der Eltern Tessa und Rudolf. Und heute endlich blieben Rudolf Ketterers Zahlen im Datensieb hängen. Rudolf Ketterer war vier Tage vor der

Vermisstenanzeige sechzig Jahre alt geworden. Ein runder Geburtstag. Es stellte Edgar nicht vor Schwierigkeiten, sich zu diesem Jubiläum den einen oder anderen Zwist auszumalen, besonders wenn Rudolf als Patriarch seines Architekturbüros möglicherweise die Weichen für die künftige Fortführung des Betriebs gestellt haben mochte. Insbesondere personeller Art. Lag hier das Motiv für Achims Verschwinden? Er war zu jenem Zeitpunkt fünfundzwanzig Jahre alt gewesen. Welcher Arbeit oder welchem Studium er nachging, war in den Akten nicht vermerkt. Wenn Edgar im Internet nach der Firma Ketterer suchte, fand er sie unter dem Namen Britta Ketterer, Achims Schwester. So verdichteten sich die Anzeichen, dass Achim an jenem Geburtstag seines Vaters die bittere Pille hatte schlucken müssen, dass er in den Plänen des Alten keine Rolle mehr spielte. Also ab durch die Mitte?

Die ältere Tochter also. Beziehungsweise Achims Schwester. Edgar hielt seinen Entwurf eines Familiendramas für schlüssig und tippte den Namen Britta Ketterer in die Suchmaschine des Computers. War sie verheiratet? Hatte sie Kinder? Wer war sie? Fragen, die beantwortet sein wollten. Er hatte die Entertaste noch nicht betätigt, als sein Handy klingelte. „Edgar Schaaf", meldete er sich schneidig.

„Ach gottseidank bist du da. Tamara Brassova am Telefon. Edgar, hör´ bitte genau zu. Ich brauch´ dich."

Ich brauch´ dich.
Es war das dritte Mal, dass Edgar in Tamara Brassovas *Rolls-Royce* chauffiert wurde. Das erste Mal zu seiner

Hochzeit mit Melanie; das zweite Mal vor etwas mehr als einer Woche zum dreijährigen Hochzeitstag; und heute also zum dritten.

Edgar betrachtete das Foto des Erpresserbriefs, das Tamara ihm aufs Handy gesandt hatte. *Ein Amateur*, war sein erster Gedanke gewesen, und *old school*.

Der Chauffeur hatte die Aufgabe, Edgar erstens zum Schloss Ortenberg zu fahren, um dort den Originalbrief abzuholen, und zweitens ihn danach zum neuen Domizil Tamaras zu bringen. Es gab Redebedarf.

Schon seit dem Vormittag lag eine Hochnebeldecke über Mittelbaden, die sich nun gegen Mittag ins Rheintal senkte. *Na, wenn das mal keine ausgewachsene Nebelsuppe wird*, dachte Edgar, der die schleichende und unaufhaltbare Veränderung aus dem Autofenster beobachtete.

Der Fahrer des *Rolls-Royce*, jedes Mal derselbe, war ein schweigsamer Genosse. Edgar erinnerte sich vage, dass der Fahrer bei ihrer zweiten Fahrt mit einem Akzent gesprochen hatte. Darum lag es nahe, zu vermuten, dass er ein Russe war. Aber Edgar sprach ihn nicht darauf an, um diese Wissenslücke zu schließen, genauso wenig wie der Chauffeur seinerseits ein Gespräch anstieß. Jedenfalls schien er entsprechend instruiert worden zu sein, denn er folgte dem Ziel wie eine Eisenbahn auf Schienen.

Antonia Maier wartete schon vor dem Haupteingang des Schlosses, den ominösen Brief mit Putzhandschuhen haltend. Edgar hielt ihr eine Dokumentenhülle auf, in die sie den Brief steckte.

Damit war sie jedoch noch nicht entlassen. Edgar sagte: „Bitte bringen Sie mir ein Glas, das Sie ohne

Handschuhe angefasst haben. Es ist, damit wir Ihre Fingerabdrücke auf dem Briefpapier von anderen möglichen Fingerabdrücken ausscheiden können."

Fünf Minuten später ging die Fahrt weiter, und wie vor einer Woche änderte der Fahrer so oft die Himmelsrichtungen, dass Edgar am Ende nicht wusste, wo er sich genau befand. Erst als der Flachbau, der Tamara Brassovas neues Zuhause war, vor der Kühlerhaube des *Rolls-Royce* auftauchte, konnte er mit einiger Sicherheit behaupten, schon einmal da gewesen zu sein.

Die kleine rothaarige Hausherrin empfing ihn vor der imposanten Haustür. Wirklich nur ganz kurz kam Edgar der Vergleich mit einem Gartenzwerg in den Sinn, für den er sich sofort unheimlich schämte. Er war normalerweise keiner, der Menschen nach Figur oder Aussehen bewertete, aber manchmal half ihm der Schalk im Nacken, sich von Personen ein Bild zu machen. Eine Art Eselsbrücke.

Sie empfing ihn mit offenen Armen. „Danke, danke, dass du gleich gekommen bist. Melanie wollte nicht mit?"

„Sie kann nicht, Tamara", antwortete Edgar. „Wie du weißt, haben wir ein schulpflichtiges Mädchen. Da muss nach Schulschluss jemand zu Hause sein."

„Ja, ja, ich verstehe. Komm´ rein in die Wärme. Der Nebel ist ja ekelhaft. Hast du den Brief?"

Edgar zog eine Dokumentenhülle aus seiner Umhängetasche.

„Es ist genau so gekommen, wie du vorhergesagt hast", sagte Tamara, die ihm vorausging. „Sie verlangen

Lösegeld für meine eigene Ware. Wie dreist ist das denn?"

Edgar blies die Backen auf. „Irgendwie müssen die Erpresser erfahren haben, wieviel die Ware wert ist. Dass sie gerade die Hälfte verlangen, kann kein Zufall sein. Darum meine Frage: Gibt es in deinem Umfeld Menschen, die über den genauen Wert Bescheid wissen?"

„Meinst du etwa …"

„Genau. Deine Angestellten."

„Nein, Edgar. Für die lege ich meine Hand ins Feuer. Ich kenne alle schon seit Jahren."

„Oder hast du darüber mal unabsichtlich gesprochen? Bei einem deiner Empfänge oder bei Bekannten oder Freunden? Manchmal …"

„Nein, Edgar, nein, das hab´ ich gewiss nicht. Nimmst du einen Kaffee?"

Edgar nickte. „Danke, gern. Wenn du erlaubst, möchte ich doch Rita Böhringer informieren."

Tamara seufzte ergeben. „Wenn es denn sein muss."

Edgar probierte mehrfach, Rita telefonisch zu erreichen. Beim letzten Versuch sprach er eine Nachricht auf ihre Mailbox und bat sie um Rückruf. Dann wandte er sich wieder Tamara zu.

„Der Briefeschreiber verlangt ein Lichtsignal von der Schlossmauer", sagte er. „In meinen Augen ist das komplett idiotisch. Schau dir nur den Nebel an. Bei der Suppe würde man in fünfzig Meter Entfernung nicht mal sehen, wenn das ganze Schloss brennen würde."

„Gott bewahre, Edgar", entfuhr es ihr, „male mir den Teufel nicht an die Wand."

Edgar wiegelte mit der Hand ab. „Ja, ja, nein, nein. Was ich meine, ist, so ein Verlangen macht nur Sinn, wenn er in ziemlich unmittelbarer Nähe des Schlosses wäre. Unabhängig vom Wetter."

Er sah ihr an, wie sie überlegte.

„Ich werde heute Abend ebenfalls dort sein", sagte er dann. „In **seiner** Nähe. Verstehst du?"

„Du allein?"

„Vielleicht erhalte ich ein bisschen Unterstützung von einem Freund." Edgar dachte an Lothar Gieringer, auch wenn er dessen Geschwafel vom *Herrn Kriminalhauptkommissar* nicht leiden konnte.

„Und wenn nicht?"

„Doch, doch", beruhigte er sie. „Der ist ganz verrückt nach solchen Abenteuern."

Dann läutete Edgars Handy.

*

Vermutlich hatte die *Kollmarsinger* Feuerwehr großen Anteil daran, dass das Einfamilienhaus in der Ligusterstraße nicht stärker in Mitleidenschaft gezogen oder gar vollständig abgebrannt war. Die Räume, die Rita vorsichtig durchschritt, wiesen dort, wo leicht entzündliche Gegenstände gewesen waren, wie Vorhänge, Polster, Lampenschirme, Papier und dergleichen, Brandspuren auf. Die Schäden an Möbeln, Türen und Fenstern waren enorm; das Haus praktisch unbewohnbar.

Die Ursache der Detonation war schnell ausgemacht. Allgöwer hatte sich vom Feuerwehrkommandanten den geöffneten Gashahn in der Küche zeigen lassen, der jetzt natürlich wieder zugedreht war, und mit der Sicherung von Spuren begonnen. Fingerabdrücke, Haare, vielleicht Faserspuren an Stellen, die man mit Bekleidung gerne streifte.

„Hast du bei dem Verletzten ein Handy gefunden? Oder ein Laptop?", fragte Rita, nachdem sie den Rundgang durchs Haus beendet hatte.

„Leider nicht", antwortete er, eine Atemschutzmaske im Gesicht. „Auch die Sanitäter nicht."

„Was denkst du, wie es hier abgelaufen ist?"

Allgöwer zupfte die Maske von der Nase und schob sie unters Kinn. „Es könnte purer Leichtsinn gewesen sein, dass der Bewohner, bevor er das Haus verließ, das Gas am Herd nicht zugedreht hat. Könnte, wohlgemerkt. Daran glaub´ ich aber nicht. Für mich sieht das nach einem Attentat aus. Jemand hat ganz bewusst diese Situation herbeigeführt. Und als der Bewohner nach Hause kam – bumm."

„Verstehe", sagte Rita. „Aber das Haus war versperrt. Kannst du später bitte nach der Terrassentür schauen, ob dort Einbruchspuren zu sehen sind? Die Scheiben hat es ja wohl alle nach außen geblasen."

Allgöwer lächelte verschmitzt. „Nicht alle, Rita. In der Toilette liegen die Scherben innen. Dort ist der Täter eingedrungen."

„Dann ist es eindeutig ein gezielter Anschlag gewesen", stellte Rita fest, die im gleichen Moment Mika Laukonen das Haus betreten sah.

„Mann, was ist denn hier passiert?", fragte er zur Begrüßung.

„Ja, Mika, du siehst ja selber. Gut, dass du da bist. Du gehst mit einem uniformierten Beamten von Tür zu Tür in der Nachbarschaft und befragst die Leute nach

Beobachtungen, die sie eventuell direkt nach der Explosion gemacht haben."

„Okay, und was machst du?", fragte er unnötig.

„Ich ruf´ jetzt Edgar Schaaf an. Der hat nämlich schon mehrfach versucht, mich zu erreichen. Wenn ich fertig bin, komme ich dir helfen."

„Rita! Endlich. Ich hab´ schon wiederholt versucht …"

„Hab´s gesehen, Edgar, hab´s gesehen. Entschuldige bitte, aber ich war – ich bin mitten in einem Einsatz. Explosion eines Hauses mit schwerverletzter Person. Was gibt´s bei dir, dass es so dringend scheint?"

„Tamara Brassova – die Pelze – die Räuber haben sich mit einem Erpresserschreiben gemeldet. Ich bin gerade bei ihr und bespreche unsere Vorgehensweise. Da es jetzt ein Offizialdelikt ist – kannst du, wenn du deinen Einsatz beendet hast, hierherkommen? Tamaras Chauffeur würde dich in *Offenburg* abholen."

Rita überlegte ein paar Sekunden, bevor sie antwortete: „Ich kann dich auf dem Rückweg von *Kollmarsingen* bei Tamara aufgabeln. Dann kannst du mir im Auto die Sache erklären."

„Aber du kennst doch den Weg zu Tamaras Adresse gar nicht, Rita", protestierte er.

„Edgar. Ich bin bei der Polizei. Und die Polizei weiß alles. Ich finde den Weg. Bis später."

Über Maverick Schreiner wussten die Nachbarn nur wenig zu erzählen. Er wurde als freundlich und hilfsbereit geschildert. Er mähte seinen Rasen ordentlich, trennte den Müll und kehrte wöchentlich den Gehweg. Über eine Frau an seiner Seite wusste man nichts, jedenfalls hatte man nie eine bei oder mit ihm gesehen, und über das, was er beruflich tat, wurde spekuliert. Künstler, Schriftsteller, Musiker oder Freischaffender sei er, da er zu unregelmäßigen Zeiten das Haus verließ oder betrat. Geld musste er haben, denn er war stets gut gekleidet, und das Auto hatte ja auch was gekostet. Ach ja, und er hatte immer einen Computer dabei gehabt. Sie wissen schon, so einen flachen.

Rita stieß zu Laukonen und seinem uniformierten Begleiter, als sie einen Anwohner befragten, der auf der Rückseite von Schreiners Haus wohnte. Der Nachbar berichtete, dass er ziemlich bald nach der Explosion einen ihm unbekannten Mann hatte fortlaufen sehen. Von der Terrasse mit den zerstörten Fenstern und Türen über den Rasen und von dort auf die Querstraße. An der T-Kreuzung.

„Können Sie den Mann vielleicht beschreiben? Alter, Kleidung, Haarfarbe, groß, klein, dick oder dünn?"

„Ein Mann, schlank, eher dunkel bekleidet, mit Mütze. Zwischen eins achtzig und eins neunzig. Er hatte eine Tasche dabei. Oder einen Rucksack."

„Haben Sie gesehen, wo er hin ist? Ein Auto? Marke? Farbe?"

„Nein. Es war ja alles voller Rauch."

*

„Sie kommt her und holt mich ab", sagte Edgar. „Dann kann ich den Erpresserbrief auch gleich an die Spurensicherung weiterleiten."

Er stand, eine Kaffeetasse in der Hand, vor dem Panoramafenster, durch das er in einiger Distanz den Baukran und die Baustelle sehen konnte. So vergingen eine, zwei drei Minuten, in denen er seinen Gedanken freien Lauf ließ. Ob sich die anschließende Frage selbstständig auf seine Zunge gelegt hatte, konnte er hernach nicht mit absoluter Sicherheit sagen. Doch er hörte sich fragen: „Was baust du dort drüben eigentlich?"

Tamara atmete angestrengt ein und aus. „Jetzt, da du die Sache mit den Pelzen kennst, kann ich es dir ja gestehen: Ich lasse dort einen klimatisierten Raum für die Pelze errichten. Wäre der Bau früher fertiggeworden, würden die Pelze heute dort lagern und wären nicht gestohlen worden."

Edgar drehte sich zu seiner Gastgeberin um: „Habe ich dich richtig verstanden? Du lässt dort ein Haus extra für deine Pelze bauen?"

Tamara zog eine Schnute, als würde sie gemaßregelt. „Klimatisiert und luftgefiltert, jawohl."

Edgar maß die kleine Frau nach einem neuen Kaliber. „Das Ding musst du mir zeigen, Tamara."

Alsbald spazierten er, der große schwarzgekleidete Mann und die kleine, rotbemäntelte Frau, einträchtig nebeneinander her, auf die Baustelle zu. Es führte ein schmaler, asphaltierter Weg vom Wohnhaus bis dorthin.

„Auf dem Schloss", rechtfertigte sich Tamara, „waren die Pelze einfach nicht mehr sicher, weißt du?"

Edgar ging nicht darauf ein. Stattdessen fragte er: „Wer ist der Architekt von diesem Schuppen?"

Sie waren nah genug, dass Tamara ihn auf ein Schild hinwies, das an einem simplen Bauwagen angebracht war. „Dort, schau, das Firmenschild."

Edgars Blick folgte ihrem Fingerzeig und er las auf einer blauen Tafel den in weiß gehaltenen Schriftzug (*Gee↔Bee*) *Architektenbüro Murksheim.* Darunter eine Telefonnummer und eine Webadresse. In seinem Kopf begann so etwas Ähnliches wie eine Kettenreaktion.

Zuerst reagierte sein Hirn mit einer automatischen Fehlermeldung, in dem es das geschriebene *Gee Bee* als falsch erkannte und selbstständig auf *Bee Gee* assoziierte. Die *Bee Gees*, eine britisch-australische Popgruppe von Weltruhm.

Der in zwei Richtungen weisende Pfeil ↔ deutete jedoch darauf hin, dass die *falsche* Schreibweise ganz bewusst und mit Überlegung gewählt war. Zum einen wurde zum Ausdruck gebracht, zu wem man sich kulturell und künstlerisch zugehörig fühlte, zum anderen wurde aber auch dargestellt, dass man nicht Teil des Originals war, sondern sich durch die umgekehrte Schreibweise distanzierte.

Eine weitere Erkenntnis traf Edgar wie ein Schlag aus dem Nichts. So wie das *Bee Gee* allgemein als Kürzel für *Brothers Gibb* verstanden wurde, so waren das *G* und das *B* aus *Gee Bee* nichts anderes als die Initialen eines Namens. Und Edgar kapierte auch, wessen Namens. Nämlich Gottfried Brändles.

Damit nicht genug, knüpfte sein Gedächtnis eine letzte Verbindung her: Auf der Liste der im Fitnesscenter *Neuenburg* eingetragenen Abonnenten hatte Edgar den Namen *Robin Gibb* gelesen. Ein fahrlässiger Scherz, der sich eventuell zum Bumerang entwickelte, denn Edgar brauchte kein Vogelkundler zu sein, um die trapsende Nachtigall zu erkennen. Gottfried Brändle war *Robin Gibb.*

Während Edgar stehengeblieben war, war Tamara einige Schritte weitergebummelt. Edgar holte sie ein. Er musste sich jetzt vergewissern. „Wie heißt der Chef dieser Architektenfirma?", fragte er mit gepresster Stimme.

„Wieso willst du das wissen?", fragte Tamara zurück.

„Hast du ihm erzählt, welchen Zweck das Gebäude hier erfüllen soll?"

„Ja natürlich, Edgar. Er musste es ja planen können. Er heißt übrigens Gottfried Brändle."

Edgars Blicke verschmolzen mit der Ferne. „Ich kenne ihn", sagte er. „Und er kennt mich."

*

Bummm!!! Bumm!
Bummm!!! Bumm!

Der Knall der Detonation hallte in Endlosschleife durch seinen Kopf wider. Rollte wie Donner von der einen auf die andere Seite. Und mit dem Echo zurück. **Bummm!!!** Bumm! Unerträglich.

Und dann die Gewalt des explodierenden Gases. Hatte ihn brutal von den Beinen geholt. **Wuschsch!**

Was passiert war, sickerte wie ein Wassertropfen in die Sandwüste seines Hirns. So viel Sand, und so wenig Wasser. Nein, nein, er war nicht ausgetrocknet. Es war ausreichend Lebenssubstanz vorhanden. Vom Sand bedeckt. Nur hatte er augenblicklich keinen eigenen Zugriff darauf. Ein fremder Administrator verwaltete die Funktionen, die ein Leben ausmachten. Mehr schlecht als recht, kam es Maverick vor.

Ja, Maverick. So würde er sich ab heute nennen, und so wollte er in Zukunft heißen. Nicht Masch, das er für kindisch hielt und ihm im Grunde nie gepasst hatte. Einer hatte damit angefangen, ihn so zu rufen, und andere hatten das übernommen. Es war nicht seine Idee gewesen. Nicht Mavericks Idee.

Noch ein Wassertropfen in den Sand. Nicht genug, um auch nur ein paar Sandkörner fortzuspülen, aber immerhin war man bemüht, Licht in die Tiefe zu bringen. Oder besser gesagt: Helligkeit. Wobei: Wer war *man*? *Man* war bemüht?

Mit Sand kannte er sich aus. Da machte ihm keiner etwas vor. Als Kind hatte er die prächtigsten Sandburgen gebaut. Sand gemischt mit Wasser. Wahre Schlösser mit Türmen und Zinnen. An den Stränden der Nordsee, wo seine Eltern immer Urlaub gemacht hatten. Morgens hatte er mit dem Bauen begonnen, während die Eltern im Strandkorb dösten, und abends hatte er die Burgen wieder eingerissen. Einfach so. Weil er am nächsten Tag eine neue Burg erschuf. Oder ein Schloss.

Wahrscheinlich hatte er sich deswegen für das Geologiestudium entschlossen. Denn mit Sand, wie gesagt, kannte er sich aus, und was war die Erde anderes als ein riesiger Sandhaufen? Ach ja, ja, da gab es auch noch eine ganze Menge Wasser. Sand und Wasser. Da war er wieder zurück beim Thema.

Wie das ohrenbetäubende **Bumm** kehrte auch das Wort *Sand* unablässig in sein Sichtfeld zurück. Wobei er nicht wirklich von einem Sichtfeld sprechen konnte, denn er sah ja nichts. Nicht nur dass er *nichts* sah, nein, das wäre zu kurz gegriffen. Er konnte nicht sehen. War sozusagen blind. Was eine ganz andere Hausnummer war als bloß *nichts* zu sehen.

Woran es lag? Daran arbeitete er. Er schätzte, dass es mit den Restfunktionen unter der dicken Sandschicht in seinem Kopf zu tun hatte. Befehle, die er dorthin schickte, kamen nie an. Versickerten im Sande. Ha, guter Vergleich. Er versuchte es mit einzelnen Begriffen und nahm zuerst ein kurzes Wort: Zug. Aber schon bei der Auswahl des Wortes ging ihm die Bedeutung verloren. Bilder, die er aus dem Basiswissen schöpfte, verloren sofort die Schärfe und verpixelten zu einem nicht identifizierbaren Flickenteppich. Er probierte ein neues Wort: Haus.

Haus, du Arschloch, wirst doch wissen, was das Wort Haus bedeutet!

Es funktionierte nicht, und weil es nicht funktionierte, geriet er in Panik. Atmete erst schwer wie eine Tonne, und wechselte dann in ein Atemstakkato, dass das Bett, in dem er lag, klapperte.

Von irgendwoher erreichten ihn Töne, die wie eine Jazzposaune mit Schalldämpfer klangen, spürte er eine Berührung mit der Wärme einer Infrarotlampe. Aus *uuagowao-o-waq uuagowao-o-waq* sollte er *Alles wird gut, Sie sind in Sicherheit, Herr Schreiner* heraushören, was ihm natürlich nicht gelang. Vielleicht aber war es das geschmeidige Auf und Ab der auf der Posaune gezogenen Töne, das ihn so weit beruhigte, dass der Atemstress nachließ. Als die warme Berührung weggenommen wurde, wollte er *Bleib!* rufen, doch der Befehl blieb wegen Sands im Getriebe stecken.

Sand! Sand! Sand!

Vier Buchstaben nur. Eine Konzentrationsübung. Wie oft konnte er aus den vier Buchstaben ein neues Wort bilden? *Snad, Snda, Sdan, Sdna, ...* Er gab auf, weil er sich ständig verhedderte. Von früheren Gedächtnisübungen dieser Art, auch mit Zahlen, hatte er sich die Zahl dreiundzwanzig gemerkt. Ins passive Gedächtnis gemeißelt wie der Name auf einem Grabstein. Unauslöschbar. Dreiundzwanzig Möglichkeiten, aus vier Buchstaben ein neues Wort zu bilden. Aber im vorliegenden Beispiel ergab nur eines einen Sinn: Sand!

Bummm!!! Bumm!!

Ja, kann mich mal, bumm bumm.

Zum Donner! Dabei hatte ich es doch gerochen, das Gas. Hatte ich Montagabend den Gasherd nicht abgedreht, bevor ich das Haus verließ? Doch, doch, das hatte ich. Aber wie kam dann das Gas in die Wohnung? Hat vielleicht jemand den Gashahn manipuliert? Oder manipulieren lassen? Jemand, der wusste, dass ich am Freitag nach Hause kommen würde? Aber würde derjenige so weit gehen?

Maverick konstatierte auf einmal, dass er lebte. Nicht nur das. Dass er überlebt hatte. Und dass sein Überleben demjenigen, der ihn hatte vernichten wollen, nicht recht sein konnte. Was bedeutete, dass er nach wie vor in Gefahr schwebte. Spätestens über die Presse würde sein Widersacher davon erfahren.

Er geriet in mächtige Unruhe. Wehrte sich verzweifelt gegen die Hilflosigkeit. Er strampelte, schlug um sich und bäumte sich im Bett auf. Das hatte die Folge, dass die Sandwüste in seinem Kopf verrutschte und die Lebensfunktionen freilegte. Durch Zufall bekam Maverick ein Kabel in die Finger; das Kabel, das vom

Krankenbettgalgen herunterhing. Es war mit einem Notschalter versehen, auf den er drückte. Alsbald spürte er die infrarote Wärme wieder auf seiner Haut, und die Jazzposaune sprach: *Uuagowao-o-waq uuagowao-o-waq.* Diesmal verstand er, was die Stimme sagte. Er antwortete mit wildem Kopfschütteln. *Nein, nein, ich bin nicht in Sicherheit. Nicht in Sicherheit.*

*

Robin lugte aus dem Fenster der Jagdhütte, die seit dem Tod des alten Ketterer nun seine Jagdhütte war.

Viel bekam er nicht zu sehen. Der fette pappige Nebel wirkte wie die Milchglasscheibe in seinem Badezimmer daheim. Robin würde die Ankunft seines Speichelleckers erst bemerken, wenn der an die Tür klopfte. Sofern er sich in dem Grau nicht verfuhr.

Normalerweise trank Robin zu so früher Stunde keinen Alkohol. Aber heute war auch kein normaler Tag, denn es galt, eine Zäsur zu vollziehen. Eine schmerzliche Zäsur zugegeben, aber eine notwendige.

Die feuchte Kälte, die durch die Ritzen der Balkenwände in den Innenraum der Hütte drang, bekämpfte er mit schottischem Whisky. Er würde sich nicht betrinken und nippte nur an dem Glas. Aber einen gewissen Pegel wollte er erreichen, um eventuellen Skrupeln vor dem, was er vorhatte, von vornherein den Wind aus den Segeln zu nehmen. Ja, es brauchte einen tiefen und glatten Schnitt. Und danach einen totalen Neubeginn.
Frei von allen Lasten, Problemen und Sorgen.

Er wollte nur so lange in der Hütte bleiben, bis die Sache erledigt war. Nicht länger als eine Stunde, wenn der

Mann, auf den er wartete, einigermaßen pünktlich sein würde. Es brachte also nichts, extra den offenen Kamin anzufeuern. Oder sollte er doch, um den Besuch in Sicherheit zu wiegen?

Nein, Quatsch. Solche Typen nahmen außer Geld und Weibern keine Feinheiten wahr. Nützliche Idioten, alle durch die Bank.

Draußen tat sich was. Das Motorengeräusch eines leichten geländegängigen Motorrads drang an Robins Ohren. Eine Enduro. Ein Blick durchs Fenster bestätigte ihm die Ankunft des erwarteten Mannes. *Allein für den Krach müsste man ihn erschlagen,* dachte Robin. Er wartete, bis der Kerl die Maschine aufgebockt hatte und trat dann vor die Tür.

„Musstest du unbedingt mit dieser Krachrakete fahren, sodass jeder weiß, wo du bist?"

„Hab´ nichts anderes", antwortete der Mann, nahm den Helm ab und schwenkte einen Rucksack vom Rücken. „Dafür ist hier drin, was du wolltest."

Robin grunzte unverständlich. Hatte er da einen aufmüpfigen Unterton gehört? „Komm´ rein und lass´ sehen", sagte er.

Der Mann in Motorradjacke und Jeans folgte ihm auf dem Fuß. Er war vom Typ *Verschlagener Haderlump* und erheblich jünger als Robin. Aufreizend langsam leerte er den Rucksack. Wenig später lagen ein Laptop und ein Handy mit zugehörigem Braker auf dem Tisch, äußerlich unbeschadet.

„Gut gemacht", sagte Robin, ohne dem Überbringer mehr Aufmerksamkeit zu widmen als nötig. „Und sonst, alles andere auch erledigt? Hat es – hhrrmmhh – Tote gegeben?"

„Alles paletti", grinste der Kerl schief. „Mausetot. Kannst dich auf mich verlassen."

Jetzt nickte Robin. „Gut gemacht. Jetzt nimmst du den Krempel und vergräbst ihn hinter dem Haus im Sand. Danach bist du entlassen. Soll dein Schaden nicht sein."

„Schaufel?"

„Steht schon dort. Kannst sie nicht verfehlen."

Arglos stiefelte der Kerl mit dem *Krempel* aus der Hütte und bog um die Ecke nach hinten ab. Dort, wo ein Spaten im Sand steckte, fing er an, ein Loch zu graben. Dass Robin ihm nachging, empfand er nicht als ungewöhnlich. Erst als er ein metallisches Knacken hinter sich vernahm, hielt er inne und versteifte den Rücken. Den lauten Knall aus der Schrotflinte hörte er noch. Dann aber fühlte er nichts mehr.

Robin legte die Flinte zur Seite. Mit entschlossener Miene stapfte er zur Enduro des Mannes zurück, schob die Maschine dorthin, wo der Mann lag, und kippte sie seitlich auf ihn drauf. Dann nahm er den Spaten, kletterte ein paar Meter an der Steilwand der Sandgrube empor und sorgte mithilfe des Spatens dafür, dass eine Lawine aus Sand Mann, Motorrad und Laptop unter sich begrub. Keine Zeugen, kein Verrat.

Es hätte wirklich keinen Sinn gemacht, ein Feuer anzuschüren, dachte Robin.

*

Rita hatte sich der Einfachheit halber von einem ortskundigen Polizeibeamten zur Uniklinik *Freiburg* fahren lassen. Nicht, dass sie die nicht selber gefunden hätte, aber jemand, der in der Stadt ständig Dienst tat, wusste vermutlich besser als jedes GPS, wie man am besten und schnellsten zur gewünschten Notaufnahme gelangte.

Die Stationsärztin ließ sie jedoch nur einen Blick in das Krankenzimmer der Intensivstation werfen. „Er ist sediert und darf absolut keiner Aufregung ausgesetzt werden. Das verstehen Sie sicher."

Der Blick auf den Verletzten bestätigte die Worte der Ärztin. Der Mann, so er es denn war, lag mit bandagiertem Kopf rücklings auf einem Bett. Nur Nase und Mund zur Sauerstoffzufuhr beziehungsweise zur Speicheldrainage freigelassen. „Seine Augen sind verletzt. Vorerst muss er sie geschlossen halten. Und da er es nicht freiwillig macht, muss er einen Verband tragen. Vernehmungsfähig, ich sage es Ihnen gleich, ist er vorläufig nicht."

Auf dem Rückweg nach *Kollmarsingen*, wo ihr Dienstwagen stand, organisierte sie über Oberstaatsanwalt Bernd Landquart einen ständigen Wachposten vor Maverick Schreiners Krankenzimmer. „Er ist einem Mordanschlag zum Opfer gefallen", begründete sie die Maßnahme, „und wenn der Mörder oder der Auftraggeber erfährt, dass der Anschlag misslungen ist, wird er es ein zweites Mal versuchen. Ich hole jetzt übrigens Edgar Schaaf bei Frau Brassova ab und nehme ihn mit auf die Direktion. Die Pelzräuber haben einen Erpresserbrief geschickt, und Edgar Schaaf hat Neuigkeiten. Er meinte, dass wir unter Umständen zwei Fliegen mit einer Klappe schlagen können. Was immer er damit meinte - wir werden es hören."

Rita wurde es warm ums Herz, als sie Edgar, den großen schwarzen Mann mit dem Silberhaar, neben Tamara

Brassova vor deren Bungalow stehen sah. Er war auch noch mit einundsiebzig Jahren eine imposante Erscheinung. An seiner Seite fühlte sie sich wohl, auch wenn er manchmal ziemlich lästig und eigenwillig sein konnte. Aber sie hatte sich an ihn gewöhnt und wusste relativ genau, wie er tickte.

Tatsächlich hatte sie den Bungalow nur über die geografischen Daten gefunden. Längen- und Breitengrade, und manch ein anderer hätte bei den ständigen Richtungswechseln die Suche aufgegeben. Nicht so Rita. Am Ende war es ihr Instinkt, der sie an die richtige Stelle brachte. *Sieht aus wie ein Arbeitsstraflager für Schwerverbrecher*, dachte sie, als sie vor dem entscheidenden Gittertor stand.

Sie drückte einmal auf die Hupe und sah, wie Edgar sich von der kleinen Frau verabschiedete und dann schnurstracks auf sie zu gelaufen kam.

„Hallo Rita", sagte er, als er sich auf den Beifahrersitz fallen ließ. „Nicht so einfach, hierher zu finden, was?"

Rita deutete nach draußen. „Muss das sein, so eine martialische Aufmachung? Sieht ja schrecklich aus. Das schlägt selbst Karnickel in die Flucht."

Edgar lachte. „Ja, da magst du recht haben. Sie ist halt sehr um ihre Sicherheit besorgt. Wohnen würde ich hier auch nicht wollen. Aber jetzt erzähl': Was ist denn geschehen? Wo warst du im Einsatz?"

Was sie an Edgar unter anderem schätzte, war, dass er gut zuhören konnte, wenn's drauf ankam. Es mochte sein, dass er das eine oder andere besser wusste als sie, doch hängte er ihr gegenüber nie den Großkotz raus.

Als Rita ihren Bericht beendet hatte, fragte er: „So liegt also einer der mutmaßlichen Pelzräuber von Schloss Ortenberg in *Freiburg* auf der Intensivstation? Was denkst du?"

Rita, konzentriert am Steuer, ließ ein paar Sekunden passieren, ehe sie antwortete: „Ich denke, da gibt es Knatsch auf der Führungsebene der Bande. Vielleicht wegen des toten Jungen, vielleicht wegen etwas anderem. Den Zukunftsplänen oder den Zielen oder so. Franz Lemminger hat gemeint, dass dieser Maverick nicht der Boss sei, sondern noch einer über ihm stehe. Damit liegt er wahrscheinlich nicht so falsch, denn wem könnte daran gelegen sein, einen Niederrangigen auszuschalten, wenn nicht *the big boss*? Ich habe eine Bewachung veranlasst."

In Edgars Kopf rollte das kleine Kügelchen durch die Gehirnwindungen. Rita glaubte sogar, es klickern zu hören wie bei ihrer Murmelbahn, mit der sie als Kind gespielt hatte. *Das ist wieder mal einer dieser Momente, in denen ich ihn nicht ansprechen darf*, dachte sie. Edgar saß neben ihr, als wäre sie überhaupt nicht anwesend. So verging eine gute Minute, bis er den Mund aufmachte. „Fahr´ bitte mal rechts ran. Ich glaub´, ich brauch´ eine Zigarette."

Er stieg aus und ging ein paar Schritte vom Auto weg. Zigarettenqualm löste sich spurlos im Nebel auf. Nach ein paar Zügen kam er zurück und setzte sich wieder. „Es ist nur eine Theorie, Rita. Aber ich will, dass du mir zuhörst und nachher sagst, ob ich spinne oder ob ich spinne. Bereit?"

Rita nickte, startete den Motor und legte den ersten Gang ein.

„Bleib bitte noch stehen", sagte Edgar und legte kurz seine Hand auf ihren Arm. „Ich bin heute bei Tamara Brassova zufällig auf den Namen Gottfried Brändle gestoßen. Und wie das? Tamara lässt für ihre Pelze ein klimatisiertes Lagerhaus errichten. Das Architekturbüro, das den Neubau geplant hat, gehört Gottfried Brändle, beziehungsweise der Form halber seiner Frau Britta. Aber Gottfried Brändle ist der Chef. Außer Tamara selbst und ihrem Hausmeisterehepaar auf dem Schloss weiß sonst kein Mensch von dem Zweck des Lagers. Aber Brändle weiß davon. Was, wenn er dieses Wissen zusammen mit Maverick Schreiner genutzt hat, um die Pelze zu stehlen und Lösegeld zu erpressen?"

Rita holte Luft, um auf die Frage zu antworten, doch Edgar hielt sie auf. „Moment noch, Rita. Wie du weißt, bin ich noch aus anderen Gründen hinter Gottfried Brändle her. 1976 war die Firma Ketterer in den Neubau eines Hotels am *Durlanger* Baggersee beteiligt. Der Mord an einem jungen Mann, du erinnerst dich? Gottfried Brändle leitet die Firma jetzt unter dem Namen (*Gee↔Bee*) *Architektenbüro Murksheim*. *Gee Bee* steht für Gottfried Brändle. Was, wenn Brändle bereits 1976 bei der Firma Ketterer aktiv war und Gelegenheit zum Mord hatte? Seine damalige Heimat liegt nicht weit vom Baggersee *Durlangen* entfernt. Dann hab´ ich noch eine weitere Verbindung zwischen Brändle und einem Mord. 1999 wurde ein junger Mann in seiner Wohnung getötet. Er arbeitete in einem Fitnesscenter in *Neuenburg*. Brändle besaß dort unter dem Pseudonym *Robin Gibb* ein Abonnement und kannte das Opfer mit ziemlicher Sicherheit persönlich.

Die Mutter aller Fragen: Ist Gottfried Brändle nicht nur der Kopf einer Diebesbande, sondern auch noch ein Mörder? So! Jetzt hab´ ich dir aber eine Menge Stoff zum Kauen gegeben, was?"

Rita, nicht auf den Kopf gefallen, reagierte prompt: „Da kann ich Ihnen nur gratulieren, Herr Schaaf, dass Sie bei mir im richtigen Wagen sitzen. Ich fahre nämlich direkt zu Herrn Oberstaatsanwalt Bernd Landquart. Und dort schauen wir uns Ihre Theorie genau an. Einverstanden?"

„Spinnst du jetzt, oder spinnst du jetzt?"

Rita grinste schelmisch. „Einer spinnt doch immer, Edgar."

*

Conny sah es, als hätte sie es geahnt, im Regionalsender *Baden-TV. „Reporter unterwegs"* hieß die Reihe, die täglich zwischen sieben Uhr dreißig und zehn Uhr dreißig ausgestrahlt wurde. Eine Gasexplosion in einem Einfamilienhaus am frühen Morgen in *Kollmarsingen*. Eine schwerverletzte Person.

Eine Kamera zeigte das zerstörte Haus aus mehreren Perspektiven. Der Reporter berichtete zunächst aus dem *Off*, um dann gezielt Leute anzusprechen, die hinter Absperrungen der Polizei standen.

Beim Versuch, von einer jungen Frau, die in Zivil aus dem Haus trat, ein Statement zu ergattern, kassierte er eine Abfuhr. „Kein Kommentar", sagte sie. „Das hier ist ein Tatort. Ich bitte Sie, sich hinter die Absperrung zu begeben."

Von einem der uniformierten Polizisten erfuhr er, dass es sich bei der jungen Frau um die leitende Ermittlerin der Kripo *Offenburg*, Kriminaloberkommissarin Rita Böhringer, handelte. Als der Reporter anfing, über die Hintergründe zu spekulieren, schaltete Conny den Ton ab, ließ die Bilder jedoch laufen.

Schwerverletzt! Eine Person. Conny fand keinen Grund zu der Annahme, dass es sich bei der Person nicht um Maverick handeln konnte. Ganz einfach, weil sie sich zu hundert Prozent sicher war, dass es Maverick war. Alle Zutaten passten zusammen. Sie hatte den Ablauf mit ihm durchgespielt.

Sie saß auf dem Bürostuhl hinter dem Empfangstresen und merkte nicht, dass sie weinte. Auch als ein Übernachtungsgast laut räuspernd auf sich aufmerksam machte, ließ sie den Tränen freien Lauf. In völliger mentaler Abwesenheit buchte sie den fälligen Betrag von dessen EC-Karte ab und wünschte einen Guten Tag, ohne zu registrieren, was sie sagte. Für eine Geschäftsfrau, die auf Kunden angewiesen war, ein absolutes *No-Go*.

Am liebsten hätte sie das Motel geschlossen. Aber das ging nicht, weil Buchungen anstanden und einige Zimmer noch belegt waren. Den Hausmeister ein weiteres Mal zur Übernahme der Rezeption zu bitten, wollte sie ihm nicht zumuten. Er hatte Familie, und außerdem musste ständig einer abrufbereit sein, um die Technik zu warten. An solch einem alten Motel ging ständig etwas kaputt.

Maverick. Der Junge, den sie in ihrer Jugendzeit nie hatte haben können, obwohl sie ihn gerne gehabt hätte.

Freunde waren sie gewesen, ja schon. Aber zu mehr hatte es nicht gereicht. Sie hatte bei ihm immer das Gefühl gehabt, dass er auf der Suche war. Nach was, hatte er ihr nie verraten. Als sie später über Dritte von seinem *Coming-out* erfahren hatte, war sie keineswegs verwundert gewesen. Aber über alle Maßen traurig. Weil sie gedacht und gehofft hatte, dass Maverick einer für alle hätte sein können, und ganz speziell für sie.

Conny war nie verheiratet und nur zweimal in einer Beziehung gewesen, die nie lange gehalten hatten. Es tat ihr im Nachhinein leid, dass sie jetzt, da er endlich da war, so kratzbürstig zu ihm gewesen war. Die halbe Nacht auf dem Sofa vor dem Fernseher mit ihm und die Nacht in seinem muffigen Bett – manchmal ist Sex etwas ganz anderes als der geschlechtliche Akt. Manchmal ist es einfach nur Vertrauen, Gefühl und Geborgenheit. Und diese Dinge hatte sie neben ihm gespürt.

Maverick ein Mörder? Er muss ein einen kompletten *Blackout* gehabt haben. Anderes konnte Conny sich nicht vorstellen. Da er ihr die Tat gestanden hatte, galt es für sie als Beweis, dass er nicht Herr seiner Sinne gewesen sein konnte. Dass er möglicherweise als Marionette des Mannes gehandelt hatte, dem er sich, auf welche Art auch immer, verpflichtet fühlte, und über den er in ihrem Motel ein Gedächtnisprotokoll verfasst hatte. Dass er angesichts der Tat kapiert hatte, in ein fatales Abhängigkeitsverhältnis geraten zu sein. Maverick muss zuletzt verstanden haben, dass er sich aus diesem Verhältnis lösen musste, um sich nicht noch mehr Schuld aufzuladen. Leider einen Mord zu spät.

Sie sah ihn auf einem guten Weg. Klar, dass er für seine Taten würde büßen müssen. Wobei Conny die Raubzüge irgendwie sogar sympathisch fand. Maverick, der edle Räuber. Es hatte keine Armen getroffen. Sie fragte sich, ob er der Mann war, auf den zu warten sich lohnte, und gab sich gleich selbst die Antwort: „Ja, das war er."

*

Freitagnachmittag. Lagebesprechung in Oberstaatsanwalt Bernd Landquarts Büro. Außer dem Anwalt waren Hartmut Löffler, seines Zeichens Chef der Kriminalpolizei Offenburg, Rita Böhringer, Mika Laukonen, Allgöwer und Edgar Schaaf anwesend.

Rita hatte die Fakten zu dem Mord an Georg Sackmann und dem Anschlag auf Maverick Schreiner geschildert. Polizeiarbeit aus dem Lehrbuch, die sachlich zur Kenntnis genommen wurde. Das tägliche Geschäft eben.

„Danke, Frau Böhringer für Ihre … für Ihre … ja", sagte Landquart und wandte sich Allgöwer zu. „Was können Sie uns zu den Handys mit den mysteriösen Verschleierungsgeräten berichten?"

Allgöwer setzte sich zurecht. „Die Handys sind ganz normale handelsübliche Handys. Die Zusatzgeräte sind eine Weiterentwicklung der bekannten *Pager*, wie wir sie zum Beispiel aus Krankenhäusern kennen. Werden sie mit einem Handy verbunden, noch ist ein Kabel erforderlich, ist eine Handyortung sowohl beim Anrufer als auch beim Angerufenen nicht möglich. Und jetzt kommt's! Bei Benutzung des Gerätes werden die Telefonnummern für die Dauer des Gesprächs in den Handys zwar angezeigt, jedoch nach Beendigung des Gesprächs auf beiden Handys gelöscht und nicht gespeichert. Im freien Handel sind die Geräte noch nicht erhältlich."

„Und wie sieht es mit Ergebnissen von Ihrem Einsatz heute Morgen in *Kollmarsingen* aus? Gibt es da schon Erkenntnisse über Täterschaft? Ein Personalausweis wird ja kaum gefunden worden sein, oder? Hähähä." Landquart meckerte als einziger über den Witz.

„Es ist noch zu früh, etwas zu sagen. Wir haben einige Fingerabdrücke gefunden, aber bis jetzt haben wir noch keinen Treffer. ´s dauert halt", antwortete Allgöwer kühl und erntete verständliches Gemurmel.

Bei Edgars atemraubender Theorie allerdings bröckelte die Gefolgschaft. Das waren Mutmaßungen, mit denen der Oberstaatsanwalt fachlich nichts anfangen konnte. Insbesondere als Edgar bis ins Jahr 1976 eine Brücke schlug.

„Interessant ist das schon, Herr Schaaf, aber nur aufgrund einer Eventualität kann ich Gottfried Brändle nicht einbestellen", sagte Landquart. „Da ist ja überhaupt nichts mehr vorhanden, verstehen Sie? Kein einziges physisches Beweisstück und auch nichts Biologisches. Keine Augenzeugen. Nichts. Sie sind doch ein alter Hase, Herr Schaaf, das wissen Sie doch selbst."

„Eben drum", erwiderte Edgar. „In fünf Fällen, die ich gerade untersuche, taucht viermal der Name Gottfried Brändle auf. Das ist, gelinde gesagt, ein bisschen zu viel, um davor die Augen zu verschließen. Auch wenn Sie die Person im Augenblick nicht gezielt angehen wollen, so plädiere ich doch für einen Einsatz heute Abend in der südlichen Gegend um Schloss Ortenberg. Wenn der Erpresserbrief an Frau Tamara Brassova kein Scherz ist, und weshalb sollte er das sein, dann muss der Erpresser das Lichtsignal vom Schloss beobachten. Bei dieser Nebelsuppe", Edgar deutete zum Fenster hinaus, „muss er dazu in die Nähe des Schlosses kommen. Eventuell sogar in die Rebberge unterhalb des Schlosses. Ich schlage vor, dass wir uns die Kennzeichen von Brändles Fahrzeugen verschaffen, und zumindest alle Kennzeichen notieren, die zur fraglichen Zeit zwischen zweiundzwanzig und dreiundzwanzig Uhr im südlichen Gebiet gesichtet werden. Das dürften nicht viele sein. Ich stelle mich für den Einsatz natürlich selber zur Verfügung. Und keine Streifenwagen bitte. Wir wollen den Erpresser ja nicht verscheuchen.

Und überhaupt glaube ich, dass wir es mit einem ziemlich antiquierten Täter zu tun haben. Der Erpresserbrief aus Zeitungsbuchstaben, die Lichtsignale – das sind beinahe schon romantische Anleihen aus der Kinderstube des Verbrechens. Könnte, wenn man das Alter berücksichtigt, auf Gottfried Brändle zutreffen."

Landquart zuckte mit den Schultern. „Also ich weiß nicht, was Sie sich davon erhoffen. Angenommen, Sie stellen Herrn Brändle nachts um halb elf Uhr im Rebberg beim Schloss. Ja? Dann sagt er, dass er zum Weinbergschneckensammeln da ist, und dass das nicht verboten sei. Verstehen Sie, Herr Schaaf? Es geht um einen konkreten Verdacht. Die Aussage des Franz Lemminger, dass es über Maverick Schreiner einen höheren Boss gibt, ist ja auch bloß eine Vermutung. Nein, mir ist das zu wenig. Jeder halbseidene Winkeladvokat würde mir einen Haftbefehl vor die Füße knallen."

Edgar schielte zu Rita hinüber, die im Gegenlicht vor dem Fenster saß, sodass er ihren Gesichtsausdruck nicht deuten konnte. Dennoch sandte er ihr eine um

Unterstützung bittende Miene. Nicht umsonst, wie sich herausstellte, denn sie ergriff Partei für ihn. „Brändle ist einer der wenigen Personen, die von Frau Brassovas Pelzen wussten. Ist er auch selber nicht als Räuber aufgetreten, so ist er als Auftraggeber für den Raub mitverantwortlich und wird juristisch genauso bewertet wie der Räuber. In meinen Augen besteht durchaus ein hinreichender Anfangsverdacht, um ihn unter permanente Überwachung zu stellen. Der Einsatz heute Abend würde in diesen Rahmen passen. Ich wäre mit dabei."

Oberstaatsanwalt Bernd Landquart, der sonst immer ein offenes Ohr für Ritas Vorschläge hatte, breitete ergeben die Arme aus und seufzte: „Was Sie in Ihrer Freizeit machen, ist allein Ihre Sache, Frau Böhringer, Herr Schaaf. Ich jedenfalls werde weder einen Einsatz anordnen noch Beamte dafür abstellen. Für allfällig auftretende Schäden und/oder Verletzungen haften Sie privat. Damit das klar ist. Und was den Mord an Georg Sackmann betrifft: Wir haben einen dringend Tatverdächtigen, und zwar Maverick Schreiner. Sobald er genesen ist, wird er dem Haftrichter vorgeführt. Spätestens dann wird sich klären, wer der Boss der Bande ist und wo die Pelze sind. Bis dahin, meine ich, sollten wir die Füße stillhalten. Noch Fragen?"

Es hatte keiner mehr Fragen gehabt.

Privatsache, hallte es in Edgars Gehörgängen nach. Er musste grinsen. Seit der Pensionierung vor sechs Jahren war jede seiner Ermittlungen Privatsache gewesen. Als hätte ihn jemals das Wort eines Staatsanwalts daran gehindert. Auch diesen Abend würde er kriminalisieren und auf der Lauer liegen, und wenn es nur darum ginge, die eine Möglichkeit auszuschöpfen, bevor es keine anderen Möglichkeiten mehr gab. Würde er sie nicht wahrnehmen, wäre er ein schlechter Detektiv.

So hatte er schon als aktiver Kommissar gearbeitet, und er war ein wenig stolz darauf, dass Rita es ähnlich praktizierte. Er fand die englische Bezeichnung für die Kriminalbeamten recht treffend: *Detective*. In diesem Wort schwang Beharrlichkeit mit. Auch Hartnäckigkeit. Kombinationsgabe. Einfühlungsvermögen. Vielleicht auch Sturheit und Überzeugung. Es erforderte schlaue Typen, die ihren Weg gingen. Es brauchte Faktensammler, die jeder Spur folgten, wenn sie auch unscheinbar erschienen.

Edgar wollte kein schlechter Detektiv sein.

Rita sperrte die Tür zu ihrem Büro auf, ließ Laukonen und Edgar hinein, und sperrte hinter sich wieder zu.

„Meine Herren, wie machen wir das heute Abend? Ich denke, wenn wir erst um zweiundzwanzig Uhr beim Schloss sind, sind wir zu spät."

„Bin gleicher Ansicht", sagte Edgar. „Ich möchte vorher sowieso einen Test machen, aus welcher Entfernung man das Lichtsignal überhaupt sieht. Mika, würdest du den Teil mit der Taschenlampe übernehmen? Dann beziehen Rita und ich im Rebberg oder weiter unten Stellung. Wir bleiben telefonisch in Verbindung. Sagen wir, wir treffen uns ab zwanzig Uhr dreißig? Haupteingang zum Schloss?"

Mika gab sein Okay. Rita und Edgar würden ohnehin gemeinsam von *Gengenbach* zum Schloss fahren.

*

Melanie *was not amused.*

In Anwesenheit Saidas und des Rests der Familie beim Abendessen ließ sie sich zwar nichts anmerken, doch das dauerte ja nicht ewig. Und als es beendet war, verdonnerte sie Edgar zum Küchendienst. „Du spülst das Geschirr, ich trockne ab." Gerade noch, dass sie das italienische Wort *basta* vermied.

„Ausgerechnet heute, da Janna aus Mannheim übers Wochenende hier ist", maulte er.

„Wieso das denn?", verstand Melanie die Begründung nicht.

„Ein Teller mehr."

„Ach Edgar, du bist so ein Minimalist. Ein Teller mehr oder weniger, was macht das schon? Also weißt du."

Sie wusste, dass er scherzte und erkannte auch gleich die Absicht dahinter: Nämlich sie in bessere Laune zu versetzen, weil er bereits ahnte, was ihm blühte. Melanie kam rasch zur Sache.

„Mir gefällt das nicht, was du vorhast. Bei Nacht und Nebel im Rebberg herumzustiefeln", sagte sie.

„Ich bin ja nicht allein, mein Engel", versuchte er sie zu besänftigen. „Rita und Mika begleiten mich doch."

„Jaha, und wie Rita mir gesteckt hat, habt ihr von eurem Staatsanwalt kein grünes Licht gekriegt. Motto: *Nehmt das auf eure Kappe, ich wasche meine Hände in Unschuld.*"

„Aber …"

„Ich bin noch nicht fertig, Edgar Schaaf. Du bist jetzt ein Vater und trägst Verantwortung für unser Kind. Da rennt man nachts nicht in der Gegend herum und jagt Verbrecher. Ein Verbrecher, der vor einem Anschlag nicht zurückschreckt, wie ich heute in den Nachrichten gesehen habe. Dass Rita da überhaupt mitmacht? Ich verstehe das nicht. Wahrscheinlich tut sie es, weil die Idee auf deinem Mist gewachsen ist. Oder liege ich da falsch?"

„Es …"

„Stopp, lass´ mich ausreden! Irgendwann wird das sprichwörtliche Glück, das du bisher in deinen Ermittlungen als Kriminalhauptkommissar a. D. hattest, nicht mehr auf deiner Seite sein. Du kannst es nicht bis auf den letzten Drücker ausreizen, und du darfst es nicht. Wie steh´ ich denn da, wenn dir etwas passiert? Als Witwe und Mutter eines kleinen Mädchens? Eines Mädchens, das du gerettet hast, mein Edgar."

Er antwortete mit leiser eindringlicher Stimme: „Du hast es genauso gerettet, Melanie. Gerettet, weil du die Angst überwunden hast und mutig warst. Ohne dich hätten wir unser Mädchen heute nicht. Und es war richtig gewesen. Du hättest niemals weggeschaut und das Kind seinem Schicksal überlassen. Du hattest nicht mal eine Wahl gehabt, dich für oder gegen Saida zu entscheiden. Weil dein Herz aus dir gesprochen hatte."

„Es ist lieb, dass du das sagst, Edgar. Allein, es nimmt mir die Sorge nicht, die ich um dich habe. Die Stunden, die du weg bist, leide ich. Du musst das nicht tun. Keiner verlangt es von dir."

Edgar nahm sie in die Arme. „Du hast recht, meine Liebe. Keiner verlangt es. Doch es unternimmt auch keiner etwas. Und ich tue es nicht für mein Ego."

Melanie seufzte: „Warum kannst du nicht ein Tischler sein oder ein Maurer? Oder wie Pit Ferman ein Schriftsteller? Warum musstest du unbedingt Kriminalhauptkommissar werden?"

Edgar lächelte entschuldigend: „Weil ich nichts anderes gelernt habe. Nichts anderes kann."

*

Ab und zu riss die Nebeldecke auf und gab einen Blick auf die Sichel des zunehmenden Mondes frei. In der luftigen Höhe von Schloss Ortenberg lag der Nebel nicht so dick wie unten im Tal.

Rita und Edgar hockten in der Wärme des Dienstwagens und stierten durch die Windschutzscheibe. Halb neun Uhr war vorbei. Sie warteten auf Mika Laukonen, doch der kam nicht. Rita wählte seine Handynummer, aber eine freundliche Stimme sagte ihr, dass der gewünschte Teilnehmer momentan nicht erreichbar sei.

„Mika hat Schwierigkeiten", sagte sie, anstatt zu schimpfen. „Geben wir ihm noch eine Viertelstunde."

Edgar brummte. „Dann geh´ ich mal auf eine Zigarettenlänge raus." Er stieg aus und schlug den Jackenkragen hoch. Es war weniger kalt als er angenommen hatte und ging ein paar Schritte vom Auto weg. *Nirgendwo ist man einsamer als im Nebel*, dachte er. Ein Baum in der Nähe schien mit seinen kahlen Ästen nach ihm zu greifen. Doch er war viel zu nüchtern, um dahinter ein böses Omen zu sehen. Dennoch hatte er einige Sekunden zu tun, Goethes Gedicht *Erlkönig* aus dem Kopf zu schlagen.

Er versuchte, den Nebel mit Blicken zu durchlöchern. Irgendwo dort unten im Tal musste doch Laukonens Auto auftauchen. *Baron von Münchhausen wäre der Trick mit den Löchern gelungen*, gab er neidlos zu und sah allmählich ein, dass Rita und er auf Laukonen würden verzichten müssen. Er ging einmal in die Kniebeuge, drehte die Hüfte und rollte mit den Schultern; dann kehrte er zum Dienstwagen zurück.

„Wird nix, hä?", fragte er, was er eh schon wusste.

„Er hat Schwierigkeiten", wiederholte Rita mit schmalen Lippen. „Privat", fügte sie hinzu.

„Was machen wir dann? Brechen wir ab?"

Rita schnaubte durch die Nase. „Jetzt, wo wir schon mal da sind, ziehen wir das auch durch. Spätestens um halb zwölf Uhr sind wir wieder daheim."

„Okay", sagte Edgar. „Du übernimmst die Signallampe, und ich geh´ runter in den Rebberg. Wir können außerhalb der Mauer entlanglaufen, bis wir die südliche Richtung erreicht haben."

*

Mika Laukonen freute sich wie Bolle, denn trotz des wattedicken Nebels sah er klar. So klar wie seit Wochen nicht mehr. Wenn er spürte, um wie viel leichter er sich fühlte, nachdem er eine Entscheidung getroffen hatte, wunderte er sich, dass er sie nicht viel früher gefällt hatte. Nicht irgendeine Entscheidung, sondern **die** Entscheidung. Er hatte sich entschlossen, mit seinen Eltern nach Finnland auszuwandern. Ab heute gab´s kein Hü und kein Hott mehr.

Vor seinen Augen entstanden Bilder des Landes. Die vielen Seen, die tiefen Wälder, Winter mit Schnee, enorme Weiten, schmucke Dörfer, und sehr viel weniger Einwohner als in Deutschland.

Aber was letztlich den Ausschlag gegeben hatte: Er würde Polizist in Finnland werden können. Sein aktueller Chef Hartmut Löffler hatte dabei die Finger im Spiel gehabt – und bis heute geschwiegen. Darum wussten die anderen Kollegen noch nichts von der Neuigkeit, und Rita würde er es am kommenden Montag sagen.

Rita, die Frau, in deren Schatten er stand. Eine Rolle, mit der er nicht immer zurechtkam. Dass sie ihm gegenüber weisungsberechtigt war, kratzte ihn in zunehmendem Maß in seiner Mannesehre. Was er jedoch nie und nimmer zugeben würde.

Dass er polizeitaktisch etwas auf dem Kasten hatte, würde er heute, allen voran Rita, beweisen. Und natürlich auch diesem alten Kriminalhauptkommissar a. D. Edgar Schaaf, an dem Rita offenbar einen Narren gefressen hatte.

Den ersten Teil seines Plans hatte er nach offiziellem Dienstschluss bereits in die Tat umgesetzt und befand sich nun auf dem Weg, den zweiten Teil einzuleiten und die Früchte zu ernten. Er gluckste vor Vergnügen und war auf die Gesichter gespannt, welche Rita und Edgar Schaaf machen würden, wenn er ihnen seinen Plan erklärte. Nach der Uhr hatte er noch genügend Zeit, pünktlich am verabredeten Treffpunkt einzutreffen. Nur ein paar Kilometer noch. Sechsundzwanzig, wie ein Blick auf das GPS seines Handys gerade noch verriet, bevor das Display schwarz wurde. Akku leer, wie ein zweiter Blick ihm sagte.

Nicht mit Mika Laukonen, dachte er und fummelte ein Ladekabel aus der Umhängetasche, das über einen Adapter an die Autobatterie angeschlossen werden konnte. Nur dass er die Steckdose nicht sofort traf und deshalb die Augen von der Straße wandte, um das Problem zu lösen.

Er löste es nicht, und bekam stattdessen ein zweites, ungleich größeres Problem dazu. Denn er geriet nach rechts von der Straße ab, reagierte zu hektisch, wodurch das Auto übersteuerte, sich überschlug und auf einem Feld neben der Straße auf dem Dach liegen blieb.

Bis die erste Hilfe und danach die Notfallambulanz eintrafen, war klar, dass Mika den Termin für das Treffen mit Rita und Edgar Schaaf bei Schloss Ortenberg bei Weitem nicht würde einhalten können.

*

„Scheiß Waschküche", fluchte Robin, der mit der Nase schier an der Windschutzscheibe klebte, und meinte den Nebel. Da halfen ihm auch die auf dem Autodach montierten Nebelscheinwerfer nicht weit. Ein aufgemotzter *Pick-up*, sündhaft teurer Import aus den USA. Wenn schon, denn schon.

Britta war dem tristen Novemberwetter nach Hamburg entflohen. Besuch bei der Tochter und den mittlerweile drei Enkeln. *Grüß' alle schön von mir.* Mehr an Familienpflege brachte Robin nicht auf. Er konnte nicht mit altklugen Enkeln. Britta war's recht, und ihm sowieso.

Es war der Nebel gewesen, der ihn etwas früher als vorgenommen aus dem Haus getrieben hatte. Und eine innere Unruhe, gepaart mit einer latent vorhandenen Spannung. Die Lichtsignale. Er durfte sie nicht verpassen.

Ob die Idee mit den Lichtsignalen eine gute oder schlechte war, stellte er nicht infrage. Er wollte das Heft des Handelns in den Händen haben, und dazu benötigte er so etwas wie einen Fahrplan. Oder eine Art Drehbuch.

Die Krimis im Fernsehen folgten alle einem Drehbuch, und so stellte Robin sich das auch vor. Sein Ex-Geliebter Masch war ein Meister darin gewesen, seine Raubzüge minutiös zu planen und danach zu agieren. Wenn der das gekonnt hatte, konnte Robin das auch. Wäre ja gelacht.

Viel Verkehr herrschte nicht. Freitagabend, und die meisten Leute blieben bei der Nebelsuppe zu Hause. Dass ein Unentwegter vermutlich zu schnell unterwegs gewesen war, sah er an einem Unfall, der sich vor kurzem in seiner Fahrtrichtung ereignet haben musste. Er drückte auf die Bremse. Blaulicht flackerte. Polizisten lenkten Robin an der Stelle vorbei. Rechts neben der Straße lag ein Auto auf dem Dach. Das Bergefahrzeug eines Abschleppdienstes parkte mit gelb rotierenden Warnlichtern am Straßenrand. Männer in Warnwesten kümmerten sich um den Unfallwagen. Vom Fahrer des Autos sah Robin nichts. Er vermutete, dass die Ambulanz ihn bereits abtransportiert hatte, denn so beschädigt, wie der Wagen aussah, dürfte dort niemand ohne Verletzungen herausgekommen sein. Laut Robins Navigationsgerät hatte er noch fünfundzwanzig Kilometer bis zur Ortschaft *Ortenberg*. Uhrzeit: einundzwanzig Uhr fünf. Wenn er das aktuelle Tempo beibehielt, würde er fast eine halbe Stunde zu früh dort sein.

Um die Nervosität zu drosseln, schob er eine CD in die Stereoanlage des *Pick-up. This Is Where I Came In* von den *Bee Gees*, und beim Titelsong sang er den Solo-Part *Robin Gibbs* inbrünstig mit. Soviel er wusste, war es das letzte gemeinsame Studioalbum der Brüder. Zwei Jahre nach der Veröffentlichung war *Maurice Gibb*, *Robins* Zwillingsbruder, gestorben. Robins Stimme schmalzte vor Wehmut, als er daran dachte.

Aber weg mit den traurigen Gedanken. Er schaltete die Musikanlage ab, denn er musste jetzt wach und aufmerksam sein und konnte sich keine Gefühlsduseleien leisten.

Fast genau wie vorausberechnet, traf er am Ortsrand der Gemeinde *Ortenberg* ein. Oberhalb des Ortes, das wusste er, thronte das gleichnamige Schloss. Nur, er konnte es wegen des Nebels nicht sehen, womit er allerdings gerechnet hatte. Also durchquerte er das Dorf und bog bei erster Gelegenheit nach rechts ab und hielt auf die Weinberge mit den verschlungenen Wegen zu. Während er an Höhe gewann, wurde der Nebel lichter, und als das Schloss wie ein trübes Schemen über ihm aufragte, schaltete er die Scheinwerfer aus und hielt den Wagen an. Es war einundzwanzig Uhr einunddreißig. Zeit, sich zu entspannen. Robin stellte die Rückenlehne flach und machte es sich gemütlich.

*

Rita konnte oder wollte nicht verstehen, dass Mika Laukonen nicht auf ihre Anrufe reagierte, die sie alle paar Minuten abschickte. Auch wenn sie gesagt hatte, dass Edgar und sie nun den Einsatz ohne ihn durchführen würden – Kollegen derart zu versetzen empfand sie schon als starkes Stück. Da konnte er private Probleme haben noch und nöcher. Dienst ist nun mal Dienst, und Schnaps ist Schnaps.

Der Weg an der Schlossmauer entlang erwies sich als schwieriger als gedacht. Vermutlich wäre es besser gewesen, Frau Antonia Maier in ihre Pläne einzuweihen und vom Innenhof des Schlosses aus die Signale zu senden. Aber dann hätten sie eventuell eine unbeteiligte

Person in Gefahr gebracht. Möglicherweise nur in eine theoretische Gefahr, doch allein das reichte, um sie nicht einzugehen.

Es war kurz nach halb zehn Uhr, als sie meinten, den geeigneten Standpunkt erreicht zu haben. Unter ihnen lagen wie in einem dampfenden Waschkessel das Dorf und weiter entfernt die Rheinebene. Völlig klar war die Sicht nicht, weil wallender Dunst aus dem Kessel emporstieg.

„Okay, Rita, dann geh´ ich mal los, abwärts in den Nebel. Wir bleiben über die Handys in Verbindung", sagte Edgar. „Wenn du mich nicht mehr siehst, dann sag´ mir Bescheid und gib´ Lichtzeichen."

„Pass´ auf dich auf, Edgar. Hast du selber eine Taschenlampe?"

Edgar nickte. „Taschenlampen-App auf dem Handy. Auf geht´s."

Taschenlampen-App hin oder her – Edgar kam sich vor als trüge er eine brennende Kerze. Beiderseits des ausgeleuchteten Pfads streckten bizarre Schatten ihre Krallen nach ihm aus. Dahinter versank die Welt in schwarzer Dunkelheit. Nach ein paar Minuten kam er an dem Nebeneingang des Schlosses vorbei, wo Lothar Gieringer vor einigen Tagen die Zigarettenkippe gefunden hatte. Rita und er hätten bequem mit dem Auto hierherfahren können, anstatt zum Haupteingang, aber dann wäre unter Umständen der Wagen sichtbar gewesen. Nein, nein, es war schon gut so, wie sie es gemacht hatten.

Es ging nun ständig bergab und Edgar blieb circa alle zwanzig Schritte stehen, um hinter sich in Ritas Richtung zu schauen. Nach Aufforderung blinkte sie mit der

Taschenlampe zurück. Dann näherte er sich der kompakten Nebeldecke und stand von gleich auf sofort mit den Füßen im grauen Dunst.

„Hier, Rita, wo ich mich jetzt befinde, muss die Grenze sein", funkte er nach oben. „Wenn ich noch ein Stück weiter gehe, sehe ich deine Signale nicht mehr."

„Okay, Edgar, dann bleib du dort stehen. Es sind zehn Minuten vor zehn. Du weißt ja, was du zu tun hast. Kein Alleingang. Das Autokennzeichen reicht uns."

„Ja, ja", sagte Edgar und schaltete die Taschenlampen-App aus.

Zehn Minuten konnten eine lange Zeit sein, besonders wenn man sie vor sich hatte, es kalt war und man kaum etwas sehen konnte. Edgar trampelte auf der Stelle, um sich warm zu halten. Es war ja keineswegs gesagt, dass der Erpresser pünktlich um zehn Uhr erscheinen würde. Nach dem angegebenen Zeitfenster konnte er genauso gut erst um zweiundzwanzig Uhr neunundfünfzig auftauchen. Dann hätte Edgar die Arschkarte gezogen. Und wenn er überhaupt nicht kam? Zum Beispiel wenn er Lunte gerochen hatte? Aber wieso sollte er?

Edgar schüttelte die Zweifel ab und begann mit dem Aufzählen von Primzahlen. *Mal sehen, wie weit ich komme*, dachte er, als aus einer nahen Rebgasse urplötzlich eine dunkle Gestalt geradewegs auf ihn zukam, wie vom Teufel aus dem qualmenden Höllenschlund gespuckt.

„Guten Abend, Edgar Schaaf", sagte der finstere Typ und legte mit einer Pistole auf Edgar an, „wartest du etwa auf mich? Wirf dein Handy weg und dann geh´ mir voraus zu meinem Auto. Ich lade dich zu einem kleinen Ausflug ein. Na, was sagst du jetzt?"

Edgar fiel nur eine Antwort ein: „Gottfried."

*

Noch war es nicht zweiundzwanzig Uhr. Rita lehnte mit dem Rücken an der Schlossmauer und starrte unentwegt nach unten, wo sie Edgar vermutete. Seit mehreren Minuten hatte er keine Lichtsignale mehr gesandt und auch nicht mit ihr gesprochen.

„Edgar? Bist du noch da?", fragte sie ihr Handy und wartete auf seine Antwort. Doch die kam nicht.

Sie wiederholte die Frage: „Edgar? Bist du noch da? Melde dich. Ich sehe dich nicht mehr. Gib´ mir ein Zeichen."

Es blieb still im Äther, und Rita schwante Schlimmes. *Es wird doch sein Akku nicht leer sein*, dachte sie und spürte, dass wie ein Sodbrennen Unmut in ihr aufstieg. *Wessen Schnapsidee war es eigentlich, hier auf den Erpresser zu warten? Edgars. Und wo steckt er auf einmal? Mika nicht da, Edgar verschwunden, nur klein Rita hält die Stellung, oder was ist hier los?*

Punkt zweiundzwanzig Uhr klopfte ein Anrufer auf ihrem Handy an. Rita guckte aufs Display. *Ferdinand Oberländer? Was will der denn?*

„Ferdinand, was willst du? Mach´s kurz, ich bin mitten in einem Einsatz."

„Ich auch, Rita. Konzertierte Aktion auf Laukonens Geheiß. Ich soll ihm ab zehn Uhr die Koordinaten des *Trackers* durchgeben, den er am Auto eines gewissen Gottfried Brändle angebracht hat. Aber ich erreiche ihn nicht. Offensichtlich ist sein Handy ausgeschaltet. Weißt du, wo ...?"

„Moment, Moment! Von was, zum Teufel, redest du da, Ferdinand. Von welchem *Tracker* sprichst du und von welchem Geheiß?" Rita hatte absolut keine Ahnung.

„Na, der Laukonen hat heute nach Dienstschluss einen sogenannten *Tracker* bei Allgöwer geholt. Er würde das Gerät an Brändles Auto anbringen, hat er gesagt, damit wir jederzeit den Standort des Autos verfolgen können. Habt ihr das nicht miteinander abgesprochen?"

In Ritas Kopf schlugen die Synapsen Purzelbäume, und darum reagierte sie ungehalten. „Abgesprochen? Seit wann wird bei uns irgendetwas abgesprochen? Entschuldige Ferdinand, aber von all dem weiß ich nichts. Und im Augenblick habe ich ein ganz anderes Problem. Ich kann seit ein paar Minuten Edgar nicht mehr erreichen. Er befindet sich im Rebberg bei Schloss Ortenberg und soll ...?"

„Warte mal", wurde sie von Oberländer unterbrochen. „Das Trackersignal, das ich erhalte, kommt direkt von dort, wo Edgar angeblich sein soll. Und jetzt bewegt es sich von dort weg, und zwar nach Ortenberg hinein und – Moment – wieder zum Dorf hinaus Richtung Rheinebene und B 3."

Rita wurde erst kalt, dann heiß. „Ferdinand", sagte sie mit beschwörender Stimme. „Ich gebe dir jetzt Edgars Handynummer durch. Lass´ es sofort orten und gib´ mir dann die Position durch. Ich habe auf einmal ein sehr unangenehmes Gefühl im Bauch. Wenn da nur nicht eine riesengroße Schweinerei im Gange ist ... Ferdinand, schicke auch vorsorglich mal eine Streife los, und zwar dorthin, wo Edgars Handy eingeloggt ist. Und falls

Edgars Handysignal und das des *Trackers* übereinstimmen, gibst du eine Fahndung nach Gottfried Brändle und Edgar Schaaf raus, und nach Mika Laukonen gleich mit. Der ist nämlich ebenfalls verschwunden."

*

Gottfried. Gottfried Brändle, dachte Edgar. Er war es wirklich. Edgar hatte ihn auf Anhieb erkannt. Wiedererkannt, musste es heißen, wenn er sich die alte Fotografie aus dem Jahre 1962 vor Augen rief, auf dem alle Schüler und die Lehrerschaft der Volksschule Weinbuch abgelichtet waren. Gottfried hatte sich kaum verändert. Natürlich war er älter geworden. Grauer Haaransatz, schärfere Gesichtszüge, aber sonst augenscheinlich gut in Form.

Edgar trottete mit dem Gefühl einer geladenen Pistole im Rücken vor ihm her. Dass sie sich auf dem sogenannten Panoramaweg befanden, interessierte ihn nur zweitrangig. Von Panorama war wegen des Nebels eh nichts zu sehen, und sie selbst waren so gut wie unsichtbar.

Dass er heute direkt mit Gottfried Brändle konfrontiert werden würde, war so nicht vorgesehen gewesen. Wahrscheinlich hätte er, wenn es vorab ein zwingender Teil des Plans gewesen wäre, sein Veto eingelegt. Denn wenn Gottfried der war, für den Edgar ihn hielt, bestand doch eine nicht genau einzuschätzende Gefahr für Leib und Leben. Grundsätzlich jedoch war Edgar mit der aktuellen Situation nicht unzufrieden. Dafür, dass erst gestern noch eine hautnahe Begegnung mit Gottfried Brändle *a million miles away* gewesen war, hatte er mit dem heutige Abend quasi das große Los gezogen. Und dass er mit seiner Vorahnung richtig gelegen hatte, dass Gottfried Brändle sein gesuchter Mann war, stimmte ihn recht zuversichtlich.

A million miles away? Edgar kramte in seinem für Musik zuständigen Hirnbereich nach der Liedzeile, und fand sie in dem Song *Hurt* von *Johnny Cash* wieder. Sonst nicht gerade einer, der bei jeder Gelegenheit mit Ohrenstöpseln herumlief und Musik konsumierte, sang er sich zur eigenen Überraschung den Song leise vor. *„I hurt myself today, to see if I still feel, I focus on the pain, the only thing that's real* ... Er wirkte relativ entspannt.

„Hey, Schaaf, was singst du da für einen Mist?", bellte Gottfried und stieß den Pistolenlauf in Edgars Rücken.

„Johnny Cash", antwortete Edgar. „Kennst du's?"

„Kenn' ich. Aber pass' mal auf: *Feel, I'm goin' back to Massachusetts. Something's telling me I must go home.* Kennst du das?"

„Logisch. Weiß doch jedes Kind. Ist von den *Beatles*", log Edgar absichtlich, um Gottfried das Gefühl des Klügeren zu lassen.

„Du bist echt ein Kunstbanause, Schaaf. Schon mal was von den *Bee Gees* gehört?" Gottfried setzte mit der nächsten Liedzeile wieder ein und sang *Massachusetts* zu Ende. „So geht das, Schaaf. Die *Bee Gees*. Solltest du dir merken."

Es war grotesk. Tappten zwei alte Männer, die verschiedener nicht sein konnten, durch die Nacht und sangen sich gegenseitig Lieder vor.

Dabei war sich Edgar durchaus bewusst, dass das Eis, auf das er sich gewagt hatte, dünn war. Bilder von Melanie und Saida drängten sich mahnend auf sein Hinteraugenkino und ließen sich nicht wie einen Reiz einfach wegblinzeln. Edgar fuhr mit einer Hand über das Gesicht. Sentimentalität durfte er sich jetzt nicht leisten, wenn er das Ende dieser Geschichte hier überleben wollte. Und das wollte er unter allen Umständen, gerade für seine beiden Mädels zu Hause.

Gottfried dirigierte ihn mit knappen Richtungsangaben. Links. Rechts. Links. Weit war es nicht bis zu seinem Monster-*Pick-up*.

„Du fährst!", befahl er barsch und drückte Edgar den Zündschlüssel in die Hand. Die Gesangsstunde war offensichtlich vorbei.

Automatikgetriebe. Edgar brauchte ein paar Sekunden, sich auf das System mit einem Fußpedal weniger umzustellen. Doch bald hatte er es intus.

In der Rheinebene klebte der Nebel wie Tapetenkleister. Mangels anderer Perspektiven für die Augen, war die Sicht wie bei einer Fahrt durch einen sehr langen Tunnel beschränkt. Edgar bekam Kopfschmerzen davon. Eine Digitaluhr am Armaturenbrett zeigte ihm die Zeit an. Zweiundzwanzig Uhr zweiunddreißig.

Gottfried Brändle hatte, seit sie ins Auto gestiegen waren, bisher kein Wort gesagt. Edgar folgte ebenso schweigsam der anonymen Stimme des Navigationsgeräts. Nach der Durchquerung *Freiburgs* auf der B 3 räusperte sich der Architekt und begann zu reden.

„Ich hab´ alle deine Bücher gelesen, Schaaf. Gehören für einen alten Weinbucher praktisch zur Pflichtlektüre. Hast ja einiges erlebt, hä?"

„Es sind nicht meine Bücher, Gottfried. Ein Freund hat sie geschrieben", antwortete Edgar ohne ihn

anzuschauen. Die Straße verlangte seine gesamte Aufmerksamkeit.

„Ja, ja. Pit Ferman, ich weiß. Bin ja nicht blöd. Meinst
du, ich komme auch mal in einem deiner Bücher vor?"

„Meinst du mit dem Mord an Florian Krauss?", fragte
Edgar, als würde er um einen Schluck Wasser bitten.

„Oho, oho, da hat sich aber einer eingelesen. Na, sag´.
Würde Pit Ferman ein Buch über mich schreiben?"

„Wenn ich hier mit heiler Haut davonkomme, bestimmt."

Gottfried Brändle schwieg und schien nachzudenken.
Nach einer Weile erzählte er: „Der kleine Kacker war
schwul und hätte mich im Dorf und in der ganzen Gegend geoutet. Unmöglich gemacht. § 175. Du weißt ja,
wie damals über die sogenannten Homos gedacht und
gelästert wurde. Er hat Geld für sein Schweigen verlangt.
Geld, das ich nicht hatte. Der Simpel würde heuten noch
leben, wenn er das Maul gehalten hätte."

Mit diesem Geständnis wurde Edgar klar, dass Gottfried Brändle seinen Tod beschlossen hatte. Denn warum
sonst sollte er einen Mord beichten, der ihm niemals
nachzuweisen wäre. Trotz dieser unmittelbaren Gefahr
warf Edgar einen zweiten Namen in den Raum. „Paul
Collini?"

„Ein Schwein." Gottfrieds Stimme klang plötzlich
hoch, als hätte er Helium inhaliert.

„Wie das?"

„Ha, er wollte meine Kinder an einen Pädophilen verkaufen. Das … das … konnte ich nicht durchgehen lassen. Allein schon der Gedanke. Er war ein Schwein, ein
Schwein, ein Schwein. Und Jesse Johannsen war ein
charakterloser Betrüger. Hat mich mit einem anderen

Kerl betrogen. Sowas macht man aber nicht mit mir, Schaaf, verstehst du? Nicht mit *Robin*."

„Mit *Robin*? Du meinst *Robin Gibb*?"

Gottfried warf sich in die Brust. „Klar doch. Ich bin *Robin Gibb*. Und jetzt pass´ auf, Schaaf. Da vorne musst du in den Waldweg einbiegen."

Er muss verrückt geworden sein, dachte Edgar. *Das ist entweder mein Glück oder mein Pech.*

*

Rita pfiff auf die Lichtsignale und hastete so schnell wie möglich aufwärts an der Schlossmauer entlang zu ihrem Dienstwagen, das Handy ständig am Ohr. Es schien ihr ewig zu dauern, bis Ferdinand Oberländer Edgars Handy geortet hatte und er ihr die Koordinaten durchgab. Sie hörte ihn, als sie bei ihrem Wagen angekommen war. „Rita, Edgars Handy steht bei 48° 27' 04.87" Nord, 7° 59' 02.62" Ost und rührt sich nicht. Ziemlich genau deckungsgleich war Laukonens *Tracker* registriert gewesen. Der bewegt sich weiter in Richtung Süden auf der B 3. Übrigens habe ich einen Unfall ohne Fremdbeteiligung gemeldet bekommen. Mika Laukonen wurde in das Krankenhaus in *Emmendingen* gebracht. Er lebt, ist aber bewusstlos."

„Aha, das erklärt natürlich einiges. Gut, Ferdinand", antwortete sie atemlos, „ich fahre zunächst schleunigst zu Edgars Handy. Womöglich liegt Edgar dort und braucht Hilfe. Falls ich dort nur sein Handy antreffe, fahre ich dem *Tracker* hinterher. Du funkst mir dann permanent die Standorte durch. Und ich brauche eine Streife zur Verstärkung. Und informiere

Oberstaatsanwalt Bernd Landquart. Klingle ihn aus dem Bett, wenn's sein muss. Ich melde mich wieder, wenn ich Edgars Handy habe."

Da Rita den Weg nicht kannte, blieb ihr nichts anderes übrig, als sich auf die GPS-Ansagen zu verlassen. Auf diese Weise wurde sie in und durch die Ortschaft Ortenberg und danach von der südlichen Seite her in den Weinberg geleitet. Als sie das Ziel erreicht hatte, stieg sie aus und wählte Edgars Nummer.

Sie hörte Edgars Rufzeichen auf Anhieb und entdeckte das Handy nur wenige Meter vom Dienstwagen entfernt. Von Edgar selbst fehlte jede Spur.

Ritas Herz und ihre Gedanken erstarrten zu einem Eisblock. Die schlimmstmögliche aller schlechten Vorstellungen war eingetroffen. *Halt, nein!*, rief sie sich zur Räson, *noch schlimmer wäre, wenn Edgar tot hier läge. Aber hier ist er nicht. Brändle muss ihn entführt haben. Also lebt er.* Dass eine andere Person als Brändle in Frage kommen könnte, stand für sie nicht zur Diskussion. Und als ein Streifenwagen mit Blaulicht gefahren kam und hinter ihrem Dienstwagen hielt, fand sie wieder in die Realität zurück.

„Ferdinand! Ich habe Edgars Telefon, aber ohne ihn. Was ich jetzt brauche, sind die Positionen des *Trackers*. Der Streifenwagen, den du mir geschickt hast, soll mir folgen. Hast du Landquart erreicht?"

„Landquart kommt hierher und wird die Leitung des Einsatzes übernehmen. Du fährst vorerst auf der B 3 Richtung Süden, über *Freiburg* hinaus. Wenn du so weit bist, oder sich an der Richtung Gravierendes ändern sollte, kriegst du die nächsten Informationen."

„Haben wir eine Ahnung, wohin Gottfried Brändle unterwegs sein könnte? Er wird ja wohl nicht zu sich nach Hause fahren, oder? Kannst du irgendwas herausfinden?"

„Rita, ich schau´, was ich tun kann. Soll ich *Freiburger* Polizei anfordern?"

Rita seufzte. „So wenig Blaulicht wie möglich. Ich will nicht, dass Brändle die Nerven verliert. Was für einen Vorsprung hat er? Kannst du das sehen?"

„Schätzungsweise zwanzig Minuten bis eine halbe Stunde."

„Okay, Ferdinand. Bei dieser Wetterlage werden es kaum weniger werden. Wir fahren jetzt los."

„Gut. Viel Glück und – pass´ auf."

Rita sprach sich mit der Streifenwagenbesatzung ab. Es handelte sich um Lennart und Pius, zufällig die beiden Beamten, denen sie schon bei dem Mord auf der Landstraße zwischen *Eschholz* und *Kaltenhofen* begegnet war. Sie wendeten ihre Autos und nahmen, Rita voraus, die Verfolgung auf.

*

Der Waldweg, auf den Edgar abgebogen war, war nicht asphaltiert. Hier befand sich der mächtige *Pick-up* in seinem Element. Kieselsteine prasselten, von den dicken Profilreifen aufgenommen und weggeschleudert, gegen die Radkästen und den Unterboden. Die Strecke stieg mäßig aber beständig an, und der Nebel lichtete sich zunehmend mit jedem gewonnenen Höhenmeter.

Wo sie sich genau befanden, konnte Edgar nur erahnen. Vor ein paar Minuten, noch auf der Straße, hatte er ein Hinweisschild nach *Badenweiler* gesehen. Großraum *Müllheim* also.

Gottfried Brändle saß, seit er sich als *Robin Gibb* ausgegeben hatte, schweigend neben ihm. Für Edgar sah es aus, als brüte er stumpfsinnig vor sich hin. Zum Test startete er einen Versuchsballon. „Sind wir eigentlich noch richtig?"

Brändle richtete sich gerade auf. „Ja, ja, sind wir. Ist nicht mehr weit. Der Weg endet dort."

„Was mich interessieren würde: Was hat es mit den Pelzen auf sich? Wieso kommst du ausgerechnet auf eine Ware, die du nicht verkaufen kannst?"

Brändle atmete schwer. „Es war nur eine günstige Gelegenheit, Kapital daraus zu schlagen. Wenn die reiche Russin nicht bezahlt, werden die Pelze und der Kaviar vernichtet. Ihr tun doch ein paar Millionen mehr oder weniger nicht weh."

„Du hast die Pelze aber nicht selber gestohlen", stellte Edgar fest. „Dafür hast du deine Leute gehabt."

„Seh´ ich vielleicht aus wie ein Räuber?"

„Es hat einen Menschen das Leben gekostet."

„Ach, ich dachte, es wären zwei", antwortete Brändle völlig ungerührt.

Zwei? Edgar kombinierte in Windeseile: *Er weiß demnach nicht, dass Maverick Schreiner die Explosion überlebt hat?*

In diesem Augenblick tauchte in den Lichtkegeln der Scheinwerfer eine Blockhütte auf, die auf zwei Seiten von steilem Gelände umgeben war. Der Weg endete hier. Edgar hielt an und schaltete den Motor aus.

„Wir sind da. Mein Jagdhaus", sagte Brändle, die Pistole in der Hand. „Aussteigen, Schaaf."

„Nur eine Frage noch: Achim Ketterer? Wo hast du ihn versteckt? Er ist doch tot, oder?"

Brändle erstarrte, sein Blick wurde glasig. „Steig´ aus, Schaaf, und frag´ mich das nie wieder, kapiert?"

Edgar stieg aus. Ein paar Atemzüge lang überlegte er, sich mit einem Sprung ins Unterholz in Sicherheit zu bringen. Brändle ließ ihn jedoch keine Sekunde aus den Augen. Mit einem Schwenk der Pistole forderte er ihn auf, zur Hütte zu gehen. Er angelte einen Schlüssel aus der Jackentasche, warf ihn Edgar zu und sagte: „Hier, schließ auf und geh´ hinein. Ich bin lieber hinter dir als vor dir."

Edgar tat, wie ihm geheißen.

Er betrat einen einfachen Raum, in dessen Mitte ein rustikaler Tisch mit vier Stühlen stand. An einer der Holzwände befand sich ein Sideboard. Gegenüber gab es ein Spülbecken aus behauenem Granit, ein Wasserhahn darüber, aus dem Wasser tropfte. Vis-à-vis der Eingangstür gähnte die Feuerstelle eines offenen Kamins. Auf dem Kaminsims stand eine einfache Solarlampe. Eine Leiter neben dem Tisch führte durch die offene Raumdecke nach oben. Als Edgar hinaufschaute, sagte Brändle: „Oben sind Schlafpritschen. Alles vorhanden, was man braucht."

„Was hast du mit mir vor?", fragte Edgar und versuchte, Gottfrieds Blick einzufangen. Der drehte jedoch ab, öffnete eine der Schubladen des Sideboards und holte eine Garnitur Handschellen hervor.

„Hier. Du weißt ja, wie man damit umgeht. Schließ'
dich an ein Tischbein an. Aber keine Angst, der Tisch ist
am Boden festgeschraubt. Nur, damit du's weißt."

„Willst du mich umbringen? Schau' mich an!" Edgars
scharfer Befehl zeigte Wirkung bei Brändle, dem es
sichtlich schwer fiel, Edgar in die Augen zu schauen.

„Warum hast du es so eilig, sterben zu wollen?"
Brändle kicherte blöd. „Jetzt ist es zu dunkel. Frag' mich
das Gleiche nochmal morgen früh, wenn's hell ist."
Während er redete, fingerte er aus der Innentasche seiner
Jacke eine Insulinspritze, zog das Hemd aus der Hose
und verabreiche sich eine Dosis in die Bauchdecke. „Im
Übrigen leg' ich mich jetzt schlafen. Wenn dir kalt ist,
zündest du ein Feuer an." Er kletterte die Leiter hoch.
„Wenn du kannst", legte er nach und kicherte zynisch.

Edgar dachte an Melanie.

*

Melanie saß auf dem Sofa im Wohnzimmer des Türmchenhauses. Die Zeiger der Wanduhr hatten die Elf
längst hinter sich gelassen. Saida, Gerti und Janna schlie-
fen schon. Ebenso die Hunde *Lydia* und *Müller*. Allein
sie wachte. Melanie.

Sie konnte nicht schlafen. Nicht, wenn Edgar nicht da
war. Und er war sowas von nicht da, wie er noch nie
nicht da gewesen war.

*Wie oft kann ein Krug zum Brunnen gehen, bis er
bricht? Ein Mensch kann doch nicht immer Glück haben*,
dachte sie. Die linke Hand hielt das Handy umklammert.
Es schien für sie die Energiequelle zu sein, die ihre

Hoffnung nährte. Aber sie benutzte es nicht aus Furcht, dass die Hoffnung sterben könnte.

Gewiss könnte sie jemanden anrufen. Rita zum Beispiel. Immerhin wohnte sie mit ihr unter einem Dach und immerhin war Rita mit Edgar zusammen im Einsatz. Doch eine innere unwägbare Blockade hinderte sie daran. Denn was, wenn ihr Anruf gerade zu einer Unzeit Edgars und Ritas Fahndungserfolg zunichtemachte?

Melanie stellte sich Szenen vor, wie sie in jedem Fernsehkrimi vorkamen. Ein Ermittler belauschte in einem Versteck die Verbrecher, und ausgerechnet dann klingelte dessen Telefon. Nein, das wollte Melanie nicht.

Sie könnte es bei Oberstaatsanwalt Bernd Landquart probieren. Aber war der überhaupt über Ritas und Edgars Alleingang informiert? Würde er nicht alles auf der Stelle abbrechen? Hatte Melanie dazu das Recht?

Und wie stand es mit dem Polizeirevier? Waren die Revierleiter generell dazu ermächtigt, Auskünfte an Fremde zu geben? Und wen außerdem kannte sie noch? Allgöwer? Nein, nicht Allgöwer.

Melanie gab sich einen Ruck. *Dann muss es Edgar selber sein, den ich anrufe. Er ist mein Mann, und ich bin seine Frau.*

Sie hatte die Kurzwahltaste noch nicht gedrückt, als es an der Haustür klingelte.

Melanie erschrak und erblasste. Sie war nicht religiös, aber der erste Gedanke richtete sich an den Gott, an den sie nicht glaubte: *Lass´ diesen bitteren Kelch an mir vorüberziehen.*

Es klingelte ein zweites Mal. Melanie stemmte sich aus dem Sofa in die Höhe und ging schweren Schrittes zur Tür. Rita und Edgar konnten es nicht sein. Die hatten jeder einen Schlüssel. Sie öffnete die Tür einen Spalt und guckte einer unbekannten blonden Frau ins Gesicht. „Ja, bitte?"

Die Frau lächelte verzagt. „Guten Abend. Sind Sie Frau Köninger?"

Melanies Stimme zitterte. „Ja."

„Entschuldigen Sie die späte Störung. Ich heiße Conny. Conny Vollmer. Ist Edgar Schaaf zu sprechen? Ist er zu Hause?"

Melanie öffnete die Tür weit und trat zurück: „Kommen Sie herein."

*

Rita fühlte sich wie bei einer Tauchfahrt im Eine-Frau-U-Boot im tiefen Ozean, ferngelenkt durch die quäkenden Ansagen von *Admiral zur See* Ferdinand Oberländer, oder wie so ein hochrangiges Tier der Marine betitelt wurde. Um sie herum nur Schwärze. Sie hatte jegliches Zeitgefühl verloren. Über den Rückspiegel blendeten sie die Scheinwerfer des sie begleitenden Streifenwagens.

Freiburg hatte sie vor einer halben Ewigkeit passiert, und noch immer fuhr sie südwärts, sofern ihr innerer Kompass sie nicht täuschte. *„Ha! Ich und meine Gefühle"*, platzte es aus ihr heraus.

„Rita, gleich wirst du Richtung *Müllheim* abbiegen. Du bleibst dann auf der Umfahrungsstraße. Lässt *Badenweiler* rechts liegen, fährst an *Schweighof* vorbei. Dann mach langsam. Es kommt ein Forstweg auf der rechten Straßenseite. Den musst du nehmen, bis es nicht mehr weitergeht. Das *Tracker*signal kommt von dort. Sei vorsichtig, hörst du? Du meldest dich, wenn du dort bist."

Rita bestätigte, dass sie verstanden hatte und gab die Anweisungen an Lennart und Pius hinter ihr durch. Sie war dankbar, dass sie nicht alleine war.

Nach ungefähr einer Viertelstunde kam sie an den Forstweg, den Oberländer gemeint haben musste. Sie schaltete einen Gang zurück und nahm den unbefestigten Weg, der sich in Schlaufen und Kurven dem Terrain anpasste, in Angriff. Sie merkte, dass der Nebel dünner wurde. Nach ungefähr zehn Minuten Fahrt trat sie auf die Bremse. Vor ihr, in etwa dreißig Meter Entfernung, reflektierten die Rückstrahler eines metallicroten *Pickups*, der seinerseits vor einem Blockhaus stand. Sie schaltete das Licht aus und stellte den Motor ab. Rita sprach ins Funkgerät: „Ferdinand, wir sind angekommen. Das gesuchte Fahrzeug steht direkt vor uns, bei einer Hütte. Ich geb´ dir das Autokennzeichen durch."

„Soll ich Verstärkung schicken?"

„Ja, mach´ mal. Aber ohne Blaulicht. Ich steige jetzt aus und berate mich mit den Kollegen."

„Der Oberstaatsanwalt ist bei mir. Nur damit du´s weißt."

„Gut. Gut zu wissen. Danke", sagte Rita.

Rita saß auf dem Rücksitz, Lennart und Pius auf den Vordersitzen ihr zugewandt.

„Was machen wir? Schleichen wir uns heran und stürmen die Bude? Oder warten wir bis es hell wird?", fragte Lennart, der jüngere der beiden.

„Bis es hell wird, dauert es noch ein paar Stunden. Willst du dir eventuell den Arsch abfrieren?", antwortete Pius.

„Ich denke, wir beobachten die Hütte noch eine Weile. Von drinnen scheint kein Licht heraus. Wenn es Fenster gibt, sind sie mit Läden verschlossen. Ich gehe nachher mal näher ran und umrunde das Haus. Danach entscheiden wir, okay?"

„Verstärkung wird ja auch bald hier sein", meinte Pius.

„Eben", sagte Rita.

09.11.2024

Edgar dämmerte auf dem harten Stuhl müde und erschöpft vor sich hin. Er hatte sich schon des Öfteren in scheinbar ausweglosen Situationen befunden. Diesmal aber wähnte er sich vom Glück verlassen. Und nicht nur das: Keiner wusste, wo er sich befand. Gottfried, der ihn in der Gewalt hatte, kannte offenbar keine Skrupel, ihn zu töten, wenn man die freimütigen Geständnisse seiner Verbrechen als Gradmesser seiner Entschlossenheit bewertete.

Durch den Holzfußboden der Hütte drang Kälte, sodass Edgar im wahrsten Sinne des Wortes kalte Füße bekam; mit dem feinen Unterschied, dass er nicht davonlaufen konnte. Die Tischbeine waren mit Winkeleisen und starken Schrauben am Boden befestigt. Ein *James Bond* würde nun mit dem Laserstrahl, den seine von *Q* präparierte Armbanduhr produzierte, den Stahl der Handschellen durchtrennen. Edgars *Breitling* verfügte leider nicht über diese Qualitäten. Sie zeigte lediglich die genaue Uhrzeit an: Null Uhr vierzehn.

Außer den fluoreszierenden Zahlen der Armbanduhr war es stockdunkel in der Hütte. Die Solarlampe, die beim Betreten der Hütte geleuchtet hatte, hatte Gottfried, bevor er nach oben gestiegen war, ausgeschaltet. Wegen der Handschellen war es Edgar trotz aller Verrenkungen nicht gelungen, an das Feuerzeug in seiner Jackentasche heranzukommen. Er war so gut wie blind.

Und es musste irgendwelches Getier in oder unter der Hütte hausen. Maus oder Marder, etwas in dieser Richtung. Edgar hörte nämlich Geräusche. Er täuschte sich nicht. Höchstens in der Zuordnung der Verursacher, denn ihm schien, als wanderten die Geräusche rings um die Hütte. Und dass sich ein Marder um Mitternacht herum mal eben die Beine vertrat, indem er rings um die Hütte tigerte, bezweifelte Edgar. Wie ihm überhaupt jeder Zweifel an scheinbar unveränderlichen Dingen willkommen war.

Also war da jemand draußen. Fragezeichen oder Ausrufezeichen? Eine glühende Sternschnuppe zischte durch seine dunkle Nacht und gebar ein bisschen Hoffnung.

Hoffnung, die Nahrung erhielt, denn über Edgars Kopf rumpelte es. Ein schwacher Lichtschein fiel durch die Zwischendecke. Gottfried kam schnaufend die Leiter herunter, schaltete die Solarlampe ein und flüsterte: „Draußen ist Polizei. Ich habe zwei Autos durch die Dachluke gesehen, eins davon ein Streifenwagen. Verdammt, wie kommen die hierher?" Er streckte Edgar einen Schlüssel entgegen. „Da, schließ die Fessel auf. Wir gehen raus. Und keine Fisimatenten, Schaaf. Sonst knall ich dich ab."

Eine Minute später traten sie vor die Hütte.

*

Rita huschte zum Streifenwagen zurück und schüttelte den Kopf. „Man sieht nichts. Das einzige Fenster ist verrammelt", sagte sie gepresst, als sie auf den Rücksitz kletterte. „Die Tür natürlich abgeschlossen. Man kann übrigens um die Hütte herumfahren."

„Also warten wir auf Verstärkung", sagte Lennart. „Oder können wir die Bude stürmen? Einen Geißfuß, um die Tür aufzubrechen, hätten wir dabei. Was meint ihr?" Rita fühlte sich angesprochen und fühlte sich in einem Dilemma. Ging eine Stürmung schief, stand sie doppelt in der Verantwortung, zumal der Einsatz gar nicht genehmigt war. Gäbe es zudem noch Verletzte, ganz gleich auf welcher Seite, hätte sie mit Sicherheit die Interne Ermittlung am Hals und ein Disziplinarverfahren in der Personalakte. Die Entscheidung wurde ihr jedoch vorher abgenommen.

„Schaut mal nach vorne", sagte sie den Kollegen. „Der Geiselnehmer und die Geisel kommen aus der Hütte. Sie haben uns bereits gesehen."

„Scheiße, was sollen wir tun?", fragte Pius mit zusammengekniffenen Augen.

„Ich geh´ raus", entschied Rita. „Es muss ja geredet werden."

Sie stieg aus dem Streifenwagen und ging mit erhobenen Armen an ihrem Dienstwagen vorbei und auf Gottfried und Edgar zu. In Höhe des *Pick-up* blieben die beiden stehen.

„Macht den Weg frei!", verlangte Gottfried, seine Pistole an Edgars Hals. „Macht den Weg frei, dann passiert hier nichts."

„Edgar, bist du okay?", fragte Rita ungeachtet der bedrohlichen Situation.

„Alles okay, Rita. Macht was er sagt. Ich fahre mit seinem Auto ein Stück nach vorne, dann könnt ihr an uns vorbei und um die Hütte herum wenden."

Gottfried ergriff das Wort: „Lasst uns einen Vorsprung von zehn Minuten. Folgt ihr uns direkt, stirbt Edgar. Habe ich mich klar und deutlich ausgedrückt?"

Rita war nah genug, um Edgars Miene studieren zu können. Er bestätigte Gottfrieds Forderung durch Kopfnicken. Dabei rechnete Rita mit einer baldigen Ankunft der Verstärkung. Dann würden die Karten neu gemischt werden.

„Also gut. Zehn Minuten", sagte sie, drehte um und ging zu den Kollegen zurück.

Wenig später fuhr sie als erste am *Pick-up* vorbei und um die Hütte herum, gefolgt vom Streifenwagen.
Als sie in Fahrtrichtung abwärts standen, sahen sie die Rücklichter des *Pick-ups* schon hinter der nächsten Kurve verschwinden.

Rita hängte sich sofort ans Funkgerät.

*

„Hahaha, das lief ja besser als gedacht", lachte Gottfried auf dem Beifahrersitz und schlug Edgar vor Freude auf den Oberschenkel. „Die hat ganz schön blöd geguckt, die Tussi, was, Schaaf?"

Edgar grunzte nur. „Und wohin soll die Reise gehen, wenn ich fragen darf? Dir ist doch wohl klar, dass du nie wieder einen Fuß auf die Erde bringen wirst. Die Tussi hängt längst am Telefon und leitet die Fahndung nach dir ein."

„Was soll mir mit dir an meiner Seite passieren, Schaaf, hä? Du bist meine Lebensversicherung."

„Hm, wenn das so ist, darfst du mich allerdings nicht umbringen."

„Sei dir dessen mal nicht so sicher, Schaaf. Wir fahren rüber nach Frankreich, nach Spanien, egal wohin. Irgendwo werde ich für dich schon ein Plätzchen finden. Hab' noch für jeden ein hübsches Plätzchen gefunden."

„Du wirst Ausweis und Geld brauchen, Gottfried", bedachte Edgar.

„Scheiß drauf. Seit wann braucht *Robin Gibb* Geld und Papiere?"

Er ist komplett verrückt geworden, dachte Edgar, dem in diesem Moment auf dem schmalen Waldweg ein Auto entgegenkam. Edgar trat auf die Bremse. Das andere Auto hielt an. Die Distanz zwischen den beiden Wagen betrug etwa zehn Meter.

„Was ist denn das für ein Mist?", brüllte Gottfried cholerisch. „Sind wir denn hier auf dem *Times Square*? Fahr' die Karre über den Haufen. Los Schaaf! Schieb' sie in den Wald!"

Edgar reagierte nicht auf ihn. Der Kleinwagen gegenüber war durch die Dachscheinwerfer auf dem *Pick-up* ausgeleuchtet wie eine Glaskuppel. Und in dieser Kuppel hinter der Scheibe erkannte er neben der Person hinterm Lenkrad ein Gesicht, das ihm allerliebst war. Er drehte den Motorschlüssel um, denn trotz finsterster Nacht konnte die Konstellation sonnenklarer nicht sein. Neben ihm der ultimative Tod, und drüben, nur ein paar Schritte entfernt, das wahre Leben. Er stieg aus, ohne auf Gottfrieds Gezeter zu achten. Dann ging er ruhig die zehn Meter zu dem anderen Auto. Auch dort wurde die

Tür geöffnet, und eine Person stieg aus, wartete, bis Edgar bei ihr war. Melanie.

Er besaß noch die Kraft, sie an sich zu drücken. Aber dann sank er in ihren Armen zu Boden.

Gottfried Brändle war ebenfalls ausgestiegen, brüllte und gebärdete sich wie ein Wahnsinniger. Er gab einen überhasteten Schuss in Richtung Edgar und Melanie ab, traf jedoch nicht.

Und plötzlich ging es schnell. Von hinten kamen Rita, Lennart und Pius angeprescht, die keineswegs zehn Minuten gewartet hatten. Rita sprang aus ihrem Dienstwagen, zog ihre Waffe und feuerte einen Warnschuss in die Luft. „Waffe weg, Brändle!", schrie sie. Mit einem kurzen Sprint war sie hinter ihm und drückte den Lauf der Pistole in seinen Nacken. „Waffe runter!"

Von der anderen Seite, hinter dem Kleinwagen, näherte sich Blaulichtgewitter. Die Verstärkung war da.

Ohne Geisel sah Gottfried Brändle keinen anderen Ausweg mehr und hielt sich die Pistole an den Kopf. Reaktionsschnell schlug Rita sie ihm aus der Hand, sodass sie im Graben neben dem Weg landete. „Das könnte dir so passen, Brändle. Sie sind festgenommen", sagte sie, drückte ihn mit enormer Kraft auf die Kühlerhaube des *Pick-up* und legte ihm im Nu Handschellen an. Während Lennart und Pius den Verhafteten zwischen sich zum Streifenwagen abführten, ging Rita zu Edgar und Melanie. Edgar, wieder auf den Beinen, und Melanie nahmen sie unter Tränen in Empfang. Und endlich ließ auch Rita ihren Gefühlen freien Lauf.

„Hhrrmmhh", räusperte sich ein Mann, der neben das Trio getreten war.

Rita drehte sich um. Oberstaatsanwalt Bernd Landquart, mit der Verstärkung eingetroffen, war zur Stelle. „Hallo zusammen", sagte er. „Wenn alles gut gegangen ist, will ich nichts hören. Aber zurück nach Hause fahre ich mit Ihnen, Frau Böhringer, wenn´s recht ist."

*

Sie können mir nichts nachweisen. Was der Herr Schaaf da erzählt hat, ist alles erstunken und erlogen. Und ohne meinen Anwalt sage ich sowieso nichts mehr." Nach diesem Statement noch in der Nacht vom achten auf den neunten November gegenüber Oberstaatsanwalt Bernd Landquart und Kriminaloberkommissarin Rita Böhringer war Gottfried Brändle in die Arrestzelle der Polizeidirektion *Offenburg* gebracht worden.

Landquart hatte daraufhin verfügt, dass die an den Ereignissen der Nacht beteiligten Personen sich zur Ruhe begeben sollten, und gleichzeitig eine neue Zusammenkunft für Samstagnachmittag angeordnet. „Fünfzehn Uhr." Darunter auch Edgar Schaaf. Bis dorthin sollte Allgöwer das von Frau Conny Vollmer überbrachte elektronische Speichermedium *mine* ausgewertet haben.

Zitat von Maverick Schreiner aus dessen Gedächtnisprotokoll vom siebten November: „*Ich habe zwar das Geologiestudium abgebrochen, aber auch ohne promovierten Abschluss kann ich beurteilen, dass der Hangrutsch in Brändles Sandgrube bei dessen Jagdhütte nicht auf natürliche Einflüsse zurückzuführen ist, sondern von Menschenhand ausgelöst wurde. Ich habe schon immer vermutet, dass dort die sterblichen Überreste seines*

Schwagers und Geliebten Achim Ketterer begraben sind." Zitatende.

Aufgrund dieser Aussage stand Allgöwer am späten Vormittag des neunten November mit seinen Mannen in der beschriebenen Sandgrube und trug, vorsichtig wie ein Archäologe, Schicht um Schicht des Sandes ab, unter dem Maverick Schreiner eine Leiche vermutete.

Gegen Mittag hatten die Männer ein Skelett freigelegt und in einen Transportsack geborgen. Weil unmittelbar neben dieser Stelle ein ähnlicher Hangrutsch aufgefallen war, ließ Allgöwer auch dort graben. Zuerst stießen sie auf ein Motorrad, und darunter einen relativ frischen männlichen Leichnam nebst einem Laptop und einem Handy. Die Identität des Mannes war rasch geklärt, handelte es sich nämlich um ein von Maverick Schreiner früher ausgemustertes Bandenmitglied namens Theo Ringhahn.

Die schnellstens durchgeführte kriminaltechnische Untersuchung des Motorrads ergab, dass sich an den Lenkergriffen Gottfried Brändles Fingerabdrücke befanden.

Als Gottfried Brändle am Nachmittag desselben Tages mit dem Ergebnis konfrontiert wurde, brach seine Verteidigungsstrategie zusammen. Von einer Minute auf die andere wirkte er verwirrt. Einmal sprach er von der Liebe seines Lebens, Achim Ketterer, der die Hochzeit zwischen Gottfried und Britta und damit Gottfrieds Architektenkarriere hatte verhindern wollen, ein anderes Mal bedauerte er den Tod *Robin Gibbs* und stimmte seinen Lieblingssong *Massachusetts* an.

Schließlich gestand er auf Zureden seines Anwalts auch die Morde an Florian Krauss, Paul Collini und Jesse Johannsen.

Dass es sich bei dem Skelett tatsächlich um Achim Ketterer handelte, wurde später mittels eines DNA-Abgleichs bestätigt, zu dem Britta eine Speichelprobe beigesteuert hatte.

Auf die Frage, wo Tamara Brassovas Pelze und Kaviardosen versteckt waren, schwieg Brändle kurioserweise trotzig und eisern. Noch am selben Tag wurde Gottfried Brändle, *Robin* genannt, dem Haftrichter vorgeführt und anschließend in die Justizvollzugsanstalt Offenburg überstellt.

10.11.2024

Mika Laukonen war aus der Bewusstlosigkeit aufgewacht. Dass seine Eltern ihn besuchen würden, war ihm klar. Mit einer gut aufgelegten Rita Böhringer hatte er jedoch nicht gerechnet. Und als sie neben seinem Bett stand, galt Mikas größte Sorge, dass sie in Anwesenheit Dritter sein eigenmächtiges Handeln kritisieren könnte.

„Schön, dass es dir besser geht, Mika. Ich soll dir von allen Kollegen Grüße und gute Besserung ausrichten. Dank deines aufopferungsvollen Einsatzes haben wir einen Mörder gefasst und einen weiteren Mord verhindern können. Und damit du uns in Finnland nicht vergisst, habe ich dir was mitgebracht." Rita hielt ihm eine fettdurchtränkte Tüte hin. „Die nachgewiesenermaßen beste Zimtschnecke Offenburgs."

*

Für fünf Besucher war es im Krankenzimmer der Uniklinik *Freiburg* etwas eng. Da war es gut, dass eine dieser Personen eher von kleiner Statur war. Tamara
Brassova.

Die anderen vier hießen Conny Vollmer, Rita Böhringer, Bernd Landquart und Edgar Schaaf. Denn Patient
Maverick Schreiner war ansprechbar und von seiner Au-
genbinde befreit.

Rita Böhringer hatte sich nach dem Besuch bei Mika
Laukonen in *Emmendingen* zu der illustren Gruppe ge-
sellt. Außerdem warteten Saida und Melanie auf dem
Flur vor dem Patientenzimmer, weil Saida darauf bestan-
den hatte, an diesem Sonntag ihren Papa begleiten zu
dürfen, ganz gleich wohin und zu welchem Anlass. Dass
Papa sie nicht mit ins Patientenzimmer genommen
hatte, sah sie allerdings ein.

Normalerweise gehörte es nicht zu Edgars Gepflogenheiten, einem mutmaßlichen Mörder und Serienräuber
die Aufwartung zu machen. Aber er wollte dem Manne
persönlich in die Augen schauen, von dem Conny Vollmer im Türmchenhaus so eindringlich gesprochen hatte.
*„Im Grunde seines Herzens ist er ein Guter, und allein
das zählt."*

Edgar hatte da seine Zweifel. Die Beweggründe für
Maverick Schreiners plötzliche Läuterung konnten rei-
nem Pragmatismus entsprungen sein. Auch wenn sich
der Wolf mit einem Schafsfell tarnte, blieb er unter der
Verkleidung immer noch ein Wolf. Mochte man den
Mord an Georg Sackmann bestenfalls als Folge eines

mentalen Kurzschlusses sehen – eine latent kriminelle Energie, über viele Jahre hinweg gepflegt, war bei Maverick trotzdem vorhanden. Und wenn sich wirklich einer glaubhaft von einem Saulus zu einem Paulus wandelte, passierte das nur alle zweitausend Jahre, und selbst dann geschah es nicht ohne göttliche Einflussnahme.

Dass Maverick für den Fall, der Polizei nicht selber Rede und Antwort stehen zu können, unter anderem Edgar Schaaf zum Verwalter seiner Gedächtnisprotokolle bestimmt hatte, ließ darauf schließen, dass bei ihm die Grundlagen für ein gesundes Rechtsempfinden nicht komplett verkümmert waren. Denn nicht nur Gottfried Brändle hatte Pit Fermans *Edgar Schaaf-Krimis* gelesen, sondern auch Maverick. Es war der von Pit Ferman beschriebene Charakter des alten Kriminalhauptkommissars a. D., der das nötige Vertrauen in ihm geweckt hatte, denn persönlich kannte er Edgar Schaaf nicht. Eine Absolution seiner Taten durfte er deswegen jedoch nicht in Betracht ziehen.

Die er von Edgar eh nicht bekommen würde. Im Übrigen auch nicht von einem Richter oder jemand anderem, denn Absolution war ein innerer Reinigungsprozess, den man in tiefer Demut und großer Überzeugung leben musste, und nicht bloß auszusprechen brauchte.

Meistens gelang es Edgar schon beim ersten Kontakt, jemandes charakterliche DNA entziffern und lesen zu können. Bei Maverick wagte er, nun, da er ihm Aug in Aug gegenüberstand und nicht zuletzt wegen der Anwesenheit und Ausstrahlung Connys, eine vorsichtig positive Prognose. Der eigentliche Grund, weshalb er sich hier im Krankenzimmer befand, war hingegen die Rolle als Detektiv in Tamara Brassovas Diensten. Da Gottfried

Brändle sich weiterhin stur weigerte, das Versteck der Pelze und Kaviardosen preiszugeben, konnten sie es nur von Maverick Schreiner erfahren.

Was Conny Vollmer betraf, hatte sie sich sozusagen Mavericks Wahl für Edgar Schaaf als Adressat der Protokolle zu eigen gemacht. Ihr schien eine unabhängige Person ebenfalls lieber zu sein als eine an ihr Amt gebundene. Deswegen hatte am Freitag zu später Stunde ihr erster Weg dem Türmchenhaus in *Gengenbach* gegolten. Die Betreuung ihres Motels wurde während ihrer Abwesenheit dankenswerter- und ausnahmsweise und ein hoffentlich letztes Mal von ihrem Hausmeister getragen. Darüber hinaus hatte sie nach der Befreiung Edgars Melanies Angebot angenommen, samstags im Türmchenhaus zu bleiben und die Nacht auf Sonntag bei ihr auf dem Sofa zu übernachten. Die in dem Haus gepflegte Harmonie bestärkte sie darin, mit Maverick Gleiches erreichen zu können.

Oberstaatsanwalt Bernd Landquart und Rita Böhringer waren aus rein beruflichen Gründen erschienen. Denn Landquart verhaftete Maverick Schreiner offiziell und teilte ihm die weiteren juristischen Schritte mit.

*

Bis auf Conny Vollmer, die bei ihrem Maverick *Groß-spur* in der Klinik geblieben war, saßen alle weiteren Personen in Landquarts und Ritas Limousinen. Ziel: Das versteckte Lager, in dem sich nach Maverick Schreiners Wegbeschreibung die Pelze befinden sollten.

Es lag auf dem Gelände einer Großspedition in *Offen-burgs* Industriegürtel, und dort wiederum unter freiem

Himmel in einem Container, den Maverick Schreiner gemietet hatte.

Edgar Schaaf wurde die Ehre zuteil, den Container öffnen zu dürfen. Dann wuselte Tamara Brassova hinein, und kam mit Tränen in den Augen zurück. „Meine Zobelpelze – sie sind da."

„Gut", sagte Bernd Landquart, „alles, was sich in diesem Container befindet, ist bis auf Weiteres beschlagnahmt." Sprach's, schloss die Tür und klebte eine Polizeisiegel drüber.

Tamara Brassova zog eine Schnute. "Mensch Edgar, kannst du da denn nichts machen? Die schönen Pelze."

„Nein, Tamara", erwiderte Edgar und beugte sich zu Saida: „Willst du es ihr sagen, was wir davon halten?"

Saida nickte. „Die Pelze wären noch viel schöner, wenn die lebenden Tiere sie tragen würden."

****

Nachtrag

Stefan Übermaß kehrte am 10.11.2024 in seine Wohnung in *Kaltenhofen* zurück. Er bemerkte nicht mal, dass während seiner Abwesenheit jemand in seiner Wohnung gewesen war. Kurz vor Weihnachten übernahm er als Dirigent den Kirchenchor des Ortes.

Maverick Schreiner wurde am 14.11.2024 aus der Uniklinik Freiburg entlassen und direkt in Untersuchungshaft genommen.

„Lefti" Franz Lemminger blieb vorläufig auf freiem Fuß und wohnte bis zu seiner Gerichtsverhandlung bei Frau Sackmann.

Gottfried Brändle nahm sich während der Untersuchungshaft auf raffinierte Weise das Leben, indem er der Gefängnisverwaltung seine Insulinabhängig verschwieg und an den Folgen der Unterversorgung verstarb.

Anmerkungen des Autors.
Die Geschichte des Romans ist fiktiv. Einige der aufgeführten Ortsnamen wird man auf keiner Landkarte finden. Personen gleichen Namens wie im Roman genannte haben mit der Handlung nichts gemein.

Weitreichende Informationen über die tausendjährige Historie der Zobelfelle findet man im Internet bei **Wikipedia.**
In diesem Roman explizit darauf einzugehen, würde den Rahmen des Buches sprengen.
Pit Ferman im Jahr 2025

Schaafswinter
Edgar Schaafs erster Fall.

Fünfzig Jahre, nachdem in Seekirch eine junge Frau spurlos verschwunden war, werden dort ihre sterblichen Überreste gefunden. Über zwanzig Jahre nach deren Verschwinden war in Konstanz am Bodensee ein schrecklicher Mord an einer Frau begangen worden. In beiden Fällen hatte es ein und denselben Verdächtigen gegeben: Peter Seibelt.

Edgar Schaaf, pensionierter Kriminalkommissar, wird von der Polizei in Konstanz darum gebeten, sich aus drei Gründen mit Peter Seibelt in Verbindung zu setzen. Zum Ersten war Edgar Schaaf damals als Zeuge in beide Fälle involviert, zum Zweiten war eben jener Peter Seibelt ein guter Bekannter von ihm: Sie stammen aus demselben Dorf und sie gingen zusammen zur Schule. Drittens: Die Fälle sind bis heute ungelöst.

Tatsächlich zeigt sich Peter Seibelt bereit, Edgar Schaaf zu treffen, hüllt sich aber, was seine tragische Vergangenheit angeht, in Schweigen. Bald jedoch holt ihn die Vergangenheit ein und er sieht sich gezwungen, das Schweigen zu brechen.

Schaafssturm

Edgar Schaafs zweiter Fall.

In der Schwarzwaldgemeinde Hohenterzen werden kurz nacheinander zwei Morde verübt. Die Ermittlungen des jungen Kriminalkommissars Melzer verlaufen bald im Sande. Erst als sich der pensionierte Kommissar Edgar Schaaf auf Bitten der Tochter eines der Mordopfer um die Fälle kümmert, eröffnen sich bald neue Konstellationen. Ins Visier Edgar Schaafs und der Polizei gerät ein gewisser *Chato,* dessen Spur die Ermittler schließlich nach Rovinj an der kroatischen Küste führt. Dort bekommen Melanie Köninger und Edgar Schaaf die Wucht des adriatischen Sturmwindes **Bora** bei einer dramatischen Aktion hautnah zu spüren.

Schaafshammer
Edgar Schaafs dritter Fall.

Die Geschäftsführerinnen zweier Spielcasinos werden tot aufgefunden. Eine junge Frau wird missbraucht und liegt im Koma. Für Kriminaloberkommissar Kai Schuster kommt es knüppeldick. Angesichts gravierenden Personalmangels bei der Polizeidirektion Offenburg sieht er sich alleinverantwortlich dreier komplexer Fälle gegenüber.

Als sein früherer Hauptkommissar und Mentor Edgar Schaaf von der ehemaligen Stiefmutter der jungen Frau gebeten wird, Licht in das Dunkel der Ermittlungen zu bringen, beschließen die beiden einen Deal. Das führt endlich dazu, einen Täter dingfest machen zu können. Doch der kann fliehen und bringt Edgar Schaafs Frau Melanie Köninger in Gefahr. Weil Edgar Schaaf das nicht zulassen kann, fordert er den Gegner ultimativ heraus.

Schaafsgold
und der ungelesene Autor
Edgar Schaafs vierter Fall.

Blitzeinbrüche und Geldautomatenraube. Eine Bande treibt seit drei Jahren ihr Unwesen. Aber letztlich ist es Gold, weswegen die Dinge in Offenburg und Umgebung gefährlich aus dem Ruder laufen. Nicht weil es da ist, sondern weil es nicht mehr da ist.

Pit Ferman, Autor der *Edgar Schaaf-Krimis*, wird unerwartet und äußerst schmerzhaft mit den Auswüchsen der Suche nach dem Gold konfrontiert. In der Not wendet er sich an seinen Freund Edgar Schaaf.

Schaafsinsel
Edgar Schaafs fünfter Fall.

Kritaholm, Insel in der Ostsee. Für Eliza und Pit Ferman wird der Urlaub mit ihrem Wohnmobil zum Trauma, denn während ihres Aufenthalts geschehen drei Morde. Zu ihrem Entsetzen werden sie kurzfristig sogar wie Verdächtige behandelt.

Auch Edgar Schaaf und seiner Frau Melanie, die einen Monat später mit dem von Pit Ferman erworbenen Wohnmobil anreisen, ist die Insel nicht wohlgesonnen. Edgars Versuche, Ermittlungsansätze zu finden, scheitern an gezielten Anschlägen auf das Wohnmobil und auf ihn selbst.

Erst sein zweiter Anlauf, den er im bitterkalten Winter gemeinsam mit Pit Ferman unternimmt, bringt ihn auf die richtige Spur.

Schaafshunde
Edgar Schaafs sechster Fall.

Während Melanie Köninger ihr Gelübde ableistet und in Spanien auf dem Jakobsweg pilgert, weilt Edgar Schaaf mit den Hunden *Müller* und *Lydia* allein zu Haus. Zufällig wird er Zeuge eines perfiden, durch einen präparierten Hackfleischköder verursachten Anschlags auf einen Hund. Bald stellt er fest, dass es sich nicht um einen Einzelfall, sondern um eine regelrechte Serie von Anschlägen handelt. Als auch Edgars eigene Hunde Ziele eines Hundehassers werden, beginnt er sich zu wehren.

Schaafsfrauen
Edgar Schaafs siebter Fall.

Drei tote Männer, eine schwerverletzte Frau – das ist die Ausgangslage, die an Kriminalhauptkommissar a. D. Edgar Schaaf herangetragen wird. Nicht von irgendwem, sondern von seinen Freunden Eliza Wohlbrecht und Pit Ferman. Diese wiederum beherbergen eine Frau namens Jola, die behauptet, für den Tod der drei Männer verantwortlich zu sein.

Nur widerwillig lässt sich Edgar Schaaf für private Ermittlungen einspannen. Als er zusammen mit dem jungen Kommissar Kai Schuster eine Strategie entwickelt, geschieht das Unfassbare, und Edgar Schaaf stößt an seine persönlichsten Grenzen.

Schaafssteine

Edgar Schaafs achter Fall.

Edgar Schaaf, von seinem letzten Fall psychisch ange-schlagen, erhofft sich professionelle Hilfe in der Psychiat-rischen Akut- und Reha-Klinik *An klaren Wassern* in *Haldensee.*

Doch ausgerechnet er ist es, der bei einer Kahnpartie auf dem gleichnamigen See die Leiche eines Mit-Patienten findet. Als er dann noch von seiner Tisch-Nachbarin Martina darum gebeten wird, ihr bei der Suche nach ihrem vermissten Geliebten zu helfen, ahnt er noch nichts von dem Mann, dessen größte Sorge es ist, dass das Geheimnis um seine Steine und deren Herkunft unter allen Umständen gewahrt bleibt. Und dann verschwindet eines Tages auch Martina.

Nachdem Edgar die entscheidende Witterung aufge-nommen hat, spitzt sich die Situation am Ende dramatisch zu, und Edgar spielt mit seinem Leben.

Schaafsherbst
Edgar Schaafs neunter Fall.

Ein Banküberfall in *Durlangen* entwickelt sich anders, als von den Bankräubern geplant. Doch nicht, zumindest was die Beute betrifft, unbedingt zu ihrem Nachteil. Mit einer Geisel gelingt ihnen die Flucht, wobei sie die Verfolger vom SEK und den Ermittler des LKA an der Nase herumführen – und unerkannt entkommen.

Der pensionierte Kriminalhauptkommissar Edgar Schaaf wird am gleichen Tag von einer schweren Krankheit betroffen und überlebt nur durch die Soforthilfe seiner Frau Melanie. Nach einer Woche Klinikaufenthalt steht plötzlich die junge Kommissarin Rita Böhringer vor ihm und bittet ihn um Hilfe. Immer noch angeschlagen, steht Edgar vor seiner größten Herausforderung, denn seine Intuitionen muss er mit Schmerzen bezahlen.

Schaafskind
Edgar Schaafs zehnter Fall.

Pit Ferman, Autor der Edgar-Schaaf-Krimireihe, klagt über eine Schreibblockade. Nicht aus sich heraus, sondern weil sein Protagonist seit über einem halben Jahr keinen Stoff für einen neuen Roman geliefert hat. Und auch Kriminaloberkommissarin Rita Böhringer kann ihm da nicht aus der Verlegenheit helfen. Es gibt einfach keine literarisch verwertbaren Fälle.

Edgar Schaaf selbst ist mit der Ausübung der Bauaufsicht über den Umbau des Türmchenhauses in *Gengenbach* zwar beschäftigt, aber nicht ausgelastet. Allein durch das Sammeln von Polizeiberichten aus der Zeitung ist seine Spürnase längst nicht befriedigt, und allmählich beginnt sich der Kriminalist in ihm zu langweilen.

Da entdeckt seine Frau Melanie Köninger eines Morgens an der Tür ihres Geschäftes *Aquarelle und Poesie* die Zeichnung eines Kindes.

Schaafsfeuer
Edgar Schaafs elfter Fall

Eine brennende Scheune, zwei tote Männer, eine verletzte Frau. Damit beginnen für Kriminaloberkommissarin Rita Böhringer fünf aufreibende Tage, und das ausgerechnet an ihrem freien Wochenende. Aber zum Glück ist da ihr alter und nimmermüder Mentor Edgar Schaaf, der sie nicht nur bei einem versprochenen Stadtbummel mit dem Mädchen Saida vertritt, sondern auch ihr moralischer Rückhalt bei schwierigen Entscheidungen ist. Nicht von allen wohlgelitten und auch nicht als außerdienstliche Autorität anerkannt und geschätzt, ist es am Ende doch ihm zu verdanken, dass alle Puzzleteile an der richtigen Stelle zu liegen kommen.

Schabrack

Jacques Brasseur, Spitzname Schabrack, trifft während eines seiner regelmäßigen Besuche in Hamburg auf Charlotta, kurz Lotta genannt, deren bisheriges Leben gerade Schiffbruch erleidet und sie von Jacques´ Hartnäckigkeit zunächst wenig erbaut ist. Keineswegs geplant, landet sie letztlich aus Mangel an Perspektiven mit ihm zusammen in seiner zweiten Heimat Talhalden, wo auch Lotta rasch einen Spitznamen abkriegt: Schaluppe.

Bald stoßen die beiden durch Lottas Neugier eine Geschichte an, die viele Jahre lang unentdeckt an einem geheimen Ort schlummerte. Und Jacques macht sich Gedanken, ob in dem beschaulichen Ort vielleicht ein Mörder wohnt.

Schwimmende Steine

Wer Peter Seibelt nicht kennt, und das sind die meisten, weiß auch nichts über die Tragödie, die ihn über fünfzig Jahre seines Lebens verfolgt hat. Pit Ferman kennt ihn. Denn er war es, der Peters Biografie im Kriminalroman *Schaafswinter* aufgezeichnet hat. Der Anlass, ihn zu besuchen, ist jedoch ein anderer. Peter Seibelt stellt Lampen aus den Rahmen alter Zimmerkachelöfen her, und solch eine Lampe wünschen sich Pit und seine Frau Eliza für ihr Haus.

Dabei ergibt sich aus Peters Erzählungen, dass seine Tragödie vermutlich viel früher ihren Anfang genommen hatte als selbst Pit wusste.

Alle Bücher sind auch als E-Book erhältlich.

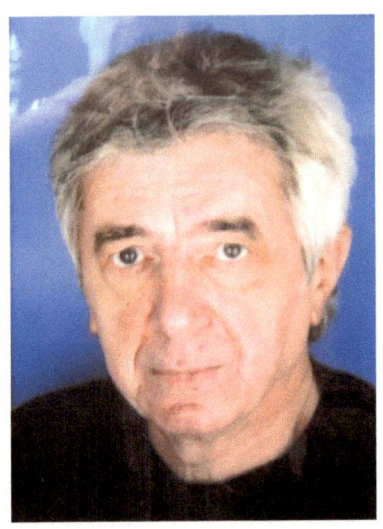

Pit Ferman wurde 1953 in Kappelrodeck im Land Baden-Württemberg geboren. Er lebte über dreißig Jahre in Basel in der Schweiz und arbeitete für ein deutsches Transportunternehmen. Nach Versetzung in den Ruhestand zog er mit seiner Ehefrau nach Deutschland zurück.
Pit Ferman ist Vater zweier Kinder, die beide in der Schweiz leben.

www.peter-siefermann.de